Rhetorik

Alles,
was Sie
wissen
müssen

Meiner Frau Ingeborg,
deren Ergänzungen dieses Buch
wesentlich aufgewertet haben.

Roman Hofmeister

Rhetorik

Alles, was Sie wissen müssen

7 **Vorwort**

10 **Die Grundlagen einer guten Rede**
10 Ein solides Fundament hilft immer
12 Was Sie über Sprache wissen sollten
14 Redeformen: die Wahl der Person
18 Die Transaktionsanalyse – ein Kommunikationsmodell
19 Auf den Ton kommt es an
20 Die Entwicklung der Redeinstrumente
25 Redefiguren elegant und wirkungsvoll einsetzen
30 So wirkt unser Körper
35 Ausstrahlung durch angemessene Kleidung
37 Emotionen zeigen – aber dosiert
39 Die „Chemie" einer Redesituation
41 Lampenfieber und Schüchternheit
42 Die Kraft in Ihrer Seele
44 Gestalten Sie Ihre Bühne

48 **Zu wem oder mit wem sprechen Sie?**
48 Was hört der Zuhörer?
50 Welches Bild soll der Angesprochene von Ihnen haben?
51 Die Adressaten einer Rede einschätzen
60 Wie lange soll man reden?
62 Gedächtnistraining
64 Auswahl von Themen
66 Schlagfertigkeit – wie schnell und wie gut reagieren Sie?
69 Gönnen Sie sich Nachdenkpausen
70 Die Fragetechnik entwickeln

72 **Die Gliederung Ihrer Rede**
72 Der logische Aufbau
73 Psychologische Effekte
73 Einstimmung auf die Redesituation
78 Das Werben um Aufmerksamkeit
82 Das Interesse wecken
84 Der Lohn der Mühe – Applaus
86 Umsetzung von Appellen
89 Ein Schnelldurchlauf: die Geburtstagsrede

94 **Das perfekte Redemanuskript**
94 Die verschiedenen Formen der Redevorlage
96 Die improvisierte Rede (Stegreifrede)
99 Themen finden
101 Informationsmaterial sammeln und auswählen
103 Manuskript und Präsentationsinstrumente

110 **Erfolgsrezepte aus der Praxis**
110 Unverhofft kommt oft
111 Problembereich Veranstalter
116 Problembereich Zuhörer/Teilnehmer
117 Problembereiche Raum und Technik
119 Problembereich Redner
124 Problembereiche Manuskript, Schreibgerät und Inhalt
126 Problembereiche soziales und politisches Umfeld
128 Problembereich Störungen
130 Problembereiche Zeitdauer und Abschlussdiskussion

132 **Die Rede läuft nicht nach Plan**
133 Sie bleiben hängen
134 Die Verlegenheitsfalle
136 Fettnäpfchen und andere Peinlichkeiten
138 In der Öffentlichkeit
139 Im beruflichen Umfeld
142 Gesellschaftliche Veranstaltungen
144 Im Privatbereich
146 Man tritt auf Ihre Zehen
147 Aktive und destruktive Zuhörer/Gesprächspartner
150 Ungeduld und Langeweile
153 Unter dem eigenen Wert geschlagen

156 **Spezielle Redesituationen**
157 Smalltalk – die wichtige Kunst des unwichtigen Plauderns
164 Diskussion – wie bringe ich mich ein?
170 Was sage ich am Telefon?
176 Das Bewerbungsgespräch
182 Anerkannt reden vor der Familie
185 Kompetent darstellen – Präsentationen
187 Wie sage ich es meinem Kind?
191 Wie beschwere ich mich richtig?
195 Kritik – aufbauend oder vernichtend
201 Richtig streiten zur Versöhnung

205 **Epilogos**

206 **Anhang**
206 Übung zur Körpersprache
207 Überblick über die Redefiguren
210 Verwendete Literatur
212 Manuskript der Audio-CD

230 Register
232 Impressum

Vorwort

Guten Tag,
oder, wie man in Österreich sagt: Grüß Gott. Wir sollten uns zunächst einander bekannt machen, nachdem wir dankenswerterweise zusammengebracht wurden. Sie haben sich ansprechen lassen – und so bin ich in der Lage, diese Vorrede an Sie zu richten. Die Griechen nannten eine Vorrede am Theater „prologos", in Büchern wurde daraus der Prolog. Wenn Ihnen das gefällt, würde ich unsere mehrere hundert Seiten dauernde Unterhaltung gerne mit solchen Informationen würzen, ohne Sie unmäßig belehren oder gar langweilen zu wollen. Sie erhalten damit Material für eigene Anmerkungen und Gesprächsansätze. Sind Sie damit einverstanden?

Die Botschaft ans Ziel bringen
Leider sind wir technisch noch nicht so miteinander verbunden, dass Sie mir antworten könnten, d.h. wir kommunizieren nicht interaktiv, wir „chatten" auch nicht übers Internet (sozusagen ein „Internet-Schwätzchen"), daher können Sie meinen Redefluss nicht verändern. Ich muss also so weitermachen, als hätten Sie genickt. Es wird Ihnen bei Ihren eigenen Reden auch immer wieder so gehen, dass Sie keinen direkten Kontakt mit Ihrem Zuhörer haben, obwohl Sie zumeist im gleichen Raum sein werden wie er auch. Vor allem wissen wir alle nicht im Voraus, was den Zuhörer interessiert. Manchmal ist uns das sogar völlig gleichgültig, und zwar immer dann, wenn wir eine „Botschaft" absenden wollen, die unter allen Umständen ankommen soll, ob der Empfänger nun will oder nicht.
Vielleicht denken Sie jetzt an sehr intensive Formen der Kommunikation, wie sie im Streit oder bei großem Ärger stattfinden. Aber das muss nicht negativ sein. Manchmal möchten wir andere nur deshalb von unserer Meinung überzeugen, weil wir glauben, das sei für sie das beste. Und gerade dann fehlt uns oft das richtige Wort. Ja, das richtige Wort, das Wort, das den anderen trifft – gemeint ist: das die Botschaft ans Ziel bringt, das genau jene Reaktion beim Empfänger auslöst, die wir bezweckten. Diese Absicht bewegt Menschen seit Jahrtausenden.
Schon in der Antike erstellten die Griechen ein umfangreiches Regelwerk, mit dessen Hilfe der Redner sein Ziel erreichen kann. Die Erkenntnisse der Griechen sind noch immer weitestgehend gültig. Im Mittelalter gehörte die

Rhetorik, die Kunst der Rede, neben der Grammatik und der Dialektik zu den Fächern des „Dreiwegs“, als Teil der an den Universitäten gelehrten Sieben Freien Künste.

Das richtige Werkzeug für gelungene Reden

Am Ende unseres langen Ganges durch die Rhetorik werden Sie alle wichtigen Regeln kennen und, wenn ich Sie dazu überreden kann, auch geübt haben. Erlauben Sie mir eine Bitte: Gehen wir doch langsam, Schritt für Schritt, proben wir die Methoden, Tipps und Instrumente erfolgreicher Reden, indem wir jedes für sich betrachten und gebrauchen lernen, um sie zuletzt wie selbstverständlich aus unserem Rede-Werkzeugkasten zu ziehen. Das bedeutet nicht, dass unser Gespräch immer nur einige Seiten lang läuft, ehe wir uns bis zum nächsten Gespräch trennen: Bleiben Sie ruhig bis zur letzten Seite bei mir. Aber holen Sie sich Ihre Denkzettel immer wieder hervor, nehmen Sie sich Tagesleitsätze mit, Beobachtungspunkte für eigene und fremde Reden, und dann hören Sie doch gelegentlich in die beigelegte CD hinein.

Am Ende werden Sie dann ganz selbstverständlich wissen, welche Redefiguren Sie einsetzen können, wie Sie gut argumentieren und mit Hilfe von Worten führen können. Wir werden viel Spaß am Weg haben, denn nichts ist schlimmer als jemand, der lange redet und uns dabei langweilt. Nicht nur deshalb werde ich mir große Mühe geben, Sie auch über schwierige Stellen humorvoll hinwegzubegleiten, ohne dass Sie dadurch Informationen verlieren. Übrigens werden Sie immer wieder darauf aufmerksam gemacht, was zu beachten ist, sei es in Form von:

- wichtigen Elementen, die man sich einprägen sollte
- Gedächtnisstützen für die praktische Anwendung
- Beispielen
- Fettnäpfchen-Warnungen
- Methoden, Tipps und Instrumenten aus dem Rhetorik-Werkzeugkasten

oder durch unterschiedlichste Formen der Präsentation von Inhalten in den einzelnen Kapiteln, mit praktischen Anleitungen bzw. praktischen Vorführungen der Gestaltungsmöglichkeit von Reden.

Auf zum Basistraining der Rhetorik

Hören Sie meinem Monolog (d. h. noch rede ich allein, später werden wir in den Dialog übergehen, d. h. Sie reden mit) noch zu? Sind Sie bereit für die erste Station? Keine Angst, der Anfang wird nicht langweilig sein, auch wenn es natürlich Freude macht, gekonnt seine Wortpfeile durch die Gegend zu senden, im Mittelpunkt zu stehen und andere andächtig zuhörend zu erleben. Das werden Sie auch noch tun, aber selbst der gute Redner wird nicht darauf verzichten, sich immer wieder mit den Grundlagen zu beschäftigen, wie der gute Sportler sein Basistraining nicht vernachlässigen wird. Sind Sie schon ein Redeprofi? Auf zum Basistraining! Sind Sie noch kein Redeprofi? Freuen Sie sich auf den ersten Schritt zum Erfolg! Alles, was Sie als Redner anstreben, liegt als Möglichkeit bereits in Ihnen, und wir werden es gemeinsam sicher erreichen. Fehlt noch etwas? Ach ja, meine erste Rede ist zu Ende, und das sollte ich Ihnen deutlich signalisieren. Sie werden es selbst erfahren, dass beim Reden auch der gekonnte Abschluss schwierig ist, nicht nur der Beginn. Der Zuhörer sollte erkennen, und zwar unmissverständlich, dass er nun Beifall spenden sollte, oder, je nach Situation, mit seiner eigenen Rede beginnen kann. Ich verabschiede mich nur kurz von Ihnen, bis zur nächsten Seite, zum Beginn des ersten Kapitels.

Salzburg, im Frühjahr 2001
Roman Hofmeister

Die Grundlagen einer guten Rede

Die praktischen Grundlagen einer guten Rede, also das Basiswissen oder das „Gewusst wie" (Know-how), sind umfassend und vielfältig. Unser Ziel ist die erfolgreiche Rede, und unter diesem Aspekt verhilft uns eine intensive Beschäftigung mit den Grundlagen zu einem soliden Fundament.
Als erfolgreich wollen wir jene Rede bezeichnen, nach welcher Sie sich persönlich gut fühlen (nicht erleichtert, weil Sie die Situation überstanden haben) und bei der es Ihnen auch gelungen ist, Ihr Publikum positiv anzusprechen. Überdies sollte Ihre „Botschaft", der Inhalt dessen, was Sie „hinüberbringen" wollten, auch richtig angekommen sein.

Ein solides Fundament hilft immer

Wenn wir die einzelnen Elemente nun besprechen, bedenken und üben, jedes Basiselement für sich, müssen wir immer beachten, dass dabei nicht unser guter natürlicher Instinkt verloren gehen darf, dass wir uns nicht selbst blockieren dürfen. Dazu gibt es eine kleine Fabel. Ein Tausendfüßler trifft einen Bekannten, der sich bewundernd über seinen eleganten Gang äußert. Er sagt: „Wie schaffst du es nur, deine vielen Füße so gut zu koordinieren?" Der Tausendfüßler beginnt nachzudenken, und kann daraufhin nicht mehr gehen. Unser Denken verhindert gelegentlich Lösungen, die unser natürliches Empfinden bereithält. Ein erster Leitsatz für gutes Reden ist daher:

Hören Sie in sich selbst hinein
und folgen Sie Ihrem Gefühl.

Das gilt vor allem für die Art Ihrer Präsentation, d. h. für den Vortrag Ihrer Rede, weniger für den Aspekt des Inhalts und überhaupt nicht für den Aspekt der Logik.

Nobody is perfect

Wenn wir Reden vorbereiten, müssen wir uns dessen bewusst werden, dass es beeinflussbare Erfolgsfaktoren gibt und Gegebenheiten, mit denen wir ganz einfach leben müssen, die wir nicht oder nicht wesentlich verändern können. Zu letztgenannten gehören beispielsweise unsere körperlichen Voraussetzun-

gen. Wenn wir zu klein oder zu groß sind, zu dünn oder zu dick, mit zu langer oder zu kurzer Nase, mit schönen Zähnen oder nicht so perfekt, mit angenehmer tiefer Stimme oder eher schrill, das alles wird von unseren Zuhörern von Anfang an wahrgenommen und beurteilt.
Haben wir positive Voraussetzungen für den Redeauftritt, wie etwa gutes Aussehen oder eine klangvolle Stimme, gibt das sicherlich einen Startvorteil, das ist aber auch schon alles.
Vom Philosophen Immanuel Kant wird berichtet, er habe eine sehr leise Stimme gehabt. Dennoch waren seine Vorlesungen an der Universität Königsberg nach Berichten von Zeitgenossen überfüllt, und man war besonders leise, um Kant zu hören. Zum Nachteil werden körperliche Mängel für einen Redner nur dann, wenn er sich dadurch beeinflussen lässt, wenn dadurch sein Selbstbewusstsein beeinträchtigt wird. Daher gleich ein weiterer Leitsatz für Ihre Reden:

Akzeptieren Sie sich, wie Sie sind.

Wer sich selbst nicht liebt, wird schwerlich auf andere liebenswert wirken. Friedrich Nietzsche meinte zwar in „Jenseits von Gut und Böse“: „Wer sich selbst verachtet, achtet sich doch immer noch dabei als Verächter.“, darauf sollte man aber eher nicht aufbauen.

An kleinen Schwächen arbeiten

Sich selbst zu akzeptieren sollte aber nicht dazu führen, eigene Schwächen mit Stolz hervorzuheben. Haben Sie eine schrille Stimme, vermeiden Sie bei der Präsentation, zu laut zu werden. Neigt Ihre Stimme zu einer Tonlage, die wie beim Blechtrommler von Günter Grass zum Zerspringen von Glas führen kann, sollten Sie an einer Milderung der durchdringenden Wirkung arbeiten – und das ist möglich. Schwächen zu akzeptieren muss damit verbunden sein, an ihrer Milderung zu arbeiten, wenn nicht gar, sie zu beseitigen. Es gibt viele beispielhafte Anekdoten großer Redner zur Beseitigung eigener Schwächen, wie jene über einen Griechen, der sich zur Übung unter zwei scharfe Schwerter stellte, die über seinen Schultern hingen, um sich seine schlechte Angewohnheit, beim Reden mit den Schultern zu zucken, schmerzhaft abzugewöhnen. Oder jene Übung, mit Glaskugeln im Mund (oder auch kleinen Steinen, aber bitte seien Sie höchst vorsichtig damit, nehmen Sie vielleicht besser Bonbons, die schmelzen, wenn sie verschluckt werden) zu versuchen, Wörter deutlich auszusprechen. Aber genug der Einstimmung auf das erforderliche Basiswissen, gehen wir ins Detail.

Was Sie über Sprache wissen sollten

Die Rede nutzt Sprache als Instrument, aber Reden sind nicht das einzige Kommunikationsmittel, in welchem Sprache verwendet wird. Sprache wird auch für schriftliche Mitteilungen oder für Musiktexte eingesetzt. Die Sprache der Rede weist besondere Anforderungen auf. Sie unterscheidet sich in einer professionellen Rede grundsätzlich von der geschriebenen Sprache durch eine ganze Anzahl von Stilelementen, wie etwa:

- Satzstruktur
- Satzlänge
- verwendete Zeitform
- verwendete Person (ich, du, sie, man)
- Art der Ansprache (Eltern-Ich, Erwachsenen-Ich, Kindheits-Ich)
- umgangssprachliche Färbung und Aussprache
- Verwendung von Fremdwörtern

Beispiel — Es geht auch ohne Schachtelsätze

Nehmen wir folgendes Beispiel für den Unterschied zwischen klar verständlicher oder allzu weitschweifiger Rede. Ausgedrückt soll werden, dass ein bestimmter Vorfall von größtem Schaden für die Gesellschaft sein kann.

Ein guter Redner würde sagen:

- *„Es ist ein ungeheurer Vorfall passiert. Heute hat eine Gruppe von XYZ den Frieden in unserer Stadt durch unverantwortliche Demonstrationen gestört. Die Demonstrationen waren nicht angemeldet, die Polizei konnte nur durch Notmaßnahmen die Ordnung aufrechterhalten."*

Ein schlechter Redner könnte den Vorfall folgendermaßen schildern:

- *„Eine unglaubliche Sache, die eine Gruppe, der Polizei längst bekannt, aber nicht erlaubt und unerwartet, durch Notmaßnahmen nur zu heilen, heute in unserer Stadt, in deren friedliche Bürgerschaft, unverantwortlich hineingetragen hat…"*

Komplizierte Satzstrukturen vermeiden

Die Rede muss spontan aufgefasst werden können, d. h. der Zuhörer muss in der Lage sein, ihren Inhalt sofort zu erfassen. Gelingt ihm das nicht, fehlt ihm entweder der Zusammenhang zum nachfolgenden Text, oder er beginnt mit dem Versuch, das Nichtverstandene zusammenzudenken, d. h. der Redner verliert seine Aufmerksamkeit.

Aus diesem Grund muss die Satzstruktur von Reden, wenn auch abgestuft auf das Bildungs- und Auffassungsniveau der Zuhörer, deutlich einfacher sein als etwa die Satzstruktur geschriebener Sätze. In Reden müssen Satzeinschübe völlig ausgeschlossen werden, es sei denn, Sie möchten unverständlich bleiben. Wir kennen alle solche eingeschobenen Worthülsen, an deren Ende dann häufig die eigentliche Aussage fehlt oder überhört wird. Daher als Leitsatz:

Wollen Sie gut und verständlich reden, benutzen Sie möglichst einfache Satzstrukturen.

Auch einfache Satzstrukturen ermöglichen eine schöne und tiefgründige Gestaltung der Aussagen. Auf der gleichen Ebene ist das Thema der Satzlänge anzusetzen. Kurze, prägnante Sätze bringen die „Botschaft" leichter zum Adressaten.

Ohne ein Werturteil fällen zu wollen: Je geringer die Auffassungsgabe des Adressaten ist, desto mehr wird er durch kurze Sätze angesprochen. Populisten verwenden nur kurze Sätze, die sie darüber hinaus immer wieder einstreuen, quasi als Leitthema ihrer Rede. Sie „bläuen" gewissermaßen dem Zuhörer den Text ein, bis auch der Zerstreuteste sich den Aussagen nicht mehr entziehen kann. Denken Sie dabei durchaus auch daran, wie Werbebotschaften formuliert werden. Können Sie sich an eine einzige Werbeaussage erinnern, die aus einem langen Satz besteht?

Die passende Zeitform wählen

Ein weiterer wichtiger Aspekt der Sprache ist die verwendete Zeitform. Es klingt üblicherweise eigenartig bis komisch, wenn bei Reden das Imperfekt verwendet wird. Daher als Leitsatz:

Wählen Sie jene Zeitform in der Rede, die auf den Zuhörer am natürlichsten wirkt und außerdem die größte Dramatik vermittelt.

Je größer die (nicht unangenehm übertriebene) Dramatik, desto sicherer fesseln Sie die Aufmerksamkeit Ihrer Zuhörer.

Beispiel — Das langweilige Imperfekt

Ein Beispiel dazu, wie die Zeitwahl einen mündlichen Bericht lahm oder spannend machen kann: Jemand berichtet seinen Freunden über seinen missglückten Urlaub.

➤ *„Ich verbrachte meinen ganzen Urlaub im Hotel, weil ich erkrankte und mich kaum bewegen konnte. Dabei leuchtete das Meer vor meinem Fenster und die Sonne schien in mein Zimmer."*

Vom Bericht her spannender wäre vielleicht doch eine andere Zeitform, wie etwa die Vergangenheit:

➤ *„Ich habe meinen ganzen Urlaub im Hotel verbracht. Ich war krank und konnte mich kaum bewegen. Stellen Sie sich vor, das bei einem direkten Blick aufs Meer, tiefblau, und den ganzen Tag schönste Sonne in meinem Zimmer."*

Noch mehr Dramatik könnte die Gegenwert in den Bericht unseres armen Urlaubers bringen:

➤ *„ Ich komme an, freue mich auf den Urlaub, und liege dann die ganze Zeit im Hotelbett, kann mich kaum bewegen. Den ganzen Tag schaue ich vom Bett aufs Meer, die Sonne scheint ins Zimmer, und ich liege nur so da."*

Redeformen: die Wahl der Person

Bei Reden haben Sie vier Möglichkeiten hinsichtlich der verwendeten Person:

- die ICH-Rede (bzw. WIR in der Mehrzahl)
- die DU-Rede (bzw. SIE in der Höflichkeitsform oder IHR im Plural)

- die SIE-Rede (ER, SIE, ES, Sie im Plural)
- die „man"-Rede

Jede der verwendeten Redeformen gibt der Rede eine eigene Richtung. Die vielleicht gefährlichste Form der Personifizierung ist die „Man"-Rede. „Man meint ja nur." Damit meint man jeden und keinen; jeder, der will, kann sich angesprochen fühlen. „Das muss man tun." – die Verpflichtung gilt für jedermann. Daher als Leitsatz:

Überlegen Sie sorgfältig, welche Person Sie für Ihre Rede wählen, und welche Botschaften Sie in welcher Person formulieren.

Wofür ist eine Ich-Botschaft am geeignetsten? Wofür eine Du-Botschaft? Was will ich beim anderen bewirken, welche Gefühle will ich auslösen? Diese Aspekte werden im Folgenden näher beleuchtet.

Die „Ich"-Botschaft wirkt persönlich

Die „Ich"-Rede bzw. -Botschaft kann sehr persönlich sein, Sie stellen sich jedenfalls höchstpersönlich hinter Ihre Aussage, präsentieren Ihre Meinung, Ihre Erfahrung, Ihre Gefühle. Sagen Sie zu häufig „ich" oder „wir", kann es Ihnen rasch geschehen, dass der Adressat Ihrer Rede Interesse verliert oder aber Sie als zu egoistisch, zu „Ich-zentriert" erlebt. Dazu ein kleiner Sarkasmus oder Zynismus, je nachdem, wie Sie das betrachten wollen: Jeder denkt an sich, nur ich denke an mich. Denken Sie bitte darüber nach, als Betroffener von den „Ich"-Ergüssen anderer.

Unter bestimmten Umständen kann aber die „Ich"-Botschaft sehr wichtig sein, und zwar immer dann, wenn Sie bei anderen das Gefühl einer zu intensiven Beeinflussung vermeiden wollen. In seinem Buch „Familienkonferenz"

Beispiel
DIE VERSTECKTE „DU"-BOTSCHAFT

Beispiel für eine als „Ich"-Aussage getarnte „Du"-Botschaft:

- *„Ich finde das unmöglich, wie du mit deinen Bekannten umgehst."*

Formal wird gesagt „Ich", d. h. meine Meinung, meine Gefühle, tatsächlich ist aber gemeint:

- *„Du bist unmöglich"*

Dies aber bedeutet ein hinter der Maske einer „Ich"-Botschaft verstecktes Urteil über den Angesprochenen.

weist Thomas Gordon beispielsweise darauf hin, dass die „Ich“-Botschaft viel weniger geeignet ist, Widerstand und Rebellion zu provozieren, als die „Du“-Botschaften. Er warnt überdies vor versteckten „Du“-Botschaften, d. h. vor Botschaften, die formal als „Ich“-Botschaften gestaltet sind, in Wirklichkeit aber „Du“-Botschaften sind.

Die „Du“-Rede – immer ein Appell

Die direkte Ansprache, also die „Du“-Rede, birgt erhebliche Gefahren für eine reibungslose Kommunikation, denn sie enthält grundsätzlich einen Appell, eine Anweisung , d. h. das Interesse des Adressaten wird vorausgesetzt oder verlangt, oder eine Beurteilung in welcher Form immer, beispielsweise eine Verhaltensbewertung des Angesprochen. Wenn ich jemandem sage „Du redest Unsinn“, handelt es sich dabei um eine durchaus subjektive Einschätzung: Ich beurteile, dass du Unsinn redest, mein Urteil ist richtig, ich habe das Recht, zu urteilen! Vielleicht sieht die angesprochene Person das ganz anders.

Beispiel **EIN KOMPLIMENT ALS GESPRÄCHSANKNÜPFUNG**

Wenn Sie beispielsweise bei einer Party Kontakt über das Thema Kleidung des anvisierten Gesprächspartners aufnehmen wollen, haben Sie dazu mehrere Möglichkeiten.

Sie könnten sagen:

➤ *„Ich bin von Ihrem Kleid ganz fasziniert.“*

Sie senden also eine „Ich“-Botschaft mit dem Ziel, angenehm auf die Angesprochene zu wirken und ein Gespräch zu beginnen.

Eine „Du“-Botschaft wäre:

➤ *„Sie sind aber sehr gut angezogen“.*

Damit haben Sie ein Urteil gesprochen, das Objektivität beansprucht. Je nach Tonlage kann die Wirkung dieser Aussage sehr unterschiedlich sein, d.h. die Gefahr einer Kommunikationsstörung ist nicht auszuschließen.

Im modernen Slang, also in der üblichen Ausdrucksweise der Jugendlichen, würde ein derartiges Kompliment vermutlich ganz anders klingen, wie etwa:

➤ *„Dein Kleid ist voll super“*

oder so ähnlich, was nur mehr einen Anhauch von Sprache und Kultur erkennen lässt. Dennoch bleiben auch in dieser Sprachform die grundsätzlichen Strukturen von „Ich“-, „Du“- und „Sie“-Botschaften bestehen, wenn auch mit völlig verwandelter Insider-Wirkung, zumindest aus der Betrachtungsweise unkundiger Außenseiter.

Echte „Du"-bezogene-Reden, d. h. Reden, die wirklich auf das Interesse des Angesprochenen abzielen, werden kaum die Form einer „Du"-Botschaft wählen, wobei Ausnahmen auch hier die Regel bestätigen können.

Der indirekte Weg – „Sie"-Botschaften

„Sie"-Botschaften sind Reden über Dritte, anwesend oder nicht anwesend, berichtend, schildernd oder beurteilend, sei es in Form von Lob oder Tadel, oder aber Erzählungen über Ereignisse, Fakten welcher Art immer, Gehörtes, etc. Im Falle der negativen „Sie"-Botschaft entspricht diese dann, wenn der betroffene Dritte zuhört, üblicherweise einer scharfen Zurückweisung und Provokation. Man spricht über jemanden, mit dem man nicht kommunizieren möchte. Greift der so Angesprochene die Rede auf, kommt es üblicherweise zu sehr unangenehmen Auseinandersetzungen auf hohem Aggressionspegel.

Beispiel – BESCHWERDE – DIREKT UND INDIREKT

Nehmen wir beispielsweise an, Sie seien Nichtraucher und hätten beim Frühstück im Hotelrestaurant als Tischnachbar einen Raucher. Der Rauch stört Sie.
Nun könnten Sie den direkten Weg wählen und den Raucher höflich ansprechen:

➤ *„Bitte entschuldigen Sie, würde es Ihnen etwas ausmachen, hier nicht mehr zu rauchen? Ich habe mit dem Rauch Probleme."*

Der Angesprochene wird eher verlegen sein, obwohl auch eine aggressive Reaktion nicht auszuschließen ist. Es gibt nun einmal immer mehr Leute mit schlechter Kinderstube und Barbarenmanieren. Dennoch ist diese Art der Kommunikation noch am ehesten geeignet, eine Atmosphäre positiv zu bereinigen.

Vielfach wird aber eine andere Methode gewählt. Man spricht laut mit seinem Partner am Tisch:

➤ *„Diese Raucher sind derart lästig. Nicht einmal beim Frühstück können sie mit dem Qualmen aufhören."*

Das Ziel ist eindeutig, den Raucher verlegen zu machen oder zu verärgern, was ihn dazu bringen soll, das Rauchen einzustellen. Geht er zum Angriff über, indem er sagt: „Wenn Ihnen etwas nicht passt, können Sie sich ja an einen anderen Tisch setzen", hat man noch immer mehrere Möglichkeiten. Man kann sagen, er solle sich nicht in andere Gespräche einmischen, oder man kann sich auf einen Streit einlassen, oder man kann den Raucher ganz einfach ignorieren. Was bleibt, ist jedenfalls eine Trübung der Laune, der eigenen wie jener des Rauchers.

Die Transaktionsanalyse – ein Kommunikationsmodell

Besondere Aspekte der Kommunikation hebt die so genannte „Transaktionsanalyse" hervor, ein Modell, welches von Eric Berne in den sechziger Jahren des vorigen Jahrhunderts entwickelt wurde. In dieser Theorie gibt es drei Elemente (nach Rautenberg/Rogoll):

- *das K-Element (Kind-Ich)*
- *das L-Element (Eltern-Ich)*
- *das R-Element (Erwachsenen-Ich)*

Hinter jedem dieser „Ich"-Zustände, die je nach persönlicher Gefühlslage bei jedem Menschen wirksam werden können, stehen bestimmte Verhaltensweisen. Je nach seelischer Vordisposition neigen Menschen besonders zu irgendeiner dieser Verhaltensformen. Für das Kindheits-Ich stehen als Schlüsselwörter Leiden, Spielen und Genießen, d. h. im praktischen Leben als negative Faktoren Angst und Trotz, als positive Elemente Wissensdrang, Kreativität, Begeisterungsfähigkeit und Abenteuerlust. Demgegenüber verkörpert das Eltern-Ich autoritäres Verhalten in belohnender und bestrafender Form. Im Erwachsenen-Ich werden Zusammenhänge nüchtern betrachtet und auf objektiver Basis beurteilt.

Wie man Konflikte vorprogrammiert

Kommunikationsstörungen treten auf, wenn für die jeweilige Redesituation eine falsche „Ich"-Ebene gewählt oder angesprochen wird.

Nehmen wir als Beispiel an, Sie werden von einem Verkehrspolizisten angehalten. Wie wird sein Verhalten üblicherweise sein? Richtig, er wird das Eltern-Ich verkörpern, d. h. er präsentiert sich üblicherweise als Autorität, die ermahnt oder bestraft. Trifft er Sie als reumütigen Sünder an, verfallen Sie also instinktiv in die Rolle des Kindheits-Ich, wird die Kommunikation relativ reibungslos ablaufen.

Wenn Sie versuchen, auf der Ebene des Erwachsenen-Ich mit ihm zu sprechen, indem Sie Ihr beanstandetes Verhalten objektivieren (z. B.: „Ich bin nach meiner Wahrnehmung noch bei Grün in die Kreuzung eingefahren."), könnten Sie eventuell noch eine gute Gesprächsbasis schaffen. Wenn Sie sich selbst aber auch in die Rolle des Eltern-Ich begeben, d. h. der Autorität eine Gegen-Autorität entgegensetzen, dann wird die Angelegenheit problematisch. Eine Eltern-Ich-Antwort wäre: „Ich fahre jetzt seit 20 Jahren unfallfrei und weiß ganz genau, wie ich mich zu verhalten habe. Sie brauchen mich nicht zu belehren." Ebenso problematisch wird eine Antwort aus der Position eines aufsässigen Kindes: „Sie haben wohl zu viel Zeit. Jagen Sie lieber Verbrecher, und nicht harmlose Bürger."

Manipulationen durchschauen

Wer die Methoden der Transaktionsanalyse beherrscht, kann Konfliktsituationen zumeist gut meistern – aber auch, wenn er will, Konflikte anheizen. Es ist für einen erfahrenen Kommunikationsfachmann relativ einfach, Konflikte zu schüren, aber das beherrschen viele Menschen ohnehin von Geburt an, ohne zu wissen, welche Mechanismen sie aufgrund ihrer Veranlagung verwenden bzw. was bestimmte Reaktionen auslöst. Wenn Sie vermeiden wollen, manipuliert zu werden, sollten Sie Ihre „Auslöser" erkennen lernen, und dazu hilft Ihnen die Transaktionsanalyse sicherlich weiter.

Auf den Ton kommt es an

Ein weiterer wichtiger Wirkungsfaktor ist der Unterschied zwischen geschriebener und gesprochener Sprache. Dass gesprochene Sprache anders wirkt als geschriebene Sprache, haben schon die wenigen kleinen Beispiele gezeigt. Dazu kommt aber noch als ganz wesentlich das akustische Element. Sprache wird gesprochen und gehört, d. h. über den schriftlich darstellbaren Text hinausgehend (mit allen seinen Gestaltungsmöglichkeiten) wird das Hörbare wirksam, die Akustik.

Wie Sie Worte aussprechen, wie Sie Silben betonen, Vokale und Konsonanten hervorbringen, welche regionale mundartliche Färbung hinter der Aussprache liegt: All das gibt Ihrer Rede ein ganz eigenes, individuelles Gepräge. Dabei können Sie ganz gezielt die gefühlsmäßige Einstellung Ihrer Zuhörer nutzen. Wenn Sie vor Zuhörern sprechen, die eine Schwäche für die Mundart Ihrer Gegend haben, können Sie diese gezielt zur Verstärkung einer positiven Wirkung einsetzen. Andererseits kann es zu einer unangenehmen Wirkung führen, wenn Sie Wörter falsch betonen.

Fallstricke Fremdwörter und Insider-Jargon

Ein besonderes Problem ergibt sich bei Fremdwörtern. Fremdwörter in Reden können unter drei Aspekten zu Fallstricken werden, die Sie um den Redeerfolg bringen:

- Sie verwenden das Fremdwort falsch.
- Sie betonen das Fremdwort falsch.
- Ihre Zuhörer verstehen das Fremdwort nicht.

Daher kann ich Ihnen nur empfehlen, Fremdwörter weitestgehend zu vermeiden, wenn diese nicht bei einem Fachvortrag für die Zuerkennung eines wissenschaftlichen Status erforderlich sind.

Besonders kritisch ist die Angelegenheit beim so genannten „Neudeutsch". Anglizismen werden gerne und häufig verwendet und eingedeutscht. Das führt gelegentlich zu einem Insiderslang, der „Mega-In" ist, aber möglicherweise bald auch „Mega-Out", und häufig hat er wenig mit dem zu tun, was die angebliche englischsprachige Bedeutung sein soll. Um „In" zu sein, werden Sie zwar lernen müssen, was gerade gemeint ist, wenn Ihr Sprössling etwas oberaffengeil findet, Sie sollten aber derartige Insiderbegriffe in eigenen Reden möglichst vermeiden, wenn Sie nicht etwas ironisch darstellen wollen oder tatsächlich Insider sind.

Dialekt oder Hochsprache?

Ihre Sprache drückt aus, wozu Sie gehören oder gehören wollen, und gibt somit dem Adressaten Ihrer Rede ein unüberhörbares Signal, wie er Sie einzuschätzen hat. Achten Sie daher darauf, wie Sie sich durch die Sprache gegenüber dem anderen identifizieren wollen. Sprechen Sie selbstbewusst Ihre eigene Sprache, das heißt auch Ihren eigenen Dialekt, oder, wenn der Anlass dies erfordert, die allgemeinverbindliche Hochsprache.

Es klingt eigenartig, wenn die Hochsprache durch eine gekünstelt wirkende Aussprache „nach der Schrift gesprochen" wird. Scheuen Sie daher nicht davor zurück, in der Hochsprache Ihre eigene regionale Tonfärbung zu belassen, wenn dadurch Ihre Rede natürlicher wird und wirkt. Eher weniger zu empfehlen sind allerdings Dialektausdrücke, die nicht allgemein verständlich sind, weil Ihr Zuhörer dadurch verwirrt wird. Ebenso wenig sollten Sie sich eine schlampige Wortformulierung durchgehen lassen: Verschlucken von Wortsilben oder unklare Aussprache von Selbstlauten (a, e, i, o, u) vermindert die Kommunikationswirkung, auch wenn das bayrische „a" in einer Mischung von „a" und „o" durchaus sympathisch wirken kann.

Die Entwicklung der Redeinstrumente

Das (akustische) Instrument einer Rede ist die Stimme, auf die sonstigen Instrumente (Körpersprache, Geruch, Umgebung, Präsentationsmethoden) kommen wir später noch zu sprechen.

Bedenken wir stets, dass unsere Rede schon vorbeeinflusst ist, d. h. es gibt für den Zuhörer schon eine erste „Aussage", ehe wir noch zu sprechen beginnen: durch uns selbst, unser Selbstgefühl, das, was der Zuhörer über uns weiß oder zu wissen glaubt, durch das Selbstgefühl des Zuhörers und durch die Situation, in welcher die Rede stattfindet.

Um diesen Voreinfluss möglichst rasch in eine Richtung zu lenken, die wir beabsichtigen, müssen wir unsere Stimme schulen. Die Stimmwirkung besteht aus der Wirkung der:

- (angeborenen) Stimmtönung
- Lautstärke
- Betonung
- Modulation (d. i. das Steigen und Fallen der Stimme bzw. des Tons)
- Sprechgeschwindigkeit
- Pausen zwischen Wörtern, Wortteilen und Sätzen

Wie hören Sie selbst Ihre Stimme?

Ihre angeborene Stimmtönung kann von vornherein angenehm wirken, womit Sie einen Startvorteil hätten, oder aber weniger angenehm. Wenn Sie wissen wollen, wie Ihre Stimme wirkt, gibt es einen ersten Beurteilenden: Sie selbst. Die Technik macht's problemlos möglich. Wir müssen nicht mehr die Ungenauigkeit der selbstgehörten eigenen Stimme in Kauf nehmen, ein Tonband oder vielleicht sogar eine Videoaufnahme erlaubt eine wesentlich bessere Eigenbeurteilung. Üben Sie verschiedene Stimmlagen und Lautstärken, versuchen Sie zu beurteilen, wie Sie auf sich selbst besser wirken, bei welchen Lauten Sie eher schrill klingen. Ihre Übung wird leichter und objektiver, wenn Sie einen vorgegebenen Text lesen. Dabei können Sie dann auch beurteilen, ob Sie deutlich sprechen, insbesondere dann, wenn Sie Ihr eigenes Tonband im Auto abspielen. Verstehen Sie dann noch, was Sie gesagt haben, oder geht es Ihnen wie bei einer zu flotten Handschrift, wo man dann selbst nicht mehr lesen kann, was man geschrieben hat?

Wie hören andere Ihre Stimme?

Nach der Eigenbeurteilung sollte eigentlich die Fremdbeurteilung kommen. Ich sagte: eigentlich, und das mit gutem Grund. Kritik zu geben ist ebenso schwierig wie Kritik anzunehmen, weil viele Menschen dazu neigen, selbst bei Anforderung einer „objektiven" Kritik (die es gar nicht gibt, weil der Kritiker auch in gewissem Ausmaß subjektiv urteilt) Lob hören zu wollen und bei Kritik anfangen, sich zu verteidigen.

Geht es Ihnen auch so, dass Sie sich innerlich weigern, einem anderen bei Anforderung einer Kritik die Wahrheit zu sagen, es sei denn, Sie haben nur auf diese Gelegenheit gewartet? Erbitten Sie daher Kritik nur von jemandem, der Sie gut kennt, der Sie auch in Ihrem Umfeld kennt und zu dem Sie freundschaftliche Nähe haben. Der Lebenspartner kann ein guter Kritiker sein, und vielleicht bekommt damit Ihre Beziehung und auch die Ebene der Kommunikation noch eine ganz andere Wendung.

John Gray meint „Männer sind anders, Frauen auch", und spricht damit eine geschlechtsspezifische Art des Verständnisses von „Botschaften" an. Und gleichgültig, ob dann der von Gray angesprochene männerspezifische „Werkzeugkasten" hervorgeholt wird oder ein frauenspezifischer Beziehungsaufbau stattfindet, die Arbeit an Ihrem Sprechstil kann für das Zusammenleben mit Ihrem wichtigsten Menschen von großer Bedeutung werden – wenn Sie es ernst meinen mit Ihrem Wunsch nach „objektiver Beurteilung".

Die Lautstärke verbessern

Mit Ausnahme der angeborenen Stimmlage sind alle anderen Wirkungen der Stimme gut beeinflussbar und trainierbar. Beginnen wir mit der Lautstärke. Angeblich behauptet eine wissenschaftliche Untersuchung, die Stimmstärke von Frauen wachse nach ihrer Verheiratung, jene von Männern sinke. Aber Spaß beiseite. Die Fragestellung ist: Wie kann die Lautstärke verbessert werden? Diesem Problem muss sich jeder Schauspieler und jeder Sänger stellen. Einerseits können die Stimmbänder selbst gestärkt werden, andererseits muss die Form der Reizung der Stimmbänder über die Atmung verbessert werden. Der Ton kommt dann am schlechtesten heraus, wenn er direkt im Kehlkopf erzeugt wird; er kommt am besten heraus, wenn der Resonanzraum möglichst groß wird. Sollte daher Ihr Problem ein zu geringes Stimmvolumen sein, können Sie getrost davon ausgehen, dass dies durch eine entsprechende Ausbildung z. B. bei einem Gesangslehrer gemildert und sogar beseitigt werden kann. Sie werden dann zwar vermutlich keine theaterfüllende Stimme bekommen wie ein Opernsänger, für die üblichen Anforderungen im Alltag wird es aber allemal reichen.

Tipp DER DISKO-TEST

Ein Rezept zur Stärkung der Stimme ist aus der Antike überliefert, angewandt von einem erfolgreichen Redner, dessen Stimmvolumen nicht ausreichend war. Er trainierte seine Stimme am Meer, indem er konsequent versuchte, den Lärm der Brandung zu übertönen. Heutzutage brauchen Sie dazu nicht mehr auf Brandung zu warten – es genügt eine Disko. Probieren Sie in der Disko, mit Ihrem Partner/Ihrer Partnerin zu reden. Wenn er/sie Sie versteht, das heißt nicht nur Ihre Körpersprache, sondern das, was Sie sagen, dann ist Ihr Stimmvolumen für einen ganzen Saal ausreichend. Schaffen Sie es dazu noch, Ihre Stimme dabei angenehm klingen zu lassen, gehören Sie im Bereich des Stimmvolumens zur Meisterklasse.

Die Wirkung der Betonung

Der Wirkungsfaktor Betonung betrifft nicht nur einzelne Wörter bzw. Wortsilben, sondern den gesamten Ablauf eines gesprochenen Satzes. Darauf hinzuweisen, dass betonte Worte besser und vorrangig aufgenommen werden, erscheint fast überflüssig, dennoch zeigt die Rhetorik im Alltag immer wieder, dass Nicht-Betonungen von erfahrenen Rhetorikern ebenso zur Betonung eingesetzt werden. Wenn ein Nachrichtensprecher seine Kommentare in Nebensätzen auffällig unbetont platziert, spielt er mit dem Instrument „Betonung“.

Hüten Sie sich vor falschen Betonungen von Silben. Es gilt als Mangel an Bildung, Silben falsch zu betonen, es sei denn,

Sie spielen mit diesem Instrument bewusst. Als in der Wirtschaft der Begriff des Marketing (Betonung auf der ersten Silbe) aufkam und mancher Unwissende von diesem Begriff fasziniert war, aber nicht wusste, wie er auszusprechen war, entstand ein ganz anders klingendes Wort mit der Betonung auf der Mittelsilbe (marKEting), ein „running gag" (immer wieder eingesetzter Scherz) unter Eingeweihten über Möchtegern-Marketingjünger.

Modulation schafft Spannung

Modulation ist das A und O der spannenden Rede. Wie haben wir als Studenten unter jenem Professor gelitten, der den interessantesten Text in einer konstant gleichen Tonhöhe brachte, sodass es kaum möglich war, nicht einzuschlafen. Wenn Sie Ihre Zuhörer foltern wollen, reden Sie über einen längeren Zeitraum ohne Auf und Ab in der Tonhöhe. Sie haben dann nur mehr jene Zuhörer, die Ihnen aus welchem Grund immer nicht davonlaufen dürfen. Eine konstante Tonhöhe wirkt einschläfernd, quälend, starr und unstrukturiert. Lassen Sie Ihre Sprachmelodie leben, in einem angenehmen Auf und Ab, mit einem Aufschwung zur Dramatisierung und einem Abschwung zur Beruhigung.
Ein weiterer wichtiger Aspekt der Modulation ist die Veränderung der Bedeutung des Gesagten durch Modulation. Der geschriebene Satz gibt für die Modulation ganz deutliche Anweisungen, wie beispielsweise Ausrufezeichen oder Fragezeichen.
Dazu gibt es einen Witz, der das gut demonstriert. Ein Nachbar verklagt den anderen, weil dieser ihn Lump und Gauner genannt hat. Vor Gericht wird vorgeschlagen, den Streit dadurch beizulegen, dass der beklagte Nachbar zum Kläger vor dem Richter zu sagen hat: „Du bist kein Lump, du bist kein Gauner." Dieser stimmt zu und sagt: „Du bist kein Lump? Du bist kein Gauner?" Der Kläger beschwert sich beim Richter: „Der meint das gar nicht so, wie es vereinbart war!" Darauf entgegnet der Richter: „Vereinbart war nur der Text, nicht die Melodie."

Lahm oder rasant – die Sprechgeschwindigkeit

Zur Geschwindigkeit des Sprechens gibt es zahlreiche prominente Beispiele. Ein ehemals sehr bekannter, bereits verstorbener österreichische Politiker sprach so bedächtig, dass seine Sprechgeschwindigkeit Gegenstand zahlreicher Witze und Anekdoten wurde. Dennoch, oder vielleicht aus diesem Grund, waren seine Aussprüche sehr bekannt und populär – die Anzahl der zu merkenden Wörter hielt sich in Grenzen.

Demgegenüber zeichneten sich andere Politiker und Politikerinnen durch kaum nachverfolgbare Sprechgeschwindigkeiten aus, ein Albtraum für Dolmetscher, mitschreibende Journalisten und Stenografen. Einer Dame brachte diese Art des Sprechens die Bezeichnung „Blitzgoscherl" ein (übersetzt in allgemein verständlicheres Deutsch vielleicht „Blitzmündchen").
Beide Extreme bergen unterschiedliche Gefahren in sich. Wer zu langsam spricht, kann in Verdacht geraten, nicht gerade „helle" zu sein, wer zu schnell spricht, weckt die Vermutung, er habe etwas zu verbergen und möchte es durch viele Worte „zudecken". Demgegenüber wirkt eine angemessene Langsamkeit beim Sprechen bedächtig, weise, ruhig und angenehm, eine angemessene Schnelligkeit hingegen klug, elegant, intellektuell und gekonnt.

Pausen gekonnt einlegen

Pausen können mehr sagen als Worte. In Pausen wirkt das Gesagte nach, in Pausen geht es ins Gedächtnis der Zuhörer, in Pausen klingt das zu Sagende an. Es muss für Sie einen guten rhetorischen Grund geben, wenn Sie im Text vorstrukturierte Pausen bewusst übergehen. Pausen sind strukturell vorgesehen, wenn ein Satz oder ein Satzteil durch ein Trennungszeichen beendet wird.
Manchmal stoppen Redner direkt vor einer „natürlichen" Pause, um diese nach dem Atemholen rasch zu überbrücken, als hätten sie Angst, unterbrochen zu werden. Ich kann mich nicht erinnern, eine derartige Überbrückung bei Reden welcher Art immer jeweils als angenehm empfunden zu haben. Auf mich wirken solche Überbrückungen immer irgendwie „schnoddrig", arrogant, das Recht des Zuhörers verletzend, auch seine Ohren „atmen" zu lassen.
Wie lange sollten nun die Pausen während einer Rede sein? Üblicherweise sehr kurz, nur einen Atemzug lang. Sie beenden einen Satz oder einen Satzteil, atmen ein und setzen fort. Jede Pause, die länger dauert, wirkt ungewöhnlich und ist nur dann sinnvoll, wenn Sie diese als Stilmittel in Ihrer Rede bewusst einsetzen wollen und das für den Zuhörer auch erkennbar ist. Ansonsten vermittelt eine zu lange Pause den Eindruck, Sie wüssten nicht weiter.

Tipp – Pausen als Wirkungsverstärker

Setzen Sie Ihre Pausen bewusst ein, geben Sie Ihren Zuhörern Gelegenheit, durch eine Pause der Bedeutung des Gesagten etwas nachzusinnen. Wenn Sie in Ihrer Rede eine wichtige Passage vor der Pause gebracht haben, wirkt es verstärkend, wenn Sie diese nach der Pause, vielleicht in leicht abgewandelter Form, wiederholen.

Ein leidiges Thema – Verlegenheitslaute

Pausen sind dazu da, zu atmen, verleiten aber manchmal zu Verlegenheitslauten, wie „äh“, oder in manchen Gegenden „nicht wahr?“ oder bei Erzählungen „habe ich gesagt“. Es ist ein schwieriges Kapitel der Selbsterziehung, diese Verlegenheitszeichen zu vermeiden. Wenn gelegentlich eine „herausrutscht“, bleibt das meistens unbemerkt, d. h. es wird von den Zuhörern gar nicht bewusst wahrgenommen. Regelmäßige Verlegenheitslaute wirken aber unangenehm und störend.
Sie werden bei gezielten Selbstbeobachtungen bemerken, dass Sie besonders dann zu Verlegenheitslauten neigen, wenn Sie müde, nervös, schlecht vorbereitet oder in einer unangenehmen Situation sind. Ihre Verlegenheitslaute vermitteln somit genau jene innere Schwächeposition, die Sie doch eher verbergen möchten. Umso mehr muss sich einer der Trainingsschwerpunkte für die Redevorbereitung auf diesen Faktor konzentrieren. Vielleicht hilft es Ihnen zur Aberziehung, wenn Sie übungshalber an jenen Stellen, wo er käme, nicht tatsächlich Ihren Verlegenheitslaut setzen, sondern bewusst sagen: „Jetzt käme ein äh.“

Redefiguren elegant und wirkungsvoll einsetzen

Nach so viel körperlicher Übung und seelischer Vorbereitung greifen wir jetzt ein wenig in den Werkzeugkasten der Rhetorik. Redefiguren bzw. rhetorische Figuren dienen dazu, der Rede eine besondere Wirkung zu verleihen. Gute Rhetorik macht selbst das Gewöhnliche zum Außergewöhnlichen, lässt selbst den nebensächlichsten Inhalt zum Erlebnis werden – eine Tatsache, die sich Populisten aller Art perfekt zu eigen gemacht haben.
Es wäre beispielsweise ganz reizvoll für mich gewesen, die Redefiguren als „A bis Z der Redefiguren“ anzukündigen, aber dann hätten Sie mich bei einer ungeeigneten Redefigur ertappt. Das „A und O“ wiederum wäre eine Anspielung auf Alpha und Omega, im Prinzip das Gleiche wie bereits gesagt, nur nach dem griechischen Alphabet. Der Sinn ist kein anderer, als durch Kunstgriffe die Aufmerksamkeit besser zu gewinnen und die Wirkung von Inhalten (oder fehlenden Inhalten) zu erhöhen.

Stilwerkzeuge für Ihre Rede

Das nachstehende Potpourri (= Allerlei, Kunterbunt) von Redefiguren sollten Sie in Ihren Rhetorik-Werkzeugkasten aufnehmen. Dabei erfahren Sie nicht nur einige Tricks für Formulierungen in Ihren Reden, Sie lernen auch noch zahlreiche, meist vom Griechischen abstammende Fremdwörter. Keine Angst vor den fremden Begriffen! Es handelt sich dabei nur um den „Terminus technicus“, das heißt den Fachausdruck für die jeweilige Redefigur. Damit kann man sich an geeigneter Stelle als Fachmann präsentieren, für uns dient er aber nur zur Kennzeichnung der jeweiligen Redefigur. Tatsächlich verwendeten bereits die Babylonier und Assyrer in semitischen Dichtungen des Altertums die Alliteration (Stabreim). Sie gilt als älteste Form der Verbindung (Reim) in den germanischen Sprachen: „Wenn warme Winde Wetter wechselnd wirken …“ Sollte Ihnen das nicht gefallen haben: Extreme veranschaulichen. Eine kurzgefasste Übersicht mit Beispielen zu allen Redefiguren finden Sie auf Seite 207 ff. im Anhang.

Abweichungen vom regulären Satzbau

➤ Pleonasmus heißt eine überflüssige Häufung sinngleicher oder sinnähnlicher Ausdrücke, z. B. „weißer Schimmel“, „raffgieriger Ausbeuter“, „ökologischer Umweltschützer“.

➤ Die Tautologie ist dagegen eine synonyme (sinnverwandte) Wortwiederholung wie z. B. „hegen und pflegen“, „wanken und schwanken“, „ein Unglück und eine Katastrophe“.

➤ In der Katachrese werden sprachliche Bilder in uneigentlicher und fehlerhafter Weise verwendet, ein Kunstgriff, der häufig in literarischen Werken und in journalistischen Präsentationen angewandt wird, z. B. „federleichte Worte“, „gläserner Mensch“.

➤ Anakoluth (ohne Zusammenhang, unpassend) nennt man die Verbindung von Satzteilen ohne inhaltlichen Zusammenhang (scherzhaft beispielsweise: „Quäle nie ein Tier zum Scherz, denn es könnte geladen sein“), d. h. einen absichtlich herbeigeführten Satzbruch. Der Sinn kann eine bewusste Verwirrung der Zuhörer sein, oder aber ein scherzhafter Einschub in die Rede zur Unterhaltung der Adressaten.

Die drei Gruppen von Redefiguren

Der Brockhaus gliedert rhetorische Figuren nach drei Gruppen:

➤ *Figuren durch Abweichung vom regulären Satzbau (z.B. Pleonasmus, Tautologie, Katachrese, Anakoluth)*

➤ *Ersatzbeschreibungen oder Umschreibungen (Metapher, Metonymie, Periphrase, Paraphrase, Epitheton ornans)*

➤ *Figuren der Hinzufügung, Auslassung und Anordnung (Epizeuxis, Anapher, Paronomasie, Parallelismus, Oxymoron, Antimetabole, Asyndeton, Polysyndeton)*

Ersatzbeschreibungen oder Umschreibungen

➤ Verliebte benennen sich gerne mit Metaphern, das sind bildliche Übertragungen eines konkreten auf einen abstrakten Begriff auf Grund eines Vergleichs, wie beispielsweise „meine Rose", „Engelchen" usw. Ungeeignete Metaphern führen allerdings leicht zu einem Fettnäpfchen, von dem man sich schwer wieder reinwäscht.

➤ Die Metonymie (Namensvertauschung) gebraucht ein Wort oder eine Fügung für einen verwandten Begriff in übertragener Form. Wenn Sie beispielsweise sagen, ich liebe Goethe, meinen Sie eindeutig seine literarischen Werke, nicht den Dichter selbst. Oder wenn Sie die Küche eines Restaurants loben, meinen Sie kaum die Einrichtung, sondern das in dieser Küche aufbereitete Essen.

➤ Wenn Stockholm bezeichnet wird als „Venedig des Nordens" oder Salzburg als „deutsches Rom", handelt es sich um eine Periphrase, die Umschreibung eines Begriffs, bzw. um eine Paraphrase, eine verdeutlichende Umschreibung mit anderen (oder ergänzenden) Worten.

➤ Homer verwendete für seine Götter und Helden schmückende Beiwörter (Epitheton ornans), wie „kuhäugige Athene" oder „listiger Odysseus", welche den Betroffenen durch hervorstechende Eigenschaften im Beiwort charakterisieren.

Hinzufügungen, Auslassungen und Anordnung

➤ Wollen Sie einen Zustand besonders hervorheben, können Sie nebengeordnete wörtliche Wiederholungen verwenden (Epizeuxis bzw. Epanalepse = Wiederholung eines gleichen Wortes oder einer Wortgruppe), indem Sie beispielsweise über die Qual von Handyanrufen in einem Restaurant sagen „es läutet und läutet und läutet schon wieder, man hat keine Ruhe".

➤ Die Anapher ist die Wiederholung eines Wortes oder mehrerer Worte zu Beginn eines Satzes: „Geld regiert die Welt, Geld gibt Macht, Geld gibt Status …"

➤ Wenn Sie derartige Wiederholungen an das Ende eines Satzes positionieren, heißt der Fachausdruck dafür Epipher.

➤ Beschränkt sich die Wiederholung auf denselben Wortstamm (z. B. „betrogener Betrüger"), verwendet man eine Paranomasie.

➤ Wiederholungen im Satzbau nennt man Parallelismus („sie reden gerne vom Sparen, und meinen dabei nicht sich selbst, sie reden gerne von Besonnenheit, und meinen dabei nur andere …").

- Das Oxymoron ist eine widersprüchliche Verbindung von Gegensätzen, wenn Sie beispielsweise nach einer Frage an das Publikum sagen „Sie schweigen hörbar“, oder die Wendung „der flaue begeisterte Applaus“. Eine Sonderform des Oxymorons ist ein Contradictio in adjecto, ein Widerspruch zwischen dem Substantiv (Hauptwort) und einem hinzugefügten Adjektiv (Eigenschaftswort), beispielsweise „beginnendes Ende“.
- Werden Wörter eines Satzes in anderer Stellung zur Darstellung einer gedanklichen Antithese (entgegengesetzte Behauptung) wiederholt, verwendet man eine Antimetabole: „Ihr könnt zwar verstehen, wollt es aber nicht, oder wollt ihr verstehen, und könnt es nicht?“.
- Einer von Julius Cäsars bekanntesten Aussprüchen war ein Asyndeton (Unverbundenes, Anreihung gleich geordneter Wörter, Wortgruppen, Sätze oder Satzglieder ohne Verbindung): „Ich kam, sah, siegte“ (Veni, vidi, vici).
- Das Polysyndeton hingegen ist eine Aneinanderreihung gleichgeordneter syntaktischer Einheiten (Wörter, Wortgruppen, Sätze) durch dieselbe Verbindung, wenn Sie etwa einen Wasserfall beschreiben mit dem Satz „es rauscht und drängt und schäumt und fällt“.

Das Spiel mit dem Unerwarteten

In herkömmlicher Form strebt eine Rede auf den Höhepunkt zu. Durch die Anordnung von Wörtern, Satzteilen oder Sätzen, die sich in ihrer Aussagekraft oder Bedeutung steigern, wollen Sie die Wirkung auf den Höhepunkt bringen. Sie erreichen aber eine ganz andere, üblicherweise satirische Wirkung, wenn Sie statt der erwarteten weiteren Steigerung einen plötzlichen Abfall eintreten lassen: „Alle starrten wir auf die herankommenden Wolken. Schutzlos würden wir im Gewitter stehen, den Blitzen ausgesetzt sein, die sich in der Ferne durch Donnergrollen ankündigten. Dann verzog sich das Gewitter von selbst.“

Eine sehr beliebte rhetorische Figur ist der Euphemismus, die mildernde oder beschönigende Umschreibung eines anstößigen oder unangenehmen Wortes. Steuererhöhungen heißen dann „Tarifanpassungen“, Personalkündigungen heißen „Verschlankungen der Organisation“ usw.

Die Hyperbel ist nicht nur eine mathematische Figur (ein Kegelschnitt), sondern auch eine rhetorische Figur. In der Rhetorik versteht man unter Hyperbel eine Form der Übertreibung, mittels derer eine Sache besser oder schlechter, größer oder kleiner dargestellt wird, als sie tatsächlich ist. Wenn Sie beispielsweise angesichts von Problemen von „einem Berg von Problemen“ sprechen, gebrauchen Sie eine Hyperbel.

Raffiniert ausgedrückt

Durch Ironie (vom griechischen Wort eironeia, Verstellung) wird ein dem Anschein nach ernsthafter Gedanke verspottet oder lächerlich gemacht, mit dem Ziel, das Gegenteil des scheinbar Gesagten auszudrücken. Wenn Sie etwa sagen, „Unsere Regierung macht mit der beschlossenen Steuererhöhung das Beste für das Volk. Sie sorgt dafür, dass niemand mehr sich Gedanken machen muss über die Veranlagung seines Geldes“, meinen Sie sicher nicht, dass Sie ein Anhänger enteignender Steuererhöhungen sind.

Eine Aussage durch die Verneinung des Gegenteils hervorzuheben heißt Litotes (Schlichtheit). Glauben Sie, auf Ihren eigenen Anteil an einer Sache hinweisen zu müssen, fürchten aber den üblen Geruch des Selbstlobs, könnten Sie beispielsweise in einem Beisatz erwähnen: „Ich war daran nicht ganz unbeteiligt.“

Das Paradoxon ist eine scheinbar widersinnige, in sich widersprüchliche und der allgemeinen Erfahrung zuwiderlaufende Aussage, die jedoch eine andere, höhere Wahrheit widerspiegelt, wie etwa der altrömische Spruch „Wenn du den Frieden willst, rüste zum Krieg.“ oder „Wer sparen will, muss Geld ausgeben.“

Rhetorische Fragen haben die Gestalt einer eigentlichen Frage, eine Antwort wird aber darauf weder erwartet noch gewünscht. Sie sind ausschließlich Stilmittel einer Rede. Wenn man beispielsweise über eine Organisation und deren Leistungen spricht, könnte eine rhetorische Frage lauten: „Und wer hat als einziger reagiert und geholfen? Nur ...“

Redefiguren sparsam einstreuen

Die dargestellten Beispiele zu den rhetorischen Gestaltungsformen werden Ihnen wesentlich dabei helfen, Ihre Reden lebendiger, bunter und interessanter zu gestalten.

Machen Sie ruhig zunächst Ihr Manuskript, ehe Sie es dann unter Zuhilfenahme der Liste von rhetorischen Figuren überarbeiten. Vor allem aber: Nehmen Sie sich vor, von Zeit zu Zeit die Redefiguren einzuüben, beispielsweise indem Sie bei Talk-Shows im Fernsehen beobachten, wer welche Formulierung verwendet, und überlegen, wie man den gleichen Inhalt besser, d. h. präziser, spannender oder verständlicher formulieren könnte. Aber nicht alle Redefiguren auf einmal. Setzen Sie Schwerpunkte, wählen Sie eine bis maximal drei Redefiguren aus, die Sie dann über einige Tage bewusst bei anderen beobachten und selbst einüben.

So wirkt unser Körper

Einem ganz anderen Aspekt der Redevorbereitung wollen wir uns nun zuwenden, der sprachlosen Rede, der Körpersprache.
Körpersprache ist unmittelbar wirksam und für alle Menschen verständlich. Durch aufmerksamen Umgang mit körpersprachlichen Mitteln und Beobachtung von Reaktionen wird es Ihnen gelingen, eine relativ gute und richtige Einschätzung von Situationen und Beziehungsebenen zu erreichen, auch wenn Sie die Sprache des anderen nicht verstehen.
Der bekannte Pantomime und Buchautor Samy Molcho schreibt: „Auf der ersten Ebene der Körpersignale reagieren und agieren die Menschen über alle Sozialschichten und Kulturkreise hinweg ähnlich oder analog." Das gilt allerdings nur mit Einschränkungen auf einer höheren Ebene der Kommunikation, wo manche kulturellen Unterschiede zu erheblichen und fatalen Irrtümern führen können.
Wer wüsste mehr über Körpersprache als ein Pantomime, der eine Handlung oder verschiedene Charaktere ohne Gebrauch der Sprache ausschließlich durch Mimik (Mienenspiel), Gestik (Hand- und Fußzeichen), Gebärden und tänzerische Bewegungen ausdrückt. Samy Molcho nennt den Körper „Handschuh der Seele".

Schon aus der Distanz entsteht ein Urteil

Unser Körper wirkt über alle seine optischen Möglichkeiten, d. h. in der Nähe wie auch auf Distanz. Beginnen wir mit der Wirkung auf Distanz, wo nur die Gestalt und ihre Haltung für den Betrachter erkennbar sind.
Bereits durch die Haltung schätzen wir den anderen ein. Nehmen wir an, wir sind in der Nacht allein auf der Straße unterwegs und erkennen eine Person, die am Gehsteig in unsere Richtung unterwegs ist (hätte ich gesagt: die auf uns zukommt, wäre damit bereits eine wesentlich intensivere Kommunikation angedeutet, als tatsächlich stattfindet): Wirkt die Person auf uns sympathisch, vertrauenerweckend, schüchtern, provokativ, bedrohlich? Noch ist nichts wirklich geschehen, und dennoch beginnen wir bereits, den anderen einzuschätzen. Fragen wir uns an dieser Stelle: Was wirkt wie bei uns? Wodurch kommen wir zu unserer (möglicherweise völlig unsinnigen) Einschätzung?
Nun kommt der/die Unbekannte näher, wir können sein Gesicht erkennen und wir beurteilen den Ausdruck des Gesichts. Ist die Person gut oder schlecht gelaunt, freundlich, traurig, wirkt sie seriös oder verkommen, jugendlich oder

verlebt, intelligent oder dumm? Wir erlauben uns eine ganze Menge von instinktiv gefällten Urteilen, ohne auch nur ein Wort mit dem/der anderen gesprochen zu haben, und dies nur aufgrund körpersprachlicher Signale über Haltung und Mimik.

Die Mimik aus der Nähe beobachtet

Kommunizieren wir direkt miteinander, kommen zu diesen „Distanzwirkungen" noch zahlreiche andere Wirkungselemente hinzu. Beginnen wir mit dem Gesicht. Bewusst oder unbewusst wirken vor allem folgende Elemente:

- Stirn
- Augenbrauen
- Augen
- Nase
- Mund
- Mundwinkel
- Kopfhaltung

Es gibt Menschen, die eher ein „Pokerface" haben, d. h. ein Gesicht, das möglichst wenig signalisiert, und andere, deren Gesicht manchmal mehr ausspricht, als Sie selbst beabsichtigen. Meiner Frau möchte ich gelegentlich bei Verhandlungen sagen, Sie möge ihre Gefühle nicht so offen zeigen. Ihr Gesicht ist bei Ablehnung eine öffentliche Beleidigung, die früher bei Männern zu einer Duellforderung geführt hätte.

Ergänzt wird die Wirkung der Mimik durch Gestik, durch Arm-, Hand- und Fußzeichen. Diese sollten den Ausdruck der Mimik bestätigen und damit verstärken, sind aber häufig auch zu dieser widersprüchlich. Das kann eine gewollte Wirkung sein, bei unbewusstem Widerspruch erkennt aber der auf dem Gebiet der Körpersprache gut Bescheid wissende Rhetoriker, dass das Signal mehrdeutig ist, und er wird sich entsprechend vorsichtig verhalten.

Tipp: Von Filmen lernen

Wenn Sie einen guten, spannenden Film ansehen, versuchen Sie herauszubekommen, was der Schauspieler mit seiner Haltung ausdrücken will oder wie ein Regisseur Wirkungen zeigt. Wenn er jemanden bedrohlich erscheinen lässt, sind die Arme üblicherweise an der Seite, die Schultern leicht angehoben durch die Anspannung von Muskeln und die Hände möglicherweise zur Faust geballt. Sollen die Personen sympathisch erscheinen, kommen Sie schlendernd, gemütlich rauchend oder leicht tänzerisch daher.

Die Sprache der Arme

Die Wirkung der Arme geht von den Schultern bis zu den Händen und gilt vielfach als direkte Aussage ohne Sprache, etwa wenn jemand mit den Schultern zuckt, um Desinteresse oder Nichtwissen auszudrücken. Eine Umarmung wiederum ist in manchen Kulturen ein wichtiger Teil der freundschaftlichen Begrüßung.

Ein ausgestreckter Arm zur Begrüßung war bereits im Römischen Weltreich üblich, hat aber gegenwärtig eine eindeutig sozial unerwünschte politische Wirkung. Ein hochgestreckter Arm mit geballter Faust galt als Kampfgruß der Arbeiterbewegung.

Übung zu Mimik und Gestik

1. Probieren Sie aus Ihrem Gefühl heraus, ob Sie die richtige Einschätzung haben, und zwar für ganz konkrete gewünschte körpersprachliche Wirkungen über Mimik:

- *Sie möchten fröhlich und entspannt wirken.*
- *Sie möchten Konzentration ausdrücken.*
- *Sie möchten arrogant und abweisend wirken.*
- *Sie drücken Nachdenklichkeit aus.*
- *Sie sind erstaunt – oder möchten das vorgeben.*
- *Sie sind empört über das Gesagte bzw. über das Verhalten eines anderen.*
- *Sie möchten einem anderen beeindrucken.*
- *Sie möchten, dass Ihnen jemand hilft.*

Einen Vorschlag für die Lösung finden Sie im Anhang, siehe Seite 206.

2. Erweitern Sie die obigen Übungsbeispiele anschließend auf Gesten. Welche Gesten wären wohl zur Verstärkung der Mimik angebracht? Auch dafür bietet der Anhang einen Lösungsvorschlag.

Tipps zur Durchführung der Übung:

- *Benutzen Sie einen Spiegel.*
- *Wenn möglich: Setzen Sie noch eine Videokamera ein.*
- *Wenn möglich: Trainieren Sie mit einem Partner, und zwar so, dass Sie diesem nicht von vornherein mitteilen, was Sie ausdrücken wollen. Er soll beurteilen, welchen Gemütszustand er erkannt hat. Listen Sie dazu aber nicht nur die in der Übung genannten Punkte auf, sondern möglichst viele.*

Botschaften der Hände

Hierbei sprechen die Hände als ganzes, wie z. B.:

- Handfläche offen: Friedfertigkeit, Bitte, Betteln
- Handfläche ruhig auf einer Unterlage: ruhiges Zuhören, Aufmerksamkeit
- nervöses Trommel mit den Fingern: Ungeduld, Langeweile
- Hand zur Faust geballt: Anspannung, Aggression
- Fingernägel in die Handfläche gebohrt: Angst, Stress, Wut

und die Finger, jeweils in Verbindung mit entsprechenden Armbewegungen bzw. Armhaltungen. Die Finger haben darüber hinaus eine starke eigenständige Botschaftswirkung. Denken Sie dabei etwa an das bekannte V-Zeichen von Churchill (V für Victory, Sieg) oder an den weniger eleganten „Stinkefinger", den sich Autofahrer häufig gegenseitig zeigen.

Das sagt die Beinhaltung

Bei den Beinen ergibt sich die Wirkung im Wesentlichen aus zwei grundsätzlichen Einflüssen:

- aus der Sitzhaltung (gerade, nachlässig mit vorgestreckten Beinen)
- aus der unmittelbaren Beinhaltung (Beine offen, Beine aneinander, Beine übereinander).

Beine geöffnet kommt überhaupt nur für Männer in Frage, wirkt in übertriebener Form aggressiv und unangenehm, in nicht übertriebener Form eher gelöst und ruhig, eine Wirkung, die bei Frauen durch geschlossene Beine mit aneinandergelegten Knien erreicht wird.
Beine übereinander führen zu einer aufrechteren Haltung des Oberkörpers und verstärken damit den Eindruck von Aufmerksamkeit gegenüber dem Redner. Spricht der Redner im Sitzen, können übereinandergelegte Beine in Verbindung mit anderen körpersprachlichen Elementen (wie Armhaltung, Handhaltung, Körperwinkel) sowohl entspannt und lässig wirken, wie auch gehemmt, wenn nicht gar verklemmt.

Vielsagend: die Körperhaltung

Ein weiterer Aspekt der Körpersprache ist die Körperhaltung. Prägende Elemente dazu sind:

- Fußstellung
- Beinhaltung
- Armhaltung
- Wirbelsäule
- Schultern
- Kopf
- Brustkorb
- Bauch

Übung zur Körperhaltung

Für die Körpersprache gibt es eine gute Grundlagenübung:
1. Beobachten Sie sich selbst, wie sich Ihr Körper darstellt, wenn Sie entspannt, gut gelaunt, selbstsicher und zufrieden sind.
- *Wo liegen dann Ihre Hände?*
- *Wie stehen Ihre Beine?*
- *Wie atmen Sie?*

2. Und dann beobachten Sie sich, wenn Sie müde, gestresst, angewidert, gelangweilt oder depressiv sind.
- *Was geschieht da mit Ihrem Körper?*
- *Und was sehen Sie dann im Spiegel?*

Jeder Lehrer kennt das Problem der Körperhaltung, insbesondere dann, wenn er gewöhnt ist, vorwiegend im Stehen zu unterrichten. Er/sie wird, je älter er/sie wird, immer häufiger am Abend Schmerzen im Bandscheibenbereich verspüren. Denn die typische „Lehrerhaltung" heißt imponieren, und das ist verbunden mit einem Vorschieben der Leibesmitte beim Sprechen. Die Körperhaltung wird durch die Atmung geprägt, und diese wirkt sich wiederum auf die Stimme aus. Eine ruhige Bauchatmung, d. h. eine Atmung, bei der sich der Bauch beim Einatmen ruhig und unbeeinflusst nach außen wölbt und beim Ausatmen wieder senkt, wäre vorzuziehen. Die uns vertraute Atmung ist eine Brustatmung, d. h. es hebt und senkt sich beim Ein- und Ausatmen nur der Brustkorb.

Stehen Sie unter Spannung, werden Sie dazu neigen, die Schultern eher hochzuziehen. Damit verspannt sich der Nacken, Sie entwickeln eine instinktive Abwehrhaltung, die Stresssymptome signalisiert. Bauch zurückgezogen führt zu einer Wölbung des Brustkorbs und einer geraden Wirbelsäule, d. h. zu einer als sportlich oder sogar militärisch eingeschätzten Körperhaltung.

Die Wechselwirkung von Seele und Körpersprache

Sie kennen vielleicht die aus dem amerikanischen Kulturraum kommende Empfehlung, morgens vor dem Spiegel zu stehen und „Cheese" zu sagen, mit einem langen „i", weil das zu einer dem Lächeln ähnlichen Mundwinkelstellung führen soll.

Angeblich soll die Veränderung der Körperhaltung, also der Sprache des Körpers zu unserer Seele, adressiert an unser seelisches Empfinden, zu einer Veränderung unseres Gemütszustandes führen können. Vermutlich ist das ein Problem wie jenes von Henne und Ei. Was war zuerst da: die Henne oder das Ei? Tatsache ist, dass eine Wechselwirkung von seelischem Zustand und Körpersprache besteht, und wenn Sie sich nicht dabei zusehen lassen wollen,

wie Sie empfinden, müssen Sie Ihre Körpersprache so beeinflussen wie die Worte, die Sie sprechen.
Worte können öffnen und mitteilen, aber auch verbergen. Ebenso kann Körpersprache mitteilen, aber auch täuschen. Um täuschen zu können, muss man das Instrument beherrschen, d. h. man muss wissen, was zu welchen Wirkungen führt. Einige dieser Wirkungen haben wir besprochen, es lohnt aber auf jeden Fall, sich mit Spezialliteratur und sonstigen Ausbildungsmitteln zur Körpersprache (wie z. B. Videos) zu beschäftigen, wenn man dieses Instrument der Rede entwickeln will.

Etwas schauspielern gehört dazu
Professionelle Redner wissen, dass in jeder Rede das schauspielerische Element, d. h. das auch durch Körpersprache unterstütze Darstellen von Inhalten, für eine durchgreifende Wirkung der Rede unerlässlich ist.
Im konzentrierten Zweiergespräch werden Ihre Mimik, Ihre Gestik, Ihre Stimme, vielleicht sogar Ihr Körpergeruch und der Inhalt des Gesagten die vorrangigen Wirkungselemente sein; je größer aber Ihr Publikum ist, desto gewichtiger können körpersprachliche Aspekte bei der Wirkung sein. Auch hier gilt das, was wir bereits bei der Stimme gesagt haben. Vielleicht sind Sie von der Natur bevorzugt durch eine imponierende Erscheinung, vielleicht sind Sie benachteiligt, und dies vielleicht sogar durch eine körperliche Behinderung. Große Menschen der Geschichte haben aber bewiesen, dass man auch vom Rollstuhl aus beeindruckende Reden halten kann, auch mit dem Einsatz von Körpersprache.
Körpersprache heißt letztendlich nichts anderes, als die eigenen körperlichen Voraussetzungen durch gezielten Einsatz von Mimik, Gestik, Atmung und Körperhaltung so zur Geltung zu bringen, dass die Wirkung des gesprochenen Wortes verstärkt wird oder ohne gesprochenes Wort Botschaften übersandt werden können.

Ausstrahlung durch angemessene Kleidung

Im weiteren Umfeld zählt zur Körpersprache auch Ihre Kleidung. Bei der Kleidung wirken die:
- Anpassung an den Anlass
- Mode
- Farbe
- Anpassung an Ihre Gestalt

Weder „overdressed“ (d. h. zu „aufgetakelt“) noch „underdressed“ (beispielsweise in Jeans zum wichtigen Banktermin) ist zu empfehlen. Wenn Sie zu einer Managerveranstaltung im Trachtenlook kommen, kann das möglicherweise zu einer Fehleinschätzung Ihrer Person bzw. Ihres Stils führen. Vielleicht werden Sie dann als eher zu konservativ eingeschätzt. Andererseits ist der Geschäftsanzug/das Geschäftskostüm für eine Brauchtumsveranstaltung vermutlich nicht ganz geeignet.
Wichtigstes Kriterium für die Wahl Ihrer Kleidung ist: Sie müssen sich darin wohlfühlen, und zwar bei dem Anlass, bei dem Sie auftreten und reden wollen. Dabei sollten Sie sich aber fachmännischer Hilfe nicht entziehen.

Farbwahl und Schnitt

Nicht jede Farbe passt zu Ihnen. Ein guter Kleiderverkäufer sollte Ihnen keine Farbe empfehlen, die Ihrem Typ widerspricht. Vielleicht finden Sie sogar eine gute Farbenberaterin.
Carole Jackson spricht in „Color Me Beautiful“ davon, dass wir mit unseren Genen einen ganz bestimmten Farbtyp geerbt haben, der einer der Paletten der vier Jahreszeiten entspricht. Sie gliedert jedem „Jahreszeittyp“ bestimmte Farben zu, beispielsweise dem Winter- und dem Sommer-Typ kühle Farben, wie Marineblau, Schwarz, Weiß oder Rot, dem Herbst- und Frühlings-Typ hingegen warme Farben, wie Kamelbraun, Moosgrün oder Sonnengelb. Es ist faszinierend, wie die richtige Typ-bezogene Farbwahl die Wirkung von Kleidung bei einem Menschen verändert!
Und nicht jeder Schnitt wirkt an Ihrem Körper. Lassen Sie sich nichts aufschwatzen, was Ihre körperlichen Schattenseiten hervorhebt, statt sie zu verbergen. Das wäre glatter Masochismus.

Anlass und Umfeld beachten

Wo immer das möglich ist, sollten Sie das Umfeld Ihres Auftretens frühzeitig einschätzen können, und damit die angemessene Kleidung. Wenn ich beispielsweise zur Bank gehe, trage ich meist Anzug mit Krawatte. Nur ausnahmsweise erlaube ich mir, ohne Sakko und Krawatte zu erscheinen.
Niemand würde auf den Gedanken kommen, mir aus einer anderen Wahl der Kleidung einen Vorwurf zu machen – aber mein Status würde, zumindest auf Dauer, dadurch beeinträchtigt. Andererseits zeige ich manchmal auch bewusst einem Gesprächspartner meine Missachtung, indem ich in nachlässiger Kleidung komme. Dadurch signalisiere ich, dass mir das Gespräch überhaupt nicht

wichtig ist. Derartige Signale geben allerdings nur dann Sinn, wenn es keine vernünftige Möglichkeit gibt, ein Gespräch zu vermeiden, denn grundsätzlich sollte man Gespräche mit Leuten nicht führen, die man nicht achten kann. Durch Ihre Kleidung signalisieren Sie Ihren eigenen Status und den Status, den Sie Ihrem Gesprächspartner zuweisen. Gefährlich für die Kommunikation ist somit eher eine zu niedrige Einschätzung der Situation bzw. des anderen als eine zu hohe.

Emotionen zeigen – aber dosiert

Bei Emotionen, d. h. Gefühlen, muss man sich immer die grundsätzliche Frage stellen, ob das Gegenüber eigene Gefühle überhaupt verdient, ob Ihr Gegenüber Ihre Gefühle nicht möglicherweise gegen Sie verwendet.
Gefühle sind seelische Erfahrungen, vor allem Liebe, Freude, Angst, Ärger, Trauer, Entsetzen, Zorn, Besorgnis, Antipathie (Abneigung) oder Hoffnung. Sie hängen eng mit den Aktivitäten des vegetativen Nervensystems zusammen und führen zu physiologischen Veränderungen, wie Veränderungen der Pulsfrequenz, des Atems, Erröten, Erblassen, etc. Wenn Sie leicht erröten, bedeutet das, dass die Auslöser für Ihre Gefühle zu jäh ansprechen. Wenn Sie rasch „in Saft gehen", wenn Sie sich wegen jeder Kleinigkeit aufregen, ist Ihr Stresshormon Adrenalin zu schnell aktiviert.
Echte Gefühle in die Kommunikation einzubinden, sollten Sie sich nur dann erlauben, wenn Ihnen die Angelegenheit wichtig genug ist. Gefühle schlecht beherrschen zu können kann körperliche Ursachen haben, d. h. ein Krankheitssymptom sein, in der Mehrzahl der Fälle werden aber die Ursachen psychischer Natur sein. Durch Meditationstechniken und psychologisches Training kann der Stresspegel und generell das zu frühzeitige Ansprechen von Emotionen deutlich reduziert werden.

Tipp – Requisiten für schnelle Verwandlungen

Falls Sie unentschieden sind, wie ein Gespräch verlaufen soll oder in welche Redesituation Sie kommen werden, könnten Sie Ihre Entscheidung dahingehend flexibel vorbereiten, dass Sie Kleidungselemente mit sich führen, soweit dies ohne größere Probleme möglich ist, z. B. als Frau zusätzlichen Schmuck, einen Schal, im Sommer Strümpfe (Strumpfhosen) in der Tasche oder andere Schuhe, als Mann eine Krawatte/eine Fliege (das bekannt gewordene „Mascherl") und ein Sakko. Damit können Sie sich sehr leicht vor einer möglichen Verlegenheit schützen.

Ärger von sich abweisen

Wie oft kommt es vor, dass man sich ärgern lässt. Einer meiner Leitsätze dazu lautet: Wenn nötig, ärgere ich nicht mich, sondern andere. Damit verweigere ich dem Ärger Zutritt in meine Gefühlswelt. Selbstverständlich gelingt das nicht immer, wir reagieren als Menschen viel zu instinktiv auf ärgerliche Reize, aber man kann sich darauf trainieren.

Die Aussage „Ich ärgere andere“ ist aggressiv, und Aggression ist eine der Methoden, mit negativen Erlebnissen umzugehen. Das meditative Denken zeigt einen anderen Weg, mit der Weisheit: „Ich bin ein Berg, um den eine Wolke kreist.“ Angesprochen ist das Zurückweisen äußerer Einflüsse durch die eigene Seele. Es wird kein Zutritt gewährt.

Mitreißen – aber nicht selbst umfallen

Der gute Redner zeigt Emotionen, dies aber in beherrschter Form, als so genannten „Theaterdonner“. Wer wirklich weint, kann Trauer nicht medienwirksam ausdrücken, wer wirklich lacht, kann nicht so sprechen, dass andere mitlachen können. Trauer in der Stimme lässt mitleiden, Freude in der Stimme vermittelt Freude, gute Witze erfordern, dass die Pointe nicht im Lachen des Redners untergeht, denn ansonsten lacht der Redner mehr über seinen eigenen Witz als der Zuhörer.

Die Vermittlung von Emotionen verlangt den Einsatz aller rhetorischen Mittel: von der Körpersprache, der Kleidung, dem Einsatz aller stimmlichen Möglichkeiten, der Verwendung geeigneter rhetorischer Figuren bis zum eigentlichen Inhalt der Rede. Will man Menschen motivieren, muss man Kraft und Begeisterung ausstrahlen – ein Prediger, der nicht brennt, gehört gefeuert. Will man seinen Ärger ausdrücken, muss dem anderen aggressive Abwehr kommuniziert werden, d. h. enger Mund, zusammengezogene Stirnfalte, geballte Fäuste, böser Blick, vielleicht roter Kopf (aber ohne zu große innere Aufregung), geschliffen aggressive Sprache, Groll in der Stimme. Soll verständnisvolle Teilnahme vermittelt werden, sollte das Gesicht entspannt sein, die Lippen weich, der Blick mild, die Stimme sanft, die Hände offen, die Handflächen nach oben, wie bereit zur Umarmung.

Rhetorik lässt sich auch missbrauchen

Verwechseln Sie niemals das Instrument mit dem Inhalt. Das Instrument Rhetorik kann mit allen verfügbaren Mitteln durchaus auch andere als wahre Inhalte übermitteln. Wahrheit ist kein Element der Rhetorik!

Man kann Dinge gut sagen, „glaubwürdig" sagen, ohne sie im Mindesten zu meinen. Wäre es anders, könnte kein Schauspieler Gefühle in Ihnen wachrufen, wäre die Wirkung eines Theaterstücks oder eines vorgetragenen Gedichtes verloren. Wir wollen nur hoffen, dass die Vertreter der Wahrheit auch so gute Rhetoriker sind oder werden wie die Vertreter der Lüge, damit nicht das Instrument zur Waffe gegen die Wahrheit wird. Diese Überlegungen sind aber auch schon uralt. Bereits im 5. Jahrhundert vor Christus wendete sich der Philosoph Plato gegen die Sophisten (griechische Gelehrte und Rhetoriker). Für Plato waren sie Wortverdreher, die mit allen Mitteln versuchen, die Zuhörer zu hintergehen und ihnen Scheinwissen einzupflanzen.
Nicht zuletzt deshalb, weil die Wahrheit nur im Sinne der Logik (siehe dazu später) Teil der Rhetorik ist, sollte man echte Gefühle bei Reden eher nicht äußern, um desto besser gewollte Gefühlswirkungen hervorzurufen.

Die „Chemie" einer Redesituation

Es gibt Situationen, wo eine bestimmte Rede sehr erfolgreich war, und eine gleiche Rede vor gleicher Adressatengruppe (Zielgruppe) völlig untergeht, obwohl die Umstände und das Umfeld der Rede gleich sind. Die Begründung für eine sehr unterschiedliche Wirkung ist üblicherweise schwer zu finden und liegt häufig in der „Chemie" einer Redesituation, d. h. in der Stimmung der Zuhörer. Unter Chemie einer Redesituation finden wir beispielsweise persönliche Faktoren:

- Wie sympathisch ist der Redner den Zuhörern, d. h. wie wirken sein Aussehen, seine Kleidung und seine Stimme auf sie?
- Wie reagieren Meinungsbildner unter den Zuhörern auf den Redner?
- Welche Vorinformationen sind zu den Zuhörern gelangt? Haben sich bereits Vorurteile gebildet?
- Welche aktuellen Entwicklungen beschäftigen die Zuhörer, die mit der Rede überhaupt nichts zu tun haben?
- Wie ist die Einstellung der Zuhörer zum Veranstalter? Wird möglicherweise ein „Stellvertreterkrieg" geführt?
- Sind die Zuhörer einfach nur müde und erschöpft?

Die Stimmung sondieren

Derartige Faktoren gibt es viele. Als erfahrener Redner können Sie die Chemie der Redesituation zumeist schon vor Beginn der Rede etwas einschätzen.

Gehen die Leute auf Sie zu, unterhalten sie sich freundlich mit Ihnen, zeigen sie positive Körpersignale (Offenheit, dem Redner zugewandt, Entspannung), oder geben sie sich wortkarg, verschlossen, abweisend? Spricht die „Chemie“ gegen Sie, können Sie versuchen, die Stimmung zu ändern, wobei Sie aber im Allgemeinen nicht wissen, warum die Zuhörer nicht positiv reagieren.
Wenn nun Ihre Versuche, die Stimmung zu heben, nicht die richtige Ursache ansprechen, kann Ihnen passieren, dass Sie unmittelbar in Schwierigkeiten kommen. Der vorsichtige Redner wird sich daher hüten, bei schlechter Stimmung zu sehr aus der eigenen Deckung zu gehen. Ist die Stimmung positiv, können Sie sich mehr herauswagen und damit der Rede mehr Schwung verleihen; ist die Stimmung aber negativ, tun Sie als Redner gut daran, möglichst objektiv zu bleiben und keinen Angriffspunkt zu bieten.

Reizworte vermeiden

Wenn Sie frei sprechen, also keine Unterlagen verwenden, ist oberstes Gebot bei schlechter Stimmung: nur nicht nervös werden, sich nicht aufregen lassen, was immer auch kommt, wer immer auch wie unterbricht. Wenn Sie merken, dass Ihr Puls rascher geht, sprechen Sie langsamer, formulieren Sie die Worte noch sorgfältiger, und falls Sie sich einer Pause nähern, ziehen Sie diese eher zeitlich vor.
Vor allem aber eines: Vermeiden Sie Reizworte! Reizworte sind Worte, welche aufgrund einer Vordisposition bei den Zuhörern instinktive Reaktionen auslösen. Dabei kann es sich um politische Reizworte handeln, Reizworte zu gesellschaftlichen Zuständen (wenn Sie beispielsweise in einem Vortrag vor Landwirten über Unmoral bei der Viehzucht sprechen) oder auch nur Reizworte, die den Einzelnen persönlich treffen.
Dazu ein Fallbeispiel aus der eigenen Praxis: Ein Kontaktpartner reagierte ausgesprochen negativ und aggressiv, wenn im Umkreis seines Arbeitsgebietes von einem „Fehler“ gesprochen wurde. Den Begriff „Fehler“ bezog er immer auf fachliche Unzulänglichkeit und fühlte sich persönlich davon betroffen. Dabei war auch er der Meinung, dass das Arbeitsergebnis nicht korrekt war, aber eben, nach seiner Begriffswelt, kein „Fehler“, und schon gar nicht seinerseits.

Vorsicht, Falle!

Reizen und die „Chemie“ verändern kann man auch durch Symbole. Wenn Sie beispielsweise vor Konservativen reden und dabei eine rote Nelke im Knopfloch führen oder wenn Sie eingeladen sind und die Gastgeberin mit

einem großen Strauß dunkelroter Rosen beglücken, wird Ihnen das eher nicht positiv ausgelegt.
Besonders unangenehm ist eine schlechte Stimmung in einer Redesituation, die programmgemäß über längere Zeit dauert. Sollten Sie als Redner dabei allein sein, also ohne einen Partner, wird Ihnen nichts anderes übrig bleiben, als die Situation anzusprechen und mit den Zuhörern zu klären. Dazu werden wir später noch konkrete Anregungen besprechen. Machen Sie nur einen Fehler nicht: Ignorieren Sie keinesfalls, dass in der Beziehung zwischen Ihnen und Ihren Zuhörern etwas falsch läuft. Kurze Reden mag man ohne Klärung überstehen, längere Reden oder gar Seminare kaum.

Lampenfieber und Schüchternheit

Lampenfieber soll auch bei Profis durchaus üblich sein. Kein Auftritt vor Publikum ist von vornherein erfolgreich, es kann immer etwas danebengehen, aus welchen Gründen immer (siehe oben). Lampenfieber kommt aus der Angst, eine Leistung nicht erbringen zu können, zu der man verpflichtet ist oder sich verpflichtet fühlt.
Lampenfieber führt beim Redner dazu, dass er Ängste bekommt: Angst, die Stimme würde versagen, Angst vor einer Leere im Kopf, sodass der Text verloren geht, Angst vor der Wirkung der Rede und vieles andere mehr. Diese Angst löst eine Reihe körperlicher Beschwerden aus, wie erhöhten Pulsschlag, Atemnot, Schweißausbruch oder gesteigerte Blasen- oder Darmtätigkeit: alles Wirkungen, die man als Redner überhaupt nicht gebrauchen kann. Schüchternheit verstärkt die genannten Ängste noch mehr durch die Angst, im Mittelpunkt der Aufmerksamkeit zu stehen.
Wenn man schüchtern ist, kann man diese Grundeigenschaft nicht von heute auf morgen ablegen, ebenso wenig wie Lampenfieber jemals ganz überwunden wird. Kein Lampenfieber gibt es nur vor Publikum, das dem Redner sehr vertraut ist oder das der Redner als völlig bedeutungslos einschätzt – und letztgenanntes ist nicht gerade ein guter Ausgangspunkt für eine erfolgreiche Rede.

Angst ergründen statt verleugnen

Lampenfieber oder Schüchternheit zu negieren wäre sinnlos. Sie sind Tatsachen, denen man sich stellen muss. Daher ist es um so wichtiger, die Randbedingungen der Rede so zu gestalten, dass sachliche Gründe für Angst und Nervosität wegfallen. Sachliche Gründe wären beispielsweise mangelnde

Vorbereitung, schlechte räumliche Gegebenheiten, technische Probleme oder Stimmprobleme, für deren Beseitigung Sie nicht vorgesorgt haben (wenn Sie etwa husten müssen und kein Getränk haben, um den Hustenreiz zu stillen). Nachdem Lampenfieber und Schüchternheit durch persönliche Unsicherheit entstehen, muss man ihnen auch dort begegnen. Die Frage ist somit: Was macht Sie in der Kommunikation mit anderen sicherer, was beseitigt Ihre Kommunikationsängste? Nur dann, wenn Sie ein ernsthaftes psychisches Problem haben, müssten Sie antworten: Es gibt nichts, was mir innere Sicherheit schaffen könnte. Sie können Ihren individuellen Weg zur Überwindung von Schüchternheit und Lampenfieber finden, und außerdem wird im Normalfall das Lampenfieber ohnehin kurz nach Beginn Ihrer Rede abklingen.

Die Kraft in Ihrer Seele

Es wäre falsch zu glauben, allein durch Techniken könne man eine Redesituation und die eigene psychische Verfassung bei einer Rede in den Griff bekommen, sei es Lampenfieber, Schüchternheit, nervöse körperliche Erscheinungen, Stress oder was auch immer. Keine Technik kann Wunder wirken.

Der Markt der Möglichkeiten

Es gibt Techniken, die Ihnen helfen, Ihre innere Kraft zu entwickeln. Derartige Techniken stammen aus uralten Weisheiten und werden auf seriöser Basis durch die Kirchen bzw. in Klöstern angeboten, wie etwa Meditationstechniken und Yoga. Andere Formen bieten Ärzte und Psychologen an, beispielsweise autogenes Training, Massagen, Heilfasten etc.
Leider ist es erforderlich, Sie an dieser Stelle vor Scharlatanen und Sekten zu warnen! Der Wunsch des hektischen Menschen, innere Ruhe zu finden, wird bedauerlicherweise schamlos ausgenutzt. Daher empfehle ich Ihnen dringend, nur die Angebote seriöser Ärzte und Psychologen oder der Amtskirchen und regulärer Klöster dieser Kirchen anzunehmen.

Viele Wege führen zum Selbst

Die genannten Techniken erleichtern Ihnen, innere Ruhe zu finden, „loslassen“ zu lernen, d. h. sich nicht sinnlos in Themen und Arbeiten zu verbeißen, nicht mit aller Gewalt gegen „Wände“ laufen zu wollen, Distanz zu dem zu entwickeln, was geschieht, nicht die eigene Seele mit jedem Müll zu belasten, der von außen auf sie eindringt.

Strategien bei Lampenfieber

Was helfen kann

➢ *Stellen Sie Nähe zum Publikum her, indem Sie vor Ihrem Auftritt mit Ihren Zuhörern reden.*

➢ *Besonders erfolgreich kann zur Auflockerung Humor sein. Vielleicht haben Sie Glück, und jemand erzählt einen guten Witz. Noch besser: Sie bringen einen passenden Witz ein. Einmal ehrlich gelacht vor der Rede, und Lampenfieber und Schüchternheit sind weg.*

➢ *Benutzen Sie Hilfsmittel, welche die Konzentration auf Ihre Person mindern, beispielsweise Overheadprojektor, Sprechpult etc.*

➢ *Suchen Sie im Publikum eine Person aus, die Ihnen offensichtlich wohlgesonnen ist und die Sie direkt ansprechen.*

➢ *Leben Sie sich in Ihr Thema hinein und lassen Sie sich von Ihrem Engagement zur Sache mitreißen.*

➢ *Präsentieren Sie kurz nach der Einführung in das Thema erste Höhepunkte, bei denen Sie erwarten können, dass das Publikum auflebt, um die positiven Reaktionen möglichst früh zu spüren. Das bedingt eine sehr gute Vorbereitung!*

➢ *Lernen Sie, über sich selbst zu scherzen. Wenn Sie nervös sind, ist das beste Mittel manchmal, das dem Publikum ganz einfach zu sagen. Wenn Sie das halbwegs geschickt hinüberbringen, haben Sie erste freundliche Heiterkeitserfolge – und das entlastet das eigene Gemüt ungemein.*

➢ *Atmen Sie durch, atmen Sie möglichst tief (Bauchatmung) und sprechen Sie mit ruhiger, fester Stimme.*

➢ *Stehen Sie gerade und diszipliniert, lassen Sie sich nicht in Ihrer Haltung gehen.*

➢ *Halten Sie ein Taschentuch bereit, wenn Sie leicht schwitzen.*

Was Sie besser lassen

➢ *Hüten Sie sich vor nervösem Rauchen und harntreibenden Getränken vor der Rede, wie etwa Kaffee oder Bier.*

➢ *Kein Alkohol vor der Rede!*

➢ *Möglichst keine Medikamente, außer der Arzt hat sie verschrieben.*

➢ *Stehen Sie nicht wie ein Opferlamm auf der Bühne. Verliererhaltungen fordern den Jagdinstinkt der Zuhörer heraus.*

➢ *Ziehen Sie nicht die Schultern hoch.*

➢ *Wenn Sie nervös sind, zeigen Sie das nicht Ihren Zuhörern. Zittrige Hände, in denen Papier knistert, lassen Sie nicht überzeugend aussehen. Können Sie Zittern nicht vermeiden, nehmen Sie nichts in die Hand oder verbergen Sie, wenn möglich, Ihre Hände.*

➢ *Ignorieren Sie nicht Ihren Schweiß. Wenn Sie schwitzen, ohne dass der Raum zu heiß ist, mag das für Sie unangenehm sein, wenn Sie den Schweiß aber nicht abwischen, ist es unangenehm für die Zuhörer – und das wird Ihnen bei erstmöglicher Gelegenheit heimgezahlt.*

➢ *Lassen Sie Ihre Stimme nicht zittern, auch wenn Ihr Körper das tut.*

➢ *Wenn Zuhörer Sie aus der Ruhe bringen wollen: Lassen Sie sich keinesfalls auf einen Streit ein, es sei denn, Sie beherrschen die Methoden der Massenbeeinflussung (eine Masse ist ganz einfach eine etwas größere Anzahl von Menschen, die als Gesamtheit ganz anders reagieren, als jeder für sich reagieren würde).*

➢ *Und nicht zuletzt: Stellen Sie sich niemals freiwillig als Opfer vor. Sie reden ohnehin nur, wenn Sie etwas zu sagen haben – und was Sie sagen, wird für die Zuhörer interessant.*

Wenn Sie Ihren höchstpersönlichen Weg gefunden haben (nicht für jeden ist gegenstandslose Meditation nach Art des Zen geeignet, oder Tai Chi, oder Yoga), werden Sie einen Wandel in Ihrem Leben feststellen. Wenn Sie erleben, dass sich Ihr Gesichtskreis wieder weitet, dass Sie wieder gelernt haben, die Welt offen zu sehen, sich an kleinen Dingen zu freuen, wenn Ihre Gedanken wieder frei sind, dann sind Sie auf dem richtigen Weg. Und dann haben Sie auch keine Probleme mehr zu reden. Das alte Sprichwort „Wes das Herz voll ist, des geht der Mund über" ist dann keine Floskel mehr und keine nachzuahmende Technik für die Redevorbereitung. Wenn Sie dieses innere Erlebnis haben, sind Sie selbst wieder standfest, nicht nur Ihre „Performance", Ihre Redeleistung, Ihre Redevorstellung.

Gestalten Sie Ihre Bühne

Reden verlangt eine Bühne. Diese Bühne kann ein Wirtshaustisch sein oder eine richtige Bühne, etwas höher als die Publikumssitze angelegt. Wichtig ist in jedem Fall, dass Sie mit Beginn der Rede im Mittelpunkt stehen und als Mittelpunkt empfunden werden, denn ansonsten müssten Sie permanent um Aufmerksamkeit kämpfen.

Fünf Schritte zum erfolgreichen Redner

Gut reden zu lernen setzt langzeitiges Verhaltenstraining voraus:

1. Zunächst muss man wissen, was zu tun ist, um gut zu reden (Wissenserwerb). Das ist noch relativ einfach. Die Lektüre dieses Buches ist ein Weg dazu.

2. Schwieriger ist schon, zu erkennen (und sich einzugestehen), welche Defizite (Mängel) bestehen (Erkennen der eigenen Stärken und Schwächen, gemessen an einem als richtig erkannten Soll-Zustand). Dabei ist darauf zu achten, dass man sich weder zu gut noch zu schlecht beurteilt. Selbstbewusstsein in angemessenem Ausmaß ist durchaus sinnvoll.

3. Anschließend muss man sich entscheiden, diese Mängel zu beseitigen (Willensbildung und Zielsetzung).

4. Nun ist festzulegen, wie die Mängelbeseitigung ablaufen soll („Gewusst wie", durch Lern- und Trainingsprogramme).

5. Am wichtigsten ist dann die Verhaltensänderung. Und das ist ein Langzeitprozess, der nie wirklich enden darf und kann, wie ein körperliches Fitnesstraining.

Nicht umsonst wählt der Chef bei Besprechungen den Sitz am Kopfende, nicht umsonst ist die Theaterbühne abgehoben und vom Zuschauerraum getrennt. Je besser Ihre Bühne aufgebaut ist, desto leichter können Sie Aufmerksamkeit gewinnen. Suchen Sie Alleinstellung bei der Präsentation, auch wenn Sie grundsätzlich zu Schüchternheit neigen und lieber in der Menge verschwinden.

Der Rahmen ist oft nicht optimal

Wenn wir an die häufigsten Formen der Reden in unserer Gesellschaft denken, also an Seminare, Pressekonferenzen, Reden bei Betriebsfeiern oder Familienfeiern oder Verkaufsgespräche, finden viele von diesen Reden nicht in professionell dafür ausgestatteten Räumlichkeiten statt. Wir müssen demnach zumeist unsere Bühne erst schaffen. Haben wir zumindest Gelegenheit, an der Vorbereitung mitzuwirken oder diese selbst zu gestalten, gibt es einige Ansätze, auf die wir keinesfalls verzichten sollten (siehe Kasten Seite 46).

Bei bester Vorbereitung kann es Ihnen passieren, dass die Bühne für Ihren Auftritt ungeeignet ist, Sie aber gezwungen sind, zu reden. Verfallen Sie keinesfalls in einen Klageton, denn Ihre schlechte Ausgangsposition für die Präsentation einer Rede ist den Zuhörern ohnehin bekannt. Machen Sie das Beste aus der Situation, indem Sie sich zunächst bemühen, den Zuhörern ihr Unbehagen mit der ungeeigneten räumlichen Situation zu nehmen.

Ungeheizter Saal verpatzt den Auftritt

Dazu als Beispiel ein eigenes Erlebnis: Ich hatte einen Vortrag zu halten, der üblicherweise seine Zuhörer fand. Der Vortragssaal wurde durch den Veranstalter bereitgestellt – und war so unangenehm, dass ich mich noch nach Jahren daran erinnere. Zwar war die Bühne gut vorbereitet, gegenüber dem Zuhörerraum erhöht, Mikrophone waren vorhanden, Scheinwerfer auf die Bühne gerichtet, ein Overheadprojektor funktionsbereit.

Der Saal hatte aber eine Größe für mindestens 300 Leute, erwartet wurden aufgrund der Einladungen des Veranstalters etwa 30 bis 50 Personen. Für dieses Häuflein Auserwählter waren rund um die Bühne Stühle angeordnet, was immerhin den Effekt hatte, dass sich nach Beginn des Vortrags und Konzentration auf die Bühne keiner mehr im Raum verloren fühlte. Dazu kam aber noch, dass die Zuhörer froren, weil der große leere Saal nicht ausreichend geheizt war.

Als nach den ersten sicheren Stimmungsmachern noch kein müdes Lächeln im Publikum zu sehen war, sank auch meine mühevoll aufgebaute Stimmung auf den Nullpunkt. Der Rest war für beide Teile, das Publikum wie den Redner, nur mehr überstandene Zeit.

Manchmal hilft nichts mehr

Ich habe mich manchmal gefragt, wenn ich an diesen Abend dachte, ob da wohl etwas zu retten gewesen wäre. War es nur die Bühne, oder war es die Chemie der Redesituation, oder unzureichende Vorbereitung des Veranstalters, oder die Kälte im Raum? Es wurde zwar jedweder Eklat vermieden, alle blieben ruhig und sittsam, was das Vergessen nicht gelungener Veranstaltungen fördert, dennoch war es unbefriedigend.

Seit diesem Vortrag verursacht es mir immer gelinden Schrecken, auf „Bühnen“ engagiert zu werden, die ich nicht kenne und die ich nicht gestalten kann. Das Honorar kann dann rasch zum „Schmerzensgeld“ werden, und die Selbstberuhigung à là Wilhelm Busch „Ist der Ruf erst mal ruiniert, lebt es sich ganz ungeniert“ klingt bitter und zynisch; derartige Erlebnisse sollte man sich eher ersparen.

Die „Bühne“: Darauf sollten Sie achten

- *Anordnung der Tische und Sitzplätze: So, dass jeder Zuhörer mit Blickrichtung Redner sitzt („T“-Form oder „U“-Form, je nach Größe des Raums und Anzahl der Zuhörer). Dem Redner den Rücken zukehren zu können/zu müssen ist der erste Weg zur Unaufmerksamkeit, die erste Versuchung, mit dem Gegenüber zu reden, nicht dem Redner zuzuhören.*
- *Rednertisch: ausreichend groß und hoch, um die Präsentationsinstrumente (Projektor, eventuell Notebook) und die Unterlagen problemlos unterzubringen und im direkten Zugriff zu haben sowie mit ausreichenden Ablageflächen für abgearbeitete Manuskriptteile und Präsentationsfolien.*
- *Getränk für den Redner: Mineralwasser mit möglichst wenig Kohlensäure, eventuell auch Tee in Reichweite stellen.*
- *Beleuchtung: möglichst so, dass für den Fall von Projektpräsentationen das Licht im Präsentationsbereich abgeschaltet oder verdunkelt werden kann; sind Beleuchtungsschienen so angelegt, dass das nicht möglich ist, überprüfen Sie die Möglichkeit, Ihr Ziel durch Umstellung der Zuhörertische zu erreichen.*
- *Für direkte Präsentationen: Lichtquelle (scheinwerferartig) auf den Redner gerichtet.*
  Bei größeren Räumen: Mikrophon, um ohne stimmliche Probleme alle Zuhörer zu erreichen.

Aktiv für Atmosphäre sorgen

Verzichten Sie daher keinesfalls auf eine geeignete Bühne, verzichten Sie lieber auf eine Rede. Wenn die Preise eines Sportclubs in einem Gasthaus verliehen werden, wird nur ein sehr nachlässiger und uninteressierter Preisvergebender neben anderen Gästen und gestört von deren Unterhaltung die Ergebnisse präsentieren. Ihre Preisträger und Zuhörer haben ein Anrecht darauf, dass Sie die Leitung übernehmen und für Ruhe sorgen. Bringen Sie erforderlichenfalls dem Wirt bei, dass er Sie zum letzten Mal bewirtet, wenn er nicht während der Preisvergabe für Ruhe sorgt.

Der gute Redner schafft Atmosphäre, der schlechte duldet alles, auch wenn es stört. Der gute Redner bringt seine Botschaft ans Ziel, er kämpft um die Aufmerksamkeit und das Interesse seines Zuhörers, und dazu gehört die geeignete Bühne.

So auf keinen Fall

Ungeeignet sind „Bühnen“ generell:

- *wenn sich die Zuhörer nicht wohl fühlen (das ist das allerwichtigste!)*
- *wenn die Zuhörer nicht in Blickrichtung auf den Redner sitzen (können)*
- *wenn der Redner keinen natürlich wirkenden Mittelpunkt schaffen kann*
- *wenn nicht alle Zuhörer den Redner gut hören können*
- *wenn nicht alle Zuhörer präsentierte Unterlagen lesen können*
- *wenn Störungen auftreten (Unterhaltungen am Nachbartisch oder im Nachbarraum, Musik aus Nachbarräumen, Handyläuten, Kellner, die während der Rede im Auditorium Bestellungen aufnehmen/servieren/kassieren)*

Die nächsten Schritte

Jetzt haben Sie ausreichendes Rüstzeug und vorbereitendes Fitnesstraining für Ihre erste Rede. Ihr Werkzeugkasten ist bereits ganz gut ausgestattet, Sie können mit Redefiguren umgehen und wissen, wie Sie Körpersprache, Stimme und Emotionen einsetzen sollen. Überdies sind Sie sensibilisiert für die „Chemie“ der Redesituation. Gehen wir nun gemeinsam den nächsten Schritt zur Redevorbereitung. Die nächsten drei Kapitel werden Sie durch Aufbau und Gliederung der Rede zum fertigen Manuskript führen, vor der Präsentation. Nach dem folgenden Abschnitt wissen Sie alles Erforderliche für den logischen und psychologischen Aufbau einer Rede sowie über Ihren Auftritt. Wir werden über die üblichen Präsentationshilfen und Präsentationswerkzeuge sprechen, speziell jene, die auch im Alltagsleben verfügbar sind oder im üblichen Gastbetrieb bereitgestellt werden.

Zu wem oder mit wem sprechen Sie?

Bereits die Kapitelüberschrift muss im eigentlichen Sinn als Zielsetzung aufgefasst werden: „Zu wem“ unterstellt einen passiven Zuhörer, „mit wem“ einen aktiven. Wenn wir von den häufigsten Redesituationen im Alltag sprechen, handelt es sich dabei vor allem um Gespräche, Dialoge, Unterredungen mit einer oder wenigen Personen. Der Monolog, also die Präsentation einer Rede vor Publikum, ist nur für professionelle Redner (Lehrer, Seminarleiter, Politiker, Prediger) Alltag.
Unser Rhetorik-Handbuch muss sich daher zunächst mit dem Gespräch befassen, dem Reden in Form der Beteiligung des Angesprochenen, einem abwechselnden Reden und Zuhören.

Was hört der Zuhörer?

Wenn wir etwas sagen, gehen wir davon aus, dass der Inhalt des von uns Gedachten dem Hörer mitgeteilt wird. Erkennen wir, dass wir falsch verstanden wurden, dass unsere Mitteilung nicht angekommen ist, vermuten wir zunächst eine falsche Formulierung unsererseits, eine undeutliche Aussprache, eine falsche Wortwahl oder, wenn wir zu „Du-Betrachtungen“ neigen, den Fehler also gerne beim Adressaten suchen, Dummheit, Unwillen, Unaufmerksamkeit oder Schwerhörigkeit des Zuhörers.

Jeder ist eine Insel

Paul Watzlawick, u. a. Autor des Buches „Wie wirklich ist die Wirklichkeit”, sagte in einem Interview: „Der Mensch konstruiert sich seine Wirklichkeit.”
Jeder Mensch lebt in seiner eigenen Wirklichkeit, was nicht zuletzt bedeutet, dass zwischen der „Wirklichkeit“ des Redners und seinem persönlichen Erleben und der „Wirklichkeit“ des Zuhörers große Unterschiede bestehen können, dass jeder seine eigene seelische Sprache spricht und dass wir einander nicht verstehen können, wenn unser Zuhörer in einer anderen seelischen Sprachwelt lebt.
Fühlen wir uns mit einem Gesprächspartner wohl, signalisiert das, dass sich die seelischen Sprachwelten ähneln – und auch dann kann es immer noch zu ausreichend vielen Missverständnissen kommen.
Vielfach gewinnen wir bei oberflächlichen Kontakten, bei oberflächlicher Unterhaltung, bei rein gesellschaftlichen Treffen ohne intensive Nähe und bei

persönlichem Sympathieempfinden aufgrund der körperlichen Erscheinung und Ausstrahlung des anderen das Gefühl der seelischen Verwandtschaft. Groß ist dann die Enttäuschung, wenn sich bei einem gemeinsam verbrachten Urlaub herausstellt, dass dieser vermutete Gleichklang seelischer Sprachen auch nicht näherungsweise so besteht, wie er vermutet war.

Jede Botschaft ist vieldeutig

Wir müssen als Sprechende damit rechnen, dass das von uns Gemeinte nicht zum Adressaten kommt, weil dessen Seele eine andere Sprache spricht als unsere eigene. Es gilt darüber hinaus noch zahlreiche andere „Störsender" zu identifizieren, die eine störungsfreie Übertragung unserer Botschaft verhindern. Einen Aspekt haben wir bereits kennen gelernt, die Störung über unterschiedliche Ich-Zustände (Eltern-Ich, Erwachsenen-Ich und Kindheits-Ich). Eine andere Form der Störung stellt Friedemann Schulz von Thun dar, indem er die „Anatomie einer Nachricht oder: Wenn einer etwas von sich gibt" analysiert: „Die Nachricht ist das ganze vielseitige Paket mit seinen sprachlichen und nichtsprachlichen Anteilen. Eine Nachricht enthält viele Botschaften gleichzeitig."
Konkret spricht von Thun von vier seelisch bedeutsamen Seiten einer Nachricht:

- dem Sachinhalt (worüber wird informiert)
- der Selbstoffenbarung (was gibt der Sprecher von sich selbst bekannt)
- der Beziehung (was hält der Sprecher vom Angesprochenen bzw. in welchem Verhältnis stehen beide zueinander)
- dem Appell (wozu möchte der Sprecher den Angesprochenen veranlassen)

Wenn der Zuhörer die Nachricht auf einem anderen „Ohr" empfängt, als der Redner beabsichtigt hat, wenn demnach der Redner schlecht „getroffen" hat, entstehen Kommunikationsstörungen. Zahlreiche Beispiele dafür bietet auch Watzlawick in „Die Anleitung zum Unglücklichsein".

Die eigene Rolle muss klar sein

Kommunikationsstörungen treten dann umso wahrscheinlicher ein, wenn Ihre Rolle für den Angesprochenen nicht klar definiert ist oder von diesem nicht akzeptiert wird. Als Lehrer oder Seminarleiter werden Sie kaum Probleme in der Form erleben, dass Ihre Sachinformationen nicht als solche gehört werden, es sei denn, Sie spielen zu sehr mit rhetorischen Figuren oder Reizwörtern. Als Vorgesetzter in einem Betrieb wird es schlimmstenfalls zu Störungen durch „aufsässige Kinder", d. h. das rebellische Kindheits-Ich kommen.

Wenn Sie allerdings als Gleichrangiger einen Vorschlag machen, ist Ihre Rolle nicht klar definiert, und es kann daher leicht geschehen, dass bei den Kollegen ein anderes „Ohr“ angesprochen wird als jenes, das Sie gemeint haben. Bemerken Sie, dass die Botschaft ihr Ziel verfehlt hat, gibt es nur eines: Sofortige Korrektur, wenn nur irgendwie möglich. Um aber in ungeklärten Situationen gar nicht in diese Gefahr zu kommen, sollten Sie Sicherungsmaßnahmen setzen, die Missverständnisse und Missverständnischancen für die Zuhörer weitestgehend ausschalten. Als Missverständnischancen bezeichne ich die Möglichkeit für unwillige Zuhörer, Sie missverstehen zu können, sei es aus Unwillen, aus Bequemlichkeit oder aus einer feindseligen Haltung gegen Sie.

Welches Bild soll der Angesprochene von Ihnen haben?

Eine gute Rede erfüllt grundsätzlich die Zielsetzung des Redners, sei es hinsichtlich der Übermittlung sachlicher Informationen, eines Appells, der Einschätzung des Angesprochenen durch den Redner (wie persönlich wichtig und wie bedeutend im Sinne seines gesellschaftlichen Status wird er gesehen, wie werden seine menschlichen Qualitäten eingeschätzt) und nicht zuletzt hinsichtlich der Selbstoffenbarung des Redners (wer bin ich?). Dazu kommt aber

So beugen Sie Missverständnissen vor

Sicherungsmaßnahmen zur Vorbeugung gegen Missverständnisse könnten sein:

- *Eine Klarstellung der eigenen Rolle: Aus welcher Position heraus sprechen Sie ein Thema an, warum glauben Sie, dazu etwas sagen zu können oder zu müssen.*
- *Eindeutige „Ich“-Botschaften, keine objektiv formulierten Aussagen, welche als Anspruch auf eine „gepachtete Wahrheit“ interpretiert werden könnten.*
- *Bei Zuhörern, die bekannt dafür sind, dass sie wie „rohe Eier“ behandelt werden müssen: vorbereitende Fragen (z. B. „Darf ich dazu etwas sagen?“), wobei Sie dann aber unbedingt die Antwort abwarten und, auch wenn sie abschlägig ist, akzeptieren müssen.*
- *Hüten Sie sich aber auch in der Kommunikation mit Vorgesetzten vor devoter Haltung. Die Grenze zwischen Höflichkeit und Achtung vor dem Gesprächspartner und devoter Haltung ihm gegenüber ist fließend. Merken Sie, dass Sie aus Höflichkeit zu devot geworden sind, machen Sie mit Ihren nächsten Worten deutlich, dass Sie lediglich höflich waren, nicht untertänig.*

noch als weiterer Aspekt die Selbstdarstellung des Redners, d. h. eine Verformung des Signals von „Wer bin ich?“ auf „Wer will ich für dich sein?“ (siehe Kasten).

Das Eigen- und Fremdbild miteinander vergleichen
Eine gängige Übung in Kommunikationsseminaren besteht darin, die Wirkung des anderen zu bewerten, d. h. dem anderen zu sagen: „So wirkst du auf mich.“ Dem kann eine Selbstanalyse vorangehen, eine Beantwortung der Frage „Wie glaube ich, auf andere zu wirken?“, wodurch ein Vergleich des Eigenbildes mit dem Fremdbild, jenem Bild, das der andere von mir hat, möglich wird – und damit auch die eventuell zu bearbeitende „Wirkungslücke“ erkennbar wird.

Die Adressaten einer Rede einschätzen

Ehe wir uns definitiv mit den Methoden für die Einschätzung des Adressaten der Rede und der Bedeutung einer derartigen Einschätzung beschäftigen, ist es erforderlich, mögliche Situationen vorweg zu strukturieren. Wollen oder müssen wir sprechen mit oder zu:

- einer Person – bekannt oder unbekannt, erwartet oder unerwartet?
- wenigen Personen – bekannt oder unbekannt, erwartet oder unerwartet?
- einer überschaubaren Gruppe von Zuhörern?
- einer großen Anzahl von Zuhörern?

Möglichkeiten der Selbstdarstellung

- *Sie akzeptieren sich, wie Sie sind, und lassen es dem Angesprochenen frei, das zu entdecken.*
- *Sie akzeptieren sich, wie Sie sind, und entwickeln Präsentationsmethoden für den Angesprochenen, Sie möglichst sicher in Ihrem eigentlichen Selbst (wie Sie sich sehen) zu erkennen.*
- *Sie wirken anders, als Sie sind, und sind sich dessen bewusst. In diesem Fall müssen Sie konsequent darauf hinarbeiten, irreführende Wirkungsfaktoren abzuändern.*
- *Sie wollen anders wirken, als Sie sind, d. h. Sie wollen den Angesprochenen täuschen. In diesem Fall müssen Sie sich über die geplante Wirkung im Klaren werden und gezielt auf eine Änderung der Wirkung hinarbeiten, beispielsweise durch andere Kleidung, andere Frisur, andere sprachliche Ausdrucksweise, andere Körperhaltung etc.*

Findet das Gespräch statt:

- im persönlichen Kontakt?
- am Telefon, direkt oder über Konferenzschaltung, im Auto unterwegs oder am eigenen Schreibtisch?
- über Videokonferenz?

Jede dieser genannten Situationen verlangt andere Formen des Gesprächs, stellt aber auch andere Anforderungen an die richtige Einschätzung der Adressaten und an die richtige Beurteilung des Gesprächsklimas.

Bei Bekannten: Vorsicht vor der „alten Leier“

Relativ einfach ist die Einschätzung des Adressaten dann, wenn man ihn kennt, das Gespräch im persönlichen Kontakt und nicht unerwartet stattfindet. Aber selbst dann sind Kommunikationsstörungen nicht auszuschließen.
Insbesondere ältere Leute neigen dazu, immer den gleichen Fehler im Gespräch zu machen. Sie wissen zwar, dass Sohn oder Tochter eigentlich gar nichts hören wollen vom Verwandtschaftstratsch, von der Ausbreitung aller Wehwehchen oder vom Jammern über Vernachlässigung; sie wissen, dass sie es verabscheuen, fremden Leuten wie Schaustücke vorgeführt zu werden, können das aber ganz einfach nicht lassen, auch wenn ihnen bewusst ist (oder sein müsste), dass sie damit die Intensität der erhofften Kontakte nur noch mehr reduzieren.

Überraschungen gewachsen sein

Eine erste echte Herausforderung ist die überraschende Begegnung mit einem Bekannten oder ein unerwarteter Telefonanruf. Um darauf richtig zu reagieren, müssen Sie mehrere Dinge trainieren:

- Ihr Gedächtnis: Wie stehen Sie zu dem Bekannten/zu der Bekannten? Wie verlief der letzte Kontakt? Welche Themen interessieren den Bekannten? Was sind die üblichen Anlässe, warum er ein Gespräch sucht?
- Ihre Fähigkeit zur Auswahl von Themen: Wovon soll ich erzählen?
- Ihre Vorsicht: Was sollte ich dem/der Bekannten besser nicht erzählen?
- Ihre Schlagfertigkeit: Wie reagiere ich am besten auf Gesagtes?
- Ihre Fähigkeit, sich unauffällige Nachdenkpausen zu verschaffen
- Ihre Fragetechnik: Wer fragt, der führt.

Die erlernbaren Problem- bzw. Trainingsbereiche werden wir in den nachstehenden Kapiteln besprechen.

Seien Sie auf der Hut

Vorsicht zu erlernen scheint offenbar nur durch schlechte Erfahrungen möglich zu sein, es sei denn, Sie sind von Natur aus vorsichtig. Leider werden ausgerechnet offene, freundliche, kommunikative Menschen immer wieder durch Vernachlässigung von Vorsichtsmaßnahmen zum Opfer jener, die sie nur „aushorchen" wollen, und sind dann maßlos enttäuscht.

Vor einiger Zeit rief überraschend ein Bekannter bei mir an und wollte einen Tipp für einen Job. Trotz seines „Honigmauls" erinnerte ich mich an unser letztes Telefonat und verwies ihn höflich und unverbindlich zu einem Personalberater, ohne auch nur zu beginnen, mir ernsthafte Gedanken über sein Anliegen zu machen. Es ist wichtig, sich auch bei überraschenden Situationen an nach wie vor latente oder bestehende Kommunikationsstörungen zu erinnern, um nicht falsche Kommunikationsmethoden und zu große Offenheit anzuwenden.

Kommunikation in der Kleingruppe

Wenn Sie mit wenigen Personen sprechen, also in einer Kleingruppe, wird es immer jemanden geben, der den Wortführer spielt. Ist aber das, was der Wortführer sagt, nicht von allgemeinem Interesse, neigen die Gesprächsteilnehmer dazu, sich einen anderen Gesprächspartner in der Gruppe zu suchen, wobei hier unterschiedliche Entwicklungen je nach Gruppengröße erkennbar sind (siehe Kasten Seite 54).

Soll mehr als eine unverbindliche Unterhaltung stattfinden, d. h. sollen ein Thema bearbeitet und ein Problem gelöst werden, erfordern bereits Dreiergruppen eine organisatorische Struktur mit einem Gruppenleiter oder einem Moderator, d. h. einer Person, die dafür sorgt, dass jeder in der Gruppe zu Wort kommt, dass das Gespräch strukturiert abläuft und fortschreitet und dass jeder Gruppenteilnehmer eine klare Rolle zugewiesen bekommt, innerhalb der er sich bewegt und gehört wird.

Wenn bei einer Kleingruppe durch die Art der Rollenverteilung die Struktur klar ist und auch kein Zweifel darüber besteht, wer am Wort ist, bedarf es keiner eigenen Gruppenorganisation. Eine klare Rollenzuteilung hat beispielsweise ein Verkäufer im Verkaufsgespräch, der dem Kunden sein Produkt vorführt, oder ein Monteur, der Ihnen technische Informationen für den richtigen Umgang mit Ihrer Heizung gibt. Auch in diesen Situationen bleibt die Rede zumeist nicht einseitig, der Zuhörer bringt sich selbst durch Fragen oder Einwendungen ein, dennoch ist die Basissituation durch die Rollenverteilung geklärt.

Einseitige Reden

Bisher war nur von Gesprächen die Rede, also von Rede und Gegenrede, nicht von einem Monolog, einer Predigt, einer Ansprache, einer Präsentation, einem Seminarvortrag, einer Befehlsausgabe, also Reden, bei denen sich der Angesprochene im Normalfall nur auf Aufforderung zu Wort meldet oder überhaupt nur durch Beifall oder Zeichen von Missfallen reagiert.

Derartige Formen der Rede haben als Adressaten eine Mehrzahl von Menschen, von kleinen Gruppen (ab etwa fünf bis sechs Personen) bis zu Millionen, wenn als Medium der Übertragung Rundfunk, Fernsehen oder World-Wide-Web dient.

Homogene und heterogene Zuhörergruppen

Im ersten Ansatz wollen wir von kleineren Gruppen sprechen, bis maximal 30 bis 40 Personen, die sich in einem Raum mit dem Redner befinden, von diesem nicht nur als „Masse“ (völlig wertneutral verstanden!) erlebt werden, sondern als einzelne Teilnehmer, deren Körpersprache er als Rückkoppelung erlebt. Diese Gruppe kann homogen (gleichartig, einheitlich) sein, beispielsweise aus einer Familie stammen, aus einer Firma, aus einem bestimmten Fachbereich, oder aber heterogen (inhomogen, ungleichartig). Auch in homogenen Gruppen gibt es unterschiedlichste Charaktere, Ausbildungsniveaus und persönliche Schicksale, die zu unterschiedlichen Erlebniswelten und „Ohren“ für eine Rede führen. Sie unterscheiden sich aber dennoch von inhomogenen Gruppen dadurch, dass es ein gemeinsames Interesse und zumindest einen kleinsten gemeinsamen Nenner gibt, den der Redner erfolgreich ansprechen kann.

Bei heterogenen Gruppen gibt es manchmal nur ein verbindendes Element: die Anwesenheit bei der Rede, das Interesse am Thema, häufig aber aus einem ganz unterschiedlichen Verständnis heraus. Für den Redner sind heterogene Grup-

Konstellationen von Kleingruppen

- *Dreiergruppe: Es besteht die Gefahr, dass ein Gruppenteilnehmer beim Gespräch beiseite bleibt; überdies könnte das Spiel „Verfolger-Opfer-Helfer“ ablaufen, d. h. einer der Gesprächspartner spielt den aggressiven Teil, einer gerät in die Defensive und muss sich verteidigen, und der Dritte spielt den Helfer für das Opfer und verbündet sich mit diesem gegen den Verfolger.*
- *Vierergruppe: Gefahr der Teilung in zwei Zweiergruppen.*
- *Fünfergruppe: Gefahr der Gruppenteilung in eine Zweiergruppe und eine Dreiergruppe, mit möglicherweise wechselnder Zusammensetzung.*

pen besonders gefährlich, weil eine Ansprache der Interessen eines Teils der Gruppe den anderen Teil langweilen, überfordern oder vielleicht sogar aggressiv machen kann.

Die Zuhörer stellen sich selbst vor

Um sich über die Zusammensetzung der Gruppe eingehend zu informieren, könnten Sie bei länger dauernden Veranstaltungen (ab einem Tag) mit einer Vorstellungsrunde beginnen, d. h. jedes Mitglied der Gruppe stellt sich selbst vor. Eine Spielart für die Vorstellung, die aber nur für mehrtägige Veranstaltungen oder Kurse geeignet ist, ist die zweistufige Vorstellung, indem sich der Teilnehmer zunächst seinem Sitznachbarn vorstellt und dieser ihn dann der Gruppe präsentiert. Als Leiter der Veranstaltung bzw. Hauptredner sollten Sie die inhaltliche Vollständigkeit der Vorstellung im Sinne Ihrer Informationsziele dadurch sichern, dass Sie einen Fragenkatalog vorgeben, d. h. klar formulieren, auf welche Bereiche sich die Vorstellung beziehen soll und welche sonstigen Informationen (etwa persönliche Ziele des Teilnehmers) Sie erhalten möchten.

Reden vor heterogenen Gruppen

Sollten Sie einer Redesituation vor einer heterogenen Gruppe nicht ausweichen können, haben Sie mehrere Möglichkeiten, vorbereitend die Situation zu meistern:

- *Sie bieten viel sachlichen Inhalt und stellen diesen auch noch gekonnt dar (beispielsweise, je nach Thema, mit Grafiken, mit Karikaturen, mit Musikuntermalung).*
- *Sie verwenden ein Sprachniveau auf der Ebene des Durchschnitts der Teilnehmer und erläutern in Nebensätzen dezent jene Wörter oder Sachverhalte, die möglicherweise nicht für alle verständlich sein könnten.*
- *Sie erläutern in Form von Beispielen, eventuell Gleichnissen.*
- *Soweit es die Situation zulässt, d. h. vor allem in Seminaren: Sie geben den Teilnehmern die Möglichkeit, sich in vorbereiteten Übungen selbst einzubringen und zu betätigen.*
- *Sie bringen vorsichtig gute Stimmung in die Runde, indem Sie etwa Anekdoten oder dezente, möglichst zum Thema passende Scherze bzw. Witze erzählen.*
- *Sie reagieren bei einer Verweigerung Ihrer Zuhörer, die humorvolle Darstellung anzunehmen, mit betonter Sachlichkeit der Rede.*

Von Störenfrieden und Brunnenvergiftern

In jeder Gruppe können Sie erwarten, dass Sie Leute finden, die auf Ihrer Seite sind, und andere, von denen Sie abgelehnt werden. Weder eine vollständige Akzeptanz noch eine vollständige Ablehnung sind übliche Situationen. Gefährlich ist für den Redner lediglich, wenn der/die in jeder Gruppe vorhandene Meinungsbildner/in sich gegen den Redner wendet. Solche Situationen zu meistern verlangt Kenntnisse in der Konfliktbewältigung. Auch diesen Techniken wollen wir später noch ein Kapitel widmen (siehe Seite 200).

Unangenehm sind nicht nur Störenfriede während der Rede, insbesondere „Selbstdarsteller“, denen es eigentlich nur darum geht, sich selbst in den Mittelpunkt zu stellen, sondern auch in besonderem Ausmaß die geheimen „Brunnenvergifter“, jene Leute, die keine negativen Signale von sich geben, weder in Worten noch über ihre Körpersprache, die aber dann in Pausen gegen den Redner Stimmung machen.

Das können Sie als Redner nur eindämmen, indem Sie „allgegenwärtig“ sind, also Ihr Publikum auch in Pausen begleiten. Häufig werden Sie dann „ausgepresst“, man will noch mehr von Ihnen wissen, und das ist sehr anstrengend, dennoch aber für einen durchschlagenden Erfolg der Rede von nicht zu unterschätzender Bedeutung.

Heikel: die Beeinflussung von Massen

Eine große Anzahl von Menschen reagiert als Masse. Als Eigenschaften der Masse nennt beispielsweise Elias Canetti den Willen zum permanenten Anwachsen, die Gleichheit innerhalb der Masse (Kopf ist Kopf, Arm ist Arm, ...), die Dichte der Masse (es kann innerhalb der Masse gar nicht zu dicht sein, sie liebt Dichte) und der Bedarf nach einer Richtung.

Andere Autoren sprechen überdies von der extremen Emotionalität der Massen, ihrem starken Wir-Gefühl, der Ausschaltung des denkenden Verstandes Einzelner. Wie verheerend Massenphänomene sein können, haben beispielsweise immer wieder Vorfälle in Sportstadien gezeigt, wo mehrere Menschen ohne böse Absicht erdrückt oder zu Tode getrampelt wurden.

Für den Redner, der Massen ansprechen will oder muss, gelten somit Regeln, die teilweise ganz anders sind als jene für Reden vor kleinen Gruppen (siehe Kasten Seite 54).

Die wenigen Ansätze für eine Redesituation, die wir als nicht politisch tätige Redner doch eher selten erleben werden, zeigen Ihnen vielleicht die Gefährlichkeit der Massenbeeinflussung. Was Sie als Erkenntnis aus dem Besprochenen mitnehmen sollten, sind Form und Methoden der Manipulation, denen wir Tag für Tag ausgesetzt sind, um sie durch das Erkennen zu entlarven und richtig einzuordnen. Es werden auch in uns selbst Emotionen ausgelöst, denen wir uns schwer entziehen können, obwohl der sachliche Hintergrund häufig unbedeutend ist oder völlig fehlt.

Reden am Telefon

Die Form des Kontakts mit dem Adressaten bestimmt auch die Form der Rede. Reden am Telefon sind ganz anders zu strukturieren als Reden in Anwesenheit des Kontaktpartners. Die übliche Form des Telefonats ist der Dialog, ein Gespräch mit einer Person. Dabei ist zu beachten:

- Sie erfahren häufig nicht, ob noch andere zuhören.
- Das Gespräch könnte auf Tonband aufgenommen werden; jedes moderne Telefon verfügt über diese Möglichkeit.
- Sie sehen die Körpersprache des Gesprächspartners nicht.

Die Instrumente der Massenmanipulation

- *Wer Massen beeinflussen will, muss Gefühle ansprechen (Nationalstolz, Ärger, Angst, Besorgnis, Zorn, ...), d. h. man muss bewusst emotional geladene Begriffe einsetzen und nicht sachliche, objektive. Will man die Masse gegen einen Mörder aufhetzen, muss man von einer „brutalen Bestie" sprechen, von einem „entmenschten Schlächter" oder ähnlichem. Will man dann die Masse wieder entschärfen, werden andere Begriffe eingesetzt, wie etwa „ein zeitweilig verwirrter Familienvater" etc. Die Massenmedien beherrschen diese Terminologie perfekt.*
- *Wer Massen aktivieren will, muss ihnen eine Richtung und Symbole der Gemeinsamkeit geben: Fahnen, Lieder, Abzeichen etc.*
- *Massen hören auf einprägsame Parolen. Lange Sätze und differenzierte Gedanken sind ungeeignet.*
- *Massen brauchen Feindbilder. Ist das Feindbild stark genug, wirken auch negative Parolen motivierend (z. B. Churchills Parole von „Blut, Schweiß und Tränen" im zweiten Weltkrieg).*
- *Aktivierte Massen kann man nur lenken, indem man ihren Forderungen (scheinbar) zustimmt.*
- *Keine Masse reagiert auf intellektuelle, differenzierte, sachliche Überlegungen. Daher hüten sich Politiker auch davor, im Wahlkampf unangenehme Dinge anzukündigen – es sei denn, sie wollen die Wahl verlieren.*

Ihr einziger Orientierungsmaßstab für die Beurteilung der Gefühle Ihres Gesprächspartners ist die Stimme, Sie müssen daher sehr sensibel auf Veränderungen in der Stimme achten.

Notizen geben Struktur

Sofern es sich nicht um ein rein privates Telefonat handelt, kann es für Sie vorteilhaft sein, Notizen zum Telefonat zu machen und Ihre Antwort bereits vorzustrukturieren, während der Gesprächspartner noch spricht. Damit gewinnt das Gespräch an Wert, auch wenn sich die Gesprächspartner nicht gegenseitig sehen.

Das Gesagte gilt aber nur für Festnetztelefone oder Telefonate mit Mobilnetz am Arbeitsplatz, nicht für die üblichen Handy-Gespräche. Handy-Gespräche unterliegen immer der Gefahr der Unterbrechung, und damit können erhebliche Missverständnisse entstehen. Auch wenn die Empfehlung in den Wind gesprochen wird: keine Handy-Telefonate zu wichtigen Themen! Wie Sie gekonnt Anrufe entgegennehmen, Gespräche am Telefon führen oder unerwünschte Anrufer zurückweisen, wird noch ausführlich im Kapitel „Spezielle Redesituationen“ (siehe Seite 170 ff.) besprochen.

Rücksichtslose Wortschwälle und ihre Folgen

Fragen wir uns zum Abschluss dieses Kapitels noch, was geschieht, wenn man keine Rücksicht auf Persönlichkeit, Charakter, Interessen und Gefühle des Ansprechpartners nimmt, d. h. wenn man einfach drauf los redet, als gäbe es den anderen gar nicht als lebendes Wesen, sondern nur als Schwamm für das Aufsaugen der eigenen sprachlichen Ergüsse.

Wir haben bereits formuliert, welche Kriterien eine erfolgreiche Rede erfüllen muss: Es muss dem Redenden gelingen, seine Botschaft möglichst störungsfrei an den Adressaten zu übermitteln und bei diesem die gewünschte Wirkung zu erreichen. Geschieht die sprachliche Kommunikation aber in der Form, dass der Redende gewissermaßen ohne Rücksicht auf Verluste einen Wortschwall auf den Adressaten niedergehen lässt, bewirkt er bei diesem nur negative Reaktionen:

- Flucht, d. h. Abbruch der Kommunikation durch Ortswechsel, wenn dies dem Adressaten praktisch möglich ist (im Flugzeug bei vollgepressten Charterflügen wohl kaum)
- Aggression in unterschiedlichster Form („jetzt halten Sie doch endlich die Luft an!“)

➤ Rückzug von der Kommunikation (und sei es in Form des geistigen „Abschaltens“ oder durch Beschäftigung mit anderen Dingen und Gedanken, so dass die Rede zur Geräuschkulisse versickert)

Aufdringliche Verkaufsgespräche

Auch Verkäufer glauben gelegentlich, sie könnten dadurch ihre Produkte und Dienstleistungen loswerden, indem sie den Zuhörer abschlussreif (= abschussreif) reden. Manche von ihnen sind so geschult, dass sie auf Signale zum Abbruch des Gesprächs sehr aggressiv reagieren und den Zuhörer einzuschüchtern versuchen: „Seien Sie nicht so unhöflich. Ich erzähle Ihnen von Ihrer großen Chance, und Sie wollen nicht einmal mit mir reden ...“.
Manchmal muss auch der Geduldigste zur Tat schreiten und zeigen, wo sich die Ausgangstür befindet, oder, wenn derartige Unterhaltungen am Telefon stattfinden, einfach auflegen.

Manipulative Rhetorik

Den Ansprechpartner in ein Gespräch bzw. zum Zuhören zwingende Formen der Rede sind im harmlosesten Fall lästig, im schlimmsten Fall manipulativ, d. h. der Angesprochene soll zu einer Handlung oder Haltung überredet werden, die er überhaupt nicht will oder die nicht in seinem Interesse ist.
Speziell so genannte „Keilertruppen“ oder „Drückerkolonnen“, das sind Verkäufer, deren eindeutiges Ziel der Verkauf von Produkten aller Art ohne Rücksicht auf die Bedürfnisse und Interessen der potentiellen Käufer ist, werden auf Formen der manipulativen Rhetorik gedrillt, eine Form der Rhetorik, die zwar abzulehnen ist, deren Methoden man aber zumindest kennen sollte (siehe Kasten Seite 60).
Dass die Umsetzer dieser Methoden, d. h. die Verkäufer, manchmal unter extremem Druck seitens ihrer Auftraggeber stehen, darf bei Ihnen kein Mitleid wecken, wenn Sie nicht selbst zum Opfer werden wollen.
Es gibt beispielsweise Organisationen, die junge Leute in Tourismuszentren einluden und so lange kein Geld für den Rückflug bereitstellten, bis entsprechend viele „Abschlüsse“ geliefert wurden. Sind Ihnen die Methoden und Ansätze dieser Form der Rhetorik bewusst, wird es Ihnen nicht schwer fallen, „unhöflich“ zu werden, auch wenn dann vielleicht der Strandspaziergang nicht mehr ganz so entspannend ist. Darf ich Sie, liebe Leser, an eines meiner „Überlebensrezepte“ erinnern? Ärgern Sie nicht sich (selbst), sondern erforderlichenfalls andere.

Wie lange soll man reden?

Es gibt unterschiedlichste Meinungen zum Thema der Dauer einer Rede. Ein häufig formulierter Ansatz heißt „maximal 20 Minuten", weil angeblich der Mensch nicht in der Lage ist, länger aufmerksam zuzuhören. Dass Aufmerksamkeit und Aufnahmefähigkeit von Menschen tatsächlich nur für 20 Minuten besteht, deckt sich überhaupt nicht mit meinen Erkenntnissen aus Vorträgen und Seminaren. Ganz im Gegenteil. Ein gut aufbereiteter und lebendig präsentierter Vortrag vor einem am Thema interessierten Publikum kann ohne Weiteres bis zu eineinhalb Stunden dauern, ohne dass die Konzentration der Zuhörer nachlässt.
Nach dieser Zeitspanne empfinden allerdings sowohl Redner als auch Zuhörer eine Pause als angenehm. Ein Redner wurde einmal gefragt, ob es ihn störe, wenn sein Publikum während des Vortrags auf die Uhr sehe. Seine etwas ironische Antwort lautete: „Nein, nur wenn sie überprüfen, ob die Uhr noch funktioniert."

Warnzeichen beachten

Im Zweiergespräch soll man nur so lange sprechen, wie der Gesprächspartner nicht Zeichen der Langeweile zeigt oder immer intensiver versucht, Sprechpausen für eigene Aussagen zu verwenden. Viele Menschen glauben, dass Ihnen mehr Aufmerksamkeit gewidmet wird, wenn sie länger reden. Das Gegenteil ist wahr. Je kürzer und prägnanter im Zweiergespräch Aussagen formuliert werden, je präziser und konzentriert Sachverhalte dargestellt werden, desto intensiver ist die Wirkung.
„Weniger ist mehr" heißt die Parole auch beim Reden. Beredtes Schweigen wirkt intensiver als zu wortreiches Reden. Wenn meine Frau bei Gesprächen am Tisch sitzt und sich Gesprächspartner besonders ungeschickt oder unverschämt äußern, versuche ich immer, die Aufmerksamkeit von ihr

KENZEICHEN MANIPULATIVER RHETORIK

- *Der Adressat der Rede ist für den Redner anonym (Käufer ist Käufer, Hauptsache er hat genug Geld, um zu bezahlen – ähnlich, wie in der Massenbeeinflussung: Kopf ist Kopf).*
- *Der Adressat wird emotionalisiert (Gier wird geweckt, Status wird angeboten).*
- *Die Abwehr des Adressaten wird weggewischt.*
- *Die Rede ist streng formalisiert und psychologisch perfekt aufgebaut.*
- *Das einzige Ziel ist der Verkaufsabschluss.*

abzulenken – ihr Schweigen in Verbindung mit der Körpersprache ist mir dann zu beredt für den Gesprächspartner.

Ein „roter Faden" durch Monologe

Es kommt immer wieder vor, dass hierarchisch Höherstehende oder wichtige Kontaktpartner, die man nicht vergrämen möchte, zu endlosen Reden neigen und auf Zeichen von Ungeduld überhaupt nicht reagieren. Für diesen Fall bleibt nur ein Weg, die eigenen Gedanken zu Teilaspekten des besprochenen Themas nicht zu verlieren und doch noch zu präsentieren: Man muss sich Notizen machen.

Haben Sie keine Schreibgelegenheit bei sich und müssen mit einem Vielredner sprechen oder gar eine für Sie wichtige Verhandlung führen, bleibt Ihnen nur übrig, sich wichtige Eckpunkte im Gedächtnis einzuprägen, was vermutlich mit inneren Wiederholungen verbunden ist. Das führt dazu, dass Sie möglicherweise „den Faden verlieren", d. h. dass Sie aufhören, dem Wortschwall aufmerksam zu folgen.

Ist Ihr Gesprächspartner nur halbwegs rhetorisch geschult oder ein zumindest durchschnittlicher Menschenbeobachter, wird er bemerken, dass Sie ihm nicht mehr folgen (können, wollen), und das ist dann für beide Teile nicht sehr angenehm.

Als Vorbereitung für den guten Zuhörer, was eine wichtige Schulung für den guten Redner ist, sollten Sie daher möglichst immer Schreibgerät und einen Notizblock/ein Notizbuch zu Gesprächen mitführen, sofern diese nicht rein privaten Charakter haben.

Was bewegt den Vielredner?

Es ist vielleicht ganz interessant, sich zu fragen, warum Menschen so lange sprechen oder welche Menschen es sind, die andere nicht zu Wort kommen lassen.

Entweder handelt es sich dabei um sehr selbstüberzeugte oder um unsichere, wenig selbstbewusste Menschen, wobei man sich durch die Art der Eigenpräsentation nicht täuschen lassen darf. Mancher übertönt sein fehlendes Selbstbewusstsein durch autoritäres Gehabe.

Welche Ursache auch immer hinter Vielrednerei stecken mag: Wenn Sie unterbrechen, fühlt sich der andere nicht akzeptiert und damit verletzt. Daher gibt es für die erfolgreiche Kommunikation mit Vielrednern nur ein Rezept: Geduld, Geduld, Geduld.

Gedächtnistraining

Bei der Eingangsüberlegung zum Adressaten der Rede wurde das Thema „Gedächtnis“ angesprochen. Muss der gute Redner auch über ein gutes Gedächtnis verfügen? Grundsätzlich schadet es zumindest nicht und ermöglicht eine bessere Einschätzung bereits bekannter Ansprechpartner, wie auch dann während der Rede das Einstreuen von erinnerten Erlebnissen an geeigneter Stelle.

Das Lang- und das Kurzzeitgedächtnis

Was hier angesprochen wird, ist das so genannte „Langzeitgedächtnis“, in welchem Informationen über einen längeren Zeitraum gespeichert werden, während im Kurzzeitgedächtnis Eindrücke für maximal ein bis zwei Stunden verbleiben, im Ultrakurzzeitgedächtnis sogar für lediglich sechs bis zehn Sekunden.
Ins Ultrakurzzeitgedächtnis kommen wiederum nur Wahrnehmungen (Aufnahme von Eindrücken durch Hören, Sehen, Riechen, Schmecken, Fühlen), welche die „Wahrnehmungsschwelle“ überschritten haben. An Reize, welche diese Hürde nicht überwinden können, können wir uns nicht erinnern. Unser Thema ist, auf welche Weise uns wichtig und erhaltenswert erscheinende Inhalte vom (Ultra)Kurzzeitgedächtnis in das Langzeitgedächtnis gebracht werden können. Grundsätzlich geschieht das durch Übung, d. h. durch mehrmaliges Wiederholen der zu erinnernden Gegenstände.
Je nach persönlicher Neigung gibt es nun unterschiedliche Vordispositionen, d. h. Menschen, die sich unterschiedlichste Dinge leicht merken: talentierte Mathematiker beispielsweise Zahlen, Mozart konnte angeblich nach einmaligem Hören eine ganze Messe aus dem Gedächtnis „abschreiben“, für den Redner wäre das Merken von Gesichtern und deren Zuordnung wichtig (zur Einschätzung von Zuhörern, die ihm bekannt sind) sowie das Merken von Texten.

- Frage 1 daher: Wie merkt man sich Gesichter und ordnet diese zu, d. h. wie trainiert man diesen Teil des Gedächtnisses?
- Frage 2: Wie merkt man sich Texte?

Das Personengedächtnis verbessern

Zur ersten Frage gibt es mehrere Möglichkeiten. Sie könnten beispielsweise eines jener Kartenspiele verwenden, wo bestimmte Abbildungen (Personen, Schlösser) zu benennen sind. Oder Sie sammeln aus Zeitungen Bilder bekannter Persönlichkeiten und versuchen dann, wenn Sie mehr als 50 derartiger Bilder haben, jedes Bild einem Namen und einer Funktion zuzuordnen.

Wenn Sie häufiger vor vielen Teilnehmern reden und diese vor sich Namenskarten stehen haben, versuchen Sie sich die Namen zu merken und der jeweiligen Person ihren Namen zuzuordnen. Versuchen Sie dann in der Pause, sich an den Namen des jeweiligen Teilnehmers zu erinnern. Wenn Sie Ihre Gruppe erst kurz kennen, können Sie sich selbst kontrollieren, indem Sie auf den Teilnehmer zugehen und ihn/sie höflich fragen: „Habe ich Ihren Namen richtig im Gedächtnis? Sind sind …" Kennen Sie aber Teilnehmer schon länger und werden von diesen schon längst mit Ihrem richtigen Namen angesprochen, ist es peinlich, nochmals nachzufragen. Der Teilnehmer erwartet dann, dass Sie ihn kennen.

Das nimmt man übel – falsche Anrede

Und noch ein Wort zum Namensgedächtnis: Hüten Sie sich vor der Verballhornung von Namen. Angenommen Sie heißen Niederhuber. Würde es Sie freuen, wenn man Sie Oberhuber, Oberhofer, Niederhofer oder Niederleitner nennt? Wenn Sie einen Namen nicht genau kennen, ist es am besten, ihn zu vermeiden. Führt Ihr Ansprechpartner einen Titel, ist dieser immer ein guter Ausweg.

Ausgesprochen peinlich ist, eine über einen längeren Zeitraum bekannte Person, mit der man engen Kontakt hat, mit dem falschen Namen anzusprechen. Ein derartiger Fauxpas (Taktlosigkeit) ist bestenfalls in Situationen erkennbarer extremer Überlastung entschuldbar, verbunden mit anderen Unsinnigkeiten, die man dann redet. Bei einer Persönlichkeit, die man angeblich sehr schätzt und braucht, kann ein fehlerhafter Gebrauch des Namens derart beleidigend wirken, dass die Kommunikation abgebrochen wird.

Texte besser behalten

Zur zweiten Frage „Wie merkt man sich Texte?" gibt es zahlreiche Ansätze. Persönlich empfehle ich folgende Methoden, die auch gleich für die Gestaltung bzw. das „Würzen" von Reden hilfreich sind und unseren geistigen Horizont erweitern:

➤ Lernen Sie Gedichte und wichtige Zitate aus Werken der Weltliteratur und der Weltreligionen auswendig, möglichst mit Quellenangabe.

➤ Merken Sie sich Witze und Anekdoten, sortiert nach Themengebieten.

➤ Lernen Sie Fremdsprachen, lernen Sie systematisch Vokabeln. Ein ungarisches Sprichwort sagt: „Mit jeder neuen Sprache bekommt man eine neue Seele."

Wie bei jeder Form von Training fördert permanentes Gedächtnistraining die Dauerhaftigkeit, Abrufbarkeit und Speichergeschwindigkeit des Erinnerungsvermögens, nicht zuletzt aber auch Ihre „Standfestigkeit" bei der Rede. Je mehr Sie wissen, je größer Ihr Gedächtnisspeicher in Verbindung mit Ihrer Lebenserfahrung ist, desto weniger werden Sie bei Reden in die Verlegenheit kommen, stecken zu bleiben. Schützen Sie aber Ihr Gehirn vor Datenmüll, vor zusammenhanglos aufgehäuften, nutzlosen Informationen, für die das Kurzzeitgedächtnis noch zu wertvoll ist. Sie werden sich dem Inhalt des Gespeicherten nie ganz entziehen können und sollten daher sortieren, ehe Sie speichern. Dies führt uns direkt zu unserem nächsten Abschnitt, der thematischen Auswahl für Ihre Rede.

Auswahl von Themen

Es gibt wohl kein Thema, über welches der Experte nicht nahezu unbegrenzt erzählen könnte, zumindest länger, als auch nur ein Zuhörer bereit ist, zuzuhören, und umfangreicher, als ein Buch sein kann, das noch ein Verlag bereit ist, zu verbreiten. Wir haben als Redner somit immer ein Problem der Themenauswahl. Angenommen, der Verlag würde uns beide zusammenbringen, Sie, meine geschätzten Leser und Leserinnen, und mich, den Autor. Nehmen wir des Weiteren an, man gäbe uns eine Stunde Zeit, in der ich Ihnen einen Vortrag über Rhetorik halten dürfte. Ich hätte sofort ein Auswahlproblem für die Themen, die ich Ihnen präsentiere (obwohl ich natürlich hoffe, dass es so weit kommt). Bringe ich Ihnen alles, was Sie hier als Unterthemen lesen können, hätte ich, bei gemessener Vortragsweise, gerade ausreichend Zeit, Ihnen das Inhaltsverzeichnis samt Unterpunkten und entsprechenden Erläuterungen zu präsentieren, womit Sie sicherlich nicht sehr glücklich wären.

Tipp — Viel vorbereiten – wenig präsentieren

Bei der Vorbereitung gilt: Nervös werden Sie eher dann, wenn Sie zu wenig vorbereitet haben, als zu viel. Versehen Sie sich daher mit ausreichend vielen Unterlagen und Themen.
Bei der Präsentation gilt: Es wirkt bei den Zuhörern besser, über wenige Themen wirklich informiert zu werden, als über viele Themen oberflächlich, d. h. eher Konzentration.

Schwerpunkte setzen

Unser Publikum erwartet eine angemessene Auswahl von Themen, wobei ich folgende Kriterien als Maßstab vorschlage:

➢ Bilden Sie Schwerpunkte, die Sie im Rahmen der verfügbaren Zeit für den Zuhörer interessant, unterhaltsam und in sich abgeschlossen präsentieren.
➢ Sie müssen über den Inhalt informiert werden, um nicht durch eine falsche Erwartungshaltung enttäuscht zu werden.
➢ Ausgangpunkt muss Bekanntes und Erwartetes aus dem Buch sein, der Vortrag darf sich aber nicht damit begnügen. Im Minimum müssen Anwendungsbeispiele und weitere Erläuterungen hinzukommen.
➢ Die Präsentation muss Elemente zeigen, die im Buch nur beschrieben werden können, wie etwa körpersprachliche Aspekte, die verbale Präsentation, den Einsatz von technischen Hilfsmitteln, Stimme und Stimmführung usw.
Damit habe ich mir selbst schon etwas geholfen: Es gibt einen bis maximal drei Schwerpunktbereiche inhaltlicher Art, und ich führe einige andere Aspekte der Rede vor, auf die ich dann an geeigneter Stelle hinweise.

LEITFADEN ZUR THEMENAUSWAHL

Wenn Sie selbst Themen aufbereiten, sollten Sie so vorgehen:
➢ *Listen Sie zunächst auf, was alles Sie vortragen könnten.*
➢ *Überlegen Sie, was Ihre Zuhörer vermutlich am meisten interessiert. Wenn möglich, nehmen Sie zu diesen Kontakt auf.*
➢ *Bei Seminarausschreibungen ist die Auswahl der Themen üblicherweise im Programm, so dass die Teilnehmer sich ohnehin aufgrund der Auswahl entscheiden.*
➢ *Versuchen Sie, den Wissensstand und den Erfahrungshintergrund Ihrer Zuhörer herauszufinden.*
➢ *Streichen Sie Themen, die leicht negative Reaktionen hervorrufen könnten, wenn Sie Ihr Publikum nicht gut einschätzen können.*
➢ *Überprüfen Sie, ob die Einzelthemen zueinander passen.*
➢ *Überprüfen Sie bei den ausgewählten Themen, ob Sie alle wichtigen Aspekte erfasst haben. Nutzen Sie dazu auch Standard-Nachschlagewerke und Indizes von Fachliteratur.*
➢ *Weisen Sie den jeweiligen Themen einen Zeitraster zu.*
➢ *Gestalten Sie einen logischen Ablauf für die Präsentation.*
➢ *Sehen Sie Ersatzthemen für den Fall vor, dass Sie die Redezeit deutlich unterschreiten. Diese Ersatzthemen müssen logisch an den vorgesehenen Schluss angefügt werden können.*
➢ *Planen Sie für den Fall von Zeitüberschreitungen die Streichung von Themen, um nicht durch Improvisation den Gesamtzusammenhang zu stören.*

Schlagfertigkeit – wie schnell und wie gut reagieren Sie?

Denken Sie oft im nachhinein – und ärgern sich darüber, dass Ihnen das erst zu spät eingefallen ist – was Sie in einer bestimmten Situation zu einem anderen hätten sagen sollen? Das hätte ich ihm/ihr sagen sollen, das hätte ihn/sie getroffen, das hätte eingeschlagen! Zu spät, vergeudete Gelegenheit. Immer wieder fehlt uns im entscheidenden Augenblick das treffende Wort. Damit das immer seltener geschieht, wollen wir uns etwas damit beschäftigen, wie man die eigene Schlagfertigkeit verbessert.

Ein geschulter Instinkt

Bei den Reaktionen des Geistes geht es im Prinzip um Ähnliches wie beim Körper: Es gibt einen Außenreiz, eine Bedrohung, etwas, das prompte Reaktion erforderlich macht, und ohne Einschaltung des Denkens reagiert der Körper richtig und wendet damit Schaden ab. Wir sehen eine Tasse fallen und greifen zu, ehe uns so richtig bewusst wurde, was geschieht. Ein Ball kommt auf uns zugeflogen, wir sehen nur einen Schatten und sind schon ausgewichen. Bei zahlreichen Sportarten wird diese Art instinktiver Reaktion entwickelt.

Schlagfertigkeit ergibt sich theoretisch aus blitzartigem Denken, aus Eigenbeobachtung schließe ich aber eher auf spontane Reaktionen in grundsätzlich gespeicherter Form, d. h. eine bestimmte Art auf Redesituationen zu reagieren läuft nahezu unbewusst ab. Das kann gefährlich sein, denn derartige Reaktionen können auch manchmal schädlich sein, insbesondere dann, wenn sie sich gegen Personen richtet, denen man besser nicht seine Schlagfertigkeit beweist. Wir müssen somit einerseits lernen, blitzartig und möglichst „blitzgescheit“, scharf und treffend zu reagieren, andererseits die Reaktion aber dahingehend filtern, dass sie nicht zur Unzeit oder am falschen Ort erfolgt.

Bloß nicht zornig werden!

Das ist doch der Grund, warum ich schlagfertig werden möchte, werden Sie vielleicht sagen, ich möchte verbalen Unverschämtheiten begegnen! Wenn Sie das wollen, müssen Sie zunächst die Absicht Ihres Gegners vereiteln, Sie zornig zu machen (siehe Kasten Seite 67).

Wie soll man sich denn bei solchen Unverschämtheiten nicht ärgern, können Sie entgegnen. Falsch. Sie tun damit genau das, was Ihr Gegner will, Sie unterstützen Ihren Gegner, und das ist schlichtweg nicht der richtige Weg. Stoppen Sie Ihren Adrenalinschub, beginnen Sie freundlich-eiskalt zu lächeln, oder, wie

der russische Autor Michail Sostschenko formulierte, „... die Bauern lächelten sehr finster und gingen langsam auseinander ...“ Lächeln Sie sehr finster, und geben Sie Ihrem Gegner die Antwort, die er verdient.
Wichtig ist immer, dass Sie sich nicht aufregen und Unverschämtheiten nicht dadurch aufgreifen, dass Sie sich aufregen, den anderen zur Rede stellen, sich vielleicht gar verteidigen oder rechtfertigen. Auf keinen Fall! Schweigen Sie, wenn Ihnen nichts einfällt, schlucken Sie Ihren Ärger hinunter und lernen Sie, schlagfertig zu werden. Kommt Ihnen die Antwort erst nach einigen Minuten in den Sinn, ist es zu spät. Sie können aber auf Schwächen Ihres Gegners lauern, er kommt schon irgendwann in Ihre Gasse.

Rasch zur Gegenwehr ansetzen

Sammeln Sie „flotte Sprüche“, aber nur solche, die Sie selbst entwickelt haben oder die zu Ihrem Typ und Ihrem Alter passen. Auch schlagfertige Antworten von scharfzüngigen Romanhelden sind durchaus für Lernzwecke geeignet.

Übungen: So werden Sie schlagfertiger

- *Eine erste Übung für Schlagfertigkeit ist jene, die wir ohnehin anwenden: Nachzudenken, was man in einer bestimmten Situation besser gesagt hätte. Man sollte dieses Nachdenken allerdings konsequent durchführen und variieren, aus dem nachwirkenden Ärger ein Spiel um Worte machen. Vielfach erfährt man dann, wenn man den Ärger Verwandten oder Freunden erzählt, was diese dem dummen Kerl gesagt hätten, der sich so unverschämt betragen hat.*

- *Eine zweite Übung ist, andere im Gespräch zu beobachten und zu überlegen, was man selbst in einer bestimmten Situation gesagt hätte. Derartige Übungen führen dazu, dass Sie lernen, mehrere Antwortlösungen zu entwickeln und damit Ihren Umgang mit Sprache zu verbessern.*

- *In weiterer Folge können Sie sich durch literarische Grundlagen stärken. Lesen Sie über Eristik, die Kunst des Streitens. Diese Kunst wurde im Altertum zuerst von den Sophisten gepflegt, die beweisen wollten, dass man ausgehend von einer bestimmten Prämisse (= dem Ausgangspunkt) jede Ansicht im Streitgespräch durchsetzen könnte. Gute Ansätze zum Erlernen von Schlagfertigkeit finden sich beim Philosophen Artur Schopenhauer in „Eristische Dialektik“: „Eristische Dialektik ist die Kunst zu disputiren, dass man Recht behält ...“ (Schreibweise nach Original).*

Achten Sie bei Ihren eigenen schlagfertigen Antworten sorgfältig darauf, dass der verbale Hieb sitzt. Verzichten Sie lieber auf eine Reaktion, wenn Ihnen nur eine bittere, beleidigte Replik einfällt oder wenn Sie wirklich wütend sind. Entwickeln Sie einen „Killerblick“, den Sie bekommen, wenn jemand glaubt, sich mit Ihnen anlegen zu können. Dieser „Killerblick“ muss instinktiv in Ihrem Inneren ausgelöst werden, wenn Sie „beflegelt“ werden, an der Stelle von Ärger. Ärger ist überflüssig und schädlich für die Selbstverteidigung. Haben Sie durch Übung diese Änderung Ihres seelisches Reflexes geschafft, sind Sie in der richtigen seelischen Disposition, die Sie für schlagfertige Antworten brauchen.
Schlagfertige Antworten sind wie Blitze: schnell, kurz, energiegeladen, gleißend, erschreckend. Sie müssen so ausgesprochen werden, dass jeder der Umstehenden und auch der Angesprochene sie versteht. Sie müssen einen unmittelbaren Bezug zum Angegriffenen haben, möglichst auch zum Thema, über das er sprach.

Treffend – aber nicht bösartig parieren

Schlagfertigkeit bezieht sich aber nicht nur auf die Abwehr von Angriffen. Sie kann und soll auch für pointierte Darstellungen und Antworten verwendet werden oder auch für humorvolle Skizzierungen einer Situation.
Noch eine Golf-Geschichte, die letzte für dieses Buch: Ein guter Golfspieler brüstete sich, er sei an guten Tagen bei diesem Loch mit drei Schlägen am Grün. Der Anfänger ergänzte: „Ich verliere an einem guten Tag bei diesem Loch weniger als drei Bälle“. Oder für pointierte darstellende Antworten ein Beispiel:

Beispiel WER ZULETZT LACHT ...

Wenn Sie vor anderen verbal angegriffen worden sind, muss es Ihr Ziel sein, die Lacher auf Ihrer Seite zu bekommen – dann hat Ihr Gegner verloren.
Sagt beispielsweise Ihr Gegner: „Ein Golfer beginnt erst ab Handicap 28“ (für Nichtgolfer: schon relativ gut), antworten Sie als Angegriffener, je nach gewollter Schärfe, beispielsweise:

- *„Für mich erst ab Intelligenzquotient 90.“*
- *Eine andere, humorvolle Antwort wäre: „Schade, so viele Schläge habe ich noch für kein Loch gebraucht.“*
- *Fährt Ihr Yuppie-Gegner nur einen Kleinwagen, Sie aber Mercedes, könnten Sie antworten „Für mich erst ab Mercedes C-Klasse.“*

Ein Abteilungsleiter beschwerte sich über einen Geschäftsführer beim anderen Geschäftsführer. Dieser antwortete: „Wir brauchen heuer noch eine Investition." „Wofür denn?" fragte der Kollege. „Um eine Klagemauer für unseren Herrn … zu errichten." Damit war die Diskussion rasch und zynisch beendet, das Anliegen des Klagenden besprochen, beurteilt und abgehandelt.

Zum Abschluss des Themas „Schlagfertigkeit" noch ein Wort. Wirklich erfolgreich schlagen Sie nur dann zurück, wenn Sie den Gegner möglichst nicht persönlich beleidigen und wenn er mitlachen kann, wie erfolgreich Sie seinen Angriff pariert haben. Wählen Sie daher im Zweifelsfall eher eine humorvolle Variante der Schlagfertigkeit als eine zynische, bösartig verletzende, es sei denn, Sie wollen, dass man einen großen Bogen um Sie macht, weil man Ihrer scharfen Zunge nicht ausgesetzt sein möchte.

SCHLAG NACH BEI SCHOPENHAUER

Schopenhauer stellt 38 „Kunstgriffe" dar, wie man den Gegner mit Worten aus dem Feld schlägt. Eine Kostprobe daraus die Nr. 8: „Den Gegner zum Zorn reizen: denn im Zorn ist er außer Stand richtig zu urtheilen und seinen Vortheil wahrzunehmen. Man bringt ihn in Zorn dadurch dass man unverholen ihm Unrecht thut und schikanirt und überhaupt unverschämt ist." (Schreibweise nach Original)

Gönnen Sie sich Nachdenkpausen

Zu vorschnelle Antworten können ein Gespräch in eine Richtung lenken, die man vielleicht gar nicht möchte. Andererseits wirken Nachdenkpausen, die Sie sich dadurch gewähren, dass Sie keine Antwort geben, abweisend oder in manchen Fällen so, als seien Sie geistig nicht auf der Höhe. Dennoch ist es ein guter Ansatz, sich zu keiner vorschnellen Antwort zwingen zu lassen, d. h. sich Nachdenkpausen zu gönnen.

Das gibt Zeit zum Überlegen

Je nach Art der Frage und Komplexität der erwarteten Antwort gibt es mehrere Möglichkeiten, die Sie erfolgreich wählen können:

- Sie sagen, dass Sie nachdenken müssen bzw. dass Sie sich die Antwort noch überlegen möchten.
- Brauchen Sie nur ein Abfangen der „Schrecksekunde", wiederholen Sie einen Teil der Frage zur Einleitung der Antwort. Beispiel: Sie werden bei einem Vorstellungsgespräch gefragt, welche Position Sie bei Ihrem bisherigen Arbeit-

geber innehatten und beginnen: „Bei meinem bisherigen Arbeitgeber hatte ich mehrere Positionen …"

- Sie können über Körpersprache antworten, wenn grundsätzlich eine einfache Antwort möglich ist, Sie aber für den Fall, dass nachgefragt wird, sich noch Zeit lassen möchten.
- Sie ziehen ein Taschentuch hervor und beginnen, Ihre Nase freizulegen.
- Sie bekommen einen leichten Hustenreiz.
- Sie antworten mit einer Gegenfrage.

Die Fragetechnik entwickeln

In der Rhetorik gilt: Wer fragt, der führt. Einen Redner über seine Fragen anzugreifen ist bei weitem nicht so einfach, wie ihn über seine Behauptungen zu widerlegen.

Die rhetorische Frage haben wir bereits bei den Redefiguren angesprochen. Sie ist keine Frage im eigentlichen Sinn, Sie will keine Antwort, ganz im Gegensatz zu jenen Fragen, die an dieser Stelle angesprochen werden.

Verschiedene Formen von Fragen

Die Fragestellung kann offen sein (d. h. ohne Antwortvorgaben durch den Redner), teilweise offen (d. h. Antwortvorgaben durch den Redner, aber mit der Möglichkeit, andere Antwortvorgaben zu wählen) oder geschlossen (die Zuhörer können nur im Rahmen vorgegebener Antworten oder mit ja oder nein antworten). Welche Form der Frage angebracht ist, hängt von der jeweiligen Redesituation ab.

Die Gefahr offener Fragen ist, dass manche Zuhörer diese als Aufforderung betrachten, eigene Reden zu halten und sich kaum mehr stoppen lassen. Die Gefahr geschlossener Fragen liegt darin, dass der Zuhörer in den Antwortvorschlägen oder -vorgaben seine eigene Antwort, also sein eigentliches Anliegen, nicht abgebildet sieht, weil die Antworten ausschließlich aus der Denkwelt

Warum der Redner fragt

Wenn der Redner Fragen an seine Zuhörer stellt, sind seine Motive zumeist:

- *eine Rückkoppelung zu Gesagtem zu erhalten*
- *den Grad des Verständnisses für das Gesagte zu beurteilen*
- *Informationen zu Wünschen und Zielvorstellungen abzufragen*
- *Entscheidungen seitens der Zuhörer zu erbitten*
- *Bewertungen zur Rede/zur Veranstaltung zu erheben*

des Redners stammen. Damit wird selbst die Bereitschaft zur Antwort unter dem Aspekt „Informationserhebung“ fragwürdig und ist bestenfalls statistisch verwertbar.
Bei der vorgetragenen Rede wird eine echte Frage (d. h. keine rhetorische Frage) als Ausnahme anzusehen sein und sich am ehesten am Schluss der Rede ergeben (als Aufforderung zum Beginn einer Diskussion) oder dann, wenn der Redner im Publikum Störungen bemerkt, beispielsweise Unruhe, Unwillensäußerungen etc. Überschreiten derartige Störungen ein Mimimalausmaß, muss der Redner bereit sein, die Situation zu klären. Wie derartige Klärungen durchgeführt werden können, erfahren Sie unter dem Stichwort „Abwehrstrategien“ (siehe Seite 200).

Die Gliederung Ihrer Rede

Der logische Aufbau

Eine logisch aufgebaute Rede muss nicht wahr sein, und Reden, in welchen die Wahrheit gesagt wird, können unlogisch sein. Wenn wir von Wahrheit sprechen, meinen wir in der Rhetorik häufig die „subjektive Wahrheit", das persönlich als wahr empfundene.

Was ist eigentlich „wahr"?

Der Philosoph Karl Popper sieht eine Hypothese (einen Satz) so lange als wahr an, bis sie falsifiziert wird, d. h. bis ihr ein Beobachtungssatz besonderer Art widerspricht. Hinsichtlich der Gültigkeit wissenschaftlicher Aussagen vertritt Popper die Meinung, dass die Methode der Induktion (Schluss vom Besonderen auf das Allgemeine) nicht zu allgemeingültigen Aussagen führen kann, und dass nur die Deduktion (Ableitung von Aussagen mithilfe logischer Schlussregeln aus anderen, allgemeineren Aussagen) die richtige wissenschaftliche Methode sei, angenommene allgemeingültige Sätze zu überprüfen und so lange als wahr anzusehen, bis sie falsifiziert werden (siehe oben).
Mit anderen Worten: Haben Sie in Ihrer Erlebenswelt ein Problem erfolgreich gelöst, können Sie nicht davon ausgehen, dass diese Art der Problemlösung für alle ähnlich gelagerten Fälle allgemein gültig ist.
Sie werden aber dann, wenn Ihnen eine ähnliche Problemlage begegnet, versuchen, die erfahrungsgemäß erfolgreiche Problemlösung wieder anzuwenden. Gelingt Ihnen das mit gleichem Erfolg wie beim ersten Mal, werden Sie die Lösung als Standardlösung akzeptieren und sie für „wahr" halten, und zwar so lange, bis Sie mit ihr bei einem Problem ähnlicher Art scheitern.

Die Prämissen müssen klar sein

Gehen wir zu unserer Einleitungsaussage zurück. Täuschende Reden sind auf falschen Prämissen begründet. Wahre Reden werden logisch falsch, wenn falsche Schlüsse gezogen werden, d. h. wenn der logische Aufbau der Aussage nicht korrekt ist. In typischen Redesituationen stehen Behauptungen im Raum, ohne dass von den jeweiligen Prämissen gesprochen wird, d. h. es kann Widerspruch entstehen, weil Redner und Zuhörer von falschen Voraussetzungen ausgehen. Eine sorgfältig aufgebaute Rede muss ihre Prämissen klarlegen und daraus die richtigen Schlüsse ziehen.

Psychologische Effekte

Eine gute Rede ist für Redner und Publikum ein Erlebnis. Was immer wir sagen, wann immer wir mit und zu jemandem reden, verändert sich etwas: die Beziehung zwischen Redner und Angesprochenem, die gegenseitige Beurteilung, eine Situation, eine Entscheidung, die Richtung einer Handlung, ein Gefühl (sei es beispielsweise ein gesamtes Lebensgefühl nach einer guten Predigt, sei es Motivation nach der Ansprache des Chefs etc.) und nicht zuletzt der Redner selbst.

Keine Rede lässt uns wirklich unbewegt, selbst wenn wir das nicht so empfinden. Gleichgültig, was wir sagen, wir wollen etwas, ganz selbstsüchtig: Wir wollen gehört, verstanden, geachtet, geehrt oder vielleicht sogar nachgeahmt werden. Um gewünschte Wirkungen herbeiführen zu können, muss unsere Rede zunächst wahrgenommen werden, d. h. es muss die Wahrnehmungsschwelle des Publikums überschritten werden.

Die Kurzformel AIDA

Wir wollen als Redner Aufmerksamkeit, (steigendes) Interesse, den Wunsch des Publikums, noch mehr zu hören, Applaus oder sonstige Formen der Anerkennung und eventuell die praktische Umsetzung von Appellen durch das Publikum. Aus dem englischsprachigen Raum kommt eine prägnante Kurzformel für diesen Aspekt, aus dem Bereich der Werbepsychologie: AIDA (Attention = Aufmerksamkeit, Interest – Interesse, Desire = Wunsch, Action = Aktion, Handlung). Wir müssen als Redner um unser Publikum werben, immer dann, wenn Zuhörer nicht zur Teilnahme an der Rede gezwungen sind, am besten aber auch dann, wenn sie verpflichtet wurden.

Einstimmung auf die Redesituation

Wenn Sie den bisherigen Text gut durchgearbeitet haben, sind Sie schon ziemlich trainiert für den Auftritt. Sie wissen, welche Redeinstrumente Sie einsetzen können, Sie wissen, wie Sie körpersprachliche Wirkungen erzielen, haben vielleicht sogar schon Ihren Farbtyp einschätzen lassen und kleiden sich typusgerecht, Sie haben ein Manuskript erarbeitet, welches den Anforderungen der Logik und der Präsentation entspricht, und nun kommen Sie in die konkrete Redesituation, beruflich oder privat, mehr oder weniger persönlich engagiert, für eine ganz kurze Dauer geplant oder vielleicht einen oder mehrere Tage.

Aristoteles und die Logik

Der Schöpfer dessen, woran wir als Nicht-Mathematiker und Nicht-Philosophen denken, wenn wir von Logik sprechen, war Aristoteles. Aristoteles (384–322 v. Chr.) entwickelte den Syllogismus, die grundlegende Form des logischen Schlusses. Ein Syllogismus ist ein logischer Schluss, der sich auf Prämissen (Voraussetzungen) stützt.

Die verschiedenen Prämissen

Diese Voraussetzungen sind nach Aristoteles entweder:

➤ *allgemein bejahend (alle A sind gleich B); z. B. Schäferhunde und Rottweiler sind gleich (unter der Kategorie „Hunde")*

➤ *allgemein verneinend (alle A sind verschieden von B); z. B. Schäferhunde und Rottweiler sind verschieden (unter der Kategorie „Aussehen" etc.)*

➤ *partikulär bejahend (einige A sind gleich B); z. B. manche Menschen sind gleich (beispielsweise Zwillinge unter der Kategorie „Aussehen")*

➤ *partikulär verneinend (einige A sind verschieden von B) z. B. manche Menschen sind anders (beispielsweise unter der Kategorie „sozialer Status" oder „Verhalten")*

Der Syllogismus

Ein vollständiger Syllogismus besteht aus zwei Prämissen und einer Konklusion (Schluss, daher auch der Begriff der „schließenden" Logik), wobei jede Prämisse einen Begriff der anderen Prämisse und einen Begriff mit der Konklusion gemeinsam hat.

Eines der wohl bekanntesten Beispiele dazu ist:

➤ *Prämisse 1: Alle Menschen sind sterblich.*

➤ *Prämisse 2: Sokrates ist ein Mensch (mit dem Begriff „Mensch" aus der anderen Prämisse).*

➤ *Konklusion: Also ist Sokrates sterblich (gemeinsamer Begriff: „Sokrates").*

Aristoteles schreibt in „Topik": „Ein Schluss ist also eine Rede, in der bei bestimmten Annahmen etwas anderes als das Vorausgesetzte auf Grund des Vorausgesetzten mit Notwendigkeit folgt."

Der „eristische Schluss"

Aristoteles unterscheidet dann zwischen „wahren und ersten Sätzen" sowie „eristischen Schlüssen" (Streitschlüssen). So schwierig die Formulierung auch klingen mag, lassen wir zum Thema Wahrheit und Schein den Meister selbst sprechen.

- *„Wahre und erste Sätze sind solche, die nicht durch anderes, sondern durch sich selbst glaubhaft sind … bei den obersten Grundsätzen der Wissenschaften darf man nicht erst nach dem Warum fragen."*

- *„Wahrscheinliche Sätze sind diejenigen, die Allen oder den Meisten oder den Weisen wahr scheinen."*

- *„Ein eristischer Schluss aber ist ein solcher, der auf nur scheinbar, nicht wirklich wahrscheinlichen Sätzen fußt."*

Logisch gilt ein Schluss mit wahren Prämissen und wahrer Folgerung (Konklusion) als Beweis für die Richtigkeit (Verifikation) oder Unrichtigkeit (Falsifikation) einer Aussage. Wie man aber zu „wahren ersten Sätzen" kommt, zu wahren Prämissen, ist ebenso wie die Beschäftigung mit Wahrheit selbst ein nach wie vor offenes Thema. Die Erkenntnis, dass es verschiedene Formen von Wahrheit gibt (religiöse, philosophische, mathematische, physikalische, biogenetische etc.), ist mehr oder weniger zum allgemeinen Wissensstand geworden.

Die innere Vorbereitung

Unsere Problemstellung ist nun: Wie stellt man sich am besten auf eine Redesituation ein? Soll man sich vorher „verkriechen", oder soll man sich vorher unterhalten? Soll man noch einmal den Text wiederholen, das Manuskript durchsehen, oder soll man sich eher bei einem Schälchen Kaffee entspannen? (Sie merken vielleicht: Die Zigarette kommt nicht mehr vor, auch nicht die angenehm riechende Pfeife. Rauchen ist „out", rauchen im Vortragssaal ist „mega-out", ein Fauxpas.)

Wie immer Sie sich verhalten: Es beeinflusst Ihre Wirkung als Redner. Kennen Sie das Publikum nicht, dürfen Sie nur mit großer Vorsicht vor Ihrer Rede Kontakte aufbauen, um nicht in den Verdacht einer Anbiederung zu kommen.

Wenn Sie als Redner nicht allein präsentieren, vermeiden Sie Verlegenheitsgespräche mit Ihrem Partner, deren Ursache (Nervosität, Lampenfieber) für Zusehende zu leicht erkennbar ist. Machen Sie konsequent Ihre Vorbereitungsarbeit, beobachten Sie die Zuhörer und deren Körpersprache, und versuchen Sie, sich zu entspannen. Bei solchen Ratschlägen klingt mir manchmal noch im Ohr, was ich in einer Organisationsentwicklungsrunde gehört habe: „Ratschläge sind auch Schläge." Der sicherste Weg, sagen Psychologen, einen anderen nervös zu machen, ist ihm zu sagen, er solle doch ruhig werden.

Funktionieren die Hilfsmittel?

Nehmen Sie sich ausreichend Zeit, Ihre Vorbereitungen abzuschließen: Manuskript bereitlegen, Folien- und Flipchartschreiber prüfen, Overheadfolien vorbereiten, eventuell eine Begrüßung auf das Flipchart schreiben (aber bitte nicht die längst abgedroschene „Herz"-Zeichnung mit einem „-lich" dahinter), Technik überprüfen (funktioniert die elektrische Versorgung, funktionieren Overheadprojektor und Ersatzlampe, funktioniert die Verbindung zwischen Notebook und Datenprojektor) und Zeigestab bzw. Laserpointer in Griffweite positionieren.

Ist ein Haustechniker für den Fall technischer Störungen verfügbar, sollten Sie den Standort des nächsten Haustelefons und den Namen sowie die Telefonnummer des Technikers kennen. Bei mehrtätigen Veranstaltungen kann es sich lohnen, Telefonnummer und Handynummer des Haustechnikers und sonstiger wichtiger Kontaktpersonen in das eigene Handy einzuspeichern.

Haben Sie den Zuhörern Unterlagen mitgebracht, sollten diese vor Beginn der Rede verteilt sein, es sei denn, Sie wollen bewusst nicht, dass die Zuhörer im Text vor- und mitlesen können, wenn Sie sprechen.

Nicht vergessen sollten Sie ein Glas Wasser für sich selbst (Mineralwasser mit möglichst wenig Kohlensäure), auch wenn Sie während der Rede nicht durstig werden. Wenn Sie falsch atmen und dadurch Hustenreiz bekommen, haben Sie damit Erste Hilfe wirksam zur Hand.

Und dann einfach anfangen

Wenn alle Zuhörer ihren Platz eingenommen haben, signalisieren Sie den Beginn der Rede – wie, das wissen Sie schon. Stehen Sie aufrecht, blicken Sie die Zuhörer selbstbewusst an (warum sollten Sie nicht, Sie haben sich doch gut vorbereitet), schalten Sie den Lichtprojektor ein und beginnen Sie mit fester Stimme, nicht zu schnell und nicht zu langsam, nicht aus dem Kehlkopf sprechend, sondern aus Brustkorb oder Bauch, keinesfalls schrill und aufgeregt, mit Ihrer Rede.

Wie fangen Sie an? Richtig. Mit der Begrüßung und bei Teilnehmern, denen Sie unbekannt sind, mit Ihrer eigenen Vorstellung. Seit einiger Zeit habe ich auf meiner Vorstellungsfolie ein Bild von mir eingebaut, damit sich die Teilnehmer auch noch nach längerer Zeit an mich erinnern können, wenn sie in ihren Unterlagen blättern. Sie wissen doch, wie rasch man Gesichter vergisst, und Sie wissen auch, wie viel man sehr schnell vergisst oder überhaupt nicht ins Kurzzeitgedächtnis bringt. Sind alle Top-Themen gut vorbereitet? Nun, dann viel Erfolg!

TIPPS ZUR ENTSPANNUNG

- *Wenn möglich (siehe oben): Führen Sie vor der Rede ein entspanntes und entspannendes Gespräch, aber nicht unbedingt zum kommenden Thema (Tipps im Kapitel „Smalltalk", die wichtige Kunst des unbedeutenden Plauderns, siehe Seite 157 ff.). Bei Reden im Familienkreis ist das selbstverständlich, und wenn die Stimmung entspannt ist, wird auch die Redesituation entspannt sein, sofern Sie nicht der Versuchung verfallen, sich selbst aufzuregen und damit Spannung hineinzubringen.*
- *Wenn es nicht zu abweisend wirkt: Lesen Sie eine Zeitung oder ein spannendes Buch. In meiner Jugend führte ich immer ein ganz bestimmtes Buch bei mir, in welchem ich einige Verse las, um mich beispielsweise vor Prüfungen zu beruhigen.*
- *Atmen Sie ganz bewusst tief ein und aus, d. h. verwenden Sie die Bauchatmung und machen Sie Entspannungsübungen (unauffällige Yoga-Übungen, unauffällige gymnastische Übungen, autogenes Training).*

Das Werben um Aufmerksamkeit

Wenn Sie ins Theater gehen: Wie wird dann signalisiert, dass die Aufführung beginnt? Zunächst gibt es ein akustisches Zeichen, einen Gong oder Glockenläuten, dann wird die Beleuchtung im Zuschauerraum zurückgenommen oder ausgeschaltet, dann öffnet sich der Vorhang, und die Scheinwerfer strahlen auf die Bühne. Die Idealsituation, Aufmerksamkeit zu bekommen, ist damit geschaffen. Alle schweigen erwartungsvoll.

Der Auftritt

Unsere Überlegungen zum Thema Aufmerksamkeit wollen wir an das Theater anknüpfen, d. h. wir besprechen zunächst jene Redesituation, bei der Sie „auftreten", in welcher Form auch immer. Das kann beispielsweise sein, wenn Sie als eingeladener Redner den Raum betreten, es wird aber in den meisten Fällen so ablaufen, dass Sie sich bereits im Raum befinden und mit Ihrer Rede beginnen wollen.

Eine meist sehr angenehme Form des Auftritts ist jene, bei welcher ein Veranstalter als Vorredner auftritt und Sie dem Publikum präsentiert. Ich will Ihnen dazu allerdings auch persönlich erlebte Peinlichkeiten erzählen, von Veranstaltern, deren Repräsentanten den Redner noch nicht kannten, ihn kurz vorher „brieften", d. h. von ihm selbst Daten erhoben haben, wie berufliche Tätigkeit, Titel und Ehrungen, wichtige Eckpunkte der Karriere etc., um ihn dann dem Publikum vorzustellen. Nachdem sie sich die Informationen nicht rasch genug merken konnten, lasen sie diese vom Zettel ab, d. h. der „Prominente" war selbst dem Veranstalter nur nach der eigenen Kurzvorstellung bekannt.

Noch peinlicher ist es, wenn der Vorstellende den Namen falsch ausspricht oder verballhornt (beispielsweise aus einem Herrn Huber einen Herrn Hofer macht).

Äußerst unangenehm ist es auch, wenn einem Redner bei der Vorstellung vor lauter Hochachtung Titel oder Funktionen zugewiesen werden, die er gar nicht besitzt.

Tipp – Nicht gleich verbessern

Einen Rat, wenn Sie als Redner fehlerhaft vorgestellt werden: Hüten Sie sich davor, den Präsentierenden sofort zu korrigieren. Das würde auf das Publikum sehr störend wirken und Ihren Gastgeber bloßstellen. Wenn Sie glauben, dennoch die falsche Vorstellung richtig stellen zu müssen, machen Sie das irgendwann in Ihrer Rede an geeigneter Stelle.

Das Startsignal

Sind Sie allein mit Ihrem Publikum, ohne Vorstellenden, gibt es eine Grundregel für den Beginn, um die Erstaufmerksamkeit zu bekommen, d. h. um die Anwesenden zu Zuhörern zu machen: Geben Sie ein Signal. Ein Signal kann sein:

- Sie stehen vom Sessel auf und wenden sich dem Publikum zu.
- Sie schalten einen Projektor ein.
- Sie klopfen an ein Glas oder benützen, wenn vorhanden, eine Glocke.

Wenn Sie es in irgendeiner Form vermeiden können, beginnen Sie niemals mit Ihrer Rede, solange noch jemand im Publikum spricht. Zwar können Sie mit der Anrede beginnen, es ist aber eher unangenehm und wirkt meist arrogant und lehrerhaft im negativen Sinn, wenn Sie nach der Anrede stoppen und warten, bis auch das letzte Gemurmel sich gelegt hat.

Das Ansprechen des Publikums

Die konventionelle Form der Ansprache, bei der praktisch nichts schief gehen kann, lautet: „Sehr geehrte Damen und Herren" oder „Meine sehr geehrten Damen und Herren". Nur in sehr patriarchalischen Gesellschaften muss man mit einer Voranstellung der „Damen" oder überhaupt der Erwähnung von Damen vorsichtig sein, und es empfiehlt sich, diesbezüglich vor Beginn der Rede die korrekte Anrede zu erfragen.

Etwas eigenartig klingt es, bei nur einer anwesenden Dame „Sehr geehrte Dame und Herren" zu sagen. Wissen Sie den Namen der Dame, sollten Sie unbedingt in einem solchen Fall die Dame mit ihrem Namen ansprechen: „Sehr geehrte Frau XY, sehr geehrte Herren".

Gibt es eine persönliche Verbindung zum Publikum, wie beispielsweise über einen Sportclub oder eine politische Gruppierung, würden Sie mit der konventionellen Form der Anrede eher zu abweisend wirken. In diesem Fall daher: „Liebe Clubkolleginnen und -kollegen" oder „Liebe Clubfreunde". Sagen Sie als Mann auch noch „Clubfreundinnen", kann das peinlich klingen, es sei denn, Sie sagen es bewusst humorvoll, um einen ersten Lacherfolg zu erringen.

Das Publikum soll tendenziell aufwertend angesprochen werden. Wenn Sie als Vortragender an der Universität sagen „Liebe Schülerinnen und Schüler" klingt das abwertend (es sei denn, es wird als humoristischer Gag gebracht), „Liebe Studentinnen und Studenten" klingt konventionell, „Liebe Kolleginnen und Kollegen" aber aufwertend, Sie heben das Publikum auf Ihre Basis. Ebenso bei einer Betriebsversammlung. „Sehr geehrte Damen und Herren“ klingt distanziert, „Liebe Mitarbeiterinnen und Mitarbeiter“ richtig, aber etwas herablassend, „Liebe Kolleginnen und Kollegen“ hingegen betont das Wir-Gefühl.

Die Begrüßung des Publikums

Wenn Sie selbst der Veranstalter sind, begrüßen Sie die Anwesenden im Namen Ihrer Firma und im eigenen Namen, ansonsten im Namen des Veranstalters. Bei der Begrüßung selbst achten Sie darauf, dass Sie nicht zu salopp sind. Ein hingeworfenes „Hallo“ ist nur unter guten Freunden zu dulden. Als korrekt gilt: Guten Abend, guten Tag, Grüezi, Grüß Gott, ich begrüße Sie zu …, oder was immer in Ihrem Sprachraum üblich ist.

Wenn Sie vor Publikum sprechen, in dem zahlreiche Würdenträger vertreten sind, gibt es die Verpflichtung, die wichtigsten Würdenträger persönlich zu begrüßen, selbstverständlich in der richtigen Form (beispielsweise „Exzellenz“), in der Reihenfolge ihres Ranges. Unterlassen Sie das oder begehen Sie dabei Fehler, gilt das als schwerer Fauxpas, der kaum verziehen wird.

Wissen Sie nicht, wen Sie persönlich begrüßen müssen oder wie Sie die Würdenträger ansprechen sollen, sollten Sie unbedingt einen Protokollverantwortlichen vorher befragen. Beginnen Sie Ihre Rede nur dann ohne Konsultation, wenn Sie es absolut nicht verhindern können, und nennen Sie dann zumindest die Würdenträger nach Ihren Funktionen. Entschuldigen Sie sich erforderlichenfalls sogar vorweg für eventuelle Fehler, die Sie aufgrund fehlender Informationen begehen.

Beispiel — Ein Kompliment für Ihre Zuhörer

Bei der Begrüßung gilt es als guter Stil, in netter Form das Publikum willkommen zu heißen und ihm vielleicht ein kleines Kompliment zu machen, allerdings nur dann, wenn Sie das wirklich so empfinden. Folgende Beispiele können als Anregung dienen:

- *„Ich freue mich, dass Sie so zahlreich Interesse an unserer Veranstaltung gefunden haben.“*
- *„Ich danke Ihnen, dass Sie trotz der schlechten Straßenverhältnisse gekommen sind, und bin mir bewusst, dass ich Ihnen damit verpflichtet bin.“*

Wenn Sie sich selbst vorstellen

Sind Sie dem Publikum nicht bekannt und wurden Sie nicht durch den Veranstalter präsentiert, müssen Sie sich selbst vorstellen.

Die Selbstvorstellung sollte dem Publikum ermöglichen, Ihren gesellschaftlichen Status richtig einzuordnen und Ihre Kompetenz für das Thema zu erkennen, um zu wissen, was von Ihnen berechtigt zu erwarten ist.

Wenn Sie technische Möglichkeiten dafür haben, unterstützen Sie Ihre Selbstvorstellung durch einen LCD-Projektor vom Notebook, Overheadprojektor oder Flip-Chart.

Das gehört in Ihre Selbstvorstellung

Unverzichtbar:

- *Name*
- *akademische Titel*
- *sonstige Titel*
- *Geburtsjahr (bei Frauen verzichtbar)*
- *berufliche Tätigkeit*
- *beruflicher Rang (beispielsweise: Geschäftsführer, Aufsichtsrat, etc.)*
- *Erfahrungen (speziell zum Thema)*
- *Publikationen*

Je nach Situation:

- *Familienstand*
- *Kinder*
- *persönliche Interessen*
- *Clubmitgliedschaften*
- *Lebensgrundsätze*

Ausschaltung von Störungen

Was noch vor mehr als einem Jahrzehnt bei Redeveranstaltungen die Raucher waren, die nicht auf Pausen warten konnten, sind heutzutage die Handybesitzer. Selbst im Theater und bei Konzerten muss separat darauf hingewiesen werden, dass das ehrenwerte Publikum doch zu Beginn die Handys ausschalten möge.

So ungern Sie es vielleicht tun mögen: In jede Rede gehört bis auf weiteres, das heißt so lange, bis der Verhaltenskodex von Handybesitzern dem Entwicklungsstadium der Barbarei entwachsen ist, an den Anfang die Bitte, Handys möglichst auszuschalten.

Sprechen Sie vor Publikum, dem das aus beruflichen Gründen nicht möglich ist (z. B. Ärzten im Bereitschaftsdienst), können Sie die Bitte nur darauf einschränken, möglichst nur ganz dringende Anrufe anzunehmen und beim Telefonieren den Raum zu verlassen.

In unprofessionellen Redeumgebungen, beispielsweise an einem Wirtshaustisch, können Störungen durch Kellner eintreten, wenn diese zur falschen Zeit Bestellungen aufnehmen wollen oder servieren. Stimmen Sie sich im vornherein mit der Bedienung ab und sorgen Sie rechtzeitig dafür, dass derartige Störungen unterbleiben.

Aufmerksamkeit für das Thema suchen

Aufmerksamkeit für ein Thema müssen Sie dann suchen, wenn das Publikum noch unvorbereitet ist. Nehmen wir an, Sie fühlen sich verpflichtet, zu einem runden Geburtstag Ihrer Großmutter eine Rede zu halten. Anwesend sind Ihre Verwandten und Bekannte der Großmutter, denen Sie erst am gleichen Tag vorgestellt wurden. Sie wissen über Teile Ihres Publikums wenig.

Sie könnten daher folgendermaßen beginnen, nachdem Sie sich durch Klopfen auf Ihr Glas Ruhe verschafft haben: „Liebe Großmutter, liebe Freunde unserer Oma, liebe Familie. Ich denke, ein runder Geburtstag ist eine gute Gelegenheit, sich an das zu erinnern, was wir so alles mit unserem lieben Geburtstagskind erlebt haben …". Damit kündigen Sie Geschichten an, und wir Menschen hören Geschichten gern, selbst unser Nachwuchs, der manchmal so tut, als liebe er nur den Musik genannten Produktionsmaschinenlärm in höchster Lautstärke.

Das Interesse wecken

Das Fremdwort „Interesse" ist laut Duden seit dem 15. Jahrhundert bezeugt und geht zurück auf das lateinische inter-esse: „dazwischen sein, dabei sein, teilnehmen, von Wichtigkeit sein". Interesse haben wir an Dingen, die für uns persönlich von Vorteil sind, in welcher Form immer, sei es indem wir unterhalten, erbaut oder getröstet werden, oder sei es, dass sie geeignet sind, uns Gewinn zu bringen.

Das Interesse an einem Vortrag eines Börsenmaklers wird sein, zu erfahren, wie man möglichst gewinnbringend an der Börse veranlagt. Das Interesse an einem Vortrag über richtige Ernährung wird der Wunsch nach Information zu Nahrungsmitteln sein, die sowohl wohlschmeckend als auch gesund sind. Die Dominanz des Interesses an einer Rede liegt somit für den Teilnehmer grundsätzlich beim Inhalt. Dazu kommen aber noch andere Interessensfaktoren, beispielsweise der „Star"-Effekt. Ein bekannter Politiker, ein Sportidol, ein Filmstar redet – man möchte ihn kennen lernen und ist bereit, dafür viel Geld auszugeben.

Im familiären Kreis ist es besonders schwierig, Interesse an präsentierten Reden zu finden. Dort ist die übliche Form des Redens das gemeinsame Gespräch. Sollte dennoch eine Rede angebracht sein, wird sie dann wirken, wenn die erzählten Geschichten amüsant, spannend und humorvoll sind. Ich denke, dass derartige Reden wohl die schwierigsten sind, die man halten kann, denn eine Rede nur zu überstehen, kann nicht als Erfolg angesehen werden und ist auch sicherlich nicht das Ziel.

Wenn das Interesse erlahmt

Interesse erlischt in dem Augenblick, wo der Zuhörer erkennt oder glaubt, seine Ziele nicht erreichen zu können, beispielsweise weil er bei einem Fachvortrag nichts versteht und sich alleine gelassen fühlt, oder weil er Dinge hört, die ihm bekannt sind, oder weil er die vorgetragenen Ansichten nicht teilt und seinen Unmut auch in der gegebenen Situation nicht äußern kann.
Interesse erlahmt aber auch bei Überlastung des Publikums. Wir haben schon von der Meinung gehört, eine gute Rede dauere maximal 20 Minuten. Das ist für Reden im Familienkreis viel zu lang, für Betriebsversammlungen vielleicht gerade noch angemessen, für Fachvorträge eindeutig zu kurz. Der Redner muss es daher schaffen, das erlahmende Interesse wiederum zu wecken, und dazu kann er verschiedene Techniken (siehe Kasten) einsetzen.

Höhepunkte einbauen

Achten Sie bei der Präsentation Ihrer Rede immer darauf, gezielt Höhepunkte einzusetzen. Eine Rede ohne Höhepunkte, und seien die Themen für sich genommen noch so interessant, ist langweilig.
Besonders schwer werden Sie sich tun, derartige Höhepunkte zu präsentieren, wenn Sie sehr müde sind. Andererseits brauchen Sie gerade in dieser körperlichen Verfassung ein positives Echo Ihres Publikums, d. h. Sie müssen vom Publikum durch sein Mitgehen über Ihre Müdigkeit hinweggetragen werden. Das geschieht aber sicher nur dann, wenn das Publikum „seine“ Höhepunkte in der Rede bekommt.
Ein höfliches Publikum wird Ihnen nie sagen, dass Sie langweilig sind (oder werden). Dem geschulten Redner ent-

Interventionen bei sinkendem Interesse

- *Aufmunterung durch ein Beispiel, möglichst unter Einsatz von Präsentationsmedien*
- *Aufmunterung durch einen Scherz*
- *Aufmunterung durch eine bewusst längere Sprechpause (wenn die Stimmkulisse fehlt, sind auch Wachschläfer wieder munter)*
- *kurze Zusammenfassung des Gesagten und Vorschau auf die weiteren Themen*
- *kurze Darstellung des Wissensbereiches, der dem Zuhörer nun für die weiteren Themen bereits verfügbar sein sollte*
- *soweit es zum Zeitplan passt: kurze Pause*

geht das aber dennoch nicht. Hat er nichts dagegen vorbereitet und hat er dazu noch einen schlechten Tag (das passiert auch dem besten Fachmann), macht sich ein zunehmend stärkeres Unbehagen breit. Je nach Situation gibt es nun mehrere Möglichkeiten (siehe Kasten). Wie man mit lästigen Teilnehmern umgeht oder mit den Teilnehmern, die der Ansicht sind, es sei in Ihrer Rede das Thema verfehlt, werden wir im Kapital „Die Rede läuft nicht nach Plan" (siehe Seite 132 ff.) besprechen.

Der Lohn der Mühe – Applaus

Ein gutes Publikum gibt Ihnen permanente Anerkennung, ein sehr schlechtes Publikum lässt Sie nach dem Ende Ihrer Rede „wie einen begossenen Pudel" stehen. Während ein gutes Publikum Sie „trägt", „mitgeht" und sich an geschliffenen Formulierungen und humorvollen Passagen freut, interessante Aspekte für Fragen registriert, um sie in der Diskussion weiterzuentwickeln, lässt schlechtes Publikum sich lediglich unterhalten oder ohne Reaktion „berieseln", nach dem Prinzip: Der dort vorne soll arbeiten. Ist es dazu noch unhöflich, wird Ihre Niederlage als Redner durch fehlenden Applaus komplett.

Den Schlussbeifall nicht überbewerten

Bedenken Sie aber immer: Echter Beifall findet in Wirklichkeit während der Rede statt, der hörbare Applaus am Ende ist nur Höflichkeit. Lassen Sie uns gedanklich wieder ins Theater (Sprechtheater, Musical oder Oper) gehen. Sie haben sicherlich auch schon Aufführungen erlebt, wo die Schauspieler durch die Stimmung des Publikums zu Höchstleistungen motiviert wurden, und andere, wo die Stimmung so flau war wie der Schlussapplaus.

Wenn „die Luft raus" ist

- *Sind die wesentlichen Botschaften gesandt, d. h. ist der Inhalt abgearbeitet, nähern Sie sich möglichst rasch dem Schluss.*
- *Können Sie, aus welchen Gründen immer, noch nicht abschließen, beenden Sie Ihre Rede möglichst rasch und machen eine längere Pause (nach der sich vielleicht schon Teile des gelangweilten Publikums nicht mehr einfinden).*
- *Nutzen Sie die Pause für eigene Erholung und Vorbereitung. Vermeiden Sie unbedingt in solchen Situationen Pausengespräche, oder, wenn Sie diese nicht vermeiden können, lösen Sie sich daraus so schnell wie möglich, um Zeit zu finden, sich selbst und Ihre Rede neu zu strukturieren.*
- *Keine Panik. Panik blockiert Ihr Gehirn und macht Ihre Gedanken bewegungsunfähig.*

Lernen Sie, Enttäuschungen und Niederlagen gefasst zu ertragen, werden Sie nicht zynisch, denn dann lassen Sie Ihr zukünftiges Publikum unter dem schlechten Publikum der Vergangenheit leiden. Sind Sie ein professioneller Redner, würde eine derartige Reaktion auf schlechtes Publikum das Ende Ihrer Karriere einleiten.

Beziehen Sie vor allem nicht alle Ursachen für ein schlechtes Ergebnis Ihrer Rede auf sich selbst. Für Applaus wie auch für dessen Ausbleiben gibt es in der Regel viele Gründe (siehe Kasten), die so gut wie immer auf beiden Seiten der „Bühne" wie auch in der Gestaltung der Bühne selbst (siehe dazu Seite 44 ff.) zu suchen sind.

Warum klatscht keiner? – Gründe

Auf Zuhörerseite:

- *andere Erwartungen zum Thema (für die Zukunft: war die Ankündigung nicht gut genug, oder wurde die falsche „Zielgruppe" angesprochen?)*
- *Übermüdung der Zuhörer, sodass diese beim besten Willen nicht „mitgehen" können*
- *persönliche Sorgen oder schlechte körperliche Verfassung*
- *schlechte „Chemie" zum Redner*

Der Rednerseite zuzuordnende Misserfolgsfaktoren:

- *schlechte eigene Vorstellung (oder überhaupt keine Vorstellung vor einem Publikum, dem man unbekannt ist)*
- *kein Eingehen auf die Wünsche des Publikums (und sei es in Form einer Erläuterung, dass bestimmte Wünsche aufgrund des logischen Aufbaus erst später im Text behandelt werden oder warum bestimmte Wünsche beim besten Willen nicht erfüllt werden können)*
- *keine Reaktion auf (deutliche) körpersprachliche Reaktionen des Publikums*
- *das Publikum „erziehen" wollen („Nein, jetzt werde ich darüber nicht reden. Das gehört nicht hierher.")*
- *schlechte Vorbereitung (zu wenige Unterlagen, zu abstrakt, keine Beispiele, zu wenig Redeinhalt)*
- *keine Höhepunkte, langweilig im Aufbau*
- *zu viel Information, zu wenig Show (Fachinhalte sind wichtig, Showelemente müssen unterhalten)*
- *schlecht präsentiert (Stimme, Aussprache, Geschwindigkeit, Modulation, Medien)*

Aus den Fehlern lernen

Es gibt eine Menge von Einflussfaktoren für Erfolg und Misserfolg, mit denen der Redner nichts oder wenig zu tun hat. Andererseits wird man sich als Redner doch immer wieder „am Riemen reißen" müssen, um seine üblichen Fehler und Bequemlichkeiten zu vermeiden. Sie kennen vermutlich das Sprichwort: „Der Weg zur Hölle ist mit guten Vorsätzen gepflastert." Setzen Sie Ihre guten Vorsätze in die Tat um.

Viele dieser Faktoren haben gute Gründe, beispielsweise Überlastung des Redners mit zu vielen Aufgaben, doch dürfen diese Gründe nie zur Entschuldigung dienen.

Es gibt es einen Leitspruch, den sich auch berufsmäßige Redner zu eigen machen sollte: „Fehler sind Chancen, etwas besser zu machen." Lernen Sie aus Ihren Fehlern, werden Sie durch Ihre Fehler erfolgreicher. Abwehr, Kritikempfindlichkeit, Entschuldigungen – alles das interessiert Ihr Publikum in Wirklichkeit nicht.

Nur in Ausnahmefällen werden Sie wirklich feindlichem Publikum gegenüberstehen, im Normalfall hat das Publikum Erwartungen (gehabt), die Sie aus welchem Grund möglicherweise nicht erfüllt haben. Das kann für Sie nur ein Anlass mehr sein, sich mit Ihrem Publikum und seinen Erwartungen zu beschäftigen.

Umsetzung von Appellen

Wollen Sie mit Ihrer Rede erreichen, dass die Zuhörer etwas bestimmtes tun, muss das für das Publikum ersichtlich präsentiert werden, und zwar in einer Form, welche verstanden wird, aber nicht aufdringlich wirkt.

Gute Beispiele dafür bieten gekonnte Verkaufsvorführungen, beispielsweise auf Verkaufsmessen. Produkte werden in der Anwendung vorgeführt, der Nutzen des Produkts wird gezeigt und eventuell noch quantifiziert („Die Hausfrau spart damit pro Tag 15 Minuten"), dann wird erklärt, wie der Kunde zu seinem Produkt kommen kann („Nur heute noch gibt es den Messerabatt von zehn Prozent") und dann wird er zum Verkauf verwiesen („Unsere Kollegin packt Ihnen die neue Haushaltshilfe ein."). Der Kunde will den Preis noch wissen? Soll er haben, in einem Nebensatz. Gekauft wird doch nicht der Preis, sondern der Nutzen, das muss man ihm beibringen, aber humorvoll: „So wenig, dass Sie schon beim Hinausgehen vergessen haben, wie viel Sie bezahlen müssen. Lediglich gerade mal ...".

„Du musst …“ zieht nicht

Gleichgültig, welche Appelle Sie übermitteln wollen: Im Normalfall werden Sie die Handlungen nur dezent, aber nachhaltig anregen können. Nur im Fall einer Massenbewegung ist das Einhämmern von Appellen über rhetorische Mittel wie Wiederholungen immer gleicher Sätze und Skandieren (Sprechen eines Verses bzw. Slogans nach seiner rhythmischen Gliederung) angebracht. Wenig erfolgreich sind reine „Du sollst“- oder gar „Du musst“-Appelle, wie sie etwa bei der Präsentation neuer Gesetzesmaterien und Durchführungsbestimmungen üblich sind. Vor kurzem unterhielt ich mich mit unserem Betriebsarzt und dem Sicherheitsbeauftragten. Sie hatten ganze Listen von „Sünden“ des Unternehmens, die sie bei der nächsten Versammlung präsentieren wollten. „Alles Vorschrift“, erklärten sie mir. Ohne unnötigen Eifer wies ich darauf hin, welche praktischen Auswirkungen zu viele Vorschriften haben, dass zwar jede einzelne für sich genommen ganz vernünftig sei, in der Gesamtheit aber praktisch undurchführbar.

Nachdem mich das Gespräch auch etwas amüsierte, erläuterte ich ihnen noch meine Meinung zu Vorschriften aus der Sicht der Massenpsychologie, d. h. dass zu viele Vorschriften nicht eingehalten werden können und damit ein Mittel der Machthaber sind, auf jeden jederzeit zugreifen zu können, weil sich notwendigerweise jeder schuldig mache. Die armen Leute waren ganz erschreckt und verschreckt, mein eigentliches Ziel war aber nur, sie anzuregen, notwendige Maßnahmen psychologisch richtig zu präsentieren und die Adressaten nicht zu überlasten.

Besser kurz und prägnant formulieren

Weniger ist mehr, wenn Appelle stattfinden. Wenn Sie tatsächlich wollen, dass Änderungen eintreten, konzentrieren Sie sich auf wenige Appelle. Und dazu noch etwas. Nicht nur im Sprichwort heißt es „Einmal ist keinmal“. Weder Aufnahmevermögen noch Speichermöglichkeit des Menschen sind so geschaffen, dass wir uns alle Eindrücke sofort merken. Ganz im Gegenteil. Ein Großteil dessen, was wir hören und lernen, wird sehr rasch vergessen. Aber es

Tipp – DER DISKRETE HINWEIS

Wenn ich selbst bei Seminaren einen Appell senden will (der meine eigenen Verkäufe fördert), empfehle ich an bestimmten geeigneten Stellen für Rückfragen und Problemlösungen den Anruf bei meiner Telefonnummer (welche der Teilnehmer in den Unterlagen wiederfindet).

gibt Methoden, das Erinnern zu fördern, und wenn Sie als Redner die Umsetzung von Anregungen durch Ihre Teilnehmer wollen, müssen Sie Techniken anwenden, die Ihren Zuhörern ermöglichen, sich besser zu erinnern (siehe Kasten).

Zu dezente Appelle sind ebenso wirkungslos wie zu direkte und aufdringliche Aufforderungen. Der Appell wirkt dann, wenn er für Ihren Zuhörer eindeutig ist, falls er ihn hören will, abgelehnt werden kann, wenn er nicht reagieren will, aber kein Zweifel daran besteht, dass der Redner eine bestimmte Handlung klar empfiehlt.

Beispiel: So prägen sich Appelle ein

➤ *Mehr als ein Übertragungsweg: Die schlechteste Erinnerungswirkung besteht, wenn es nur ein Medium der Kommunikation gibt (nur hören, nur sehen, nur lesen). Kombinieren Sie mehrere Übertragungsmedien. Ihr Zuhörer muss gleichzeitig hören und sehen können. Wichtige Passagen und Appelle sind optisch hervorzuheben. Bis zu 80 Prozent der neu aufgenommenen Informationen sind nach psychologischen Untersuchungen innerhalb von 24 Stunden wieder vergessen (Höglinger).*

➤ *Kurzzeitige Wiederholung: Nach psychologischen Tests (Ebbinghaus, zitiert bei Popp) führt eine Wiederholung des Stoffes (Zeit zwischen erstem und zweitem Lernen) nach 20 Minuten zu einer Ersparnis an Lernarbeit im Ausmaß von immerhin 58 Prozent, nach einer Stunde von 44 Prozent, nach zwei Tagen von 28 Prozent.*

➤ *Sagen Sie Einprägsames bzw. sagen Sie Wichtiges in aufrüttelnder Form. Nehmen wir an, Sie sprechen über den Preis eines Produktes. Die objektive Aussage kann sein: Messepreis 100 xx. Neigt Ihr Partner dazu, das Produkt zu kaufen, Sie möchten aber nicht, könnten Sie jetzt eine Diskussion beginnen. Wenn Sie aber sagen „Für mich bedeutet das einen ganzen Tag Arbeit, und so viel Lebenszeit ist mir das eigentlich nicht wert“, wird Ihre Aussage ganz anders klingen und ankommen.*

Ein Schnelldurchlauf: die Geburtstagsrede

Kommen wir zu unserer schwierigen Geburtstagsrede zurück. Wie wollen wir am besten anfangen? Das Glas hat geklungen, die Runde schweigt, auch der vorlautere Teil des Nachwuchses ist zunächst zum Schweigen gebracht, und jetzt warten alle gespannt auf das erste Wort. Ich will nun versuchen, vorwiegend aus der Perspektive eines Zuhörers (der inständig hofft, nicht Teilnehmer einer peinlichen Vorstellung zu werden) die Rede zu beobachten und zu kommentieren.

Der Redner geht an den Start

Der Redner/die Rednerin (erlauben Sie mir aus Gründen der stilistischen Vereinfachung, „er“ zu sagen) verhält sich wie? Steht er richtig? Hat er sich seine Bühne geschaffen? Hat er alle Zuhörer im Blick? Wenn nein: Vorsicht, ein erster Schwachpunkt. Er sollte sich doch noch überlegen, ob er das nicht korrigieren könnte und sich „allein stellen“ . Aber wir sagen nichts, das ist Sache des Redners.
Ob Manuskript in der Hand oder nicht, ob vom Blatt gelesen oder nicht, wollen wir an dieser Stelle nicht beachten. Wie hält er seine Hände? Locker herunterhängend, locker vor dem Körper miteinander verbunden? Das wäre in Ordnung. Hinter den Körper gelegt? Oder gar vor der Brust verschränkt? Dann auseinander! Wenn der Redner schon so unsicher ist, könnte er doch etwas in die Hand nehmen, beispielsweise einen Blumenstrauß, den er nach seiner Rede der Jubilarin überreicht.
Nun atmet er ein, tief, aber nicht so tief, dass es wie ein Seufzer klingt, und beginnt mit der Anrede (die kennen wir schon: Liebe Großmutter, …). Das war in Ordnung. Wie spricht er? So wie immer, oder versucht er sich gerade heute in Hochdeutsch? Gut, gemäßigte Umgangssprache, und er verwendet immer die Gegenwart oder die Vergangenheitsform, nicht das Imperfekt. Hoffentlich sagt er nun nicht, dass sie heute den 60. Geburtstag hat. Das wissen wir doch längst. Nein, gut gemacht, er spricht über anderes …

So entwickeln Sie Ihr Thema

Eine gute Rede erlebe ich wie ein gutes Musikstück, beispielsweise eine Symphonie. Keine ist gleich, weder in der Form des Beginns, noch in der Gestaltung des Hauptteils, noch beim Schluss, obwohl die Sätze der Symphonie in der klassischen Gestalt gleiche Strukturen haben: Allegro (schneller Satz), Andante

(mäßig langsamer Satz) oder Adagio (langsamer Satz), Menuett oder Scherzo (lebhaft bewegter Satz) und Allegro. Jeder Musikkenner wird wissen, dass es sehr bedeutende Symphonien gibt, die mit prägnanten, lauten Passagen beginnen (Beethovens 5. Symphonie) und andere, die sich in ganz leisen Tönen entwickeln (Schuberts 8. Symphonie, Tschaikowskys 6. Symphonie).
Je nach Lust und Laune und Thema sollten Sie sich bei der Entwicklung Ihrer Rede nicht einengen lassen. Treiben Sie Ihr Thema voran, aber lassen Sie sich auch treiben, dies aber ohne den verbindenden „Faden" zu verlieren. Sie müssen nur wissen, welchen „Ton" Sie anschlagen wollen. Sie könnten unsere Geburtstagsrede sentimental aufziehen, humorvoll, hymnisch (feiernd) oder objektiv erzählend, indem Sie Stationen des Lebens darstellen, Hintergründe der Lebensumstände, oder ähnliches.
Ohne auch nur im Ansatz zynisch sein zu wollen: Ältere Leute mögen manchmal Sentimentalität, jüngeren Leuten ist das ein Gräuel. Wenn bei Ihren Zuhörern daher die Altersgruppen vermischt sind, hüten Sie sich vor einem Tonfall, den eine Gruppe vehement ablehnt. Ist der Humor tiefgründig, nicht aufgesetzt, und liegen Ihnen humorvolle Reden, liegen Sie damit bei Familienfeiern zumeist richtig. Je mehr Sie an Anekdoten aus dem Leben des/der Gefeierten wissen, desto besser. Vermeiden Sie aber unbedingt alle Ereignisse, die für wen auch immer, selbstverständlich vor allem in Blickrichtung des/der Gefeierten, peinlich gewirkt haben und noch peinlich sein könnten. Gute Anekdoten sind nett, freundlich und mit einer guten Pointe. Im besten Fall stellen sie den Angesprochenen als Helden einer kleinen Geschichte dar.

So gestalten Sie Höhepunkte

Wenn Sie einen guten Film sehen, können Sie sicher sein, auf Höhepunkte vorbereitet zu werden. Es wird Spannung geschaffen, wie wenn sich die Sehne eines Bogens spannt, unter Einsatz der Kameraperspektive, durch Beleuchtung, durch spannungsgeladene Musik, durch Spannung signalisierende Mimik und Gestik der Darsteller, und dann … Höhepunkte verlangen vorangehenden Aufbau von Spannung. Bereiten Sie den Höhepunkt nicht vor, verpufft die Wirkung, andererseits führt zu viel aufgebaute Spannung ohne Höhepunkt zu Enttäuschung und Unmut.
Bei einer Rede können Sie Spannung durch vielerlei Mittel aufbauen. Sie werden vielleicht fragen: „Bin ich denn ein/eine Schauspieler(in)? Muss ich das denn sein, wenn ich gut reden will?" In gewissem Sinn ja, aber der Spieltrieb liegt in uns Menschen. Wir spielen immer, wir stellen immer in irgendeiner

Form dar, uns selbst oder andere, warum sollten wir uns der Mittel und Techniken nicht bewusst werden, um sie gezielter einsetzen zu können?
Jetzt habe ich vielleicht unbewusst Spannung aufgebaut, weil ich Sie zappeln ließ. Sie möchten ja wissen, wie man Spannung aufbaut. Nur Geduld. Werden Sie schon langsam nervös und möchten endlich hören, wie das geht? Ich habe es Ihnen eben vorgeführt. Man darf nur beim Aufbau der Spannungselemente nicht übertreiben, weil ansonsten der Zuhörer beginnt, Spannung wieder abzubauen, ehe das Ereignis stattfindet. Und ein Ereignis muss kommen!

Entspannung ja – Leerlauf nein

Nach der Spannung muss die Entspannung kommen, das heißt, das angekündigte Ereignis muss stattfinden, in versprochener Form und so, dass die Zuhörer dies auch als ausreichenden Höhepunkt empfinden, der die aufgebaute Spannung gerechtfertigt hat. Das ist nicht zuletzt eine inhaltliche Frage, und selbstverständlich braucht eine gute Rede Inhalt.
Man kann sich zwar mit Wortfloskeln über fehlende Informationen schwindeln, wie wir das bei Medienauftritten Prominenter manchmal erleben, irgendwann begreift aber jeder Zuhörer, dass ein einfaches „Ja“, oder „Nein“, oder „Ich weiß nicht“ mehr ausgesagt hätte als eine viertelstündige Rede.

Machen Sie's spannend

Spannung erzeugen Sie, indem Sie Erwartungshaltungen schaffen, beispielsweise durch:
- *Ankündigung einer interessanten Information*
- *Ankündigung eines Untersuchungsergebnisses*
- *Ankündigung lustiger Ereignisse aus dem Leben des Geburtstags„kindes“*
- *Ankündigung einer Überraschung*

Hüten Sie sich aber davor, zu bluffen! Was Sie Ihren Zuhörern versprechen, muss eintreffen.

Akustisch schaffen Sie Spannung, indem Sie:
- *Ihre Stimme senken*
- *wenn möglich, langsam das Licht dämpfen oder einen Scheinwerfer aufstrahlen lassen*
- *wie in unserem Geburtstagsbeispiel an geeigneter Stelle Ihrer Rede eine vorbereitete Kerze anzünden*
- *eine Sektflasche dramaturgisch eingepasst öffnen oder öffnen lassen*

Der gekonnte Abschluss

Schwierig wie der Beginn einer Rede ist auch der Abschluss. Wenn man eine Rede abrupt beendet, wissen die Zuhörer nicht, was sie tun sollen. Sie warten darauf, bis der Redner etwas tut, ehe sie ihre Beurteilung beispielsweise in Form von Beifall kundgeben. Haben Sie die Ungeschicklichkeit begangen, Ihre Rede so zu beenden, dass das Ende von den Zuhörern nicht bemerkt wurde, und wollen Sie sich dann Peinlichkeiten ersparen, sollten Sie zumindest noch anfügen: „Ich danke Ihnen für Ihre Aufmerksamkeit" und sich knapp verbeugen. Das war dann zwar kein besonders gekonnter Abschluss, aber immerhin ein Abschluss.

Einen letzten Akkord setzen

Wie eine Rede auf Höhepunkte zusteuern muss, durch Aufbau von Spannung, muss sie auch ihrem Ende zusteuern, durch Abbau von Spannung und einen klaren Abschluss. In vielen Symphonien geschieht das durch imposante Schlussakkorde. Ein derartiger imposanter Schlussakkord in einer Rede wäre vielleicht: „Wenn ich Ihnen nun sage, dass Sie dann das Besprochene am besten im Gedächtnis behalten, wenn Sie es sofort wiederholen, müssten wir eigentlich wieder von vorne beginnen. Das wäre aber etwas übertrieben. Lassen Sie uns daher nur kurz die wichtigsten Punkte wiederholen … Wenn es mir gelungen ist, Ihnen einige Anregungen zu geben, die Ihnen weiterhelfen, danke ich Ihnen für eine freundliche Erinnerung an unseren Vortragsabend. Ich wünsche Ihnen eine gute Heimfahrt. Guten Abend."

Die gelungene Überleitung

Soll der Abend noch weiter gehen, beispielsweise in einer anschließenden Diskussion, könnten Sie den Abschluss beispielsweise folgendermaßen gestalten: „Ich weiß, es gibt noch vieles zu besprechen. Was Sie aber besonders interessiert, wollen wir nun in der anschließenden Diskussion klären, zu der ich Sie herzlich einlade." Unsere Geburtstagsrede könnte beispielsweise enden: „Nun hast du endlich ein Alter erreicht, in dem du gelassen und ruhig auf das zurücksehen kannst, was dich früher vielleicht bedrückt hat, und du kannst dich zu den Lebensexperten zählen, mit einem Erfahrungsvorsprung, den wir anderen erst erringen müssen. Wir alle wünschen Dir …"

Wichtig ist zum Abschluss der Rede: Vorsicht vor zu schwülstig oder pathetisch formulierten Sätzen. Der letzte Satz prägt sich ein – und entsprechend gut sollte er vorbereitet sein. Prediger wissen das. Den Satz „Gehet hin in Frieden“ kennt jeder und merkt sich jeder. Nun können Sie schlecht Ihre Rede so abschließen, eigentlich meinen Sie aber häufig genau das, Sie müssen es nur anders formulieren (siehe Kasten).

Leitfaden für den Abschluss

- *Fassen Sie die wesentlichen Höhepunkte („Highlights“ = übersetzt: Höhepunkt, Glanzpunkt, aber auch Querschnitt) zusammen.*
- *Präsentieren Sie die Ihnen wichtigsten Leitsätze (maximal drei) als Schlussappell.*
- *Danken Sie für Kommen, Aufmerksamkeit und, soweit geschehen, Mitwirkung.*
- *Fakultativ (nach eigener Wahl, nicht verbindlich): Wünschen Sie einen guten Heimweg, oder bieten Sie ein weiterführendes Gespräch im Anschluss an.*
- *Fakultativ: Stellen Sie Ihre persönlichen Gefühle nach der Veranstaltung/der Rede dar (aber nur in positiver Form, beispielsweise: „Ich fühle mich jetzt …“).*
- *Fakultativ: Erbitten Sie eine schriftliche Beurteilung durch die Zuhörer über aufliegende Fragebögen.*
- *Verabschieden Sie sich von der Gruppe.*

Das perfekte Redemanuskript

Es gibt mehrere Gesichtspunkte, die wir in diesem Kapitel miteinander bearbeiten sollten:

➤ Wie gestalten wir ein gutes Redemanuskript (zu sagen „perfekt" könnte als werbewirksame Übertreibung angesehen werden)?

➤ Wie kommen wir zu unseren Themen?

➤ Wie sammeln wir Informationsmaterial zur Ausarbeitung der Themen, und wie treffen wir die richtige Auswahl?

➤ Wie verwenden wir das Manuskript am besten in der Rede, d. h. wie wird es aufbereitet, um im Vortrag als Gedächtnisstütze zu fungieren?

Die verschiedenen Formen des Redevorlage

Die erste Frage ist: Wollen wir ein Volltext-Manuskript, eine Präsentationsvorlage, nur eine Gliederung für die Rede oder verzichten wir gänzlich auf ein Manuskript und wagen eine Stegreifrede? Sehen wir uns kurz Vor- und Nachteile der einzelnen Varianten an.

Das Volltext-Manuskript

Wichtigster Vorteil des Volltext-Manuskripts ist die vollständige Ausformulierung des Textes. Es gibt, eine entsprechende Präsentationshilfe vorausgesetzt, weder ein Hängen bleiben noch Formulierungsschwierigkeiten während der Rede.

Diese Form der Manuskripterstellung kann man erforderlichenfalls durch einen professionellen Redenschreiber abfassen lassen, der dann auch darauf achtet, dass beim Vortrag die Rede nicht nach „Schreibstil" klingt, d. h. dem Redestil angepasst ist. Die Dramatik der Redenentwicklung kann genau vorausgedacht und geplant, Höhepunkte und auch der Abschluss können bis ins Detail durchdacht formuliert werden. Ein weiterer Vorteil ist, dass die Rede ohne Veränderung veröffentlicht und vervielfältigt werden kann, sodass das Auditorium wie auch die Presse über eine vollständige Version der Rede verfügen können.

Ablesen wirkt meist hölzern

Dem stehen aber zahlreiche Nachteile gegenüber: Sehr leicht kann die Rede in der Präsentation hölzern und leblos wirken, insbesondere dann, wenn Sie diese nicht auswendig sprechen können. Zwischenfragen können Sie nicht planen und dürfen somit kaum auf solche Fragen reagieren, ohne Ihr Konzept zu zerstören. Wenn Sie nicht Wort für Wort lesen und keine technische Hilfe (beispielsweise über ein Laufband) zur Verfügung haben, könnten Sie Passagen vergessen und wären gezwungen, zu improvisieren oder an anderer Stelle mit hörbar deutlichem inhaltlichem Bruch fortzusetzen. Wenn Sie während der Rede noch ergänzende Ideen haben, müssten Sie diese so einfügen, dass Sie nicht eine Bruchstelle im Ablauf verursachen und auch keine Themen ansprechen, die später in der Rede eingeplant sind, d. h. Sie müssten sich bei Einfügungen sehr zurückhalten, auch wenn Sie die ergänzenden Ideen gerne noch präsentieren möchten.

Der wohl wichtigste Nachteil ist aber, dass Sie sich bei der ausformulierten Rede fast sklavisch an den Text binden müssten, oder Sie durchbrechen die Bindung an das Manuskript und improvisieren dann weiter.

Nicht jedermanns Geschmack: auswendig lernen

Für mich gibt es noch einen weiteren wichtigen Nachteil: Ich bin nie wirklich bereit, eine Rede auswendig zu lernen, und das müsste ich bei ausformulierten Reden tun, um einerseits in geschliffener Form durchdachte Formulierungen nicht zu verlieren, andererseits aber auch nicht vom Blatt zu lesen (auch wenn dieses Blatt ein Schriftlaufband ist), was jede Rede von vornherein in ihrer Wirkung erheblich mindert.

Die Präsentationsvorlage

Ein Mittelding zwischen ausformuliertem Manuskript und Gliederung für die Rede ist die Präsentationsvorlage. Die Präsentationsvorlage kann auf einem Volltextmanuskript aufbauen und dieses für die Präsentation aufbereiten, es kann aber auch als eigenständiges Manuskript entstehen.

Baut eine Präsentationsvorlage auf einem Volltextmanuskript auf, können die Vorteile von Volltext und Präsentationsvorlage verbunden werden. Es bleiben in diesem Fall die Möglichkeiten des Volltextmanuskripts erhalten, ohne die erheblichen Nachteile in Kauf zu nehmen, denn bei der Präsentation sieht und erlebt der Zuhörer nur die Präsentationsvorlagen (beispielsweise über Overheadfolien) und kann das Volltextmanuskript, so es vervielfältigt wird, als eigenständige Unterlagen betrachten.

Die Einschränkungen des Redners aus dem Blickwinkel der Flexibilität sind somit auf die Präsentationsfolien begrenzt, und dabei ist der Redner wesentlich entscheidungsfähiger, als bei einem Volltextmanuskript.

Eine Gliederung für die Rede

Selbstbewusste Redner, die ihr Thema beherrschen, benutzen als Grundlage für ihre Rede nur eine Gliederung, d. h. eine stichwortartige Darstellung jener Themen, die sie präsentieren wollen, im geplanten Ablauf. Dem stehen als Nachteile gegenüber: Es gibt keine Unterlagen für die Zuhörer (welche diese immer häufiger verlangen oder zumindest erwarten, gleichgültig, um welche Art von Vortrag oder Rede es sich handelt; auch Journalisten wollen nicht alles mitschreiben), und es gibt dadurch auch keine Möglichkeit, mit Hilfe technischer Hilfsmittel zu präsentieren, es sei denn, der Redner entwickelt während der Rede eine Präsentation.

Ein einziger derartiger Vortrag ist mir unvergesslich. A. Deyhle, Controller-Akademie bei München, entwickelte mit Hilfe mehrerer Flip-Charts ein komplettes Controlling-System innerhalb weniger Stunden: Im Vortrag ein Strich dort, ein Strich da, eine Verbindungslinie und eine Beschriftung in dieser und jener Farbe, die jeweilige Präsentationsfläche beleuchtet durch einen zum Scheinwerfer missbrauchten Overheadprojektor, und am Schluss war der systematische Aufbau eines durchdachten Systems auf den Charts. Aber derart geniale Rhetoren und Präsentatoren gibt es selten, überdies zeigte der Aufbau deutlich, wie perfekt die Darstellung einstudiert war, so perfekt, dass sie völlig natürlich wirkte. Und das ist entscheidend: Rede und Präsentation müssen natürlich wirken. Natürliche Wirkung entsteht, wenn die Zuhörer einen angenehmen „Redestil" erleben, nicht das Ablesen von Vorlagen oder Stottern unzusammenhängender Sätze.

> Tipp **NUR FÜR „FREISPRECHER" GEEIGNET**
>
> *Ein reines „Gliederungsmanuskript" ist nur zu empfehlen, wenn Sie gewohnt sind, frei zu sprechen, aber das Thema in logischer Abfolge präsentieren wollen, ohne die Gefahr, wichtige Teilaspekte zu vergessen, und wenn Sie überdies keine Präsentationshilfen brauchen oder diese nach den räumlichen Gegebenheiten nicht zur Verfügung stehen.*

Die improvisierte Rede (Stegreifrede)

Improvisierte Reden sind Ansprachen, für deren Vorbereitung weder Zeit noch Gelegenheit vorhanden war. Gute Stegreifreden verlangen innere Freiheit (Sie dürfen sich nicht gehemmt fühlen; sind Sie es, vergessen Sie es), Wortgewandtheit, die Fähigkeit, ein Thema rasch zu strukturieren, die Struktur im Redeablauf zu ergänzen und ohne rhetorischen „Sturzflug" zu landen.

Machen Sie „Trockenübungen"

Wenn Sie kein reines Naturtalent sind, müssen Sie das üben. Denken Sie sich irgendeine Gelegenheit aus, bei der Sie aufgefordert werden könnten, eine kleine Rede zu halten. Nachdem solche Gelegenheiten häufig dann kommen, wenn man sie eigentlich nicht brauchen kann (weil man müde, erschöpft, niedergeschlagen und überhaupt maulfaul ist), sollte Sie möglichst viele derartiger Herausforderungen vorbereitet haben.

Ob Sie beim Joggen den Vögeln eine Stegreifpredigt über ihr schönes Leben halten, oder einem Politiker eine imaginäre Standpauke verabreichen, oder einem Polizisten erfolgreich erklären, warum Sie nicht vermeiden konnten, im Parkverbot zu stehen, alles eignet sich zur Übung für Stegreifreden.

Reden Sie nur nicht aus dem Steigreif, wenn Sie darauf nicht trainiert sind. Sollten Sie dann in die geschilderte Situation kommen, lassen Sie es bei einigen höflichen Dankesworten bewenden, und das war's. Alles andere kann sonst nur zu beidseitig peinlichen Situationen führen. Niemand hat es gerne, wenn er erlebt, wie jemand sich beim Reden blamiert, den er persönlich schätzt. Ungeachtet der scherzhaften Darstellung im Beispiel (siehe Kasten Seite 98) sollten Sie überdies bei spontaner Aufforderung zum Reden nie länger reden als maximal fünf bis zehn Minuten.

Ein Fall von Fehleinschätzung

Es gibt außer Situationen, wie sie beispielhaft geschildert wurden, aber auch noch andere Stegreifreden, und auf derartige Situationen sollten Sie sich nur einlassen, wenn Sie in einem Thema sehr sattelfest sind.

Die nachfolgende Geschichte soll keinesfalls zur Nachahmung anregen. Im nachhinein betrachtet war es eine Pokerpartie, die nur aus glücklichen Umständen nicht verloren ging. Ein Seminarveranstalter fragte bei mir an, ob ich bereit sei, ein für mich neues Thema in etwas mehr als einer Woche vorzutragen. Die Thematik selbst war mir zwar durchaus vertraut, ich war aber nicht für ein mehrtätiges Seminar vorbereitet und hatte auch keine Chance mehr zu einer Vorbereitung. Ich schlug als Entgegenkommen ein „Workshop" (Arbeitstreffen) vor, bei dem eine Gruppe gemeinsam unter meiner Anleitung die Problemstellung bearbeiten sollte. Tatsächlich kam ich in einen Vortragssaal mit etwa 40 Leuten, d. h. in eine Situation, wo von einer gemeinsamen Erarbeitung keine Rede sein konnte, und das nur mit einer Themengliederung für ein Workshop. Der erste Tag musste überstanden werden, die Abende wurden für weitere Vorbereitungen genutzt, und das drei Tage lang.

Bloß nicht zu lange improvisieren

Ich würde mich nie wieder darauf einlassen, mehr als maximal eine Stunde aus dem Stegreif zu reden, selbst bei Themen, die mir vertraut sind – eine Entscheidung, die ich auch Ihnen empfehlen möchte.

Dabei will ich nicht verhehlen, dass auch Rhetoren die Herausforderung lieben. Es gibt diesen Reiz – schaffe ich es, oder nicht? Dass man sich dabei wirklich professionell verhält, mag für Genies vielleicht zutreffen, aber die sind

Beispiel – DIE BETRIEBLICHE WEIHNACHTSFEIER

Nehmen wir an, Sie sind zu einer Weihnachtsfeier in einer befreundeten Firma eingeladen. Nichtsahnend kommen Sie mit Ihren Blumen für die Gastgeberin an, geben Ihrem Gastgeber eine Flasche von seinem Lieblingswein und kommen in einen Raum, wo 30 Leute Sie erwartungsvoll begrüßen. Nachdem man Ihnen etwas Gelegenheit gegeben hat, sich einzugewöhnen, startet der Gastgeber mit seiner Ansprache. Noch ahnen Sie nicht, was auf Sie zukommt, und schon werden Sie aufgefordert, auch noch „ein paar Worte zu sagen."

- *Die Einleitung der Rede ist dabei das einfachste. Sie sagen, was Sie empfinden, allerdings in gesellschaftsfähiger Form, beispielsweise: „Eigentlich bin ich als Blumen- und Weinlieferant gekommen und wollte Ihnen zuhören, aber wenn Sie meinen, dass ich Ihnen etwas sagen könnte, mache ich das gerne. Aber auf Ihre Verantwortung." Damit sind Sie mitten in Ihrer Stegreifrede.*
- *Jetzt brauchen Sie nur noch ein paar Themen finden, die für die Teilnehmer interessant sind. Denken Sie daran: Was ist für uns interessant? (Eine rhetorische Frage, ausnahmsweise beantwortet: wir selbst.) Interessant sind die gemeinsamen Erlebnisse, gefragt ist in solchen Situationen humorvolle Schlagfertigkeit, kaum tiefernste Betrachtungen über die Schwierigkeiten des Lebens „im Allgemeinen und im Besonderen". (Dieser Spruch ist übrigens wieder ein Plagiat von meiner Frau. Gut geklaut ist auch gut, in der seriösen Literatur wird allerdings zitiert. Aber dazu ganz ernsthaft wiederholt: Sammeln Sie flotte Sprüche, zitieren Sie erforderlichenfalls, nutzen Sie alle rhetorischen Tricks und Erfahrungen, die Sie in Ihrem Leben erfahren haben.)*
- *Erzählen Sie nicht, dass Sie nur kurz reden wollen – vielleicht fällt Ihnen eine ganze Menge ein und Sie bestrafen den Überfall, indem Sie länger reden, als die Kerle das erwartet hatten.*
- *Reden Sie vollkommen frei drauf los und machen Sie den Schluss noch spannend, indem Sie erst das Ende ankündigen, dann aber doch noch eine Redeschleife drehen, ehe Sie wirklich aufhören.*

Ausnahmen. Die Stegreifrede darf nie so lang sein, dass Sie dabei den Überblick verlieren.
Sollte sich eine Stegreifrede über eine längere Zeitdauer entwickeln, als Sie erwarten, müssen Sie sich unbedingt Notizen machen. Präsentieren Sie im Stegreif, haben aber einen Overheadprojektor zur Verfügung, stellen Sie die Eckpunkte Ihrer Rede für die Zuhörer dar – Sie haben damit gleichzeitig Ihre eigene Struktur und den Überblick.

Themen finden

Wir wollen an dieser Stelle davon ausgehen, dass der Anlass der Rede feststeht, dass Sie aber noch geignete Themen finden müssen, die Sie darstellen können und wollen. Es gibt im Grundsatz vier Wege, wie Sie zu Themen kommen können:

- durch Befragung: des Veranstalters, der potenziellen Zuhörer, Bekannter
- durch Suche in den Medien nach aktuellen Artikeln zum Thema
- durch analytische Verfahren
- durch kreative Verfahren

Erst befragen – dann recherchieren

Wenn Sie Ihre Themen durch Befragung finden wollen, können Sie unterschiedliche Wege wählen:

- Sie stellen offene Fragen (Was interessiert die Teilnehmer? Wie ist die Erwartungshaltung? Was möchten sie vermutlich nicht hören? Wie ist ihr Kenntnisstand zum Thema? etc.).
- Sie stellen (teilweise) geschlossene Fragen (d.h. Sie geben eine Liste möglicher Themen vor, aus denen die Befragten auswählen oder die sie nach vermutlicher Attraktivität reihen).
- Sie fragen indirekt, indem Sie beispielsweise in Gesprächen und Telefonaten versuchen, gesprächsweise die Interessenlage herauszufinden.

Wissen Sie schon im Überblick, worüber Sie sprechen wollen, können Sie Ihr Themenspektrum über Lektüre von Presseartikeln (Spezialpresse für das jeweilige Thema) erheblich erweitern. Sie werden erleben, wie eine klare Zielrichtung den Blick für ein Thema schärft und wie viele neue Aspekte und Informationen sich zu einem ausgewählten Themenbereich öffnen, wenn man nur sucht.

Kreativitätstechniken lassen Ideen sprudeln

Für die systematische Suche nach Themen können Sie Kreativitätstechniken verwenden. Kreativitätstechniken sind Methoden, welche individuelle Gedankengänge oder das kreative Potenzial einer Gruppe stimulieren sollen. Ihr Ziel ist es, Denkblockaden aufzulösen, durch die eine innere Zensur im Denken verursacht wird, und zu helfen, originelle Lösungen für Probleme aufzufinden. Ansätze für die Entwicklung von Ideen können Assoziationen oder Konfrontationen sein.

Bei der Assoziation werden die Ideen mittels Assoziationsketten aus anderen Ideen entwickelt (z. B. Brainstorming, d. h. alle Ideen, die einer Person/einer Gruppe zu einem Thema einfallen, werden notiert). Bei der Konfrontation sollen Ideen durch die Auseinandersetzung mit problemfremden Inhalten oder Wahrnehmungen gewonnen werden, die auf Prinzipien hin untersucht werden (z. B. Synektik, d. h. Zusammenfügen verschiedener, scheinbar nicht zusammengehöriger Elemente).

Einige dieser Methoden sind intuitiv, d. h. sie erlauben Gedankensprünge und Diskontinuitäten, und jede Idee gilt zunächst als gleich wertvoll (wie beim Brainstorming), andere wiederum sind systematisch-analytisch, strukturieren ein Problem, analysieren es und ziehen Schlussfolgerungen daraus mit einem abschließenden Urteil.

Leitfaden zur Themensuche

- *Sie beginnen mit einer Auflistung der Themenbereiche (entweder auf Papier oder in einem PC-Textverarbeitungsprogramm; persönlich bevorzuge ich letzteres, weil Korrekturen und Ergänzungen leichter möglich sind).*
- *Sie nehmen jeden der gefundenen Themenbereiche als Hauptthema für eine weitere Gliederung, d. h. als „Kapitelüberschrift“.*
- *Nun ordnen Sie jedem Themenbereich alle Unterthemen zu, welche Ihnen in den Kopf kommen (gehen Sie dazu vor, wie die Methode Brainstorming vorschlägt: schreiben Sie alles auf, was Ihnen dazu einfällt, auch wenn Sie es für unsinnig halten; lassen Sie auch Assoziationen gewähren, d. h. wenn Sie eine Idee an etwas scheinbar ganz anderes erinnert, schreiben Sie das auch auf).*
- *Strukturieren Sie die Themen und gewichten Sie sie nach ihrer Bedeutung.*
- *Stellen Sie für die Rede einen Themenablauf zusammen, den sie systemetisch gliedern.*

Der einfachste Weg, rasch und in ausreichender Menge Ideen für eine Rede zu erhalten, ist sicherlich jener der intuitiven Kreativitätsmethoden, insbesondere dann, wenn Ihnen keine Gruppe für die Ideensuche zur Verfügung steht. Eine gelockerte persönliche Stimmung ist als Grundlage für diese Arbeit durchaus anzuraten.

Der Kreativität Raum lassen

Wenn Sie erst begonnen haben, sich mit möglichen Themen für Reden zu einem vorgegebenen Anlass zu beschäftigen, werden Sie rasch erleben, dass es gar nicht so schwer ist, Themenideen zu finden. Man muss sich nur die Mühe machen, sich in entspannter Form hinzusetzen und kreativ nach Ideen zu suchen, unter Nutzung aller Assoziationsketten, die sich ergeben, und mit anschließender Sortierung über analytische Methoden.

Übrigens: Haben Sie den Widerspruch im vorangegangenen Satz bemerkt? Ich sprach davon, dass man sich „die Mühe machen muss, sich in entspannter Form …". Das war ein bewusst eingesetztes Paradoxon, scheinbar nicht zusammen passend.

Informationsmaterial sammeln und auswählen

Haben Sie erst die Themen gefunden und strukturiert, können Sie sich ruhig auf die Suche nach Informationsmaterial begeben. Ich empfehle Ihnen hierfür, sich nach den folgenden vier Schritten zu richten. Ihr Problem wird in den seltensten Fällen sein, dass Sie zu wenig Material bekommen, sondern eher zu viel.

1. Schritt: Basiswissen

Um nicht in der Fülle der Informationen unterzugehen, empfehle ich Ihnen, sich zunächst in einem allgemeinen Nachschlagewerk, beispielsweise in einer der in der Literaturliste (siehe Anhang Seite 210) erfassten Enzyklopädien, einen Überblick über das Thema zu verschaffen.

Wenn Sie mehrere Enzyklopädien befragen, kann es Ihnen passieren, dass Sie sich etwas verwirrt fühlen, weil zum gleichen Thema manchmal völlig anders aufgebaute Darstellungen präsentiert werden. Dennoch sollten Sie für gute Reden genau das tun: Suchen Sie mehrere Blickwinkel. Es macht zwar Ihre Redevorbereitung wesentlich aufwendiger, die Qualität wird aber erheblich verbessert.

2. Schritt: vertieftes Wissen

Im nächsten Schritt sollten Sie die Spezialliteraturliste nutzen. In jeder Enzyklopädie gibt es Hinweise auf weiterführende Literatur.

Haben Sie sich einige Standardwerke beschafft, finden Sie darin im Regelfall weitere Hinweise zu spezialisierten Darstellungen von Unterthemen, mit anderen Worten, Sie könnten ein Leben lang suchen und lesen und kämen nicht ans Ende.

3. Schritt: aktualisiertes Wissen

An irgendeinem Punkt, wo Sie sich für Ihre Rede über den Stand des publizierten Wissens ausreichend informiert fühlen, sollten Sie den nächsten Schritt gehen. In der EDV würde man sagen, Sie brauchen das letzte „Update", d. h. Sie müssen überprüfen, ob Ihr erworbenes Wissen noch auf dem letzten Stand ist. Dazu können Sie folgendermaßen vorgehen:

- Recherchieren Sie in aktuellster Fachliteratur (zu vielen Themen: international, nicht nur im europäischen Sprachraum), um neue Themen oder Ansätze zu erkennen.
- Recherchieren Sie im Internet zu Ihrem Thema.
- Nutzen Sie vorhandene Datenbanken, u. a. der Lexikon-Verlage und der Zeitungen.

Nach diesem Schritt wird Ihr Wissen zum Thema bereits überdurchschnittlich sein, insbesondere auch deshalb, weil Sie sich ohnehin nicht auf ein Thema eingelassen hätten, zu welchem Sie nicht zumindest eine gute Basisausbildung haben.

4. Schritt: Ihre persönliche Auswahl

Was Sie bisher getan haben, steht grundsätzlich auch jedem Ihrer Zuhörer offen, wenn er sich für ein Thema interessiert. Der Nutzen, den ihm Ihre Rede bringt, kann somit aus sechs Aspekten kommen, sechs Bereichen, über welche Sie Interesse finden können:

- Generell: im Unterhaltungsfaktor, wenn Sie amüsant reden und gekonnt präsentieren.
- Sie haben eine tiefgründigere Untersuchung zu vorhandenem Wissen durchgeführt und bringen den Zuhörer auf eine neue Spur.
- Sie haben eine bessere Auswahl der wichtigen Themen und Lösungsansätze gefunden.

- Sie haben Themen besser verstanden und können sie besser präsentieren.
- Sie sind in der Lage, das theoretische Wissen praktisch umzusetzen.
- Sie haben Erfahrung.

Werden Sie Spezialist – vor der Rede

Das klingt nun alles sehr wissenschaftlich, aber denken Sie dabei auch beispielsweise an ein Sportthema. Nehmen wir an, Sie möchten lernen, Baseball zu spielen. Ich habe derzeit noch keine Ahnung, wie das geht. Interessiere ich mich aber wirklich dafür, weiß ich innerhalb kürzester Zeit alles Wesentliche darüber (siehe obige Vorgehensweise) und könnte in ein Sportgeschäft gehen, um mir eine Ausrüstung zu kaufen. Ausgerüstet mit diesem Wissen: Würde ich mich für einen Vortrag über Baseball interessieren? Doch mit Sicherheit! Erstens bin ich für das Thema vorbereitet, zweitens möchte ich etwas darüber von jemandem erfahren, der es nicht nur theoretisch kennt.

Als Redner dürfen Sie niemals den Fehler begehen, über ein Thema zu sprechen, in dem Sie nicht sattelfest sind, zumindest nicht im beruflichen Umfeld. Sattelfest heißt aber, dass Sie nicht nur die Theorie kennen, sondern dass Sie diese beherrschen, das bedeutet Anwendungskenntnis.

Themenentwicklung, Informationssammlung, alles das sind sicherlich Dinge, die notwendig sein können – am wichtigsten ist aber eine völlige Vertrautheit mit dem Thema. Und damit sind wir eigentlich schon direkt im nächsten Abschnitt gelandet:

Manuskript und Präsentationsinstrumente

Welche Arten von Manuskripten Sie schreiben (lassen) können, haben wir schon diskutiert. Nun wollen wir besprechen, in welcher Form Sie Ihr Manuskript zur Präsentation Ihrer Rede mitnehmen könnten.

Je nach räumlichen und technischen Voraussetzungen sind dabei unterschiedlichste Formen denkbar – was selbstverständlich voraussetzt, dass Sie die Ihnen verfügbare Ausstattung kennen.

In jedem Fall empfehle ich Ihnen ein „Notfallpaket“, wenn Ausstattung und/oder Technik nicht ganz so funktionieren, wie Sie sich das wünschen, auch wenn es mit dem Veranstalter oder dem Raumvermieter vorher so vereinbart war. Im Minimalfall müssen Sie ohne mediale Unterstützung reden und haben lediglich Ihr Manuskript. Im besten Fall stehen Ihnen Mittel zur Verfügung wie im Theater.

Das Manuskript in der Hand ...

Vielleicht fragen Sie sich nun, was das mit Ihrem Manuskript zu tun hat. Eine ganze Menge. Ihr Manuskript ist nicht nur die inhaltliche Vorbereitung Ihrer Rede, es ist auch die Vorbereitung Ihrer Gedächtnisstützen für den Vortrag. Welche Form Ihre Gedächtnisstützen haben können, hängt aber von den technischen Voraussetzungen ab.

Beginnen wir mit dem einfachsten Fall: Sie reden ohne technische Hilfen, wie etwa bei unserer Geburtstagsfeier. Denken Sie an die räumlichen Gegebenheiten, die Sie bei einer solchen Gelegenheit vorfinden. Im Normalfall haben Sie nur einen Sitz am Gasthaustisch oder am Familientisch zur Verfügung. Sie stehen bei der Rede zwar auf und können zur Milderung der Nervosität oder des Lampenfiebers die Stuhllehne halten (nicht allzu fest, keinesfalls verkrampft), oder Sie haben ein Manuskript in der Hand.

Ein Volltextmanuskript wird zumeist auf DIN-A4-Seiten (typische Schreibmaschinenseiten) geschrieben, oder auf DIN-A5-Seiten (Schulheftgröße). Wenn Sie bei einer Rede Manuskripte dieser Größe in der Hand halten, und das in der geschilderten Sprecherposition (stehend am Gasthaustisch), haben manche Zuhörer Ihr Manuskript direkt vor der Nase.

Beispiel — Die Ausstattung des Vortragsraums

Als gute, solide und dem Stand der Technik entsprechende Ausstattung eines professionellen Präsentationsraumes, wie man sie bei jedem spezialisierten Raumvermieter bzw. von jedem Veranstalter erwarten kann, gilt zur Zeit:

- *Ein Rednerpult oder -tisch, ausreichend groß für die Ablage des Manuskripts und der abgearbeiteten Seiten des Manuskripts sowie für weitere Unterlagen wie Bücher, Zeitschriften, oder ähnliches*
- *Präsentationshilfen wie Overheadprojektor, Daten- und Videoprojektor, Flip-Chart und Moderationstafeln*
- *Eine ausreichend große Leinwand, die sicherstellt, dass die Präsentation vom jedem Teilnehmer gut gesehen werden kann*
- *Bei großen Räumen und einer großen Anzahl von erwarteten Teilnehmern: Mikrophone, Lautsprecher*
- *Soweit vom Thema her erforderlich: Audio- und Videogeräte*

... oder auf dem Tisch?
Entschließen Sie sich, das Manuskript beim Vortrag nicht in die Hand zu nehmen, sondern vor sich am Tisch liegen zu lassen und lediglich umzublättern, wenn Sie eine Seite abgearbeitet haben, muss das Manuskript folgende Voraussetzungen erfüllen:

- Die Schrift muss für Ihr Sehvermögen groß genug sein, d. h. Sie müssen aus der zu erwartenden Entfernung Ihr Manuskript problemlos lesen können.
- Das Papier muss schwer genug sein, damit es nicht durch eine kleine Bewegung oder einen Lufthauch fortgetragen wird.
- Das Umblättern der Manuskriptseiten muss von Ihrer Standposition aus nahezu unauffällig durchgeführt werden können.

> Tipp **Manuskript auf Kärtchen**
>
> *Eine gute Lösung für das Problem, den Zuhörern durch Ihr Manuskript die Sicht zu versperren, ist die Niederschrift des Manuskripts auf kleine nummerierte Kärtchen in Kartenspielgröße. Noch vorteilhafter wäre, farbige Kärtchen zu verwenden und jedem Thema eine eigene Farbe zuzuweisen.*

Sie können diese Situation leicht am eigenen Küchentisch probieren. Vielleicht kommen Sie dann zur Ansicht, dass es doch besser ist, das Manuskript in der Hand zu halten.

Die Anwendung von Notiz- und Schaukarten
Notieren Sie keinen Volltext, das macht Ihre Rede nur schlechter, denn jede Rede, die ankommen will, muss im Wesentlichen frei gesprochen werden. Notieren Sie sich Stichworte, und wenn Sie in Ihrer Rede eines vergessen haben, übergehen Sie das.
Die Größe Ihrer Notizen muss so sein, dass Sie diese bei allen üblichen Beleuchtungsverhältnissen (Dämmerlicht, schummrige Beleuchtung) rasch und problemlos lesen können. Sind Sie schon etwas älter und brauchen eine Lesebrille, testen Sie die erforderliche Schriftgröße bei schlechter Beleuchtung mit jener Brille, die Sie bei der Rede tragen wollen.
Auf die Notizkärtchen gehören übrigens auch Regieanweisungen für sich selbst, wenn Sie beispielsweise während der Rede Aktivitäten planen (ein Kind überreicht an bestimmter Stelle sein selbstgemaltes Bild), was diese besonders lebendig gestalten würde. Die Kärtchenmethode hat noch einen weiteren Vorteil: Man kann Kärtchen in der richtigen Größe in jeder Kostüm- oder Sakko-

Tasche unterbringen. Die Nummerierung soll verhindern, dass die Karten durcheinander kommen. Seien Sie dabei aber nicht zu sparsam, indem Sie Vor- und Rückseite verwenden. Jedes gute Redemanuskript wird nur einseitig beschrieben.

Als humorvolle und wirksame Idee könnten Sie Schautäfelchen mitbringen, d. h. Sie malen wichtige Aussagen Ihrer Rede auf mittelgroße Karton-Täfelchen (DIN-A4 oder etwas größer), in gut lesbarer Schrift, und stellen diese dann nach der Präsentation am Tisch auf. Zur Stabilisierung kann ein Glas ausreichend sein, wenn Sie nicht ganz professionell einen Bilderständer mitnehmen wollen. Sie sehen, auch bei der Rede ohne große technische Voraussetzungen gibt es viele einfach umzusetzende Gestaltungsmöglichkeit, welche die Wirkung erheblich verstärken können.

Der Einsatz des Overheadprojektors

Betrachten wir Manuskript und Manuskriptgestaltung nun bei erweiterten Formen. Selbstverständlich sind die obigen Vorschläge zur Gestaltung nach wie vor gültig. Jede bessere technische Möglichkeit schließt die grundsätzliche Nutzung einfacherer Methoden immer ein.

Als einfacher Standard für eine Redepräsentation gilt der Overheadprojektor. Der zu präsentierende Inhalt (Text, Grafiken, Bilder) wird auf einer Transparenzfolie erfasst, das Bild wird über einen Lichtprojektor an die Wand geworfen. Dieser Lichtprojektor muss ausreichend stark sein, damit das Bild auch bei Tageslicht und Sonneneinstrahlung sichtbar ist. Bei richtiger räumlicher Anordnung und richtiger Gestaltung der Folie haben Sie mit der Folie bereits Ihre Redevorlage.

Richtig ist eine Folie dann gestaltet, wenn kein Volltext dargestellt wird, sondern im „Telegrammstil" die wesentlichen Inhalte, und wenn die Schriftgröße so ist, dass jeder Zuhörer die Darstellung problemlos lesen kann. Trifft das zu, haben auch Sie selbst keine Probleme, durch einen Blick auf die Projektorfolie den Faden für den nächsten Abschnitt Ihrer Rede zu finden.

Tipps aus der Praxis

Der Redner hat bei einer geplanten Präsentation mit Hilfe eines Overheadprojektors drei Möglichkeiten:

- Er nimmt fertig gestaltete Folien mit.
- Er nimmt teilweise gestalte Folien mit und ergänzt sie während des Vortrags.
- Er entwickelt die Folien während des Vortrags.

In jedem Fall empfehle ich Ihnen aus eigener schlechter Erfahrung: Verwenden Sie nur Overhead-Schreibgeräte mit permanenter Haftung. Sie können dann zwar Schreibfehler nicht mehr ausbessern und müssen fehlerhafte Folien wegwerfen, dafür verschmutzen Sie aber nicht Ihre Bluse bzw. Ihr Sakko mit Folienschreiberfarbe bzw. Sie verschmieren auch nicht den Text, wenn Sie ihn unabsichtlich mit feuchten Fingern berühren.

Dias, Daten, Videos präsentieren

Dia-Projektoren (zur Präsentation von Bildern) und Episkope (Projektoren zur Präsentation aus Büchern etc.) sind eher selten geworden und werden durch andere Projektionsformen ersetzt.

Die modernste Form der Präsentation geschieht über den Datenprojektor, der Daten, Bilder und Videos projiziert und als Datenquelle im Normalfall ein Notebook (tragbarer Personal Computer) verwendet. Auch für diese Art der Präsentation muss sichergestellt werden, dass der Projektor ausreichend lichtstark ist, um selbst bei Tageslicht und Sonne noch ein scharfes Bild zu zeigen. Jene Projektoren, die relativ kostengünstig für den Hausgebrauch angeboten werden („Kino zu Hause"), erfüllen diese Voraussetzungen häufig nicht, d. h. sie sind für den professionellen Gebrauch nicht geeignet.

Durch den Einsatz eines Datenprojektors mit Datenquelle Notebook vervielfachen sich Ihre Möglichkeiten der Präsentation. Selbst mit einfachen Präsentations-Standardprogrammen können Sie zahlreiche Effekte herbeiführen: erscheinende Schrift, blinkende Schrift, Farbeffekte, Cliparts (vorgefertigte Graphiken) und akustische Effekte. Ihr Manuskript ist somit im Computer und kann jederzeit ergänzt oder verändert werden.

Haben Sie eine perfekte Präsentation vorbereitet, und irgendetwas funktioniert nicht (beispielsweise: der Ihnen bereitgestellte Projektor ist mit Ihrem Notebook nicht kompatibel, d. h. sie passen nicht zusammen, oder der Strom fällt aus, oder Ihr Notebook will aus irgendeinem unerklärlichen Grund nicht arbeiten), kann die Situation rasch peinlich werden, wenn Sie nicht Ihr „Notfallpaket" bei sich haben.

Wichtig: das Notfallpaket

Können Sie sich darauf verlassen, dass zumindest ein funktionierenden Overheadprojektor verfügbar ist, besteht das Notfallpaket aus Overheadfolien. Die nächstniedrigere technische Stufe ist ein Manuskript auf Papier (siehe auch Kasten Seite 109).

Die moderne „Schultafel“: das Flipchart

Eine Sonderrolle spielt das Flipchart. Ein Flipchart ist ein auf einem Gestell befestigter großer Papierblock, dessen Blätter nach oben umgeschlagen werden können. Für die Präsentation von Texten setzt man dieses Hilfsmittel eher nicht mehr ein, sehr wohl aber zur Strukturierung von Gesprächen, zur Entwicklung von Lösungen und zum Notieren von Merksätzen, welche die Zuhörer sich einprägen sollen.

Flipchart-Schreibgeräte sollten eine breite, abgeschrägte Spitze haben und ausreichend „saftig“ sein, d. h. ohne Druck Farbe auf das Papier abgeben. Der Schreibende muss die ganze Schräge an der Spitze des Schreibers einsetzen, um breite, gut lesbare Strichformen zu erreichen. Mit Flipchart-Schreibgeräten gute Darstellungen zu erreichen ist eine eigene Kunst, deren Erlernung aber durchaus sinnvoll ist. Gut gestaltete Flipchart-Darstellungen können sehr einprägsam sein.

Wenn es sich nicht um Moderationen handelt, das heißt um gemeinsame Themenentwicklungen, werden Sie Moderationstafeln kaum brauchen. Sind solche aber vorhanden, könnten Sie fertige Flipchartseiten an der Moderationstafel anbringen, um sie während der ganzen Rede für die Zuhörer einsehbar zu lassen oder um sich gegebenenfalls im Verlauf der Rede wiederum auf sie zu beziehen.

Die Lichtverhältnisse regulieren

Ein bereits mehrfach angesprochenes Thema in Vortragsräumen ist das Licht. Alle moderneren Formen der Präsentation stellen Anforderungen an die Lichtverhältnisse im Raum. Optimal wäre, wenn der Redner im Licht steht, die Leinwand sich aber im Dunkeln befindet, d. h. zwischen Projektor und Leinwand müsste das Licht ausgeschaltet oder zumindest gedämpft werden können. Ist das nicht möglich, müssen Sie mit einer Reihe negativer Wirkungen rechnen (siehe Kasten).

Um dem vorzubeugen, müssen Sie entweder die Vortragsräumlichkeiten früh-

MEHR ODER WENIGER LICHT?

- *Dämpfen Sie das Licht im ganzen Raum, werden die Zuhörer müde (das sind ganz instinktive Reaktionen des Körpers auf Dämmerung).*
- *Dämpfen Sie das Licht nicht, ist das präsentierte Bild nicht oder nur schwer erkennbar, d. h. die Präsentation leidet.*
- *Bauen Sie Ihre Rede auf dem Präsentierten auf, d. h. haben Ihre Teilnehmer nicht die Möglichkeit, den Text in einem Manuskript mitzulesen, werden Sie praktisch auf den Ausgangspunkt zurückgeworfen, d. h. Sie müssen dann ohne Medien präsentieren.*

zeitig prüfen und dafür sorgen, dass zur Vermeidung zu intensiver Sonneneinstrahlung entsprechende Verdunkelungsmöglichkeiten vorhanden sind. In einem übertechnisierten Raum mit sehr guter technischer Ausstattung musste ich erleben, dass drei Mängel nicht beseitigt werden konnten, obwohl alle Projektionsinstrumente (Overheadprojektor, Datenprojektor) vorhanden waren:

- Bei Sonneneinstrahlung konnten nur alle Vorhänge gleichzeitig geschlossen werden, womit komplett verdunkelt war.
- Das Licht vor der Leinwand konnte nicht ausgeschaltet werden, d. h. das projizierte Bild wurde durch die Beleuchtung beeinträchtigt.
- Das Bild des Datenprojektors konnte nicht scharf gestellt werden.

Die Folge war eine wesentliche Verschlechterung der Wirkung der Präsentation, und es ergibt sich die Frage bei über den „Hausgebrauch" hinausgehenden Reden, wie man dem vorbeugen könnte.

Wie kann man Pannen vermeiden?
Eine Lösung wäre, die eigene Ausrüstung immer mitzunehmen. Das ist möglich, aber umständlich, aufwendig und teuer. Auch wenn Notebook und Projektor nur mehr Aktenkoffergröße haben, ergibt sich in Verbindung mit den sonstigen Unterlagen ein erhebliches Gewicht, das zu transportieren ist, was zwar bei der Anreise mit einem Auto kein Problem ist, sehr wohl aber bei Anreise mit Bahn oder Flugzeug.
Eine andere Lösung wäre, vom Veranstalter oder Raumvermieter einen technischen Standard zu fordern, beispielsweise im Minimum einen sehr lichtstarken Overheadprojektor, der auch bei direkter Sonneneinstrahlung noch gute Bilder liefert. Das setzt aber wiederum voraus, dass Sie die geplanten Datenprojektionen als „Notfallpaket" in Form von Overheadfolien mitführen.

DAS NOTFALLPAKET

Aus Vorsichtsgründen empfehle ich Ihnen, für Präsentationen mit Medienunterstützung die genannten Gegenstände selbst mitzuführen:

- *Overheadfolien, möglichst in kopierergeeigneter Qualität*
- *Overheadfolienschreiber, wasserfest (permanent)*
- *Flipchartschreiber in vier Farben und eventuell zwei Größen, deren Unverbrauchtheit Sie vorher getestet haben*
- *Zeigestab (konventionell als Teleskopstab oder Laserpointer)*
- *Verlängerungskabel mit Verteilersteckdose, wenn Sie über Notebook präsentieren wollen*
- *Notebook. Selbst wenn Ihnen angeblich ein PC bereitgestellt wird, sollten Sie sich nicht darauf verlassen und nur eine Diskette oder CD mitnehmen. Selbst ist die Frau und der Mann!*

Erfolgsrezepte aus der Praxis

Jeder, der Redeerfahrung besitzt, weiß, dass bei Reden alles Mögliche passieren kann. Sie sind gut vorbereitet in eine Rede gegangen, und alles nur Denkbare läuft schief. Oder Sie haben die Situation falsch eingeschätzt, hatten zu wenig Zeit und sind zu wenig vorbereitet.
Unerwartet sind andere Zuhörer anwesend, als Sie erwartet haben, oder Sie haben sich überhaupt zu wenig um die Adressaten gekümmert. Und nun reden Sie und reden und haben immer mehr das Gefühl, Sie reden zu einer Wand. Ihr Mund wird immer trockener, Ihre Nervosität steigt, Sie geraten ins Schwitzen, und Panik kommt auf.
Oder Sie haben Ihre gesamte Meisterschaft in eine perfekte Präsentation über Datenprojektor investiert, und dann funktioniert nichts. Kein Projektor vorhanden, keine Folien, keine Möglichkeit, noch rasch Overheadfolien zu produzieren, nichts. Oder Sie sind halbkrank zur Rede gegangen und verlieren beim Reden Ihre Stimme.

Unverhofft kommt oft

Mit den üblichsten und schwierigsten dieser Situationen wollen wir uns in diesem Kapitel auseinandersetzen, mit den Albträumen von Rednern aller Klassen, seien es Gelegenheitsredner oder Berufsredner. Sie erhalten einen Ratgeber für den Umgang mit Problemen aller Art in Redesituationen, alltäglichen wie ungewöhnlichen, den Sie durch eigene Erkenntnisse und Erfahrungen erweitern sollten. Der Ratgeber enthält geordnet:

- Eine Auflistung möglicher Problembereiche und -situationen, um Sie auf Eventualitäten möglichst gut vorzubereiten und für bestimmte Situationen zu sensibilisieren
- Tipps und Checklisten zur Entschärfung und Bewältigung von Problemsituationen
- Tipps zur Vorbeugung eventueller Probleme

Ergänzt wird der Ratgeber durch den so genannten Fettnäpfen-Rettungskasten, einen Medikamentenschrank für die Heilung unangenehmer rednerischer Schmutzflecke, mit denen man sich aus eigener Schuld, aber ohne Absicht beschmiert hat.

Problembereich Veranstalter

Die Botschaft wäre schlecht formuliert, würden Sie nun annehmen, es seien im Inhaltsverzeichnis nur professionelle Redeveranstaltungen angesprochen. (Anmerkung: Haben Sie die Ich-Botschaft bemerkt, durch welche der „Sender" der Botschaft die Verantwortung übernommen hat? Nicht: „Die Botschaft wäre schlecht verstanden" oder „... wäre ein Missverständnis", denn dann würde die Verantwortung auf Sie, den Leser, geschoben, und das sollte vermieden werden.)
Selbstverständlich betrifft ein großer Teil der dargestellten Problembereiche auch private Reden oder betriebliche Situationen. Bei unserer Geburtstagsfeier könnte der Veranstalter die Großmutter selbst sein, oder eine Tochter/ein Sohn. Bei einer Betriebsversammlung könnte beispielsweise als Veranstalter der Chef, die Arbeitnehmervertretung (Betriebsrat), ein Behördenvertreter, eine Berufsgenossenschaft oder ein beauftragter Unternehmensberater verantwortlich zeichnen.
Jeder, der im Umfeld einer Rede Verantwortung trägt, und alles, was die Wirkung der Rede beeinflusst, kann auf die Rede fördernd oder behindernd wirken. Die Rolle des Veranstalters ist fördernd, wenn er seine Aufgaben gut erfüllt.

Gute Organisation beugt Störungen vor

Ein Veranstalter hat demnach eine ganze Menge zu tun. Nehmen wir nun an, Sie wären bei Ihrer Familienfeier gleichzeitig Veranstalter und Redner. Es fallen zwar im familiären Kreis einige der genannten Aufgaben weg, dennoch bleiben noch ausreichend viele übrig, wie etwa die Sicherung des störungsfreien Ablaufs.
Wie wollen Sie gleichzeitig reden und sich die Kellner vom Hals halten, deren Auftrag es ist, möglichst viel Umsatz zu machen? Je umfangreicher die Rollen sind, die der Redner in einer Veranstaltung allein übernehmen muss, desto gefährlicher wirken Störungen.
Die Folgerung für Sie zur Vermeidung von Ärger, Stress, Überlastung, ja überhaupt jeglicher Störung der Rede: Versuchen Sie unter allen Umständen (außer im kleinsten Kreis, wo das nicht erforderlich ist), sich entweder durch frühzeitige organisatorische Anweisungen („Während der Ansprache darf kein Kellner in den Raum") oder durch Übertragung bestimmter Aufgaben an Helfer Störungen vom Hals zu halten.

Übersicht – Mögliche Problembereiche

Problembereich	Themen	Teilaspekte/ Maßnahmen
Veranstalter	• *Ankündigung*	• *Ansprachemedium*
	• *Termin*	• *Anmeldemöglichkeiten*
		• *Preise*
		• *Teilnehmerbewirtung*
	• *Veranstaltungsort*	• *Parkplätze*
		• *Erreichbarkeit durch öffentliche Verkehrsmittel*
		• *Unterbringung*
		• *zum Redner*
	• *Rivalitäten*	• *zu Mitveranstaltern*
Teilnehmer	• *Interessen*	• *Charaktereigenschaften*
	• *Pflichtveranstaltung/ freiwillig*	• *soziale Wahrnehmung*
	• *Homogenität*	
	• *Erwartungshaltung*	
	• *Vorbelastung*	
	• *Zielgruppenauswahl*	
	• *Anzahl*	
	• *persönliche Gebrechen*	
Raum	• *Größe*	• *Glätte, Farbe, Schmutz*
	• *Gestalt/Form*	• *Flexibilität der Beleuchtung*
	• *Fußbodenbelag*	
	• *Licht*	• *schlechte Luft*
	• *Wärme*	• *Störungen von außen*
	• *Raumklima*	• *ergonomische Eignung*
	• *Akustik*	• *Bequemlichkeit*
	• *Arbeitstische*	• *Ausrichtung im Raum*
	• *Stühle*	
Technik	• *Ausstattung*	• *Funktionsfähigkeit*
	• *technische Qualität*	• *Kompatibilität Rechner/Datenprojektor*
Redner	• *Stimme*	• *Nervosität*
	• *Sprache*	• *Krankheit*
	• *Kleidung*	• *Niesen und kein Taschentuch*
	• *Präsentation*	• *Müdigkeit*
	• *Körpersprache*	• *Überlastung*
		• *Gereiztheit*

Problembereich	Themen	Teilaspekte/ Maßnahmen
Manuskript	• *Medium* • *Umgang mit den Unterlagen* • *Vollständigkeit der Teilnehmermanuskripte*	• *Overheadfolien/Dateien* • *Merkkärtchen* • *Tafeln*
Schreibgeräte	• *Overheadstifte* • *Flipchartschreiber* • *Kugelschreiber/Bleistift*	• *Stärke, Farbe, Trocknung* • *Notizen zu Teilnehmerfragen*
Inhalt	• *Übereinstimmung mit Körpersprache und Präsentation* • *zu wenig/zu viel* • *zu seicht/zu konzentriert* • *Humor* • *fehlende Übersicht („roter Faden“)*	
soziales und politisches Umfeld	• *aktuelle Bezüge* • *akut emotionalisierte Themen* • *Reizwörter*	
Störungen	• *Handys* • *Nebenunterhaltungen* • *Geruchsbelästigungen* • *Schlafen eines Teilnehmers* • *Ablenkungen* • *Cliquen-Bildung* • *„Pärchen“-Bildung bei längeren Veranstaltungen* • *aktuelle Ereignisse*	• *Anrufe* • *„Nebenbeschäftigungen“* • *Fußballmeisterschaft* • *Schirennen*
Zeitdauer	• *zu lang* • *zu kurz* • *Pausen*	
Diskussion	• *keine Anfrage* • *Konflikte zwischen Teilnehmern* • *Konflikte zwischen Redner und Teilnehmer(n)* • *Mobbing*	• *„Agent provocateur“ (Lockspitzel)*

Der Redner ist immer verantwortlich

Probleme im Verantwortungsbereich des Veranstalters können sich beziehen auf die Beziehungen zwischen Veranstalter und Mitveranstalter, wenn meh-

CHECKLISE 1: DIE AUFGABEN EINES VERANSTALTERS

Ausschreibung der Veranstaltung

- *Anlass/Thema*
- *Auswahl der Akteure (Redner)*
- *Themenvorbereitung zusammen mit dem Redner*
- *Festlegung des Ortes und der Zeit (Datum, Beginnzeit, voraussichtliches Ende)*
- *Festlegung der minimalen erforderlichen und der maximalen Teilnehmerzahl*
- *Reservierung des Raums und Sicherung der gewünschten Raumausstattung (hinsichtlich des Raumes selbst und hinsichtlich der technischen Mittel) mit Sicherung eines Rücktrittstermins, bis zu welchem kostenlos storniert werden kann*
- *Planung des Ablaufs*
- *Ansprache der potenziellen Teilnehmer (Zielgruppe) – Bewerbung der Veranstaltung, Vorstellung der Akteure, Information über Ablauf und bereitgestellte Leistungen sowie über Kosten, Fixierung der Anmeldefrist, An- und Abmeldemöglichkeiten, Reservierungsservice für Unterkünfte (auch für die Akteure)*
- *Bearbeitung des Rücklaufs*
- *Information über Zufahrtsmöglichkeiten (Öffentliche Verkehrsmittel, Zufahrtsplan für Privatfahrzeuge, Parkplätze)*
- *Kontakt mit den Akteuren nach Abschluss der Anmeldefrist (mit Information über die Zusammensetzung der Teilnehmergruppe)*

Verantwortliche Leitung der Veranstaltung

- *Lösung organisatorischer Probleme (Beschilderungen, Zimmerzuweisung, Fixierung der Essenszeiten, Pausengetränke, etc.)*
- *Teilnehmerbetreuung*
- *Verteilung von Unterlagen*
- *Sicherung des störungsfreien Ablaufs*
- *Vorstellung der Redner*
- *Leitung einer nachfolgenden Diskussion*
- *Klärung von Störungen aller Art*
- *Einholung von Rückkoppelungen zur Veranstaltung*

Nachbearbeitung der Veranstaltung

- *Erforderlichenfalls: zeitgerechter Transport der Teilnehmer zum Bahnhof/Flughafen*
- *Zeitgerechtes Auschecken im Hotel*
- *Zahlung der Rechnungen für die beanspruchten Leistungen*
- *Auswertung der Veranstaltungsbeurteilung*
- *Zusendung erbetener Materialien (im Privatbereich: Fotos, die gemacht wurden)*

rere Veranstalter verantwortlich sind, Veranstalter und Publikum, Veranstalter und Redner, Mitveranstalter und Redner, Redner und Publikum, Veranstalter und Raumbereitsteller/Technischer Verantwortlicher.
Letztendlich betrifft aber jedes auftretende Problem in irgendeiner Form den Redner selbst, und so sollte auch er sich jedes Problems in irgendeiner Form (mit)annehmen, auch wenn die Verantwortung beim Veranstalter liegt. Es gibt Veranstalter, deren Organisation zu einem perfekten Ablauf führt, und andere, bei denen das Chaos vorprogrammiert ist.

Vorschläge zur Problemvorbeugung

Sind Sie selbst Veranstalter: Haben Sie Ihre „Hausaufgaben" vollständig erledigt? Dazu gehören:

- *Sichten Sie die Aufgabenliste des Veranstalters und fragen Sie (höflich und vorsichtig) nach, was bereits geschehen ist bzw. für wann die Durchführung geplant ist? Fragen Sie dabei nicht, ob der Veranstalter dies und jenes vorgesehen hat. Der Profi wird darauf übel reagieren, der Laie wird sich für unterschätzt halten. Ermöglichen Sie dem anderen daher immer, sein „Gesicht" zu wahren.*
- *Bitten Sie den Veranstalter um eine Zusendung einer Kopie aller Informationen, welche die Teilnehmer erhalten, und um eine vollständige Liste der angemeldeten Teilnehmer.*
- *Wenn Sie in der Nähe sind: Besuchen Sie den geplanten Veranstaltungsort und prüfen Sie räumliche und technische Voraussetzungen. Falls Sie das längerfristig planen können, sollten Sie das dem Veranstalter als Wunsch mitteilen.*
- *Rufen Sie in jenem Hotel an, in welchem der Veranstaltungsraum und Ihr Zimmer reserviert sind. Um den Veranstalter keinesfalls bloßzustellen, formulieren Sie die Fragen so, als sei alles in Ordnung.*
- *Wenn Ihnen ein Datenprojektor versprochen wurde: Fragen Sie einfach nach, ob das vorhandene Gerät mit Ihrem Notebook der Marke XY und Leistung XY kompatibel sei.*
- *Fragen Sie, wie groß die Leinwand ist.*
- *Fragen Sie, ob der Raum einen abgeschlossenen Eingang hat.*
- *Fragen Sie im Hotel, für wann die Teilnehmer ihre Anreise angekündigt haben.*

Keine Frage sollte so formuliert werden, als ob Sie nur irgendeinen Zweifel an der richtigen Organisation des Veranstalters hätten. Damit sichern Sie aber die Vorbereitung und verhindern dennoch eine Verstimmung des Veranstalters.

Problembereich Zuhörer/Teilnehmer

Ein guter Redner betrachtet seine Zuhörer als Kunden, die sie vielleicht auch tatsächlich sind, oder noch mehr als Menschen, denen er sehr zugetan ist. Von einem Professor für Werbepsychologie kenne ich einen Vergleich von Werbung für ein Produkt mit der Werbung um einen geliebten Menschen. Ähnlich könnte man die Grundhaltung eines Redners für den Zuhörer betrachten. Ob die Rede erfolgreich wird, hängt davon ab, inwieweit die Botschaft beim Teilnehmer richtig ankommt.

Umsorgen Sie Ihre Zuhörer

An wenigen dieser Punkte trägt der Redner persönliche Schuld, dennoch prägen sie das Klima in der Veranstaltung. Ob Sie mit Ihren Gesprächspartnern oder Zuhörern ein objektiv positives oder auch konfliktgeladenes Verhältnis zu Beginn haben, hängt manchmal von der Rollenverteilung ab.
Es gibt jedoch aus meiner Sicht nur selten und unter ganz bestimmten kommunikationsstrategischen Zielen Sinn, den Konflikt bewusst bis zum Ende der Gesprächssituation durchzuhalten. Gehen wir daher vom Normalfall aus und

Checkliste 2: Mögliche Empfangsstörungen zwischen Redner und Zuhörer

- *Charaktereigenschaften der Zuhörer (Zwischen manchen Menschen „funkt" es automatisch.)*
- *Soziale Wahrnehmung der Zuhörer (Erinnert der Redner an eine sympathische oder unsympathische Person? Wird der Redner als Autorität oder als nicht respektabel eingeordnet, möglicherweise aufgrund einer Ähnlichkeit oder aufgrund von Informationen, wahr oder unwahr, über die der Zuhörer verfügt?)*
- *Zusammensetzung des Auditoriums (Besteht, bezogen auf das Interesse am Thema, Homogenität, oder kämpft der Redner mit unterschiedlichsten Interessenlagen?)*
- *Pflichtveranstaltung für den Zuhörer*
- *Bestehende Erwartungshaltung des Zuhörers, aus welcher Vorinformation immer, welcher der Redner entspricht oder nicht entspricht*
- *Anzahl der Teilnehmer im Verhältnis zum Thema und zu den Gegebenheiten*
- *Persönliche Gebrechen, Sorgen oder Schmerzen, welche dem Zuhörer die Teilnahme erschweren und seine Laune verschlechtern*
- *Probleme des Zuhörers mit dem Veranstalter, der Unterkunft oder der Anreise*

nehmen wir an, Sie möchten sich anbahnende Probleme mit Ihren Zuhörern vermeiden oder lösen.

Problembereiche Raum und Technik

Viele Raumanbieter berücksichtigen nicht, dass der Raum ein psychologisch wichtiges Element für die Rede darstellt: hinsichtlich Größe, Form, Beschaffenheit (Wandfarbe, Bilder, Fußbodenbeläge und deren mögliche Gefährlichkeit für Stöckelschuhe), wie auch hinsichtlich Licht, Wärme, Raumklima und Akustik. Dazu kommt noch die Stellung der Tische und deren ergonomische Gestaltung sowie die Beschaffenheit der Stühle.
Wer hat die Verantwortung für einen ungeeigneten Vortragsraum? Erstens: Das interessiert keinen. Zweitens: Die Frage ist falsch gestellt. Die richtige Frage wäre: Wer leidet unter ungeeigneten Stühlen? Der Zuhörer. Und wir wirkt sich

VORSCHLÄGE FÜR DIE PROBLEMLÖSUNG

- *Achten Sie sorgfältig auf das Wohlgefühl Ihrer Zuhörer; Signale dazu bekommen Sie aus der Körpersprache: Werden Sie vorsichtig, wenn Ihre Zuhörer zu lässig werden (Füße unter der Bank ausgestreckt, Hände hinter dem Kopf verschränkt, skeptischer Blick, ironisches Grinsen) oder Aggressionssignale aussenden (Kopf nach vorne, Körper gespannt, Anstarren, Mundwinkel nach unten, Stirn in Zornesfalten gelegt, Abwehrgesten).*
- *Vermeiden Sie Reizwörter; ob Sie eines gebraucht haben, merken Sie aus der Beobachtung, wenn sich Ihre Zuhörer oder Einzelne plötzlich aufrichten und ihr Verhalten ändern.*
- *Wenn Sie körperliche Probleme erkennen können: Zeigen Sie sich fürsorglich.*
- *Je mehr Sie aktiv und freundlich auf Ihr Publikum zugehen, desto weniger werden feindliche Stimmungen ausbrechen können.*
- *Wenn Sie den Eindruck haben, die Zuhörer würden sich nicht interessieren: Fragen Sie zurück, legen Sie an geeigneter Stelle eine Pause ein und fragen Sie offen, ob die Teilnehmer mit der Geschwindigkeit der Themenbehandlung und der Themenauswahl zufrieden sind.*
- *Besprechen Sie mit den Teilnehmern die weiteren geplanten Themen und bieten Sie gegebenenfalls Schwerpunktverschiebungen an.*
- *Wenn Teilnehmer beginnen, aktiv gegen Sie und Ihren Vortrag zu sprechen: Hüten Sie sich davor, das zu übergehen. Bearbeiten Sie das Problem, ehe Sie weitersprechen.*

sein Leiden auf die Rede aus? Das ist nun beinahe eine rhetorische Frage. Wenn möglich, und möglich ist das immer, wenn Sie auf die Wahl des Vortragsraumes als Redner Einfluss haben, akzeptieren Sie keine ungeeigneten Vortragsräume.

Checkliste 3: Der richtige Vortragsraum

- *Größe: ausreichender Platz für die erwartete Teilnehmerzahl und ca. 20 Prozent Reserve, mit guter Zugänglichkeit für alle Teilnehmer*
- *Form: möglichst nahe einem Quadrat, keinesfalls zu schmal, keinesfalls eine wesentlich größere Länge als Breite (akzeptabel wäre eine Relation Länge/Breite bis ca. 60 zu 40)*
- *Fußboden: trittfest, auch bei Nässe nicht glatt, keine aufdringliche Farbe, warm (Vorsicht bei nicht unterkellerten Böden im Winter, wenn nicht eine Fußbodenheizung vorhanden ist.)*
- *Wände: helle, unaufdringliche Farbe*
- *Bilder: dezent oder zu entfernen*
- *Wärme: regelbar, mindestens 21 bis 22 Grad Celsius*
- *Belüftungsmöglichkeiten über Fenster (kompromisslos!)*
- *Akustik: ohne Hall, aber auch nicht schallschluckend*
- *Arbeitstische: ca. 70 bis max. 72 cm hoch, um auch für kleinere Teilnehmer als angenehme Schreibunterlage zu dienen, flexibel zu stellen (in U-Form, T-Form oder gegebenenfalls auch in Reihen)*
- *Stühle: im Idealfall einstellbar und auf Rollen; akzeptabel: bequeme Stühle mit Lehne, an die Tischhöhe angepasste Standardgröße. Die Stühle müssen auch das Gewicht größerer und schwererer Personen aushalten, und das selbst für den Fall, dass diese nicht ruhig sitzen oder sich kräftig zurücklehnen*
- *Beleuchtung: möglichst variabel einstellbar, bei der Leinwand oder einer als Leinwand verwendbaren Wand auszuschalten*
- *Vorhänge: blickdicht und erforderlichenfalls mit Sonnenschutz*
- *Leinwand: entweder als Leinwand geeignete, weißgetünchte Wand oder abrollende Leinwand, an der Decke angebracht*
- *Overheadprojektor: auf bzw. in einem Tisch mit Rollen*
- *Flip-Chart: auf stabilem Ständer mit Rollen*
- *Eingangstür: möglichst nur auf einer Seite, aber im besten Fall mit Gartentür; unakzeptabel ist ein Durchgangszimmer.*
- *Geruchsbelästigung: zu überprüfen hinsichtlich Autogestank (Parkplätze), Ölgeruch (Heizung) und Küchengeruch*
- *Pausenraum: separiert für Pausengetränke und Hauptmahlzeiten*
- *Lärmbelästigung: abschaltbare Lautsprecher für im Haus laufende Musikkulisse, Abschottung gegenüber Gesprächen außerhalb des Raumes, Kennzeichnung der Tür, um ungewollte Störungen zu verhindern*
- *Parkplätze: ausreichende Dauerparkplätze für die Teilnehmer*

Sollte Ihr Gastgeber aufstöhnen, wenn er die folgende Checkliste bekommt, sind Sie wahrscheinlich nicht ganz an der richtigen Adresse für Ihre Rede. Ich denke, für einen professionellen Vortragsraumvermieter wird die Liste Standard sein, überhaupt nichts Besonderes.

Die technische Ausstattung

Es mag vielleicht schon in kurzer Zeit anders sein, derzeit aber endet der in einem günstigen Raummietenpauschalpreis bereitgestellte Standard bei Overheadprojektor, Flipchart und Leinwand, im besten Fall sind noch Moderationstafeln vorhanden. Bei darauf spezialisierten Vermietern könnten Sie vielleicht auch noch Videoausrüstung finden.
Kaum ein Raumanbieter lässt sich aber darauf ein, auch noch kostenlos das Material bereitzustellen. Sollten die Datenprojektoren noch billiger werden, kann man vermutlich demnächst damit rechnen, dass auch diese angeboten werden. Jeder Vermieter bietet an, einen Projektor zu besorgen, die Tagesmietpreise sind aber durchwegs noch unwirtschaftlich hoch. Wenn Ihre Präsentation mit den genannten Standardtechniken auskommt, haben Sie bei keinem der erwähnenswerten Vortragsraumvermieter Probleme und können bei Ihrer Redevorbereitung von der Nutzungsmöglichkeit dieses Standards ausgehen. Denken Sie aber immer an Ihr Notfallpaket (siehe Seite 109) – kluge Frau und kluger Mann bauen vor.

Problembereich Redner

Sie haben sich natürlich schon in der Übersicht der Problembereiche (siehe Seite 112 f.) informiert und sind nicht ganz überrascht, dass nach einem eher kurzen, einfachen und klaren Abschnitt nun wieder ein großer Brocken kommt: die Probleme des Redners selbst.
Frage- und Problemstellung ist: Welche Störungen im Aufbau von Beziehungen zu den Zuhörern und im Aufrechterhalten der Beziehung werden bewusst oder unbewusst vom Redner selbst verursacht?

Wenn die Stimme versagt

Beginnen wir mit der Stimme. Ihre natürliche Stimme ist ganz in Ordnung, das wollen wir überhaupt nicht in Zweifel ziehen. Aber was machen Sie daraus? Zittern Sie womöglich vor Nervosität? Dann atmen Sie einmal ganz tief durch und sprechen Sie den nächsten Satz ganz ruhig und gelassen. Nervosität gibt sich, spöttisch könnte man sagen, man zittert sich in die Rede ein. Jedenfalls ist Nervosität, wenn sie nur beim Reden besteht, keine ernsthafte Krankheit. Was machen Sie aber dann, wenn Sie tatsächlich krank sind? Sie merken, Sie haben sich erkältet und kämpfen mit Fieber. Ungesund, wie unsere gesellschaftliche Situation nun einmal ist, bekämpfen Sie den Wunsch Ihres Körpers nach Schlaf und Ruhe mit allen möglichen Medikamenten, und das funktioniert auch einige Zeit. Aber Ihr Körper gibt nicht nach und rächt sich, indem er Ihnen die Stimme entzieht. Die vernünftigste Lösung wäre ganz sicher, die Zuhörer um Verständnis zu bitten und mit letzter Stimmkraft die Veranstaltung zu beenden.

Manchmal muss man durchhalten

Was aber, wenn Sie auf keinen Fall aufgeben wollen und glauben, keinesfalls aufgeben zu dürfen:

- weil die Teilnehmer einen sehr langen und teuren Anreiseweg hatten
- weil die Teilnehmer zu hochkarätig sind, um sie nach Hause zu schicken
- weil die Teilnehmer viel zu viel Geld bezahlt haben, der Veranstalter das Geld dann von Ihnen zurückfordern würde und Sie gegen solche Ereignisse nicht versichert sind

Tipps für ein Notprogramm

- *Grundsätzlich: Sie haben definitiv nur Chancen zum Weitermachen mit Hilfe von Präsentationsmedien.*
- *Sie haben Ihre Veranstaltung (Vortrag, Seminar, was immer) sehr gut vorbereitet und können mit Hilfe von Overheadfolien oder über Notebook und Datenprojektor präsentieren.*
- *Sie habe wesentliche Passagen Ihrer Veranstaltung auf Tonband oder sogar Videofilm gesprochen und setzen diese Medien ein.*
- *Haben Sie das unterlassen, müssten Sie zumindest ein Volltextmanuskript haben, für dessen Vortrag Sie jemanden engagieren (eventuell sogar eine/n freundlichen Teilnehmer/in).*
- *Sie lassen nach Möglichkeit die Teilnehmer Übungen bearbeiten.*
- *Sie traktieren konsequent Ihre Stimmbänder mit Heilmitteln (etwa Kamillentee mit Honig, Tabletten gegen Halsschmerzen und Medikamente, die vom Arzt verschrieben werden können).*
- *Sie schonen Ihre Stimme so lange wie nur irgendwie möglich und nutzen die Stimmreste lediglich zur Erläuterung kritischer Passagen.*

Jammern nützt nichts, es geht weiter. Die Hausärzte mögen mich nun verdammen, wie sie wollen, ich empfehle Ihnen diese Methoden (siehe Kasten Seite 120) auch nicht, aber im Notfall wirken sie zumindest über einige Tage. Es sei nochmals wiederholt: Derartige Veranstaltungen sind für alle Beteiligten eine Qual, aber unter den vielen schlechten Auswahlmöglichkeiten in bestimmten Situationen die am wenigsten schlechte Lösung.

Tipp Hatschi!

Weniger dramatisch, aber unangenehm ist es, wenn Sie niesen müssen und kein Taschentuch bereithalten bzw. nicht rechtzeitig dazu kommen. Da gibt es nur eines: den Zuhörern den Rücken zu drehen, sein Problem so dezent wie möglich lösen, den Raum verlassen, so schnell wie möglich zurückkehren und sich entschuldigen.

Übermüdung überspielen

Während Sie in den geschilderten Fällen meist auf Verständnis und Mitleid stoßen, werden Sie das nicht erwarten können, wenn Sie andere Rednersünden begehen. Niemand verzeiht Ihnen so leicht, wenn Sie aus Übermüdung oder Überlastung gereizt sind. Wohl zu recht verlangen Ihre Zuhörer, dass Sie selbst dafür zu sorgen haben, in geeigneter körperlicher Verfassung bei der Rede zu erscheinen. Übermüdung und Überlastung kann man wiederum nur dann kompensieren, wenn man sich gut vorbereitet hat.

Es bleiben aber Restprobleme: Stimme, Modulation und Körpersprache. Lernen Sie konsequent, sich selbst zuzuhören. Sie hören sich zwar selbst nie so ganz richtig, wie die anderen Sie hören, auch nicht auf Tonband, aber Sie können es dennoch merken, wann Sie aufhören, angenehm zu klingen. Bei Müdigkeit und Überlastung neigt man zu einem typischen Jammerton, d. h. zu einer Stimmlage, die niedergeschlagen, hoffnungslos und alles andere als motivierend klingt. Da gibt es nur eines: Aufrichten, Durchatmen, mit dem nächsten Satz eine völlig andere Tonlage anschlagen.

Eine schlechte Stimmführung ist viel schlimmer als eine vielleicht nicht ganz so angenehme Stimmtönung, für die man nichts kann. Die Stimmführung hingegen kann man ganz gezielt beeinflussen.

Die Sprache der Zuhörer sprechen

Ein weiterer Aspekt ist die Sprache. Als präsentierender Redner, d. h. nicht im einfachen Gespräch, sollten Sie auch im vertrauten Kreis auf Ihre Sprache achten: keinen zu breiten Dialekt, aber auch nicht zu hochgestochen.

Überlegen Sie auch, welche Sprachebene Sie gegenüber Ihren Hörern verwenden. Handelt es sich um einfache und eher ungebildete Menschen, verwenden Sie einfachere Sprachformen und einfachere Wörter, keinesfalls Fremdwörter, auch nicht im so genannten „Neudeutsch". Handelt es sich um gebildetere Menschen, können Sie komplexere Wörter und längere Sätze verwenden, vor Fachpublikum auch den jeweiligen Fachbegriff, je nach Fachsprache (bei Medizinern meist aus dem Griechischen stammende Fremdwörter, bei den Juristen meist aus dem Lateinischen, bei den Betriebswirten meist aus dem Englischen).
Bei allen Zuhörergruppen müssen Sie aber auf die richtige grammatikalische Form achten und auf den richtigen Gebrauch von Begriffen und, so Sie solche einsetzen, Fremdwörtern. Einem präsentierenden Redner verzeiht man sprachliche Fehler oder deftige Ausdrücke wesentlich weniger als jemandem, mit dem man sich in einem Dialog befindet. Merken Sie, dass Sie sich sprachlich vergriffen haben, korrigieren Sie sofort und entschuldigen Sie sich.

Keine faulen Witze ...
Unangenehm sind vor allem die Gewohnheiten, die man im Lauf der Zeit entwickelt. Wenn jemand gewöhnt ist, bei jeder Gelegenheit abfällige Witze über XY zu machen, wird er sich das auch nicht so leicht in einer Rede verkneifen können. Das kann sehr peinlich werden und ist manchmal auch nicht mit einer Entschuldigung abgetan. Dazu noch weitergehende Empfehlungen im „Fettnäpfchen-Rettungskasten" (siehe Seite 145).
Weil wir gerade beim Thema „Witz" sind. Verwenden Sie Humor nur dezent, vorsichtig und auf jeden Fall nur zum Inhalt passend. Außer in Stammtischrunden sollten Sie sich vor Obszönitäten und Witzen gegen Gruppen welcher Art auch immer (politische Gruppen, Sportlergruppen, Berufsgruppen, Rassen etc.) hüten. Witze, die sich gegen eine Gruppe richten, sind nur dann wirklich amüsant, wenn auch die Teilnehmer einer derartigen Gruppe sie gut finden und vielleicht selbst erzählen. Ansonsten können sie sich als perfektes Fettnäpfchen entpuppen.

... oder „ergreifende" Reime
Gesonderter Erwähnung bedarf die Neigung mancher Redner, speziell im privaten Kreis, die Zuhörer mit selbst verfassten Gedichten zu belasten. Diese Methode wurde durch den Humoristen Heinz Erhard besonders gepflegt, ist aber grundsätzlich in unserer Gesellschaft mit äußerster Vorsicht anzuwenden.

Wenn Sie nicht wirklich ein begabter Amateurdichter sind, sollten Sie es unterlassen, in Reimen zu präsentieren. Sind Sie der Ansicht, unbedingt etwas reimen zu müssen, dann machen Sie es nur kurz und in Form eines humorvollen Einschubs. Lobgedichte für Jubilare erfreuen im Normalfall nicht, sie berühren eher peinlich.
Wenn Sie bekannte Dichter zitieren, müssen Sie das erstens richtig tun und zweitens mit gekonnter Präsentation; keinesfalls sollten Sie die Verse einfach nur so dahinleiern.
Anders ist die Angelegenheit dann zu sehen, wenn Sie bewusst humoristische Gedichte vortragen, deren Absicht für alle erkennbar (und möglichst anerkannt) der Scherz ist und wo der Anlass auch dazu passt, beispielsweise bei Schulabschlussfeiern, als Ulk bei Faschingsfeiern im Betrieb etc.

Wie aus dem Ei gepellt auftreten

Mit Ihrer Kleidung sollten Sie Achtung vor dem Publikum ausdrücken und auch Achtung vor sich selbst präsentieren. Es ist ganz einfach Flegelei, sich selbst so gut vorzukommen, dass man nicht notwendig hat, in eine Veranstaltung gut gekleidet zu kommen.
Derartige Starallüren kann man sich möglicherweise leisten, kein Zuhörer aber hat sie von vornherein verdient. Dazu nochmals Nietzsche: „Ein Mensch mit Genie ist unausstehlich, wenn er nicht mindestens noch zweierlei dazu besitzt: Dankbarkeit und Reinlichkeit.“ Gewähren Sie daher Ihrem Zuhörer die Freude, einen gut gekleideten Redner zu sehen, auch wenn Sie gerne in abgerissenen Jeans gehen.

Die Körpersprache kontrollieren

Einen letzten Punkt wollen wir noch ansprechen: Ihre eigene Körpersprache. Eine gute Körpersprache sollte das Gesagte und Präsentierte eindrucksvoll unterstützen.
Nun stellen Sie sich vor, Ihr Chef erklärt Ihnen in der Weihnachtsfeier mit todernstem Gesicht, herabhängenden Mundwinkeln und hängenden Schultern mit krampfhaft optimistischer Stimmführung, dass die Firma ein wirtschaftlich gutes Jahr hinter sich hat und die gute Auftragslage auch sicherstellt, dass Ihr Arbeitsplatz auch im nächsten Jahr noch gesichert ist. Würden Sie das besonders glaubhaft finden oder sicherheitshalber beginnen, die Stellenanzeigen zu lesen? Ihre Körpersprache signalisiert unmittelbar, das gesprochene Wort mittelbar.

Problembereiche Manuskript, Schreibgerät und Inhalt

Ihr Manuskript wird zum Problem:

- wenn es bei der Rede fehlt (Sie haben es ganz einfach zu Hause oder im Auto vergessen.)
- wenn es für Sie in der Redesituation nicht verwendbar ist (beispielsweise wegen fehlender Ablagefläche oder weil die Schrift für Ihr Sehvermögen zu klein ist)
- wenn die Teilnehmer erwarten, Exemplare zu erhalten, aber keine verfügbar sind
- wenn es Ihnen zu Boden fällt und die Blätter/Kärtchen/Folien auseinanderfallen
- wenn Sie aufgrund fehlender Seitennummerierung den Zusammenhang verlieren
- wenn die Farbe der Overheadfolien auf Ihrem Sakko oder Ihrer Bluse ist, und nicht mehr auf der Folie

Zur Vermeidung dieser Probleme haben Sie bereits einige Empfehlungen beim Kapitel „Das perfekte Redemanuskript“ (siehe Seite 94 ff.) erhalten. Im Folgenden wird dargelegt, was Sie noch tun können.

Bei alten Gewohnheiten bleiben

Um dem Vergessen vorzubeugen, gibt es nur eines. Ändern Sie nie Ihre Gewohnheiten vor außergewöhnlichen Situationen, wenn Sie nervös und unter Zeitdruck sind oder sich überlastet fühlen.

Das bedeutet: Wählen Sie Ihre vertraute Kleidung (in welcher der Mann üblicherweise die erforderlichen Dokumente und sonstige alltägliche Dinge verstaut), Ihre vertraute Tasche, Ihren vertrauten Aktenkoffer und, wenn Sie auf mehreren Computern arbeiten, Ihr vertrautes Notebook.

Verwenden Sie jene Hilfsinstrumente, die Sie standardmäßig bei sich haben, nichts anderes.

Ansonsten müssten Sie das tun, was Sie ohnehin tun wollten: Einen genauen Check all derjenigen Dinge durchzuführen, die Sie in der Situation brauchen werden.

Ist die Situation für Sie so außergewöhnlich, dass Ihre „Standardausrüstung“ (Kleidung, Tasche, etc.) ungeeignet ist, dann können Sie nur durch rechtzeitige Ausarbeitung einer Kontrollliste vorbeugen.

Die Tücke des Objekts: Schreibgeräte

Schreibgeräte sind für jeden Redner wichtig, denn man kann damit nicht nur schreiben, sondern auch seine Hände beschäftigen. Ernsthaft gesprochen, brauchen Sie Schreibgeräte und Papier, um sich beispielsweise vor der Rede Beobachtungen beim Publikum zu notieren und diese dann in Ihre Rede einzubauen, oder um zusätzliche Ideen und Erläuterungen zum vorbereiteten Text noch aufzunehmen.

Bei Präsentationen mit Overheadprojektor brauchen Sie für Ergänzungen und Korrekturen vorbereiteter Blätter Folienschreiber, für Erläuterungen am Flipchart entsprechend „saftige“, d. h. ausreichend mit Farbe getränkte Flipchartschreiber. Verlassen Sie sich niemals darauf, dass Ihnen derartige Schreibgeräte zur Verfügung gestellt werden, und nehmen Sie diese immer mit sich.

Fehlende Schreibgeräte für Flipchart und Overheadfolien können dann zum Problem werden, wenn Sie bei einer Rede eine für die Zuhörer unverständliche Passage erläutern wollen und das verbal nur schwer möglich ist. Wollen Sie für jede denkbare Situation perfekt gerüstet sein, dann nehmen Sie in Ihren „Rede-Notfallkasten“ noch einige Blätter weißes Packpapier und ein Klebeband auf.

TIPPS FÜR DIE PROBLEMLÖSUNG

- *Was immer Ihnen passiert: Reden Sie (in Ihrem Inneren) auf sich ein, dass das nur menschlich ist und die Leute dafür schon Verständnis haben werden.*
- *Ihr Manuskript war eine Krücke, die Sie vergessen haben. Damit signalisiert Ihnen Ihr Unterbewusstsein, dass Sie diese Krücke nicht mehr brauchen.*
- *Sind die Folien am Boden verstreut, zeigen Sie Schlagfertigkeit und bringen Sie die Zuhörer zum Lachen, indem Sie beispielsweise sagen: „Der Text will gleich direkt zu Ihnen kommen“ oder was immer Ihnen dazu einfällt.*
- *Ist die Farbe verwischt, scherzen Sie über einen „geheimnisvollen Text“ oder „überraschende Zensur“, je nach Thema.*
- *Merken Sie, dass die Seiten des Manuskripts bzw. die Kärtchen nicht mehr in der richtigen Reihenfolge sind, dass Sie aber keine unauffällige Gelegenheit mehr haben, diese zu ordnen, breiten Sie die Seiten so weit wie möglich auf (sofern das nicht auf die Zuhörer unangenehm wirken kann) und nutzen Sie die noch verfügbaren Merkhilfen.*
- *Fehler zu machen wird dann nicht zum Problem, wenn Sie nicht krampfhaft versuchen, sie zu verbergen. Fehler machen Menschen menschlich und damit sympathisch.*

Der Inhalt kommt nicht an

Der Inhalt der Rede kann für sich allein gesehen zum Problem werden, oder in Verbindung mit der Präsentation, mit der Körpersprache oder unangebrachtem Humor. Für sich allein entsteht ein inhaltliches Problem dann, wenn, immer gemessen an den Erwartungen der Zuhörer, das Thema verfehlt wurde, wenn zu wenig oder zu viel geboten wird, wenn die Behandlung der Themen zu oberflächlich oder zu konzentriert erfolgt oder Detailinformationen so ausufern, dass sie nicht mehr interessieren), und nicht zuletzt, wenn die Zuhörer den Überblick verlieren, wenn für sie kein „roter Faden" mehr erkennbar ist.

Problembereich soziales und politisches Umfeld

Für jede menschliche Kommunikation und damit jede Redesituation spielt das soziale und politische Umfeld eine bedeutende Rolle. Das soziale Umfeld (auch in der Familie) bestimmt unsere Rolle (Wen stellen wir dar?) und unseren Status (Welcher Rang wird uns zuerkannt?), damit auch die „soziale Wahrnehmung" der Zuhörer.

Ist Ihnen ein Superstar als Redner angekündigt worden, präsentiert von Ihrer hochverehrten Hausbank, deren Einladungen Sie ohnehin als große Ehre auffassen, dann werden Sie instinktiv eine soziale Wahrnehmung entwickeln, die

Tipps zur Problemvermeidung

- *Erahnen Sie die Erwartungshaltung der Zuhörer: Wollen diese*
  – unterhalten werden (beispielsweise im privaten Kreis),
  – getröstet werden (beispielsweise bei Krankheit oder am Grab eines geliebten Menschen),
  – Informationen erhalten,
  – lernen, um etwas im Anschluss zu können?
- *Planen Sie Ihre verfügbare Zeit sorgfältig und ordnen Sie jedem Kapitel Ihrer Rede eine bestimmte Zeitdauer zu.*
- *Bereiten Sie „Notfallpakete" vor (Geschichten, Fallbeispiele, Übungen, Listen für weiterführende Literatur etc., je nach Thema).*
- *Achten Sie auf die Übereinstimmung von Körpersprache und gesprochenem Inhalt.*
- *Wenn die Präsentationsinstrumente zum Problem werden (beispielsweise: die Schrift auf Ihren Overheadfolien ist für die Zuhörer zum Lesen zu klein): Verzichten Sie auf das ungeeignete Hilfsmittel.*

Ihnen kaum erlaubt, die Aussagen des Stars als Unsinn oder Banalitäten zu erkennen. Wenn Sie andererseits von einem Redner keine hohe Meinung haben, wie etwa dann, wenn sich jemand erlaubt, im Familienkreis ans Glas zu klopfen, um eine Rede zu halten, dann wird der Redner viel Mühe haben, die Hürde Ihrer Vorurteile zu überwinden, um anerkannt zu werden.

Beim politischen Umfeld werden Sie speziell dann Probleme der „politischen Wahrnehmung" zu überwinden haben, wenn Sie nicht als neutral eingeschätzt werden. Ein Firmenboss, der vor Gewerkschaftern über soziale Rechte von Mitarbeitern spricht, wird kaum glaubhaft wirken, insbesondere dann nicht, wenn er als überzeugter Konservativer gilt.

Tipps zur Problemvermeidung

- *Betrachten Sie Ihre Rolle und Ihren Status aus Sicht der Teilnehmer möglichst realistisch. Nur dadurch können Sie beurteilen, von welcher Vorurteilsstruktur der Zuhörer Sie ausgehen müssen.*
- *Stellen Sie Ihnen notwendig erscheinende soziale und politische Positionierungen in Ihrer Eigenvorstellung dar bzw., falls Sie vorgestellt werden, ersuchen Sie den Vorstellenden, diese klarzulegen. Geschieht das nicht, ergänzen Sie die Vorstellung entsprechend vor Beginn Ihrer Rede.*
- *Hüten Sie sich vor Provokationen durch Reizwörter oder tendenziöse Witze, insbesondere bei Publikum, welches heterogen ist (sozial und/oder politisch).*
- *Vermeiden Sie negativ emotionalisierte Themen. Wenn Ihre Gastgeber gerade ein wichtiges Fußballspiel verloren haben, sollten Sie nicht Salz in die Wunde streuen. (Anmerkung zur Rhetorik-Schulung: Sie bemerken den bildlichen Ausdruck? Ich hätte auch sagen können: „sollten Sie nicht weiter verletzen", oder „sollten Sie das nicht erwähnen".)*
- *Wenn Sie aktuelle Bezüge in Ihrer Rede herstellen, was grundsätzlich dazu geeignet ist, das Interesse an der Rede zu fördern, formulieren Sie vor heterogenen Gruppen bewusst objektiv-neutral. Vor homogenen Gruppen „Ihrer" Seite können Sie eine parteiische Formulierung zum positiven Anheizen der Stimmung verwenden.*

Problembereich Störungen

Probleme durch Störungen sind Alltag des Redners.

Es können viele Dinge störend wirken, wie technische Geräte, Gerüche, Verhalten von Zuhörern, Kellner/innen oder Lärm von außerhalb. In jedem Fall ist Ihre Schlagfertigkeit gefragt. Die schlechteste Lösung ist es, sich über Störungen zu ärgern (wie immer Sie Ihren Ärger nennen: Aufregung, Unverschämtheit, Zumutung etc.) und dazu noch diesen Ärger zu verdrängen, hinunterzuschlucken. Ohne es zu wollen, regiert Ihr Unterbewusstsein und färbt Ihre Rede mit einem „Grauschleier": Sie wirken muffig, aggressiv oder resignierend, jedenfalls nicht mehr strahlend und motivierend. Daher: Ärgert die Ärgernden! Spielen Sie mit jenen Katz und Maus, als Katze selbstverständlich, die glauben, Sie angreifen zu können.

Bei unvermeidbaren Störungen (wie Geruchsbelästigungen, Unwohlsein von Teilnehmern etc.) ist es Ihre Aufgabe als präsentierender Redner, die Führung zu ergreifen. Merken Sie beispielsweise, dass einem Ihrer Zuhörer unwohl ist, kümmern Sie sich aktiv darum, nicht nur, weil Ihnen das Sympathien einbringt.

Moderne Pest – das Handy

Der am häufigsten zu erwähnende technische Störenfried ist das Handy. Wie haben wir das Leben nur ausgehalten, als wir noch zu einer Telefonzelle gehen mussten, um zu wissen, ob was auch immer geschehen, wie geschehen oder nicht geschehen ist? Wie viel mussten wir nur denken, um rechtzeitig Termine zu vereinbaren? Wie viele Leute mussten beschäftigt werden, damit wir auch immer und überall erreichbar waren? Wie lange mussten wir im Büro sitzen, um auf einen Anruf zu warten, während wir jetzt sogar am Golfplatz so tun können, als wären wir bei der Arbeit.

Für alle, die sich durch Handys gestört fühlen: Wer immer nicht bereit ist, bei einem Gespräch oder gar bei einer Präsentation sein Handy auszuschalten, nimmt Sie als Gesprächspartner nicht ganz wichtig. Das kann dem tatsäch-

Wie reagieren Sie?

Welche Störungen auch immer auftreten, Sie müssen entscheiden

- *ob Sie diese zur Kenntnis nehmen können und wollen,*
- *wenn ja: ob Sie diese sanktionieren wollen (d. h. mit negativen Folgen für den Störenden, wie etwa mehr oder minder höflicher Bitte, den Raum zu verlassen) oder*
- *ob Sie humorvoll darüber hinweggehen können und wollen.*

lichen gegenseitigen Status entsprechen oder auch nur Unerzogenheit sein. Unerzogenheit heißt nicht nur fehlende Erziehung, sondern Mangel in der Sozialisierunge, d. h. in der Art, wie Menschen in einem sozialen Gefüge geordnet und reibungslos miteinander leben können.

Der präsentierende Redner darf jedenfalls Störungen durch Handys aus mehreren Gründen nicht dulden:

- Nicht vor Beginn der Rede vereinbarte Nutzung von Handys ist eine eklatante Missachtung des Redners und der anderen Zuhörer.
- Es besteht die Gefahr der Nachahmung durch andere und in der Folge die Gefahr, dass Ihr gesamtes Konzept durcheinander gerät, wenn die durch Anrufe Gestörten den roten Faden verlieren.
- Die übrigen Zuhörer könnten missmutig werden, wodurch sich die allgemeine Stimmung wirkungsbedrohend verschlechtert.

Und überdies: Hemmungslose Telefonierbenutzer sind auch hemmungslose Egoisten. Es stört sie überhaupt nicht, wenn andere gestört werden, und sie finden vielfach auch nichts dabei, den versäumten Teil des Inhalts nachzufordern.

APPELL AN DIE HANDYBENUTZER

- *Nutzen Sie Ihr Handy nur dann, wenn das ohne Störung für andere möglich ist.*
- *Können Sie, aus welchen Gründen immer, auf die telefonische Erreichbarkeit nicht verzichten, entschuldigen Sie sich vorweg bei Ihrem Gesprächspartner bzw. beim Redner und ersuchen Sie um die Erlaubnis, Ihr Handy eingeschaltet zu lassen.*
- *Sollte ein erwarteter Anruf kommen, führen Sie das Gespräch außerhalb des Raumes, unerwartete Anrufe übernehmen Sie möglichst nicht.*
- *Überdies sollten Sie das Handysignal auf Vibration umschalten, sodass durch einen Anruf ein Außenstehender kaum gestört wird.*
- *Und außerdem: Denken Sie an die Zeit „ante Handy", also vor dem Handy. Cäsar war auch ohne Handy erfolgreich.*

Irgendwo müffelt es ...

Eine Störung durch Gerüche kann von außerhalb kommen (Küchengerüche etc.) oder vom Raum selbst. Handelt es sich nicht um sehr intensive, gefährliche oder Gefahren signalisierende Gerüche (Brandgeruch), sollten Sie diese als Redner ignorieren.

Angenehme, anregende Gerüche könnte man in einem scherzhaften Nebensatz ansprechen („unser Kaffee riecht schon bei der Tür herein"), um die Stimmung zu heben und anzudeuten, dass man das Signal zur nahenden Pause verstanden hat.

Problembereiche Zeitdauer und Anschlussdiskussion

Hinsichtlich der Zeitdauer hat jede Form der Rede mit drei Problembereichen umzugehen:

- Ist sie für die Teilnehmer zu lang?
- Ist sie für die Teilnehmer zu kurz?
- Wie bzw. an welchem Punkt der Rede sollen die Pausen angelegt werden, von der Atempause bis zur längeren Pause, während derer Kaffee getrunken oder gegessen wird?

Problematisch könnte werden, wenn Sie bei zeitlich nicht fixierten Reden zu lange reden, dagegen so gut wie nie, wenn Sie dabei zu kurz sprechen. Als Unart und Unhöflichkeit gilt, wenn Sie bei zeitlich limitierten Rede die Ihnen zustehende Redezeit deutlich überziehen (um mehr als etwa fünf Minuten).

Das belebt die Debatte

Zu mehr Aktivität und Diskussionsbereitschaft könnten nachstehende Maßnahmen führen:

- *Geben Sie Ihren Zuhörern Anregungen, zu welchen Themen Sie gerne mit Ihnen diskutieren wollen.*
- *Stellen Sie offene, unverfängliche Fragen an das Publikum.*
- *Sorgen Sie für einen „Agent provocateur“ im Publikum, d. h. für jemanden, mit dem abgesprochen wurde, welche Diskussionspunkte er bei ausbleibenden Anfragen einbringt.*

Im Zweifelsfall eher kurz fassen

Eigenartigerweise ist bei vielen länger andauernden Veranstaltungen zu beobachten, dass Zuhörer selbst dann, wenn Sie sich für das Thema interessieren und Ihnen die Rede gefällt, ein früheres Ende herbeiwünschen.

Aufgrund dieser Beobachtungen empfehle ich als erfolgreiche Methode, die Zuhörer bei längeren Vorträgen immer positiv zu enttäuschen, d. h. den angekündigten Zeitrahmen auf jeden Fall einzuhalten oder knapp zu unterschreiten. Größere Zeitunterschreitungen könnten die Zuhörer dahingehend in Verlegenheit bringen, dass sie länger auf eine vereinbarte Abholung warten müssen, größere Zeitüberschreitungen könnten dazu führen, dass sie öffentliche Verkehrsmittel versäumen oder der Abholer ungeduldig wird. Halten Sie sich daher an Ihre zeitlichen Vereinbarungen mit den Zuhörern.

Die Diskussion anregen

So gerne die meisten Menschen reden, nach einem Vortrag sind häufig alle sprachlos. Niemand will die Einladung zur Diskussion als erster annehmen, es sei denn, eine den Zuhörer bedrängende Frage wäre in einem Ausmaß offen geblieben, dass sie sich bei erster Gelegenheit Luft machen muss, aber das ist die Ausnahme.

Für Redner wie Veranstalter ist es peinlich, wenn eine angebotene Diskussion überhaupt nicht angenommen wird, wobei allerdings die Peinlichkeit nicht so groß ist, wenn der Vortrag selbst mit mehr als höflichem Beifall bedacht wurde. Die Segel zu streichen und die Zuschauer (eventuell zum Buffet) zu verabschieden sollte allerdings nur als letzter Ausweg gesehen werden, d. h. wenn die Zuschauer bei einer ernst gemeinten und für die Ziele der Veranstaltung wichtigen Diskussion selbst nach Einsatz aller Tricks nicht bereit sind, zu diskutieren.

Nicht zu sehr insistieren

Bleibt eine Belebung der Diskussion aus, ziehen Sie sich dadurch aus der Affäre, dass Sie die diskussionswürdigen Punkte Ihrer Rede nochmals kurz darstellen, einschließlich jener Bereiche, zu denen andere, möglicherweise widersprüchliche, jedenfalls diskussionswürdige Ansichten bestehen könnten.

Unterbleibt dann eine spontane Reaktion, danken Sie den Zuhörern höflich für die Teilnahme und schließen Sie die Veranstaltung. Bieten Sie sich nicht noch ein zweites Mal an, indem Sie vorschlagen, Sie wären für weitere Gespräche auch beim Buffet gerne bereit. Will jemand Sie dort ansprechen, können (und müssen) Sie das ohnehin annehmen.

Die Diskussion bleibt aus: Ursachenkontrolle

- *War die Diskussionsmöglichkeit angekündigt?*
- *Liegt sie im angekündigten zeitlichen Rahmen?*
- *Sind die Zuhörer erkennbar und glaubhaft müde (etwa weil eine Veranstaltung am Abend stattfindet)?*
- *Hat sie das Thema nicht angesprochen?*
- *Wurden ihre eigenen Probleme nicht angesprochen? Sind sie in der für sie falschen Veranstaltung?*
- *Haben sie möglicherweise zu wenig von der Problematik verstanden?*
- *Wie haben sie während der Rede reagiert?*
- *Scheuen die potenziellen Diskutanten möglicherweise die Öffentlichkeit und suchen eher Zweiergespräche?*
- *Hat die Körpersprache des Redners möglicherweise signalisiert, dass er eigentlich nicht diskutieren möchte?*
- *Ist die Aufforderung zur Diskussion verbal schlecht formuliert worden?*

Die Rede läuft nicht nach Plan

Wann immer wir mit anderen Menschen in Kontakt treten, die ganz andere Wünsche, Ziele, Lebensvorstellungen und Ansichten haben als wir, deren Lebensgeschichte völlig von unserem Erleben verschieden ist, nie können Konflikte ganz ausgeschlossen werden.
Die unangenehmste Form eines Konfliktes während einer Rede ist sicherlich jene eines persönlichen verbalen Angriffs. Aber nicht nur Angriffe verursachen nicht nach Plan verlaufende Reden. Ging es im vorigen Kapitel um Schwierigkeiten aus den verschiedensten Ursachen und Problembereichen, wollen wir uns in diesem Kapitel mit Fehlern und Fehlverhalten des Redners selbst und Konflikten zwischen Redner und Zuhörern beschäftigen, mit dem Schwerpunkt „Fehlverhalten und Ungeschicklichkeiten des Redners" sowie Ansätzen, mit „heiler Haut" aus diesen Schwierigkeiten herauszukommen.

Was will der Angreifer eigentlich?

Rupert Lay (in: Krisen und Konflikte) sieht bei einem verbalen Angriff folgenden Entscheidungsbedarf des Angegriffenen hinsichtlich der Ursachen:

- Der Angreifer will helfen und greift Sie an, weil er keine ausreichenden Strategien beherrscht, Ihnen zu sagen, wie Sie etwas anders machen könnten.
- Der Angreifer will Ihnen nicht helfen, will mit Ihnen spielen oder meint es ernst.
- Will er spielen, so spielt er entweder ein Scherzspiel oder ein Siegspiel, bei dem er vernichten oder besiegen will.
- Meint er es ernst, stellt er einen destruktiven Konflikt dar, der entweder individuell sein kann (zwischen Ihnen und ihm) oder ein sozialer Konflikt.
- Im Fall eines ernsten Angriffs können Sie direkt gemeint sein oder Sie werden stellvertretend für einen anderen angegriffen.

Mit Konflikten souverän umgehen

Eine falsche Entscheidung löst dann nicht den Konflikt, sondern aktiviert ihn vermutlich noch. Will Ihnen jemand helfen und Sie betrachten ihn als destruktiven Angreifer, werden Sie kaum zu seiner helfenden Hand finden. Will Ihnen jemand ernsthaft schaden, müssen Sie rasch eine wirkungsvolle Abwehrstrategie entwickeln. Die Möglichkeiten für die Lösung derartiger Konflikte werden wir im Abschnitt „Aktive und destruktive Zuhörer/Gesprächspartner" besprechen (siehe Seite 147 ff.).

Auch Konfliktsituationen zwischen Redner und Zuhörer bzw. Gesprächspartner sollen an dieser Stelle aus der Sicht des Redners beleuchtet werden, unter dem Aspekt, der Redner hat den Konflikt verursacht oder fühlt sich dafür verantwortlich, berechtigt oder unberechtigt, und möchte den Konflikt bereinigen.

Sie bleiben hängen

Bei gut vorbereiteten Reden ist die Gefahr des „Hängenbleibens", des nicht mehr weiter Wissens ohne greifbare Hilfe (Manuskript) auszuschließen, wenn nicht eines der bereits genannten Probleme zum Manuskript (siehe Seite 124) aufgetreten ist. Bei Stegreifreden kann Ihnen das aber jederzeit passieren, insbesondere in Stresssituationen oder dann, wenn Sie unterbrochen werden. Aber auch aus eigener Schuld: dann, wenn Sie versuchen, einen zu langen Satz zu formulieren – und plötzlich wissen Sie nicht mehr, wie Sie begonnen haben.

Bekennen Sie Farbe
Helfen alle im Kasten unten genannten Vorsichtsmaßnahmen nicht und Sie hängen dennoch, bleibt Ihnen zur Vermeidung einer Bloßstellung nur noch, um die Hilfe des Publikums zu bitten. Das könnten Sie mit folgenden Formulierungen tun:

➤ „Es tut mir leid, ich habe jetzt den Faden verloren. Meine Gedanken sind kurz zu meinen Sorgen gewandert, jetzt brauche ich Ihre Hilfe. Sagen Sie mir bitte, wo ich war."

So beugen Sie dem „Black-out" vor

➤ *Um das Hängenbleiben zu verhindern, sollten Sie grundsätzlich auch jede Stegreifrede vorstrukturieren, d. h. die wesentlichen „Überschriften" der Rede notieren.*

➤ *Hatten Sie dazu keine Gelegenheit, haben Sie noch die Möglichkeit, sich die von Ihnen angesprochenen Themen aufzuschreiben, um auf die letztbearbeiteten Punkte zurückzukommen.*

➤ *Verheddern Sie sich nicht in zu lange Sätze. Was Sie während der Rede vergessen können, kann auch die Zuhörerschaft nicht aufnehmen.*

➤ *Sie könnten sich für diesen Fall vor Beginn der Rede einen „Souffleur" erbitten, wenn Sie einen Freund im Publikum haben. Der Souffleur könnte Ihnen den Ansatz zur Fortführung der Rede zuflüstern oder einfach sagen.*

➤ „Es ist mir peinlich, aber ich habe einen Aussetzer. Worüber habe ich soeben gesprochen?“
Oder Sie versuchen, die Flucht zu ergreifen, indem Sie sagen:
➤ „Entschuldigen Sie mich bitte kurz. Mir ist plötzlich übel geworden. Ich komme sofort zurück.“

Wenn Sie dabei blendend lächeln und keinerlei körperliche Symptome von Unwohlsein zeigen, wird das nicht sehr glaubwürdig wirken und hilft Ihnen bei Ihren Zuhörern dann auch nicht wirklich. Lügen Sie Ihr Publikum nicht an, und wenn doch, lassen Sie sich dabei zumindest nicht ertappen.

Die Verlegenheitsfalle

Die Verlegenheitsfalle hemmt Sie durch eigene Blockaden, welche durch überraschende oder als unangenehm empfundene Ereignisse verursacht werden, die durch einen Fragenden oder eine äußere Situation herbeigeführt wurden. Was immer Sie überrascht, Ihnen unangenehm ist oder Sie so herausfordert, dass Sie nicht wissen, was Sie sagen sollen, vor allem dann, wenn es spontan sein soll, lässt Sie prompt in die Verlegenheitsfalle tappen.

Bloß nicht den Kopf verlieren!
Wenn Ihnen Ihr Unterbewusstsein signalisiert, dass Sie jetzt zu einer Passage Ihrer Rede kommen, die ziemlich seicht ist, oder wo Sie die Ihnen bekannte Wahrheit verlassen, oder wo Sie schlecht vorbereitet sind, oder zu einer Stelle, wo hoffentlich niemand nachfragt, weil Sie nicht wüssten, was Sie dann sagen sollten, lauert die Verlegenheitsfalle.
Jetzt beginnen Sie mit Verlegenheitsgesten und Worten „Äh, hm, ...“, räuspern sich, stottern und bringen erst recht nichts Richtiges heraus. Es ist zwar sehr vergnüglich zu erleben, wenn Journalisten bei Prominenten einen gekonnten „Untergriff“ anbringen, für den Betroffenen ist das allerdings weniger amüsant. Was ist geschehen? Sie wurden herausgefordert oder überrumpelt und reagieren kopflos.
Ähnliches geschieht auch in wesentlich einfacheren Situationen. Sie rufen einen Bekannten an, erwarten, ihn anzutreffen, und der Kerl hat seine Mailbox so raffiniert besprochen, dass Sie ihn am Telefon glauben. Ehe Sie das merken und bereits begonnen haben, ihn anzusprechen, ertönt das Sprechsignal. Jetzt sollten Sie sprechen, aber jetzt sind Sie schon in die Falle gelaufen. Erlau-

ben Sie mir, Ihnen einige Strategien anzubieten, wie Sie aus der Verlegenheitsfalle als Sieger herausgehen (siehe Kasten).

Peinlich: schwitzen, stottern, erröten

Neigen Sie zu starken körpersprachlichen Verlegenheitsreaktionen, wie Erröten oder Schweißausbruch, können Sie diese Reaktionen nur durch langzeitige Verhaltensänderungen mindern oder abbauen, nachdem sich hier Ihr Unterbewusstsein zu Wort meldet. Auch das verlegenheitsverursachte Stottern können Sie nicht einfach ablegen. Dazu müssen Sie „abgebrüht" werden, auch wenn Verlegenheitsreaktionen manchmal sehr sympathisch wirken können und keinesfalls als Fallen empfunden werden müssen.

Verlegenheitsreaktionen kommen immer aufgrund unerwarteter Situationen. Sie werden kaum erröten (auch dann nicht, wenn Sie ein gefühlvoller, nicht abgebrühter junger Mensch sind), wenn Ihr Gegenüber etwas sagt, was Sie

Das hilft aus der Verlegenheit

➤ *Bei gefährlichen Klippen Ihrer Rede: sicher klingen. Wie können Sie das? Konfuzius sagt dazu: „Glatte Worte und einschmeichelnde Mienen sind selten vereint mit Sittlichkeit." Das soll zwar keine Anleitung für professionelle Lügner, Bluffer oder schlecht vorbereitete Redner werden, aber Reden ist nun einmal nicht nur das Instrument für die Übermittlung ehrlicher Botschaften. Ich hoffe, Sie verwenden diesen Tipp nur als „Notfallmedizin".*

➤ *Bei unerwarteten Fragen: Umdenken. Das ist ein Trainingsprogramm. Ihr erster Impuls muss werden: Hat der Frager ein Recht auf Antwort? Die Folge in Ihrer typischen Reaktion wird sein, dass Sie gar nicht in Versuchung kommen, sofort zu antworten. Die rasche Antwort ist dann die Gegenfrage: „Wie kommen Sie zu dieser Frage?" oder „Warum fragen Sie mich das?" (mit unterschiedlichen Bedeutungen, je nachdem, welches der Worte Sie betonen), oder „Haben Sie mich gefragt?" wenn Zweifel daran bestehen könnten.*

➤ *Lautlos atmen, statt Laute von sich geben. Kein „äh" oder „hm", soll doch der Zuhörer oder Frager warten, wenn er etwas wissen will. Und „äh" und „hm" sind ohnehin keine Aussagen.*

➤ *Wenn Sie merken, dass Sie zu stottern anfangen, beginnen Sie den Satz von vorn und mit fester Stimme.*

➤ *Bei Konfrontation mit dem Anrufbeantworter, wenn Sie nicht rasch genug reagieren können: Unterbrechen Sie die Verbindung und rufen Sie noch einmal an.*

erwarten. Daher kann die Reaktion nur so trainiert werden, dass Sie lernen, rasch auf Unerwartetes zu reagieren. Dazu gibt es zwei Zielrichtungen:

- Sie lernen, rasch zu reagieren. Derartige Trainingsprogramme gibt es beispielsweise beim Erlernen bestimmter Sportarten, wo rasche Entscheidungen erforderlich sind (Tennis, Kampfsportarten etc.).
- Sie lernen, einen „Puffer" zwischen Reiz und Reaktion zu setzen, d. h. Impulse nicht sofort zu verinnerlichen, nicht sofort „zuzulassen". Dazu können Sie sich über Meditation, Yoga oder ähnliches ausbilden.

Verlegenheits- und Lieblingswörter

Verlegenheitswörter sind auch jene während einer Rede immer wieder gebrauchten Wörter, welche sich regelmäßig an unpassender Stelle wiederholen. Nicht zu verwechseln sind sie allerdings mit Satzabschlüssen, die in manchen Gegenden umgangssprachlich üblich sind, etwa „nicht wahr" (eine Form des Englischen „isn't it"), oder in Bayern „hoast mi?" (verstehst du mich) oder ein einfaches „nicht?" Nicht ist nicht als nicht gemeint, Sie brauchen darauf nicht zu reagieren, denn das ist dann nicht Verlegenheit, sondern Sprechstil.
An dieser Stelle ein Wort zum Sprechstil selbst, diesmal zum eigenen des Redners. Wir neigen alle dazu, bestimmte Lieblingswörter an geeigneter und zumeist ungeeigneter Stelle zu verwenden, besonders bei Verlegenheit. Sie kennen alle aus Ihrer Umgebung derartige störende Sprechgewohnheiten – aber kennen Sie auch Ihre eigenen? Es ist schwierig, sich solche sprachlichen Auswüchse abzugewöhnen, welche die Wirkung der guten Rede beeinträchtigen, wie Hautunreinheiten die Schönheit eines Gesichts. Wenn Sie aber nicht in Gefahr laufen wollen, gerade durch solche lästige Angewohnheiten angreifbar zu werden, müssen Sie an deren Auslöschung gezielt arbeiten.
Zumeist sind es nicht die großen Fehler, die unseren Gegnern Chancen lassen, sondern die kleinen Dinge, die jeder versteht und die uns lächerlich erscheinen lassen.

Fettnäpfchen und andere Peinlichkeiten

Fettnäpfchen lauern in jeder Redesituation. Die nachfolgenden Fettnäpfchen-Rettungskästen (kenntlich am Rot-Kreuz-Zeichen) sollen Ihnen helfen, derartige Situationen zu vermeiden (es sei denn, Sie wünschen aus nicht leicht nachvollziehbaren Gründen Peinlichkeiten) und, wenn sie schon geschehen sind, sich möglichst gut wiederum aus der Affäre zu ziehen.

So funktioniert's

Sie finden sich in den Fettnäpfchen-Rettungskästen folgendermaßen zurecht: Diese sind aufgeteilt in vier Bereiche, in welchen Sie in ein Fettnäpfchen treten. Dabei unterscheiden wir zwischen:

- Öffentlichkeit (Fernsehen, Rundfunk, Presse)
- Berufliche Umgebung (bei Vorgesetzten, Gleichrangigen und Mitarbeitern)
- Gesellschaftliche Veranstaltungen
- Privatbereich

Der jeweilige Fauxpas ist in der linken Spalte genannt. Analysiseren Sie selbst, bei welcher Art von Fettnäpfchen Sie besonders gefährdet sind. Damit können Sie eher vorbeugen, indem Sie so weit wie möglich die Anlässe vermeiden, wo Sie mit hoher Wahrscheinlichkeit in ein Fettnäpfchen treten werden. Sich in unterschiedlichen Bereichen ähnlich ereignende Abläufe wurden nur einmal besprochen.

Die mittlere und rechte Spalte dürfen Sie keinesfalls verwechseln:

- In der Mitte: der Giftschrank (d. h. So nicht!)
- Rechts: Der Medikamentenkasten (d. h. Das könnte helfen!)

Ich bin sicher, Sie werden in Ihrem Leben noch viele andere Fettnäpfchen kennen gelernt haben, und bin mir bewusst, hier nur eine kleine Auswahl darstellen zu können. Wenn Sie dem Autor über den Verlag Ihre eigenen Erfahrungen mitteilen, vielleicht über Fettnäpfchen, die unbedingt in die Liste aufgenommen werden sollten, könnten die Leser der nächsten Auflagen davon profitieren.

In der Öffentlichkeit

Wenn Sie dabei ein wenig an unsere Politiker denken, ist das ein demokratisch durchaus akzeptabler Weg. Einige der Aspekte können Sie aber auch selbst betreffen, beispielsweise wenn Sie zu einem aktuellen Problem interviewt werden oder in einer Talk-Show auftreten.

Fettnäpfchen	Giftschrank so nicht!	Medikamentenkasten Das könnte helfen!
Ungewolltes Verraten von Geheimnissen	• *Das dürfen Sie jetzt aber nicht bringen.* • *Jetzt ist mir etwas herausgerutscht, das ich nicht sagen sollte.*	• *Darüber hinweggehen und hoffen, das es unbemerkt bleibt.* • *Den Betroffenen sofort kontaktieren und Gegenmaßnahmen einleiten.*
Unbewiesene Beschuldigungen, die ungewollt deutlich gebracht werden	• *Ich sage das frei heraus, auch wenn es nicht passt.*	• *Ich muss darauf hinweisen, dass das nur meine höchst persönliche Meinung war, zu der ich mich aufgrund meiner Empörung berechtigt fühle. Selbstverständlich gilt grundsätzlich zunächst die Unschuldsvermutung, und dahingehend möchte ich meine Aussage korrigieren.*
Nicht durchdachter, direkter verbaler Angriff auf Medienvertreter	• *Zeitungen/Zeitschriften: Sie schreiben ohnehin, was Sie wollen.* • *TV/Rundfunk: Was Ihnen nicht passt, schneiden Sie ohnehin heraus.*	• *Ich habe mich im Ton vergriffen und entschuldige mich in aller Form dafür. Woran mir aber doch sehr liegt, ist die unverfälschte und ungekürzte Darstellung dieser Aussage …*
Nachbemerkungen „außer Protokoll“	• *Das ist für Sie privat (kein guter Journalist wird das akzeptieren)*	• *Den Betroffenen kontaktieren, ehe er den Fauxpas aus den Medien erfährt, und retten, was zu retten ist.*
Nicht wirklich ernst gemeinte abwertende Äußerung zum jeweiligen Medium	• *Was Sie bringen, liest ohnehin kein Mensch/lesen ohnehin nur …, das müssen Sie doch einsehen.*	• *Ich habe das nicht so gemeint, wie es hinübergekommen ist. Wie kann ich das wieder gut machen?*
Falsche Körpersprache	• *Ich habe mich nur dem Anlass entsprechend verhalten.*	• *Haben Sie das so interpretiert? Dann war das eine schlimme Reaktion meines Körpers. Vielleicht hätte ich den falschen Eindruck früher korrigieren müssen. Es tut mir leid, dass das so falsch hinübergekommen ist.*

Im beruflichen Umfeld

Hier sollten Sie bei selbstbewusster Lebenseinstellung nicht nur an Höherrangige denken, bei denen man sich ohnehin vorsichtiger verhält, sondern auch an Gleichrangige oder unterstellte Mitarbeiter. Gerade der oft leichte und locker wirkende Ton ist ein Brutkasten für Fettnäpfchen.

Fettnäpfchen	Giftschrank so nicht!	Medikamentenkasten Das könnte helfen!
Sie haben wichtige Unterlagen zu einer Besprechung vergessen/falsche Dateien am Notebook.	*• Das kann doch jedem passieren.* *• Da war meine Sekretärin wieder einmal schlampig.*	*• Es tut mir leid. Darf ich mich kurz entfernen, um die Unterlagen zu holen?* *Ist das nicht möglich:* *• Darf ich die wesentlichen Aspekte aus dem Gedächtnis vortragen?* *Oder, wenn möglich:* *• Darf ich mir die Unterlagen faxen/mailen lassen?*
Sie tratschen mit Kollegen und erzählen zu viel.	*• Aber dass ihr mir das ja nicht weitererzählt!*	*• Ich habe mich jetzt verplappert. Bitte verwendet das nicht weiter, ich hätte sonst Schwierigkeiten.* *• Oder, wenn Sie praktische Folgen erwarten müssen: Gestehen Sie frühzeitig beim Partner oder Chef, um mögliche Schäden abzuwenden. Damit kann man noch rechtzeitig einen Ausweg zur Schadensvermeidung vorbereiten.*
Sie gebrauchen unbewusst Kraftausdrücke an unpassendem Ort.	*• Ist doch wahr! Das ist doch … (Wiederholung des Kraftausdrucks)*	*• Jetzt habe ich mich zu sehr hinreißen lassen. Bitte entschuldigen Sie meine Entgleisung, es wird nicht mehr vorkommen.*
Sie machen unpassende Witze.	*• Seid doch nicht so zickig.* *• Versteht ihr keinen Spaß?*	*• Ich war mir dessen nicht bewusst, dass der Witz beleidigen könnte. Das war nicht meine Absicht.*
Sie langweilen durch falsche Thematik für die Zielgruppe.	*• Das müsste auch für Sie interessant sein, wenn Sie über den eigenen Gartenzaun sehen wollten.*	*• Leider kann ich Ihnen dieses Thema nicht ersparen, obwohl es für Sie zum aktuellen Zeitpunkt nicht wichtig ist. Ich will Ihnen aber zeigen, wie Sie damit doch noch etwas anfangen können.*

Fettnäpfchen	Giftschrank so nicht!	Medikamentenkasten Das könnte helfen!
Sie bringen Vergleiche, von denen sich Zuhörer beleidigt fühlen.	• *Verstehen Sie keinen Spaß?* • *Sie hören aber auch die Flöhe husten.* • *Sie sind der lebende Beweis für die Richtigkeit des Vergleichs.*	• *Es war meine Absicht, das Thema lebendig zu erläutern, und leider ist mir kein besserer Vergleich eingefallen. Ich kann nur bedauernd zurückziehen und den Sachinhalt kurz darlegen.* *oder:* • *Habe ich Sie wirklich persönlich verletzt? Das war sicher nicht meine Absicht. Ich wollte nur den Sachverhalt drastisch darstellen.*
Sie telefonieren während der Arbeitszeit im Büro privat und andere hören erkennbar mit.	• *Was glotzt ihr so? Macht eure Arbeit.* • *Habt ihr nichts zu tun?* • *Ist euer Privatleben so mies, dass ihr euch um meines kümmern müsst? Ich muss gerade jetzt ein wichtiges Gespräch führen.*	• *Leider habe ich kein Handy mit. Bitte lasst mich ungestört sprechen.* • *Mein Kind ist krank, ich muss heute leider häufiger telefonieren.* • *Bitte versteht, wir hatten ernsten Streit, und meine Beziehung ist mir sehr wichtig. Lasst mich bitte ungestört telefonieren.*
Sie sind mit der Vorstellung von Geschäftspartnern beauftragt und verwechseln Rang, Namen und Titel	• *Hahaha! Jetzt habe ich aber was verwechselt – wie?*	• *Verzeihen Sie bitte meine Ungeschicklichkeit. Ich habe in der Schnelligkeit Ihre Geschäftskarten vertauscht.*
Sie beleidigen den Chef, ohne es zu wollen.	• *Wie können Sie über so etwas beleidigt sein? Ich habe doch gar nichts gesagt.*	• *Ich kann mich nur in aller Form entschuldigen. Es war nicht meine Absicht, Sie in irgendeiner Form zu beleidigen.*
Sie beleidigen ohne böse Absicht Kollegen.	• *Hab dich doch nicht so. Du bist eine richtige Mimose. Das musst du schon aushalten. Du bist wehleidig wie …*	• *Ich verstehe zwar nicht, warum du jetzt beleidigt bist, aber da ist irgend etwas falsch hinübergekommen. Bitte sag mir, was dich beleidigt hat.* *oder, wenn Sie es nach dem Aussprechen selbst erkannt haben:* • *Entschuldige, das kam jetzt böse heraus. Ich habe das nicht so gemeint.*
Sie beleidigen unabsichtlich Mitarbeiter.	• *Ich bin nun einmal so, das wissen Sie doch. Wenn Sie eingeschnappt sind, ist das Ihr Problem.*	• *Es war nicht persönlich gemeint, aber Sie haben recht, auch beim Chef sollte das Temperament nicht durchgehen. Entschuldigen Sie, bitte.*

Fettnäpfchen	Giftschrank so nicht!	Medikamentenkasten Das könnte helfen!
Sie vergessen bei einer Rede einen wichtigen beteiligten Mitarbeiter.	• *Bist du so wild auf Lob?* • *Hast du nicht genug Selbstbewusstsein, das wegzustecken? Außerdem weiß ohnehin jeder, dass du dabei warst.*	• *Der Stress war zu groß und das Gedächtnis nicht stark genug. Leider kann ich das jetzt nicht mehr ändern. Ich werde bei nächster Gelegenheit auf deine Leistungen hinweisen.*
Sie sind falsch informiert und greifen auf dieser Basis einen Geschäftspartner am Telefon aggressiv an; dann erfahren Sie von Ihrem Irrtum.	• *Sie gehen einfach darüber hinweg.*	• *Sie rufen Ihren Geschäftspartner an, erläutern ihm den Irrtum und suchen eine neue Gesprächsbasis.*
Sie provozieren unabsichtlich Gleichrangige, indem Sie sich bei Meinungsäußerungen vordrängen.	• *Ihr habt doch ohnehin nichts zu sagen.* • *Einer muss doch sagen, wo es langgeht.*	• *Ich wollte eigentlich nur das Gespräch weiterbringen. Entschuldigt, wenn ich zu voreilig war.*
Sie finden eine Kollegin/einen Kollegen sehr attraktiv und nähern sich ungeeignet an.	• *Ziehen Sie sich nicht so aufreizend an, dann kommt man nicht auf Ideen.* • *Eigentlich müssten Sie es in Ihrem Alter (Ihrem Aussehen, bei Ihrem Bauch) als Kompliment ansehen, wenn ich mich für Sie interessiere.*	• *Ich habe Ihre Freundlichkeit falsch verstanden, aber ich hoffe, das ändert nichts an unserem guten kollegialen Verhältnis. Von meiner Seite aus werde ich mich jedenfalls sehr bemühen.*

Konflikte nicht noch anheizen

Die Empfehlungen gehen grundsätzlich in die Richtung, die Störung des anderen zur Kenntnis zu nehmen, sich dafür zu entschuldigen und positives Verhalten nachfolgen zu lassen. Der Giftschrank hingegen zeigt Reaktionen, wie sie nur allzu häufig zu erleben sind, Reaktionen, die das eigene Fehlverhalten verteidigen und verstärken und damit zu nachhaltigen Beziehungsstörungen führen können und vermutlich werden. Die Giftschrankrezepte heizen Konflikte an; die Empfehlungen versuchen, den Konflikt von Grund auf zu lösen. Demgegenüber wird ein Verhalten, das zumindest die Richtung der Empfehlungen einschlägt, nur bei nachhaltiger Wiederholung der Fettnäpfchen und damit keiner erkennbaren echten Reue bzw. bei sehr tiefgehenden Beleidigungen nicht dazu führen, die Scharte wieder auszuwetzen. Dass Sie nach einem Fauxpas einige Zeit etwas scheel angesehen werden, ist ganz normal – und wir alle, die wir uns falsch verhalten haben, verdienen das auch. Wir verdienen aber auch, dass der andere nicht auf Dauer im Schmollwinkel bleibt, wenn wir ehrlich bemüht sind, den Fehler auszubessern.

Gesellschaftliche Veranstaltungen

Gesellschaftliche Veranstaltungen aller Art sind geradezu ideal für die Entwicklung von Fettnäpfchen, in die man treten kann. Alles, was passieren kann, passiert vor Publikum, eine Art von faktischer Bestätigung für Pessimisten. Aber keine Angst: das passiert nicht nur Ihnen, das „Minenfeld" betrifft alle. Daher mischt sich in die Abscheu oder das Gelächter über Ihren Fettnäpfchentritt auch immer die Erleichterung, dass es einem selbst nicht passiert ist.

Fettnäpfchen	Giftschrank so nicht!	Medikamentenkasten Das könnte helfen!
Sie stolpern über die Schwelle.	• *Das ist ja eine richtige Falle für alle, die hereinwollen (gehört wird: der Gastgeber ist schuld).*	• *(lächelnd) Oh weh, ein erster Fehltritt. Das ist ein Zeichen von oben, dass ich heute vorsichtig sein muss.*
Sie begrüßen den Gastgeber vor der neben ihm stehenden Gastgeberin.	• *Der Fauxpas bleibt unbesprochen.*	• *Entschuldigen Sie bitte, gnädige Frau. Ich hatte einen blinden Fleck und sah nur Ihren Gatten. Verzeihen Sie bitte noch einmal.*
Sie bringen keine Blumen oder sonstige Gastgeschenke mit.	• *Sie tun, als ob das selbstverständlich wäre.*	• *Sie entschuldigen sich mit guten Gründen, lassen aber am nächsten Tag Blumen oder ein Gastgeschenk überbringen.*
Ihr Magen knurrt hörbar.	• *Mein Magen freut sich schon auf das Essen (gehört wird vermutlich, die Gastgeberin sollte sich mit dem Servieren nicht so lange Zeit lassen).*	• *Entschuldigen Sie bitte die Ungehörigkeit meines Innenlebens.*
Sie haben eine Alkoholfahne.	• *Sie neigen sich vor, statt dezent zurück.*	• *Sie versuchen, vor dem Eintritt Ihren Mundgeruch zu verbessern (durch Kaugummi, den Sie aber vor dem Eintritt entfernen, oder durch scharfe Bonbons, oder durch spezielle Mundsprays); meiden Sie jede zu große Nähe zu anderen und ein längeres Gespräch, bei dem Sie anderen so zugewandt sind, dass diese Ihrem Atem nicht ausweichen können.*
Sie stoßen Ihr Glas um (beim Buffet, am Tisch).	• *Können Sie das bitte aufwischen lassen?* • *Ich wurde gestoßen.*	• *Es ist mir sehr peinlich. Darf ich Sie um einen Lappen bitten, die Folgen meines Missgeschicks zu beseitigen?*

Fettnäpfchen	Giftschrank so nicht!	Medikamentenkasten Das könnte helfen!
Sie stoßen Ihr Glas während einer eigenen Ansprache um.	• *Sie wischen die Flüssigkeit mit der Hand vom Tisch, ohne Rücksicht auf Zuhörer und Boden.*	• *Sie unterbrechen kurz mit einer Entschuldigung, um mit vorhandenen Mitteln die Flüssigkeit wegzuwischen.*
Sie rülpsen bei der Rede unabsichtlich (oder können Blähungen nicht verbergen).	• *Sie grinsen anzüglich und sagen nichts.*	• *Sagen Sie nur kurz: Entschuldigung. Viele Zuhörer wissen gar nicht, was passiert ist.*
Sie haben Ihre Kleidung nicht im Griff (offene Hose, offene Bluse).	• *Sie reagieren nicht auf dezente Andeutungen Dritter bzw. wenn Sie es bemerken.*	• *Sie bringen sich möglichst rasch in Deckung oder Verlassen mit einer kurzen Entschuldigung den Raum, um sich herzurichten.*
Sie steigen am Weg zum Podium einer Dame aufs Kleid.	• *Ist ja nichts passiert. Sie brauchen sich gar nicht so aufzuregen.* *oder flapsig:* • *So nahe wollte ich Ihnen gar nicht treten.*	• *(zunächst fürsorglich): Ist Ihrem Kleid etwas geschehen? Bitte senden Sie mir die Rechnung der Reinigung auf jeden Fall zu. Es tut mir sehr leid, bitte entschuldigen Sie meine Ungeschicklichkeit.*
Ihre Kleidung zeigt sichtbare Schmutzflecken.	• *Erhalten Sie dezente Hinweise, sagen Sie: na und? Das geht wohl nur mich etwas an.*	• *ohne Hinweise, wenn Sie keine Möglichkeit haben, die Kleidung zu wechseln: durchstehen; auf freundliche Bemerkungen zerknirscht und selbstironisch reagieren*
Der Gastgeber geht auf Sie zu, reicht Ihnen die Hand hin, aber die Gastgeberin steht neben ihm.	• *Sie ignorieren kommentarlos die dargebotene Hand des Gastgebers und begrüßen die Gattin (d. h. Sie erziehen ihn).*	• *Erlauben Sie mir bitte, zunächst Ihre Gattin zu begrüßen. Oder, wenn Sie der dargebotenen Hand „in die Falle gehen“, entschuldigen Sie sich bei der Dame.*
Sie begehen erhebliche Protokollfehler bei der Vorstellung.	• *Da habe ich wieder einmal keine brauchbare Liste erhalten.*	• *Ich habe soeben erfahren, dass ich leider einen großen Fehler bei der Vorstellung begangen habe. Bitte erlauben Sie mir, meine Damen und Herren, das umgehend zu korrigieren. Dass mir das sehr leid tut, muss ich sicher nicht noch betonen.*

Jeder tappt einmal hinein

Lösen die Fettnäpfchen unangenehme Erinnerungen bei Ihnen aus? Sie haben nach der Lektüre, die Sie für Ausrutscher sensibilisiert haben müsste, selbstverständlich wesentlich weniger Anrecht auf Verständnis, als früher – aber das brauchen Sie anderen ja nicht unbedingt zu erzählen.

Im Privatbereich

Fettnäpfchen sind auch dann peinlich, wenn Sie als Unbeteiligter zuhören müssen, und das geschieht im privaten Gespräch nur allzu häufig: Mann beleidigt Frau, Frau beschimpft Mann, die albtraumhaften Szenen aus Albees „Wer hat Angst vor Virginia Woolf?" beginnen anzulaufen.
Der Fettnäpfchen-Rettungskasten im Privatbereich geht von einer wichtigen Prämisse aus (Sie erinnern sich noch an den Abschnitt „Logik", siehe Seite 72): Eine Prämisse ist eine Wahrheit, die nicht in Frage gestellt wird.): Sie wollen kommunizieren, Sie wollen Konsens (auf gut deutsch: Frieden, direkt übersetzt: Übereinstimmung der Meinungen und Standpunkte, was nicht unbedingt erforderlich ist), nicht Dissens, also „Krieg".
Streit zu bekommen ist nicht besonders schwierig, wohl aber, Streit wiederum zu schlichten. Jeder von uns hat das in der einen oder anderen Form schon erlebt, dennoch üben wir uns alle zu viel in der erstgenannten Kunst, nicht in der Streitschlichtung.

Fettnäpfchen	Giftschrank so nicht!	Medikamentenkasten Das könnte helfen!
Sie beleidigen jemanden unabsichtlich.	• *Sie gehen nur mit einer rüden Bemerkung darüber hinweg und bezeichnen den Beleidigten als „Mimose" o. ä.*	• *Sie entschuldigen Sie in aller Form und erklären, was Sie wirklich sagen wollten.*
Sie sprechen immer nur von sich selbst, wenn Sie eigentlich „Wir" sagen sollten.	• *Ihr Partner weist Sie darauf hin, und Sie sagen: Ich bin doch ohnehin im Haus der Herr. Was soll das Getue? Außerdem habe ich über Dinge gesprochen, die ich geleistet habe.*	• *Ich habe da wirkliche eine schlimme Gewohnheit, die ich mir wegerziehen muss. Bitte entschuldige und erinnere mich immer wieder daran, wenn ich darauf vergessen sollte.*
Sie sprechen abfällig über Dinge, die anderen wichtig sind.	• *Das Zeug ist doch wirklich nichts wert.*	• *Ich fürchte, ich habe meine Meinung zu freimütig gesagt. Selbstverständlich wollte ich niemandem damit zu nahe treten und ich bin überzeugt, dass meine Meinung nicht die einzig gültige ist.*
Sie verspotten jemanden in Anwesenheit von anderen.	• *Wenn Sie merken, dass der/die Verspottete reagiert: Schaut nur, wie er/sie aussieht. Offensichtlich habe ich einen Nerv getroffen.*	• *Jetzt habe ich gegen einen wichtigen Grundsatz verstoßen. Ich habe nicht so gesprochen, wie ich möchte, dass über mich gesprochen wird. Es tut mir sehr leid.*

Fettnäpfchen	Giftschrank so nicht!	Medikamentenkasten Das könnte helfen!
Sie mokieren sich über körperliche Mängel eines Anwesenden.	• *Ob es Glatze, Körpergröße, Körperfülle oder was immer ist: Wir sind verletzlich. Allein diese Art des sich Mokierens gehört in den Giftschrank.*	• *Hier gibt es wenig Rettung, das war zu offenkundig absichtlich und persönlich. Vielleicht könnte noch etwas Selbstironie helfen, zu eigenen körperlichen Mängeln.* • *An diese Stelle gehört nicht die Anregung, wie man zurückschlägt.*
Sie weisen auf Mängel in der Wohnung Ihres Gastgebers hin.	• *siehe oben*	
Sie sprechen abfällig über nicht anwesende Dritte.	• *Reden Sie nur weiter, dann quillt der Giftschrank über!*	• *Sie zitieren Blaise Pascal, der schrieb: Wenn jeder wüsste, was irgendjemand irgendwann über ihn sagte, gäbe es auf der ganzen Welt keine zwei Freunde. Eigentlich wollte ich dazu kein Beispiel geben.*
Sie erzählen „Männerwitze" in Gegenwart von Damen. Diese reagieren deutlich distanziert.	• *Ist der Witz nicht gut? Das ist was für Frauen!*	• *Je nach noch vorhandener Bereitschaft der Damen, humorvoll zu sein. Bei herannahendem Eis in der Kommunikation: zerknirschte Entschuldigung.*
Sie stecken beim Reden mit anderen die Hände in die Taschen.	• *nur so weiter, noch tiefer!*	• *Jetzt habe ich die falschen Sitten für unser Land. Entschuldigt. (Hände symbolhaft deutlich aus den Taschen ziehend)*
Sie umarmen die Gastgeberin zur Begrüßung, ohne sehr vertraut mit ihr zu sein. Sie reagiert befremdet.	• *noch ein Küsschen auf den Mund oder etwas Tätscheln?*	• *Ich komme gerade aus südlicheren Gefilden und habe mir das noch nicht abgewöhnt. Bitte entschuldigen Sie.*
Sie laden als Junggeselle die Gastgeberin zu einem Abendessen ein, ohne den Mann mit einzuladen.	• *Wäre das nicht eine gute Gelegenheit, deinem Mann zu entfliehen?*	• *Ich habe selbstverständlich gemeint, dass wir zu dritt (zu viert, mit meiner Freundin) essen sollten.*

Es geht auch ohne Worte

Für die Beispiele wurden bewusst nur Fettnäpfchen verwendet, die mit verbalen Kommentaren verbunden sind, nicht die Vielzahl non verbaler Fettnäpfchen, wie etwa Rauchen ohne zu fragen, Schulterklopfen ohne Rücksichtnahme auf Rang und Status des Berührten, symbolbehaftete Gesten etc.

Man tritt auf Ihre Zehen

Zum Abschluss dieses Kapitels wollen wir uns noch mit der Frage beschäftigen, wie sich ein Redner verhalten soll, der nicht selbst in ein Fettnäpfchen tritt, sondern als Redner gewissermaßen Opfer eines solchen Fettnäpfchens wird. Beispielsweise dann, wenn über ihn/sie hörbar gesagt wird: „Er sieht zwar nach nichts aus, aber angeblich ist er ganz gut." Oder: „Sie hat zwar nichts Gescheites zu sagen, aber sie sieht wunderbar aus."
Eine besonders flegelhafte Bemerkung, die ich über eine seriöse, kluge, emanzipierte Dame hinsichtlich Ihres Frau-Seins und hinsichtlich der Gleichstellung der Frauen als Bonmot hörte, wurde als Originalausspruch in Gegenwart zahlreicher Anwesender an diese Dame gerichtet und war demnach unüberhörbar. Wie es mir erzählt wurde, errötete die Dame, reagierte aber überhaupt nicht, d. h. letztendlich, sie ließ dem Flegel die Position des Helden der Geschichte.

Wenn's geht – geschickt kontern

Es mag viele Ansichten dazu geben. Ich vertrete die Meinung, man sollte am besten übersehen und überhören, was man kann, aber nicht, was nicht überhörbar ist. Andere Meinungen sind, man müsse jedem Fettnäpfchen mit der ihm gebührenden lautstarken Empörung entgegentreten.
Wenn man Fettnäpfchen nicht überhören kann und glaubt, darauf reagieren zu müssen, dann muss der Rückschlag sitzen. Der Rückschlag kann nur dann erfolgreich sein:

- wenn Sie gut gehört werden können. In eine über Sie sprechende oder gar lachende Runde hinein können Sie nicht gut antworten.
- wenn er witzig und geistreich ist. Bei geistreich müssen Sie darauf achten, dass er für die jeweilige Zuhörerschaft geistreich wirken muss, das heißt abgestimmt auf deren intellektuelles Niveau und die momentane Auffassungsgabe, die möglicherweise durch Alkoholeinfluss gemindert ist.
- wenn nicht hörbar ist, dass Sie betroffen oder beleidigt sind und Sie daher als Sieger aus der Auseinandersetzung hervorgehen können.

Die Rache muss warten

Fällt Ihnen vor lauter Wut oder Betroffenheit nichts Gescheites ein, versuchen Sie nicht, zu antworten. Verschieben Sie Ihre Rache so lange, bis Sie erfolgreich zurückschlagen können. Lassen Ihnen die Zuhörer dazu keine Zeit und haben

Sie auch keine Möglichkeit, sich unter Wahrung Ihres Gesichts zurückzuziehen, geben Sie zumindest ruhig eine Standardantwort, wie etwa:

- „Es ist doch alles gesagt – oder?“
- „Ihr amüsiert euch doch, was wollt ihr mehr?“
- „Derartig hochgeistigen Sprüchen kann ich nicht so schnell folgen.“
- „Derzeit ist mir mein Bier wichtiger als eine Antwort.“

Aktive und destruktive Zuhörer/Gesprächspartner

Reine Präsentationsreden, d. h. Reden, bei welchen der Redner ungestört spricht und andere aufmerksam zuhören, sind selten geworden und fast nur noch bei reinen Fachvorträgen üblich. Im Allgemeinen muss sich der Redner darauf einstellen, seine Thesen in einer Diskussion erläutern oder sogar verteidigen zu müssen, auf Zwischenfragen zu antworten oder überhaupt in einer Gesprächssituation, d. h. im Dialog, seine Botschaft zu präsentieren. Das bedeutet wiederum, dass Störelemente häufiger und stärker werden.

Der Begriff des „Störelements“ soll nun keinesfalls wertend verstanden werden, sondern ganz einfach die Tatsachen der zu erwartenden Situation charakterisieren. Eine Folgerung, welche der Redner aus diesem Faktum ziehen sollte, ist die Verstärkung und Sicherung des Signals, d. h. der Redner muss sich in wachsendem Ausmaß darauf vorbereiten, eindeutige und schwer zu missdeutende Botschaften zu „senden“.

Überdies wird er immer häufiger mit Menschen konfrontiert sein, die einfach nur recht haben wollen. Deren Teilnahme an einem Gespräch ist bereits eine Kampfansage. Was immer Sie als Redner sagen, Sie sollen nach Ansicht Ihres potenziellen Gegners nicht als Sieger im Wortkampf vom Feld gehen dürfen. Dabei wird alles aufgeboten, was es nur gibt, „satanische Verhandlungskunst“ (Ruede-Wissmann) wird eingesetzt.

Schwierig – die verkappte Aggression

Ihre Situation als Redner ist davon gekennzeichnet, dass Sie im Mittelpunkt stehen, gewissermaßen oder tatsächlich im Licht, während der anfragende oder störende Zuhörer im Schatten bleiben kann. Alle blicken somit auf Sie, wie Sie reagieren und mit der Situation fertig werden. Ist die Anfrage interessiert und konstruktiv, werden Sie als Redner mit umfassendem Wissen und Erfahrung in Ihrem Themengebiet keine Probleme bekommen, ganz im Gegenteil, Sie erhalten Gelegenheit, wichtige Dinge noch weiter auszuführen.

Anders aber, wenn die Anfrage in ihrer Struktur destruktiv ist. Das ist nicht immer offenkundig. Offenkundige Destruktivität scheinen aggressive Anfragen zu signalisieren (die aber, wie bei Lay a. a. O. ausgeführt, auch durch den Wunsch zu helfen destruktiv klingen können, ohne es zu sein), wesentlich problematischer ist aber verborgene Destruktivität, d. h. Anfragen, die scheinbar ruhig, sachlich und konstruktiv klingen, in Wirklichkeit aber die Absicht haben, Ihre Redeziele zu zerstören.

Erscheinen Sie als die Ruhe selbst

Aggressiv klingende Anfragen müssen in jedem Fall im direkten Gespräch vor dem Publikum geklärt werden, welches die Anfrage gehört hat. Achten Sie dabei auf einige Fallstricke (siehe Kasten). Empfehlenswert ist in jedem Fall, die Anfrage in ruhiger, sachlicher Form zu beantworten: Je aggressiver die Frage, desto ruhiger die Stellungnahme. Ruhig im Ton, ruhig in der Stimme, ruhig in der Sprechgeschwindigkeit, ohne unterschwelligen Zynismus.

Fallstricke bei aggressiven Fragern

- *Die eigene Wahrnehmung: Sie werden anders reagieren, wenn Ihnen der Fragende sympathisch oder unsympathisch ist, bekannt oder unbekannt, befreundet oder bekannt feindlich, als höherrangig erkannt oder unter Ihrem Niveau. Das darf alles nichts zur Sache tun. Bringen Sie die Anfrage auf ein möglichst objektives Niveau (wie wir bereits dargestellt haben, ist reine Objektivität ohnehin nicht möglich).*
- *Die eigene Vermutung: Sie hören eine Frage/Aussage und interpretieren eine bestimmte Botschaft. Wir wissen, dass Botschaften falsch interpretiert werden können und dass es mehrere „Ohren“ gibt, mit denen wir hören (Schulz von Thun, a. a. O.). Wie hören Sie in dieser Situation? Mit dem Sachohr, dem Beziehungsohr, dem Selbstoffenbarungsohr oder dem Appellohr? Objektivieren Sie die möglicherweise falsche eigene Interpretation durch Nachfragen: „Habe ich Ihr Anliegen richtig verstanden?“*
- *Das eigene schlechte Empfinden: Sie haben aus welchen Gründen immer ein schlechtes Eigenempfinden, entweder weil Sie wissen, dass einige Ihrer Argumente auf schwachen Beinen stehen, oder weil Sie schlecht vorbereitet waren, oder weil Sie selbst Teile Ihrer Rede als langweilig empfinden, oder weil Sie sich ganz einfach ausgelaugt fühlen. In solchen Situationen neigt man leicht dazu, Anfragen kritischer und problematischer zu nehmen, als sie überhaupt gemeint sind.*

Der Anfrager und die Zuhörer müssen erleben, dass Sie souverän und fürsorglich mit Thema und Frage umgehen. Sprechen Sie keinesfalls den aggressiven Ton an, es sei denn, dieser Ton wird durch den Fragenden aufrechterhalten. Nach der Stellungnahme können Sie noch sicherstellen, dass Ihre Antwort zufriedenstellend war, indem Sie fragen: „Konnte ich Ihre Frage ausreichend beantworten, oder möchten Sie noch ergänzende Punkte besprochen haben?"

Vorsicht – Fangfrage!

Mit subversiv destruktiven Anfragern ist die Sachlage schwieriger. Am schlimmsten wird Ihre Situation sein, wenn Sie die Destruktivität nicht erkennen und in die Falle gehen, indem Sie die destruktive Frage sachlich-objektiv beantworten. Der im destruktiven Angriff geschulte Dialektiker wird häufig damit starten, dass er eine Prämisse formuliert. Er/sie wird beispielsweise sagen: „Gehe ich recht in der Annahme, dass Sie folgende Ansicht vertreten ..." oder „Habe ich richtig verstanden, dass es das Ziel Ihrer Empfehlung sein soll, dass ..."

Die Falle liegt in der Prämisse. Hinterfragen Sie daher unbedingt die Prämisse, ehe Sie Antwort geben. Entlarven Sie die heimtückische Frage, indem Sie ganz klar den Kern der Frage hervorheben und die Prämissen klären.

Können Sie sich mit der Prämisse nicht einverstanden erklären, müssen Sie das offenkundig machen, indem Sie beispielsweise sagen: „Wenn ich Ihre Annahme bestätigen könnte, müsste ich Ihnen vielleicht recht geben. Meine Prämissen sind aber ganz anders. Ich halte für wahr, dass ... und damit ergeben sich ganz andere Folgerungen. Wir müssten unsere Diskussion demnach über die Annahmen führen, und dass diese je nach Weltanschauung unterschiedlich sind, muss ich Ihnen eingestehen. An dieser Stelle denke ich aber, dass hier für Grundsatzdebatten über Weltanschauung nicht der geeignete Ort ist."

Wenn nichts hilft – Rückzug

Es kann durchaus der Punkt kommen, wo Sie merken, Sie bekommen die Aufmüpfigkeit und Destruktivität der Zuhörer nicht mehr in den Griff. Dann bleibt Ihnen nur noch eines übrig: Rückzug. Können Sie sich noch einmal Gehör verschaffen, sollten Sie das dazu nutzen, noch eine gekonnte Verabschiedung anzubringen, beispielsweise: „Es war mir (nicht oder sehr wohl, je nachdem) bewusst, dass das Thema alle sehr betroffen macht und unterschiedliche Auffassungen bestehen. Vom Podium aus sehe ich keine guten Möglichkeiten mehr, das auszudiskutieren. Ich danke Ihnen für Ihre Aufmerksamkeit und bin gerne zur weiteren Diskussion im informellen Rahmen bereit."

Können Sie sich aber kein Gehör mehr verschaffen, brüskieren Sie zumindest nicht die Ihnen wohlgesonnenen Zuhörer, verabschieden Sie sich, soweit Ihre Stimme noch durchdringt, mit Worten, ansonsten mit freundlichen Gesten, zum Beispiel einer kleinen Verbeugung, und treten Sie ab. Bei körpersprachlichen Verabschiedungen vor einer Lärmkulisse müssen Sie ganz kontrolliert handeln, damit nicht einmal im Ansatz der Eindruck von Spott interpretiert werden könnte. Bei der Mimik kann ich Ihnen für solche Situationen nur empfehlen, eher einen betroffenen oder traurig wirkenden Gesichtsausdruck zu wählen als einen freundlichen, offenen.

Ungeduld und Langeweile

Ungeduld und Langeweile, eine gegenüber der geschilderten Lage ganz andere Situation im Publikum, ist mindestens ebenso unangenehm. Sie erhalten dadurch eine ganz und gar nicht schmeichelhafte Rückkoppelung für Ihre Rede: Sie enttäuschen Erwartungen, Sie bringen Uninteressierendes (was nicht heißt: Uninteressantes!), Sie präsentieren ohne die erforderlichen Höhepunkte. Besonders schlimm wird es, wenn die Zuhörer die „Abschiedssymphonie“ spielen. Ich verwende diese kleine Anekdote über Joseph Haydn gerne zum Amüsement von Seminarteilnehmern, die etwa aufgrund beruflicher Verpflichtungen „abwandern“: Haydn und seine Musiker wollten Urlaub, der Fürst reagierte nicht auf ihr Anliegen. Daher komponierte Haydn eine Symphonie, in deren Verlauf die Musiker nach und nach den Raum verließen. Der Fürst verstand und gab Urlaub.

Ungeduld zeigen Zuhörer körpersprachlich beispielsweise durch Trommeln mit den Fingern, häufigen Wechsel der Sitzpositionen (Zurücklehnen, Vorlehnen, Hände hinter dem Kopf verschränkt) oder Kopfschütteln, Langeweile durch Gähnen, teilnahmsloses Sitzen, Vorstrecken der Füße, Kritzeln auf den Unterlagen etc. Beobachten Sie als Redender

Tipp — Ein starker Abgang

Unter bestimmten Umständen kann aber auch ein Abschied mit „Pauken und Trompeten“ ganz amüsant sein, und zwar dann, wenn Sie sich stark genug fühlen, sich mit dem Publikum anzulegen und dann, wenn Sie durch diese Abschlussprovokation erreichen möchten, dass ein Denk- und Diskussionsprozess bei den Zuhörern angeregt oder aufrecht erhalten wird. Schaffen Sie diese Art des Abgangs bei destruktivem Publikum in aufrechter Haltung, werden Sie sich zwar nicht als angenehm und beliebt in Erinnerung halten, vielleicht als arrogant, sicherlich aber als eindrucksvoll.

derartige Zeichen, ist Gefahr im Verzug, und Sie müssen etwas unternehmen, um die Aufmerksamkeit wieder zu erlangen.

Was jeden interessiert

Davenport/Beck (in: Harvard Business Manager 2/2001) bieten einige Anregungen aus psychobiologischer Sicht, die Sie nutzen könnten, um Ungeduld und Langeweile zu verhindern oder zu bekämpfen:

- Menschen sind stark darauf geprägt, um das Überleben zu kämpfen.
- Menschen sind von Natur aus auf Wettbewerb eingestellt.
- Konzentration auf die Kernbotschaft.
- Menschen wollen sich gebraucht fühlen.

Für den Menschen ist somit alles aktivierend, wodurch er sich bedroht fühlt, und das kann bei vielen Themen der Fall sein, sei es im medizinischen Bereich, im wirtschaftlichen Bereich, bei Umweltfragen, bei Verkehrsfragen und vielem anderen mehr. Thematisieren Sie daher Bedrohungsthemen oder große Gewinnchancen. Menschen lieben Märchen, auch jene, die vorgeben, an diese nicht mehr zu glauben. Erwachsenenmärchen dürfen nur nicht mit „Es war einmal …“ beginnen, sondern mit „Es wird einmal sein …“ (Wohlstand, Glück, Sonne, reines Wasser, steigende Börsenkurse, keine Flugverspätungen etc.).
Die Wettbewerbsgesinnung könnten Sie durch Fragen fördern, und zwar durch jene Art von Fragen, bei denen die Antwort Prestige verleiht, wo der Zuhörer ein Problem löst (oder zu lösen scheint), wo er beweisen kann, dass er mehr weiß als die anderen. Achten Sie darauf, lösbare Fragen zu stellen. Wenn keiner der Zuhörer die Antwort weiß, bringt Ihnen das zwar auch Aufmerksamkeit, wirkt aber auf Dauer eher frustrierend auf das Publikum. Man wird dann eher rhetorische Fragen vermuten als ernst gemeinte.

Bleiben Sie beim Thema

Sorgen Sie dafür, dass die Kernbotschaft Ihrer Rede immer bewusst ist und als verbindendes Element in Ihrer Rede erkennbar bleibt, und lassen Sie sich keinesfalls davon ableiten. Verhindern Sie auch, dass die Zuhörer durch Fragen oder in der Diskussion andere Botschaften thematisieren, d. h. dass sie vielleicht unbewusst ablenken von dem, worum es eigentlich geht.
Ansonsten geschieht Ihnen das, was im Scherz ein Prüfer erlebte, der einen Studenten befragte, welcher sich in der Prüfungsvorbereitung nur auf das Kapitel „Würmer“ konzentriert hatte. Der Student wurde gefragt: „Was wissen Sie

über den Elefanten?" „Elefanten sind Säugetiere, leben in Afrika und Indien, und haben einen wurmartigen Rüssel. Die Würmer teilt man ein in …" „Was wissen Sie über Vögel?" „Vögel sind eierlegende Tiere, wovon die meisten fliegen können. Sie ernähren sich von Körnern, Insekten oder Würmern. Unter den Würmern gibt es …"

Die Zuhörer einbeziehen

Zum letztgenannten Aspekt, dass der Mensch sich gebraucht fühlen möchte, dass er für andere wertvoll sein möchte, können Sie während der Rede eine ganze Menge vorbereiten, indem Sie beispielsweise an bestimmten Stellen themenbezogen um die Mithilfe des Publikums bitten, indem Sie etwa sagen: „Ich habe nun eine große Bitte an Sie. Wären Sie bereit, mir bei einer kleinen statistischen Erhebung zu folgendem Problem zu helfen? …"

Oder, bei einem Thema, wo es um körperliche Fitness geht oder aber wo Sie es thematisch vertreten können, körperliche Aktivierung einzubauen: „Ich bitte Sie, ein kleines Experiment mit mir zu machen: Wir machen nun die Fenster weit auf, und dann darf ich Sie ersuchen, von Ihrem Platz aufzustehen, die Hände nach oben zu strecken, …"

Die Verantwortung übernehmen

Thomas Gordon hat für Kommunikationsstörungen, und um solche handelt es sich auch dann, wenn Ungeduld und Langeweile auftreten, eine grundsätzliche Fragestellung formuliert: Wer hat das Problem, d. h. wer ist der Inhaber des Problems?

Diese Frage ist in der geschilderten Situation vordergründig nicht einfach zu beantworten. Ich denke, beide Seiten haben ein Problem. Die Zuhörer, weil sie sich ungeduldig und gelangweilt fühlen, wie auch der Redner, weil seine Rede nicht entsprechend ankommt. Aber der Redner hat meiner Ansicht nach die Rolle und damit die Aufgabe, das Problem zu beseitigen, und somit ist es ein Problem des Redners, nicht des Publi-

So bitte nicht!

Was sollten Sie nicht tun, wenn die Zuhörer Ungeduld und Langeweile zeigen (auch dann nicht, wenn Sie aus einer Vorgesetztenposition sprechen):

- *Sie zur Aufmerksamkeit ermahnen*
- *Sie zu beschimpfen („Sie müssten eigentlich wissen, wie wichtig das Thema ist")*
- *Einfach weitermachen*
- *Nicht für Umweltbedingungen sorgen, die Aufmerksamkeit möglich machen (z. B. lüften)*

kums. Sich dieser Verantwortung bewusst zu werden, kann bereits ein erster Schritt zur Lösung sein.

Unter dem eigenen Wert geschlagen

Auch dann, wenn die Rede „gut gegangen“ ist, etwa im Sinne des österreichischen „gut ist es gegangen, nichts ist geschehen“, haben wir als Redner doch oft das Gefühl, uns schlechter gezeigt zu haben, als es unserem Können entspräche. Wir empfinden, wir hätten uns unter unserem Wert geschlagen. Dafür gibt es mehrere Gründe, von denen wir zunächst jene näher beleuchten wollen, an denen wir als Redner die Schuld tragen und die am häufigsten auftreten:

- Wir haben zu wenig nachgedacht und vorgedacht.
- Wir waren zu wenig vorbereitet.
- Wir fühlten uns zu unkonzentriert.
- Wir zeigten uns zu negativ emotionalisiert (aggressiv, resignierend, depressiv).
- Wir waren nervös, gestresst und müde oder blind und taub für andere (die anderen als Kulisse).

Die Situation Revue passieren lassen

Nachdenken bezieht sich auf die Inhalte wie auch auf die Interessen der Zuhörer und das Umfeld der Rede: Haben wir uns ausreichend Gedanken darüber gemacht, was wichtig ist? Haben wir die richtige Auswahl bezüglich der Themen getroffen? Wurden absehbare Umweltfaktoren und Situationen bei der Rede durchdacht?

Vorgedacht bedeutet, haben wir geplant, wie der Ablauf sein sollte? Haben wir überlegt, Vorsichtsmaßnahmen für alle Arten von Widrigkeiten bei der Redepräsentation zu ergreifen? Haben wir uns innerlich dafür gewappnet, mit schwierigem Publikum umzugehen? Haben wir alles Menschenmögliche getan, uns für die Rede körperlich in guter Verfassung zu befinden (ausreichend geschlafen, kein oder wenig Alkohol etc.)? Sie kennen vielleicht den Begriff „verschüttete Milch“ für eine Situation, die nicht mehr korrigierbar ist. Dennoch sollten wir uns Gedanken darüber machen, um bei der nächsten Rede derartige Fehler zu vermeiden. Sich Gedanken zu machen, sich dessen bewusst zu sein, was durch eigenes Verschulden schlecht abgelaufen ist, leitet eine Verhaltensänderung ein – und wir wissen: Verhaltensänderungen sind langwierige Prozesse.

Unverzichtbar – die gute Vorbereitung

Ein altes Thema ist die Vorbereitung. Viele von uns neigen dazu, bis zum letzten Augenblick zu warten, ehe sie sich vorbereiten, und dann kommt mit gewohnter Regelmäßigkeit noch etwas dazwischen, das uns daran hindert, uns doch noch richtig zu präparieren.

Um das zu verhindern, gibt es einen guten Rettungsanker: Sammeln Sie systematisch alles Material, das Sie zu Ihrem Thema bekommen können, an einer für Sie leicht auffindbaren Stelle, und beginnen Sie lange vor Ihrer Rede damit, eine möglichst detaillierte Gliederung auszuarbeiten. Haben Sie zumindest diese beiden Vorbereitungsmaßnahmen als Hilfe bei der Rede, ist die Gefahr des Scheiterns oder Hängenbleibens wesentlich reduziert.

Konzentriert bei der Sache bleiben

Eine Rede müsste zumindest für den Redner selbst so spannend sein, dass er auch andrängende Sorgen von sich schiebt und sich konzentriert. Unkonzentriertheit führt zu Versprechern und, was noch schlimmer sein kann, zu völlig sinnentstellten Sätzen oder zu Aussagen, die in völligem Gegensatz zu dem stehen, was Sie eigentlich sagen wollten.

Wenn Sie merken, dass Ihre Konzentration nachlässt oder noch nicht vorhanden ist, setzen Sie bewusste Maßnahmen: Atmen Sie tiefer, sprechen Sie bewusster und hören Sie sich selbst zu, wiederholen Sie wichtige Sätze mit einer kleinen Verbindung, d. h. so, als ob Sie eine rhetorische Figur gebrauchen würden, sprechen Sie langsamer.

Schlechte Laune überträgt sich

Nahezu als eigene Falle für den Redner ist die negative Emotion anzusehen: Sie sind über etwas oder jemanden verärgert, fühlen sich resignierend oder gar depressiv. Wenn Sie diese Gefühle auf das Publikum übertragen, ohne dass es sich um ein gewolltes dramaturgisches Element bei der Präsentation handelt oder vielleicht gut zum Inhalt passt, erhält Ihre Rede eine Prägung, wenn nicht gar einen Makel, der Sie bis zum Ende begleitet. Bei Verärgerung neigt der geschulte Rhetoriker und Dialektiker zum Zynismus, bei Resignation und Depression zu abwertenden Äußerungen, und beides hinterlässt beim Publikum unangenehme Gefühle.

Ähnliche Folgen haben Nervosität, Stress oder Übermüdung. Ihr Tonfall verliert an Energie und Glanz, Ihre Aussprache wird undeutlich (zu schnell, zu schlechte Formulierung von Silben), die Satzmelodie verliert an Verständlichkeit durch falsche Höhen und Tiefen, u. ä. Sind Sie gezwungen, unter derartigen Umständen zu reden, sollten Sie alle oben genannten Vorsichtsmaßnahmen setzen und überdies die Rede so kurz wie nur möglich halten.

Sensibel sein für das Publikum

Blind und taub für andere zu sein, die Zuhörer nur als Kulisse zu erleben, kann seine Ursachen in persönlichen Problemen haben, oder auch in Übermüdung, Resignation, Stress und Nervosität.
Wollen wir wirklich erfolgreich reden, und dazu treten wir doch alle als Redner letztendlich an, müssen wir uns „am Riemen reißen". Der Zuhörer ist für uns wichtig, er ist uns wert, ihm Lebenszeit zu opfern, für ihn und an ihn zu denken, ihm eine Botschaft zu übermitteln, und das werden wir doch nicht im entscheidenden Moment daran scheitern lassen, dass wir keinen guten Tag haben, nicht wahr?

Die Herausforderung annehmen

Sehen Sie jede Redesituation als Herausforderung, sich anderen Menschen anzunähern, sich deren Meinung zu stellen, deren Beurteilung, deren Anliegen, deren Lebensgefühl und deren momentaner Situation aus Erlebnissen, Bedrängendem und Beglückendem, zu Ihrer Rede Hinführendem und Ablenkendem.
Nichts ist sicher, aber vieles ist gestaltbar, und wenn Sie vor Begeisterung brennen, genährt durch Interesse an einem Thema, durch Liebe, durch was auch immer, dann haben Sie gute Chancen, diese Energie auch auf andere zu übertragen. Lassen Sie sich von Ihrem Thema tragen, nach all dem, was Sie vorbereitet haben, wie Sie sich auf eine Redesituation eingestellt haben, was Sie über Redeinstrumente wissen, wie Sie Ihren Vortrag eingeübt und die Körpersprache vor dem Spiegel getestet haben. Jetzt sind Sie als Redner das Instrument Ihrer Botschaft. Genießen Sie die Rolle.

Spezielle Redesituationen

Im letzten Teil unseres Buches werden wir uns mit speziellen Redesituationen befassen. Ihre Rede kann nur gut sein, wenn Sie von Ihnen selbst stammt und wenn Sie zu Ihnen passt. Sie müssten schon einen professionellen Redenschreiber beschäftigen können, der sich intensiv mit Ihnen und Ihrer Art zu reden beschäftigt hat, wenn eine vorgefertigte Rede nicht aufgesetzt und daher eher unangenehm auf die Zuhörer wirken soll.
Was ich Ihnen daher anbieten werde, sind keine vorgefertigten Reden (Beispiele für die verschiedensten Redesituationen hören Sie auf der beiliegenden CD). Ich will Ihnen keinen Text vorgeben, der Sie zum Schauspieler degradiert, der einen vorformulierten Text spricht (nichts gegen Schauspieler, aber es geht um Ihre Botschaft, die Sie übersenden sollen, nicht um meine).

Ein Leitfaden für (fast) jeden Anlass

Ich biete Ihnen für zehn spezielle, häufig auftretende Redesituationen Strukturen an, an denen Sie sich orientieren können, einschließlich Beispielen für Formulierungen. Wir werden zu jeder Redesituationen folgende Aspekte erläutern:
- Ausgangssituation für die jeweilige Redesituation und Grundstruktur
- voraussichtlicher Zuhörer(kreis)
- soziales Umfeld, Rollenverteilung und soziale Wahrnehmung
- Ziele Ihrer Rede in der jeweiligen Situation
- möglicher Ablauf der Redesituation von Anbahnung, Beginn, Aufbau des Spannungsbogens und Abschluss bis zur akzeptablen Dauer
- denkbare Präsentationshilfsmittel
- zu erwartende Konflikte und Umgang damit

Dialoge und Monologe

Einige dieser Redesituationen werden im Dialog ablaufen, d. h. mit wechselnder Rollenverteilung von Redner und Zuhörer. Sie nutzen in solchen Situationen die Dialektik (Kunst der Unterredung), deren Grundgedanke es ist, dass aus jeder Ansicht (Thesis) mit innerer Notwendigkeit ihr Gegenteil (Antithesis) entsteht und dass sich beide in einer höheren Einheit (Synthesis) gegenseitig aufheben.
Mit anderen Worten, Sie reden, bekommen Widerspruch und andere Ansichten zu hören und suchen im Gespräch zu einer neuen, gemeinsam getragenen

Formulierung. Oder Sie pflegen die Eristik, die Kunst des Streitens, die Kunst der verbalen Auseinandersetzung.
Andere Redesituationen sind in ihrer Grundstruktur präsentierend angelegt, d. h. mit einer eindeutigen Rollenverteilung zwischen Redner und Zuhörer. Die dargestellten Beispiele sollten Ihnen ermöglichen, jede übliche Redesituation gut einzuschätzen, vorzubereiten und zu bewältigen.

Smalltalk – die wichtige Kunst des unwichtigen Plauderns

Smalltalk geschieht tagtäglich, vom Gespräch mit dem Lebenspartner, mit Freunden und Bekannten bis zum hochoffiziellen Partygespräch mit „wichtigen" Leuten, also Menschen, von deren guter Meinung man sich etwas erwartet. Dementsprechend unterschiedlich sind auch das soziale Umfeld, die Rollenverteilung und die soziale Wahrnehmung des Gesprächspartners, nicht zu vergessen die geschlechtsspezifische Wahrnehmung von („Venus")Frauen und („Mars")Männern (John Gray, a. a. O.).

Ein Spiel mit dem eigenen Image

Während beim Lebenspartner sowohl Rollenverteilung als auch soziale Wahrnehmung bereits stark vorgebildet sind und neue Formen der Kommunikation im Smalltalk nur schwer die Wahrnehmungsschwelle des Partners überwinden und bestenfalls als Stimmungsbarometer hinüberkommen, können wir bei Fremden je nach Lust und Laune und jeweiligem Gespräch anders sein, neue, bei unterschiedlichen Gesprächspartnern unterschiedliche Eindrücke über uns entstehen lassen, einmal humorvoll und emotionsgeladen wirken, beim anderen wiederum nachdenklich und ernst, und so fort.
Dabei können wir alle Wirkungselemente einsetzen: Körpersprache, Stimmführung, Lautstärke, Redefiguren, Wortwahl, mehr oder minder starke Dialektfärbung, bis zum dramaturgischen Teil des Auftritts, sei es hinsichtlich der Form der Annäherung, der Gesprächsanbahnung wie auch der Gestaltung der Kleidung, soweit das im Rahmen des guten Benehmens möglich ist. Damen können die Wirkung ihres Auftritts während einer gesellschaftlichen Veranstaltung beispielsweise verändern, indem sie sich neu schminken, neuen Lippenstift auftragen, Schmuckstücke hinzugeben oder weggeben oder Kleidungselemente verändern.
Bei Männern ist die Gestaltungsmöglichkeit eingeschränkt, dennoch auch in gewissem Ausmaß gegeben, wenn bei fortgeschrittener Dauer die Möglichkeit

besteht, Krawatten oder Fliegen abzulegen, den obersten Hemdkragenknopf zu öffnen und Sakkos auszuziehen. Diese Veränderungen wirken sich selbstverständlich auf die Atmosphäre des Smalltalk aus: Je offizieller und zugeschlossener, desto vorsichtiger und bedeutungsloser muss auch das Gespräch sein.

Die Gesprächspartner wechseln

Beim Smalltalk im Rahmen größerer Veranstaltungen, sei es eine Party, ein Cocktail-Empfang, eine Einladung zu einer offiziellen Veranstaltung oder ein Pausengespräch bei einem Fortbildungsseminar, sollten die Gesprächspartner wechseln. Einen einzigen Gesprächspartner zu blockieren gilt als unschicklich und kann sowohl seitens des Blockierten als auch seitens anderer, die ein Gespräch mit dem Betreffenden suchen, als sehr unangenehm empfunden werden, insbesondere dann, wenn leise Andeutungen des Wunsches, zu einem anderen Gesprächspartner zu wechseln, geflissentlich ignoriert werden.
Künstler des Smalltalk wissen, wie sie Kontakt aufbauen, ein Gespräch führen und beenden und weiterwandern. Smalltalk als Kunstform des gesellschaftlichen Umgangs hat somit eine Fülle von Elementen, die beherrscht werden müssen, um auf andere angenehm zu wirken, nicht nur den unmittelbaren Gesprächsaspekt.

Smalltalk schafft Atmosphäre

Ziel eines Smalltalk ist grundsätzlich (gepflegte) Unterhaltung. Die dahinter liegende Absicht kann sein, eine gute Gesprächsatmosphäre für ein nachfolgendes Gespräch oder Geschäfte zu schaffen. Wie wichtig Smalltalk ist, haben längst auch Personalchefs erkannt und testen bei Einstellungsgesprächen die Bewerber auf ihre Fähigkeit zum interessanten Smalltalk (von Blomberg, Wirtschaftswoche 45/2000).
Es wäre ein Fauxpas, beim Smalltalk ernste, weltbewegende Themen diskutieren zu wollen. Häufig sind die Teilnehmer an einer Smalltalk-Runde müde oder wollen sich ganz einfach entspannen, nicht viel nachdenken müssen.

Kontroversen möglichst vermeiden

Man sollte beim guten Smalltalk vermeiden, zu große Meinungs- oder Bewertungsunterschiede offenkundig werden zu lassen. Wer beim Smalltalk zu energisch seine Meinung zu einem ihm wichtigen Thema vertritt, hat die grundsätzliche Struktur des Smalltalk missverstanden oder sucht Streit. Wer

darauf einsteigt, seine Ansicht verteidigt und sich nicht sofort zurückzieht, nimmt den Fehdehandschuh auf.
Empfinden alle Teilnehmer am jeweiligen Gespräch den Streit als gute Fortsetzung des Smalltalk, ändern sie die Redesituation und werden damit zum Fremdkörper für andere im Raum, für jene, die sich nach wie vor auf der Ebene des Smalltalk verständigen. Damit zerfällt die Gesamtgruppe der auf Smalltalk-Ebene kommunizierenden Leute in Untergruppen: Jene, die streiten, jene, die sich vom Streitgespräch angezogen fühlen und zuhören, jene, die sich durch den Streit gestört fühlen, und jene, die sich nicht stören lassen. Es kommt somit zu einer kompletten Veränderung der Atmosphäre in der Gesamtgruppe, wenn das Streitgespräch nicht so dezent geführt wird, dass es von anderen unbemerkt bleibt. Geschieht das in einem offiziellen Rahmen, werden sich die Gastgeber bemühen müssen, die Smalltalk-Situation wieder herzustellen.

DIE EINZELNEN PHASEN DES SMALLTALK

- *Annäherung an den Gesprächspartner*
- *richtiger Abstand*
- *Themenwahl*
- *Gesprächsbeginn*
- *Gesprächsdauer*
- *Hinüberdriften zum nächsten Gesprächspartner*

Jede dieser Phasen bietet ihre eigenen Chancen und Probleme, nicht zu vergessen die zahlreichen Möglichkeiten, sich bloßzustellen und statt einer Karrierechance das Ende seiner Karriere einzuleiten, zumindest im gesellschaftlichen Kreis, dem man sich nähern wollte. Für eine derartige Gesprächssituation, d. h. Smalltalk mit für Sie wichtigen Leuten, wollen wir uns nun vorbereiten.

Die Annäherung an den Gesprächspartner

Bei der Annäherung an den Gesprächspartner tun Sie gut daran, auf körpersprachliche Signale zu achten, wenn Sie sich keinen „Korb" holen wollen, es sei denn, Sie sind in einer Dominanzposition, d. h. beispielsweise Gastgeber oder Referent. Hüten Sie sich davor, in eine Gesprächssituation hineinzuplatzen, es sei denn, Sie werden durch einen der Beteiligten dazu eingeladen. Wenn Sie den potenziellen Gesprächspartner/die Gesprächspartnerin nicht kennen, sollten Sie sich möglichst vorstellen lassen. Haben Sie dazu keine Gelegenheit, beginnen Sie mit der eigenen Vorstellung: „Darf ich mich Ihnen bekannt machen? Mein Name ist ..." Eventuell ergänzen Sie noch Ihre Rolle bei der Veranstaltung oder im Verhältnis zum Gastgeber. Sollten Sie nicht vom Angesprochenen dazu aufgefordert werden (durch Hinhalten der Hand), ist in dieser Situation das Anbieten der Hand nicht üblich und gilt als zudringlich.

Um eventuelle Peinlichkeiten zu vermeiden, können Sie ein Trinkglas in der Hand halten. Eine leichte Verbeugung wirkt durch Männer vor Männern wie Frauen in jedem Fall gut.
Reagiert der/die Angesprochene mit einer Verbeugung, einem kurzen „freut mich, entschuldigen Sie mich bitte“ und wendet sich ab, ist das die gesellschaftlich zu akzeptierende Form einer Abweisung. Sich dadurch zurückgestoßen zu fühlen oder einen roten Kopf zu bekommen verkennt vollkommen die üblichen Spielregeln des Smalltalk. Wenn Sie mehr wollten, sind Sie am falschen Ort.

Den richtigen Abstand einhalten

Wird die Annäherung akzeptiert, durch Hinwendung, ein freundliches Lächeln und eine eigene Vorstellung, ist die erste Hürde überwunden. Beachten Sie aber nun den richtigen Abstand zum Gesprächspartner.
Dabei gibt es erhebliche kulturelle Unterschiede. Was in südlichen Breiten als angenehm empfunden wird, gilt im Norden als zudringlich. Halten Sie besser eher größeren Abstand als zu kleinen. Will der Gesprächspartner näher kommen, kann er/sie das ohnehin, zumindest so weit, bis Ihnen selbst das unangenehm wird.

Die Themenwahl

Das Gespräch kann beginnen, aber womit? Wenn Sie Glück haben und auf einen Könner/eine Könnerin treffen, wird ihnen der Partner ein Thema vorgeben, welches Sie nach den Spielregeln des Smalltalk aufgreifen sollten. Sie müssen aber darauf vorbereitet sein, ein eigenes Thema einzubringen, und dieses Thema muss einigen Kriterien entsprechen (siehe Kasten).
Am einfachsten wäre selbstverständlich, ein Thema zu wählen, wo es Gemein-

Spielregeln für das Gesprächsthema

- *Es muss für beide Teile halbwegs interessant sein.*
- *Es darf nicht zu hohe Ansprüche an bestehendes Wissen stellen.*
- *Es darf keine große Denkarbeit erfordern.*
- *Es muss dem anderen gute Chancen geben, sich am Gespräch zu beteiligen, d. h. das Gespräch muss sich entwickeln können.*
- *Es sollte nicht zu banal sein (wenn das Wetter nicht gerade extrem ist und damit verdient, thematisiert zu werden).*
- *Es darf, sofern sie es in Form einer Frage einbringen, beim anderen nicht den Eindruck erwecken, er werde verhört (woher stammen Sie? sind Sie öfter hier? sind Sie mit dem Auto gekommen? …)*

samkeiten gibt – aber wie weiß man das bei Leuten, die man nicht kennt? Eine Gemeinsamkeit gibt es auf jeden Fall: Sie sind am gleichen Ort, Sie wurden beide eingeladen (oder sind der Einladende).
Wesentlich leichter haben Sie es, wenn Sie aus der gleichen Interessensgruppe wie Ihr Gesprächspartner stammen: gleicher Club, gleiche Firma, gleiche Partei, was auch immer. Jedes gute Gespräch beginnt bei Gemeinsamkeiten und möglichst positiven Gedanken, die sich der Sprecher zu diesen Gemeinsamkeiten macht.
Bewertung, auch gute Bewertung, ist kein positiver Gedanke. Bewertung ist ein Urteil, und Urteile müssen von Rolle und vom Status her zum Sprechenden passen, ansonsten könnten sie als Anmaßung aufgefasst werden.

Gemeinsamkeiten verbinden

Erster Themenansatz daher: Gemeinsamkeiten. Doch wie formuliert man den ersten Satz, der dem Gespräch eine bestimmte Form geben wird, die man schwerlich in ihrer Grundstruktur verändern kann? Ist es gut zu sagen: „Ich meine, dass …“ oder sollte man anders beginnen? „Erlauben Sie mir einen Vorschlag zum Thema?“ wäre vielleicht ein Ansatz. Damit lassen Sie dem Gesprächspartner die Chance, einen anderen Vorschlag einzubringen. Oder Sie beginnen zu erzählen: „Ich habe heute gehört, dass …“ womit Sie dem Angesprochenen die Chance einräumen, darauf einzusteigen oder nicht. Wenn nicht, wäre gut, wenn Sie noch andere Themen in Reserve hätten.
Sie merken schon: Es gibt viel mehr Themen beim Smalltalk, die zu vermeiden sind, als Themen, die man aufgreifen kann. Einen Hinweis gibt Walter Hofmann vom Kölner Institut für empirische Psychologie (von Blomberg, a. a. O.), indem er vier „Tricks“ verrät:

- den Standort-Trick (Anknüpfungspunkt für das Gespräch ist der Ort, an dem Sie sich befinden)
- den Richter-Trick (der Angesprochene wird in die Rolle des Richters versetzt, indem er um eine Entscheidung gebeten wird)
- den Komplimente-Trick (nicht zu plump)
- den Schweiger-Trick (mit Fragen beginnen, nicht mit Aussagen)

Tipp – Keine Beichte ablegen

Übrigens: Selbstoffenbarungen sind auch kein Thema für Smalltalk. Niemand will den Bericht über Ihre Eheprobleme, über Ihre Krankheiten oder was immer als höchstpersönliches Anliegen eingestuft werden kann.

Der Gesprächsbeginn

Sicherlich ein guter Anfang, doch wie macht man das konkret? Jede dieser Methoden verlangt nach der richtigen Formulierung. Nach meiner eigenen Erfahrung laufen unbefangene Gespräche dann gut an, wenn man dem anderen ein Gefühl von entspannter Unbefangenheit gibt und mit ihm so spricht, als sei man gut bekannt.

Lassen Sie die Umgebung auf sich einwirken, entspannen Sie sich, fühlen Sie sich wie „der Fisch im Wasser", wobei wir alle vermuten, dass er sich in seinem Element wohl fühlt, und darum geht es letztendlich auch beim Smalltalk. Gelingt es Ihnen, Ihr Wohlgefühl hinüberzubringen, wird das Gespräch gut

Beispiel Ein lockerer Anfang

Ein Beispiel. Sie sind bei einer Veranstaltung Ihres Clubs, der Cocktailempfang hat begonnen, der Präsident hat seine Rede gehalten, und alle gehen zur Unterhaltung über. Sie sitzen mit jemandem am Tisch, den Sie noch nicht kennen und er/sie signalisiert Ihnen über Körpersprache, dass er mit Ihnen gerne reden würde. Sie stellen sich vor und leiten zum Thema über, indem Sie sagen:

- *„Ich freue mich jedes Mal, wenn wir wieder im Club beieinander sitzen. Endlich können wir wieder unsere Bekanntschaft mit netten Leuten erweitern."*
- *Oder: „Leider war ich wieder nicht bei den Preisträgern, aber dafür darf ich mitfeiern."*
- *Und dann könnten Sie fortsetzen: „Darf ich Sie fragen: Sind Sie schon länger beim Club, oder sind Sie erst kürzlich eingetreten und wir haben einander bisher nur nicht gesehen?"*

Ein anderes Beispiel. Sie sind von Ihrer Bank zu einer Vortragsveranstaltung eingeladen worden, anschließend folgt ein kleines Büfett. Sie nähern sich mit dem Glas in der Hand einem Ihnen zugewandten Anwesenden und sprechen ihn an.

- *„Guten Tag, darf ich mich Ihnen vorstellen? Mein Name ist ..." und dann könnten Sie, je nach gezeigter Bereitschaft des Angesprochenen, ein ausgewähltes Thema des gehörten Vortrags mit ihm besprechen.*
- *Merken Sie, dass Sie die Meinung des Angesprochenen weder interessant finden noch teilen, vermeiden Sie eine Auseinandersetzung, nippen Sie an Ihrem Glas, trinken Sie es erforderlichenfalls aus und nutzen Sie die nächste Gelegenheit dazu, ihn zu verlassen, indem Sie beispielsweise sagen „Ich werde mir noch etwas zu Trinken holen. Es war nett, mich mit Ihnen zu unterhalten."*

laufen. „Wes das Herz voll ist, des geht der Mund über". Besser kann man auch die Voraussetzungen für Smalltalk nicht beschreiben. Und wie sollte der Mund übergehen? Sagen Sie doch ganz einfach, was Sie denken, und das möglichst humorvoll.

Die Gesprächsdauer

Beim Smalltalk in einer größeren Runde dauern Einzelgespräche nicht lange, vielleicht drei bis zehn Minuten. Werden die Gespräche länger, bilden sich praktisch Gruppen, d. h. die flexible, wechselnde große Gruppe verdichtet sich zu kleinen Gesprächsgruppen, die sich nach außen hin abschließen.
Geschieht es, dass ein Gesprächsthema für die Teilnehmer so faszinierend wird, dass sie darüber die Zeit vergessen, ist das für das jeweilige Gespräch zwar sehr positiv, kann aber durch die Abschottung der Kleingruppe nach außen für die Gesamtsituation störend sein. Die Ausgeschlossenen werden die Veranstaltung verlassen, der harte Kern bleibt und führt dann Gespräche, die den typischen Charakter eines Smalltalks überschreiten.
Wenn Sie als Außenstehender versuchen, in eine geschlossene Runde einzudringen, wird Ihnen das in einer grundsätzlich auf Smalltalk aufgebauten Situation kaum verwehrt, Sie werden aber dennoch als Störenfried empfunden und damit negativ beurteilt.

Hinüberdriften zum nächsten Gesprächspartner

Was Ihnen bei Smalltalk gelingen sollte, ist durch Vielseitigkeit und Oberflächlichkeit den anderen zu unterhalten und ihn/sie dazu anzuregen, von sich aus aktiv zu werden. Jeder dargereichte „Gesprächsfaden" muss aufgenommen werden, aufgenommen, aber nicht aufgerollt! Spielen Sie mit den Gesprächsthemen, lassen Sie sie fallen, wenn Sie ihrer überdrüssig geworden sind, und greifen Sie neue Themen auf.
Ihr Sieg beim Smalltalk ist das vergnügte Lächeln, die gelöste Stimmung, der natürliche Übergang von einer Gesprächssituation zu nächsten, der Wechsel von einer Gruppe zur anderen: Ein neuer Gesprächspartner kommt hinzu, erhält einen Gesprächsfaden zugeworfen, greift ihn auf, ein anderer wandert ab.

Der Gastgeber sollte moderieren

Schüchterne, gehemmte, menschenscheue und ängstliche Menschen, die sich in solche Situationen begeben (auf Partys, auf Faschingsbällen, bei Fortbildungsveranstaltungen) ziehen sich dann gerne in eine Ecke zurück, verbergen sich in einer Gruppe von Vertrauten oder klammern sich an ihr Glas. Ein guter Gastgeber oder Veranstalter wird sich bemühen, die „Mauerblümchen“ aus der Ecke zu holen, d. h. ihnen Gelegenheiten zur Einbindung in Gespräche bieten. Bei offiziellen Anlässen empfinde ich das sogar als Verpflichtung eines Veranstalters. Nur ein Büfett bereitzustellen, nur Raum zu bieten für Gespräche, erscheint mir zu wenig. Small Talk muss organisiert werden, und zwar durch den Veranstalter bzw. Gastgeber und seine Mitarbeiter. Geschieht das nicht, werden zumeist nur jene Gruppen miteinander sprechen, die einander ohnehin kennen und miteinander häufiger gesellschaftlich verkehren. Anregung kann erwartet werden, aber reagieren muss selbstverständlich jeder für sich. Jeder gute Stimmungsmacher wird versuchen, die Leute „ins Boot zu holen“, indem er Fragen direkt an sie richtet oder sie für eine Leistung hervorhebt, um sie damit in eine Gesprächssituation zu führen. Wer dann aber nicht richtig reagiert, hat seine Chance versäumt.

Diskussion – wie bringe ich mich ein?

Als Diskussion wollen wir hier eine Situation verstehen, in welcher ein bestimmtes Thema oder eine Themengruppe durch mehrere, in der Diskussionssituation gleichrangige Personen bearbeitet wird, mit dem Ziel, entweder möglichst viele Aspekte des Themas aufzuzeigen und/oder zu einer Problemlösung zu gelangen.
Derartige Diskussionen können vor Publikum stattfinden (so genannte „Podiumsdiskussionen“, mit oder ohne teilweise Einbindung des Publikums) oder ohne Zuhörer, also Diskutanten in der abwechselnden Rolle des Redners und des Zuhörers. Während es bei der erstgenannten Form der Diskussion eine Beurteilung der Leistung und Meinung einzelner Diskutanten durch Außenstehende geben kann, bleibt diese Möglichkeit in der Diskussion ohne Publikum verschlossen. Einigen sich die Diskutanten nicht, gibt es kein Urteil und damit im eigentlichen Sinn weder Sieger noch Besiegte.
Das zu erkennen ist wichtig, denn viele Diskussionen finden im beruflichen Umfeld statt, manchmal im Vorfeld von Angelegenheiten, die bei Nichteinigung vor Gericht enden können, wobei in diesem Fall der Übergang von der Diskussion zur Verhandlungen fließend ist. Man könnte sagen, eine gute Verhandlung ist eine Diskussion mit dem Ziel der Einigung, eine gute Diskussion ist eine Verhandlung mit offener Wertung und „teilnahmsloser“ (im Sinne von fehlendem Eigeninteresse) Beurteilung der Argumente des Gesprächspartners.

Jede Meinung zählt

Wesentlich an einer qualitativ guten Diskussion ist die Gleichrangigkeit der Diskutanten, und zwar in dem Sinn, dass jede vorgebrachte Meinung gleich viel wert sein muss (was nicht heißt, dass die Beiträge gleich gut bzw. gleich klug sein müssen).

Ein eventuell vorhandener Diskussionsleiter hat nur organisatorische und objektivierende Aufgaben, wie beispielsweise Themenvorgabe, Erteilung des Wortes, Zusammenfassung vorgebrachter Ansichten, Verhinderung von Unterbrechungen des Redenden, Beendigung zu langer Diskussionsbeiträge einzelner, Verhinderung bzw. Zurücknahme verbaler persönlicher Angriffe, Zurückführung auf das Thema nach abgleitenden Diskussionsbeiträgen und Einhaltung des Zeitlimits.

Mischt sich der Diskussionsleiter in parteiischer Form ein, verliert er seine Rolle, um nicht zu sagen, er/sie fällt aus der Rolle, und wird zum Diskutanten. Es ist daher nie vorteilhaft, Diskussionsleiter in einer Angelegenheit zu werden, die einen persönlich emotionalisiert.

Die Positionen werden bezogen

Eine Diskussion kann sich an einem Thema entwickeln, d. h. ungeplant beginnen, oder aber zu einem Thema veranstaltet werden. Wir wollen an dieser Stelle die schwierigere Situation annehmen, d. h. eine Diskussion entwickelt sich ungeplant. Sie befinden sich in einem Gespräch mit Kollegen und Freunden, machen Smalltalk, plötzlich verhaken Sie sich in einem Thema und befinden sich mitten in einer Diskussion. In dieser unstrukturierten Situation werden zunächst die Positionen fixiert:

- Wer hat das Thema eingebracht?
- Wer vertritt welche Position?
- Welchen Status und welche Rollen gibt es in der Gruppe und welche Konstellationen ergeben sich daraus?
- Wer ist der Meinungsbildner?
- Wer wird zum Verfolger, zum Opfer, zum Helfer?
- Wer spielt den advocatus diaboli, den Anwalt des Teufels?

Es kann zwar mitunter geschehen, dass das Thema rasch wieder uninteressant wird und die Gesprächsführung wiederum auf die Smalltalk-Ebene zurückfällt wir wollen aber annehmen, es entwickle sich daraus tatsächlich eine gute Diskussion.

Warum wird diskutiert?

Ziel einer sich auf diese Art entwickelnden Diskussion kann sein, die gegenseitigen Standpunke darzulegen und zu begründen, einen Sachverhalt zu klären und am Ende möglichst mit einer gemeinsamen Sicht des diskutierten Themas auseinander zu gehen, im günstigsten Fall mit einem um eine neue Sichtweise erweiterten Wissensstand.

Manchmal wird die Diskussion nur widerwillig akzeptiert, beispielsweise dann, wenn man eigentlich nur eine kurze Stellungnahme zu einem Sachverhalt abgeben wollte, der ein Gruppenmitglied persönlich bewegt.

Die typischen Konstellationen

Diskussionen führen zu wechselnden Rollen in der Gruppe der Diskutanten, dennoch bilden sich in jeder guten Diskussion einige Rollen heraus, die sich

Beispiel – Eine ungeplante Diskussion

Nehmen wir als Beispiel etwas ganz harmloses an: Eine Gruppe Jugendlicher spricht über das letzte Fußballspiel, welches ihr Verein verloren hat. Zunächst jammern sie über die Niederlage, dann entspinnt sich eine Diskussion über die Ursache der Niederlage.

- *Der Meinungsbildner der Gruppe will eigentlich in seiner Verstimmung über den Verein gar nicht diskutieren und brummt eine kurze Stellungnahme vor sich hin, die er gar nicht recht bedacht hat und die eigentlich nur seinen Missmut zum Ausdruck bringen soll.*
- *Die anderen stimmen zu, nur einer wagt schüchtern zu widersprechen und bringt eine andere, offensichtlich gut durchdachte Ansicht ein.*
- *Nun fallen einige aus der Gruppe verbal über diesen einen her, der damit zum „Opfer“ wird.*
- *Überraschenderweise findet sich ein „Helfer“, der noch dazu einen relativ hohen Status innerhalb der Gruppe hat. Der Helfer stützt die Meinung des nunmehr ehemaligen Opfers durch zusätzliche Argumente, die er in der Zeitung gelesen hat.*
- *Das kann der Meinungsbildner so nicht lassen, ohne sein Gesicht zu verlieren. Andererseits hat er erkannt, dass sein erster Standpunkt doch nicht ganz so fundiert ist, wie er dachte. Um wiederum das Heft in die Hand zu bekommen, verbündet er sich mit dem Helfer, indem er sich selbst über eine Frage an den Helfer in das Gespräch wieder einbindet.*

Und damit ist die schönste Diskussion mit unterschiedlichen Meinungen und Stellungnahmen im Gange.

aus Grundverhaltensmustern der jeweiligen Personen ergeben. Je nach Gruppengröße und Zusammensetzung ergeben sich daraus sehr unterschiedlich geprägte Diskussionen, insbesondere auch dann, wenn unterschiedliche „Nebenrollen" vorhanden sind.
Die Rollen können selbstverständlich sowohl mit Frauen als auch mit Männern besetzt sein, wobei lediglich die Darstellungsform unterschiedlich ist, nicht das grundsätzliche Spiel. Frauen üben beispielsweise in ganz anderer Form Macht aus als Männer: mehr mit Kopf und Schönheit als mit Muskelkraft – aber das ausreichend zu erläutern, erfordert ein eigenes Buch.

Ein Moderator sorgt für den „roten Faden"

Nun gehört es zum Wesen einer Diskussion, dass Inhalt und Ablauf durch die Diskutanten selbst gestaltet werden, im Wechselspiel der jeweiligen Aussagen. Und selbst starken Meinungsbildnern fällt es schwer, sich gegen eine Meute völlig anders denkender und empfindender Haupt- und Nebenrollen durchzusetzen.
Je nach Stärke der Rollenausprägung wird es den positiv-aktiven Kräften in der Diskussion gelingen, zum Thema etwas beizutragen und zu neuen Einsichten zu gelangen, oder sie werden in der Meute der negativ-aktiven Kräfte, der Anbeter, Hinterfrager und Blender untergehen.
Um dieser Gefahr entgegenzusteuern, benötigt eine gute Diskussion unbedingt den bereits genannten Diskussionsleiter, einen so genannten „Moderator", der dafür sorgt, dass nach ausreichender Besprechung die Dinge auf den Punkt gebracht werden, dass bremsende und hemmende Kräfte nicht die Überhand bekommen und dass ein roter Faden beim Thema erhalten bleibt. Des Weiteren muss der Moderator dafür sorgen, dass in der Diskussion gestellte Fragen auch vom Befragten beantwortet werden, um nicht die Frage ungelöst stehen zu lassen.

Bitte keine reine Selbstdarstellung

Dem Risiko, sich in einer Diskussion nachhaltig zu blamieren, setzt man sich vor allem dann aus, wenn man sich zu sehr in den Vordergrund drängt, eine als falsch entlarvte Meinung oder unrichtig dargestellte Tatsachen nachhaltig verteidigt oder durch ungehöriges Verhalten völlig aus der Rolle fällt. Ansonsten bietet eine Diskussion mit mehreren Mitrednern meist gute Gelegenheiten, sich zurückzunehmen, wenn man sich verlaufen hat, weil die anderen ohnehin darauf lauern, endlich zu Wort zu kommen.

Die Gefahr, dass eine Diskussion zur bloßen Selbstdarstellung der einzelnen Diskussionsteilnehmer verkommt, ist groß und bei vielen Diskussionen zu

Beispiel

DISKUSSION – EIN SPIEL MIT HAUPT- UND NEBENROLLEN

Zu den Hauptrollen zählen:

- *der Meinungsbildner: Meinungsbildern müssen nicht immer die (vor)lautesten Diskutanten sein, es können auch jene Meinungsbildner werden, deren Meinung am besten fundiert ist und die damit das letzte Wort haben. Rolle: aktiv*
- *der advocatus diaboli: Er findet zwar alles schlecht, schwer durchführbar oder gefährlich. Ist er aber nicht destruktiv eingestellt, kann er zum Nachdenken anregen. Rolle: ambivalent, manchmal aktiv, manchmal passiv*
- *der Blender: Er möchte im Mittelpunkt stehen und gut aussehen. Rolle: passiv*
- *der Machtmensch: Was er hat, ist Macht und Meinung. Ob er Argumente hat, ist manchmal zweifelhaft. Rolle: aktiv*

Nebenrollen spielen:

- *der Opportunist (Beifallspender): Opportunisten hat man immer dann auf seiner Seite, wenn man gerade oben ist, d. h. wenn man mit seinen Argumenten bei den anderen Anerkennung gefunden hat. Rolle: aktiv*
- *der Skeptiker: Er will alles doch noch einmal überprüfen. Rolle: herausfordernd aktiv*
- *der Gläubige bzw. der Untertan: Er will zu seinem Meinungsbildner oder seinem Idol aufblicken können und ihm vertrauen. Rolle: passiv*
- *der Revisor: Er glaubt nur das, was eindeutig bewiesen werden kann. Rolle: forschend aktiv*
- *der Polterer: Er hat zwar wenig Inhalt zu bringen, das aber laut und deutlich. Rolle: aktiv*
- *der Philosoph: Er führt alles auf grundsätzliche Fragen zurück. Manchmal kann er intellektuelle Herausforderungen anbieten, ist er aber eigentlich ungebildet, wirkt er lediglich pathetisch. Rolle: ambivalent, kann aktiv sein*
- *der Psychologe: Er hat Verständnis für alle menschlichen Schwächen und erklärt sie durch Probleme in der Kindheit. Rolle: ambivalent, eher passiv*
- *der Religiöse: Er findet Halt in mehr oder minder klaren Vorstellungen einer höheren Macht. Rolle: ambivalent, manchmal im Fanatismus aktiv, manchmal passiv*
- *der Unsichere: Neigt unterschiedlichen geäußerten Meinungen zu, schwankt hin und her und findet keine eigene Lösung. Rolle: passiv*
- *der Misstrauische: Er begibt sich gern auf eine übergeordnete Betrachtungsebene und macht manchmal den Job des Moderators, insbesondere dann, wenn dieser in der Leitung schwach ist. Rolle: ambivalent, kann aktiv sein*

beobachten. Wenn alle nur darauf lauern, endlich selbst zu Wort zu kommen, ist als so gut wie sicher anzunehmen, dass das Gesprochene überhaupt nicht gehört wird, d. h. dass keine Wahrnehmung des Inhalts stattfindet und das gesprochene Wort zur Geräuschkulisse absinkt.
Derartige Diskussionen erkennt man daran, dass an das vom Vorredner Gesagte nicht oder nur höchst oberflächlich angeknüpft wird und prompt ein eigener Aspekt, eine eigene Meinung, ein eigener Appell angesprochen wird. Ich denke dabei mit Grauen an diverse politische Diskussionen, bei denen jeder Diskussionsteilnehmer nur sein eigenes Parteiprogramm präsentiert, geschmückt durch formale Elemente einer Diskussion.

Einer muss das Gespräch leiten

Wie kann ein interessierter Teilnehmer an einer Diskussion eine derartige Entwicklung verhindern, wenn es keinen Moderator gibt? Eine der zu erfüllenden Aufgaben, den Ablauf und die Entwicklung einer sinnvoll abgeführten Diskussion zu sichern, wäre dafür zu sorgen, dass die Gesprächssituation ein Gespräch bleibt und nicht zur Folge von Aussagen verschiedener Personen absinkt, ohne dass eine eigentliche inhaltliche und aufeinander aufbauende Verbindung besteht.
Gibt es keinen Moderator, muss eine/r die Führung des Gesprächs übernehmen, wenn ihm/ihr daran liegt, einen Fortschritt zu erzielen, d. h. sie/er wird zum informellen Gesprächsführer. Bei geschickter Vorgehensweise werden sich die anderen Diskutanten erst später dessen bewusst, dass sie die Gesprächsführung akzeptiert haben.

Ein Ende finden

Gelingt es nicht mehr, die Gesprächsteilnehmer dazu zu bringen, aufeinander einzugehen, d. h. sich eingehend mit der Aussage des Vorredners zu beschäftigen, darüber nachzudenken und darauf antwortend, erweiternd, erläuternd, analysierend, kritisch oder wie immer zu reagieren, sollte die Diskussion beendet werden. Ebenso dann, wenn man merkt, dass sich das Gespräch im Kreis dreht, weil keine neuen Gedanken mehr eingebracht werden, und wenn sich immer mehr Diskutanten zurückziehen und nichts mehr einbringen.
Im Idealfall jedoch sollte ein Diskussionsthema nicht dadurch wegfallen, dass es völlig verbraucht ist, sondern dadurch, dass ein bestimmter Teilbereich zu aller Zufriedenheit ausreichend behandelt wurde oder eine vereinbarte Zeitspanne abgelaufen ist.

Wir hätten sicherlich noch einiges über Diskussionen zu besprechen, aber wäre nicht etwas Abwechslung ganz schön? Wechseln wir zur nächsten Redesituation hinüber. Hat nicht soeben Ihr Telefon geläutet?

Was sage ich am Telefon?

Die angesprochene Situation ist eine von mehreren Möglichkeiten, wie Gespräche am Telefon beginnen: Sie werden angerufen, wissen noch nicht, wer am Telefon ist (vielleicht lesen Sie das am Display Ihres Apparates ab und können entscheiden, ob Sie den Anruf überhaupt annehmen wollen) und kennen das Thema nicht. Sie müssen daher unvorbereitet reagieren, und das unter verschiedensten Umständen:

- Wo erreicht Sie der Anruf? Sind Sie an Ihrem Arbeitsplatz, in Ihrer Wohnung, oder erhalten Sie den Anruf am Handy beim Einkaufen oder in einer kniffligen Verkehrssituation?
- Was machen Sie gerade? Kochen Sie, sind Sie mitten in einer Besprechung, konzentrieren Sie sich auf eine schwierige Arbeit?
- Wie wichtig ist Ihnen der Anruf? Empfinden Sie ihn als angenehm oder störend?

Ebenso, wie es Ihnen ergeht, erlebt es Ihr Gesprächspartner, wenn Sie anrufen. Daher sollte die erste Frage für ein gutes Gespräch am Telefon immer sein: „Störe ich Sie im Augenblick?“ Wenn die Antwort lautet: „Ja, im Augenblick ist es ungünstig“, dann dürfen Sie nur noch eine Frage stellen: „Wann darf ich Sie wieder anrufen?“ Anschließend beenden Sie das Gespräch nach einer sehr kurzen Verabschiedung und stellen nicht noch Fragen über Fragen.

Tipp — Nicht aufdringlich sein

Nehmen Sie immer zur Kenntnis, wenn der Angerufene nicht mit Ihnen sprechen will, und akzeptieren Sie es, auch wenn Ihnen das nicht in Ihr Konzept passt. Sie erreichen ansonsten nur Ablehnung und Stress auf Seiten des Belästigten.

Schnelle Reaktionen sind gefragt

Wenn wir selbst aktiv werden, können wir zwar das Gespräch vorbereiten, wissen aber dennoch nicht, wie der Angerufene reagieren wird (siehe oben). Telefongespräche sind demnach immer spontan. Sie verlangen rasches Nachdenken und Entscheiden wie auch Schlagfertigkeit. Der Angerufene wie der Anrufer wissen nicht, ob ihr Gespräch aufgezeichnet wird, sodass Fehler und

Irrtümer möglicherweise seitens eines der Gesprächspartner dokumentiert werden.
Für den privaten Bereich mag das nicht besonders wichtig sein, im beruflichen Bereich kann es zu schwierigen Situationen führen. Es ist zwar nicht erlaubt, ohne Wissen des Betroffenen Gesprächsaufzeichnungen zu machen, niemand kann aber ein so genanntes „Gedächtnisprotokoll" verhindern.

Die Tücken der Technik
Ein weiteres Kriterium von Telefongesprächen sind die zahlreichen Störungen, die ein Gespräch erschweren, besonders dann, wenn Gespräche vom oder zum Handy erfolgen:

- gestörte Verbindung (das Gespräch bricht ab oder wird durch technische Störungen unverständlich)
- der Akku wird leer
- die Umgebungsgeräusche sind zu laut
- die Konzentration ist erschwert

Wichtige Telefonate vom Handy aus zu führen birgt immer die Gefahr ernst zu nehmender Missverständnisse. Vielfach besteht die Meinung, das sei in unserer gesellschaftlichen Situation nicht zu vermeiden, was für einen geringen Anteil der Gespräche durchaus der Fall sein kann, aber keineswegs für die Mehrzahl gilt.

Der Anrufer ist am Zug
Stellen Sie sich bei einem Telefonat, welches von Ihnen ausgeht, zu aller erst die Frage, ob das zu besprechende Thema überhaupt telefongeeignet ist, d. h. ob nicht ein persönliches Gespräch oder eine Videokonferenz erforderlich wäre. Ein schlecht und sogar ungeeignetes Medium der Kommunikation wird kaum zum Ziel führen.
Der Anrufer befindet sich aus rhetorischer Sicht gegenüber dem Angerufenen immer im Vorteil: Er wählt Zeit, Ort, Umgebung, Medium (Festnetz, Handy) und Thema, kann sich vorbereiten und alle erforderlichen Unterlagen bereithalten.
Einziger Nachteil ist, dass er die Sprechsituation des Angerufenen nicht kennt, aber das betrifft ohnehin jedes Telefongespräch. Die schwierigere rhetorische Situation ist es, auf Anrufe gut zu reagieren, und damit wollen wir uns nun näher auseinandersetzen.

Die Annnahme eines Anrufs

Für die Annahme des Anrufes gibt es die unterschiedlichsten Gewohnheiten: „Hallo?" „Hallo, wer spricht da?" „Hier ist die Nummer ..." oder ein schnell hingesprochener Name. Der Anrufer sollte zumindest die Chance bekommen zu erkennen, ob er mit dem gewünschten Gesprächspartner verbunden ist oder nicht, d. h. er sollte den Namen dessen erfahren, zu dem der Telefonanruf gelangt ist.

Um zu verhindern, dass der genannte Name durch den Überraschungseffekt unverständlich bleibt, sollten Sie Ihre Meldung am Telefon mit zumindest einem Wort einleiten, beispielsweise „Guten Tag, Sie sprechen mit ..." oder „Hier spricht ..." oder Vorname und dann Familienname. Nachdem aber viele von uns am Telefon zur Maulfaulheit neigen, empfehle ich Ihnen als minimales Entgegenkommen an den Anrufer, Ihren Familiennamen langsam und deutlich zu sprechen. Wie Telefonzentralen oder Abteilungen von Firmen sich richtig melden sollten, ist ein eigenes Thema, das hier nicht weiter erörtert wird.

Falsch verbunden ...

Gelegentlich wird ein Anrufer am Apparat sein, der eine andere Nummer wählen wollte (oder auch nicht, wer weiß). Nun stellt sich die Frage, wer auskunftspflichtig ist. Aus meiner Sicht liegt die Verpflichtung beim Anrufer, d. h. der Anrufer hat zu fragen, ob er eine bestimmte Telefonnummer oder eine bestimmte Person erreicht hat. Es steht ihm nicht zu, Sie nach Ihrem Namen und Ihrer Telefonnummer zu fragen, und Sie sollten diese auch grundsätzlich nicht sagen. Sehr wohl haben aber Sie das Recht nachzufragen, wer der Anrufer ist, d. h. der Anrufer hat seinerseits die Verpflichtung, sich zu identifizieren. Tut er das nicht, sollten Sie das Gespräch ohne Rücksicht auf eventuelle Unhöflichkeit abbrechen und die Verbindung trennen.

Manchmal kommt es vor, dass Anrufe kommen, bei denen sich der Anrufer nicht meldet. Dahinter können technische Störungen von Handys stehen, und Sie sollten daher mit Grobheiten gegenüber dem sich nicht meldenden Anrufer eher zurückhaltend sein. Besser ist es, durch mehrmaliges Nachfragen und der Mitteilung „Ich höre Sie nicht" die Verbindung zu trennen.

Die Phasen eines Telefongesprächs

- *Annahme des Anrufs*
- *Einleitungsfloskeln (Smalltalk)*
- *zum Thema kommen*
- *das Thema aufbereiten*
- *Entscheidungen*
- *Beendigung des Telefonats*

Die Einleitungsfloskeln

Haben Sie einen Anrufer am Apparat, dessen Gesprächsangebot Sie annehmen wollen oder müssen, wird dieser höflicherweise mit irgendwelchen Einleitungsfloskeln beginnen, gewissermaßen Smalltalk am Telefon.
Sind Sie dazu geneigt, können Sie auf die Frage „Wie geht es Ihnen?" antworten: „Danke gut, und Ihnen?" und dann nachfragen „Ist bei der Familie auch alles in Ordnung?" Damit signalisieren Sie Ihre Bereitschaft, sich nicht nur mit der Kernbotschaft, also dem eigentlichen Ziel des Telefonats, zu beschäftigen, sondern dass Sie auch an sozialer Kommunikation mit dem Anrufer interessiert sind.
Wollen Sie das nicht, bleiben Sie am besten bei einem knappen Dank für die Nachfrage, gegebenenfalls noch einer eigenen Frage nach dem Wohlbefinden, die ohnehin vom geübten Redner als rhetorische Frage erkannt wird. Smalltalk-Versuche machen nicht nur gut bekannte Personen und Freunde, sondern auch Verkäufer, die meinen, sich in die persönliche Sphäre einschleichen zu können.
Lehnen Sie das grundsätzlich ab, es sei denn, Sie haben selbst gerade Lust und Laune auf einen Plausch oder sind so zynisch, dass Sie dann mit umso größerem Vergnügen ein Angebot ablehnen.

Zum Thema kommen

Will Ihr Gesprächspartner nicht zur Sache kommen, müssen Sie deutlicher werden: „Was kann ich für Sie tun?" oder „Worum geht es?" oder „Was ist der Grund Ihres Anrufs?" Damit ist der Anrufer gezwungen, sich zu äußern, wenn er nicht den Abbruch des Gesprächs riskieren will.
Haben Sie den Grund des Anrufes erfahren, müssen Sie entscheiden, ob Sie das Thema zum gegebenen Zeitpunkt und am Telefon besprechen wollen. Wollen Sie nicht, sollten Sie das unmissverständlich sagen, ohne falsche Rücksichtnahme. Es ist Ihr Recht als Angerufener, sich einem Gespräch und einem Thema zu verweigern, zumindest dann, wenn der Anrufer in Ihre Privatsphäre eingedrungen ist.
Bei beruflichen Telefonaten wird das anders zu sehen sein. Wenn Sie das Gespräch zum Thema annehmen, beachten Sie immer, dass jeder der Teilnehmer die Möglichkeit haben kann, das Gespräch aufzuzeichnen. Nochmals sei es gesagt: Eine Aufzeichnung ohne Wissen des Betroffenen mag zwar verboten sein, aber niemand kann verhindern, dass ein sehr genaues „Gedächtnisprotokoll" zum Gespräch angelegt wurde.

Das Thema aufbereiten und entscheiden

Ehe Sie sich zu einem Thema äußern, muss dieses in allen Aspekten aufbereitet sein. Am Telefon entsteht manchmal das Gefühl, man müsse sofort antworten und entscheiden. Hüten Sie sich davor, Sie werden manchmal bewusst missverstanden.

Haben Sie nicht alle erforderlichen Unterlagen zur Hand, die Sie zum Thema brauchen, gibt es mehrere Alternativen:

- Sie bieten einen Rückruf an.
- Sie fordern den Anrufer auf, sich nach einer bestimmten Zeitspanne wieder zu melden.
- Sie vereinbaren lediglich einen persönlichen Gesprächstermin.

Lassen Sie sich ohne ausreichende Aufbereitung eines Themas keinesfalls zu einer Entscheidung drängen. Höfliche Äußerungen, wie etwa „Das klingt ganz gut" oder „Ich ziehe das in Betracht" oder „Das könnte ich mir vorstellen" könnten als positive Entscheidung gewertet werden. Sagen Sie eindeutig, dass Sie sich die Entscheidung noch überlegen werden. Ein Telefongespräch ist nicht das geeignete Medium für differenziert zu hörende diplomatische Erörterungen, dazu sind die störenden Umwelteinflüsse viel zu gefährlich.

Das Telefonat abschließen

Ein gutes Telefonat endet wie jede gute Rede mit einem Abschluss, der das wesentliche Ergebnis und die nächsten Schritte zusammenfasst: „Wir sehen uns also am Sonntag um zwölf Uhr bei uns zum Mittagessen", d. h. Tag, Uhrzeit, Ort, Anlass.

Wenn Sie sagen „bis bald", dann kann das durchaus als freundlich-höfliche Floskel durchgehen, wenn Sie aber sagen „wir sprechen darüber demnächst", wird das berechtigt als Zusage aufgefasst. Schließen Sie Ihr Telefonat so, wie Sie die Kontaktebene fortgeführt haben wollen, d. h. so, dass dem Anrufer klar ist, wie die nächsten Kommunikationsschritte ablaufen sollten.

Tipp NOTIZEN MACHEN

Grundsätzlich: Halten Sie bei Ihrem Telefon immer ein Schreibgerät und einen kleinen Notizblock bereit. Jedes gekonnte Telefonat verlangt das.

Unerwünschte Anrufe

Erhalten Sie einen unerwünschten Anruf, sollten Sie zunächst auf einer entsprechenden Vorstellung bestehen und dann darüber entscheiden, ob Sie überhaupt mit dem Anrufer sprechen wollen. Rufen Sie selbst jemanden an, der Ihren Anruf nicht erwartet oder Sie nicht kennt, überlegen Sie vorweg genau, wie Sie den Angesprochenen für ein

Beispiel Elegant abwimmeln

➤ *Der unbekannte Anrufer hat sich (angeblich) verwählt. „Wen wollten Sie erreichen? Welche Nummer haben Sie gewählt? Wie ist Ihre Telefonnummer?" Sie löchern also den Störenfried so mit Fragen, dass er gerne auflegt. Darüber hinaus können Sie bei technisch entsprechend ausgestatteten Telefonen die Nummer kontrollieren und vielleicht sogar aus Vorsichtsgründen notieren.*

➤ *Der Ihnen unbekannte Anrufer will Ihnen privat etwas verkaufen: „Welche Firma vertreten Sie? Geben Sie mir Ihren Namen und Ihre Telefonnummer, ich will Sie zurückrufen." Weigert sich der Anrufer, das zu tun (z. B. weil er weiß, dass der Anruf verboten gewesen wäre), haben Sie wieder Ruhe.*

➤ *Der Anrufer bezieht sich auf eine Anforderungskarte, die Sie tatsächlich weggesandt haben: „Senden Sie mir Unterlagen, ich sehe mir das an und entscheide mich dann. Wenn ich etwas möchte, melde ich mich selbst wieder."*

➤ *Der Anrufer meldet sich gar nicht, und Sie müssen auch nicht vermuten, dass der Anruf von einem Handy stammt und lediglich keine Verbindung zustande kommt: „Ich sehe Ihre Nummer am Display und werde sie der zuständigen Polizeiwache übergeben." (auch wenn Sie über diese Informationsquelle nicht verfügen). Lacht der Anrufer Sie dann aus und meldet sich noch immer nicht, kann es sich entweder um einen Scherz von Bekannten handeln oder Sie sollten wirklich vorsichtig sein, weil jemand Ihre Anwesenheit in der Wohnung erkundet.*

➤ *Ein Bekannter ruft Sie an, mit dem Sie gerade zu diesem Zeitpunkt nicht sprechen möchten: „Ich bin im Augenblick sehr unter Druck, mein Taxi wartet schon vor der Tür. Geht es um etwas Dringendes? Kann ich vielleicht morgen zurückrufen?" oder, wenn der Bekannte persona non grata (unerwünschte Person) ist: „Können Sie morgen anrufen?"*

➤ *Ein Verwandter ruft Sie an und redet endlos. Sie wollen die Beziehung nicht stören, fühlen sich aber zu sehr bedrängt: „Ich würde gerne noch weiter mit dir reden, aber mein Essen steht am Herd und ich fürchte, es brennt an." „An meiner Tür läutet jemand, ich muss leider unterbrechen." „Jetzt muss ich mich aber beeilen, mein Badewasser läuft über." Alle alltäglichen Akutsituationen sind als Ausreden geeignet, wenn Sie nicht riskieren wollen, durch Offenheit eine Kommunikationsstörung herbeizuführen, die Sie möglicherweise nur durch intensive Aussprache wieder beseitigen können.*

Gespräch motivieren können. Es gibt immer mehr Telefonate mit unerwünschten Anrufern, sodass wir als rhetorisches Beispiel das gekonnte Abwimmeln eines Anrufers gewählt haben.

Das Bewerbungsgespräch

Der Anlass für ein Bewerbungsgespräch kann eine Reaktion Ihrerseits auf die Personalsuche eines Unternehmens sein, oder eine Bewerbung bei einem Personalberater, oder eine Vermittlung über einen Freund oder Bekannten. In jedem Fall sprechen Sie mit Personen, deren Absicht es ist, Sie auf Ihre Eignung für das Unternehmen zu überprüfen, fachlich, persönlich und hinsichtlich Ihres Sozialverhaltens, d. h. hinsichtlich Ihrer Rolle im bestehenden Team des Unternehmens.
Ein gutes Bewerbungsgespräch muss aber auch für Sie als Bewerber zur Entscheidungsfindung beitragen, indem Sie erkennen können, ob die angebotene Position überhaupt das ist, was Sie sich erhoffen oder erwarten.

Wer ist Ihr Gesprächspartner?

Ihr Gesprächspartner kann ein Personalberater im Auftrag eines Unternehmens sein, der Personalchef, ein leitender Angestellter oder, bei kleineren Unternehmen, der Chef selbst. Wen Sie als Gesprächspartner akzeptieren sollten, hängt ganz von der Position und der Art der Kontaktanbahnung ab. Bei einem Personalberatergespräch müssen Sie mit einem psychologisch aufgebauten, strukturierten Interview rechnen, gegebenenfalls verbunden mit einem Persönlichkeitstest und einem fachlichen Eignungstest.

Tipp – INFORMATIONEN ÜBER DIE FIRMA

Wenn die Bewerbung nicht aufgrund eines dringenden Jobbedarfs oder wegen der Vermittlung durch das Arbeitsamt (Arbeitsmarktservice) in jedem Fall erfolgen muss, ist die Einholung einer Auskunft über die Firma (Größe, was macht sie am Markt, Ruf, finanzielle Situation etc.) zu empfehlen. Selbstverständlich sind inoffizielle Quellen noch wesentlich informativer als offizielle.

Was dem Gespräch voran ging

Bevor es zu einem Bewerbungsgespräch kommt, sind einige wichtige Ereignisse bereits abgelaufen, welche die Situation beim Gespräch und die soziale Wahrnehmung wie auch Ihre innere Einstellung als Bewerber/in prägen:

- Seitens des Unternehmens: eine Personalbedarfsplanung, die Ausarbeitung oder Überarbeitung einer Stellenbeschreibung, d. h. einer Beschreibung dessen, was durch einen Bewerber erledigt werden sollte, die Formulierung eines Anforderungsprofils für den Bewerber, ein Auftrag zur Personalsuche an einen Personalberater oder die Gestaltung einer Zeitungsanzeige, das Sichten eingehender Bewerbungen, welche die üblichen Unterlagen enthalten (Lebenslauf, Zeugnisse, Referenzen) und eine Vorauswahl.

➤ Seitens des Bewerbers/der Bewerberin: Suche nach einem Arbeitsplatz oder eine aus welchen Gründen immer entstandene Absicht, den Arbeitsplatz zu wechseln, wie etwa zu niedrige Bezahlung, uninteressante Tätigkeit, keine Aufstiegschancen oder schlechtes Betriebsklima.

Wichtig: die Einstellung zu sich selbst

Ehe wir auf das Thema Selbstdarstellung zu sprechen kommen, will ich Ihnen noch einen äußerst wichtigen Hinweis geben, den Sie als Leitsatz vor jedem Gespräch, vor allem aber auch vor jedem Bewerbungsgespräch wiederholen sollten:

„Ich bin eine Persönlichkeit, die aus gutem Grund selbstbewusst auftreten kann.“

Die üblichen Gesprächsthemen

Routinemäßig können Sie beim Bewerbungsgespräch folgende Themen erwarten, welche Sie bei Ihrer Präsentation berücksichtigen sollten bzw. welche abgefragt werden:

- *Ihre Selbstdarstellung (Wenn man Sie höflich behandeln will, erfolgt vorweg eine Vorstellung des Unternehmens, in welchem Sie sich bewerben.)*
- *Ihre beruflichen Erfahrungen und Ziele*
- *beiderseitige Erwartungen hinsichtlich fachlicher Anforderungen, beruflicher Weiterentwicklung und Fortbildung, technischer Ausstattung, Arbeitsgruppe und Karrierechancen*
- *Kriterien, die Sie als Bewerber veranlassen würden, die Bewerbung zurückzuziehen*
- *Gründe für einen Arbeitsplatzwechsel*
- *Entlohnung hinsichtlich Höhe und Gestaltungsform*

Auf der Audio-CD ist ein Beispiel für ein Bewerbungsgespräch dargestellt, in welchem Sie alle jene Elemente wiederfinden werden, die wir hier genannt haben.

Arbeiten Sie vor Bewerbungsgesprächen besonders intensiv an Ihrer persönlichen Einstellung zu sich selbst:

- Seien Sie selbstbewusst, aber nicht überheblich. Überheblichkeit lässt oft auf einen Mangel an Selbstbewusstsein schließen, welcher durch übertriebene Angeberei kompensiert werden muss, vor allem aber wirkt sie auf den Gesprächspartner unangenehm.
- Seien Sie höflich, aber nicht devot. Jeder Mensch hat gleichen Wert, wenn auch nicht den gleichen Rang. Dass das Unternehmen Mitarbeiter sucht, zeigt Ihnen doch, dass Sie gebraucht werden, und das bedeutet nicht zuletzt, Sie sind für das Unternehmen wertvoll.
- Stellen Sie dar, was Sie können, ohne falsche Bescheidenheit, aber loben Sie sich nicht selbst. Wenn Sie sagen: „Ich habe die Korrespondenz für Frankreich erledigt und wurde manchmal als Dolmetscher eingesetzt“ ist das eine Darstellung. Wenn Sie sagen: „Ich bin sehr gut in Französisch in Wort und Schrift“ klingt bereits ein wenig Selbstlob an. Wenn Sie aber hervorheben, dass Sie bei Ihrem derzeitigen Betrieb die beste Kraft für alle französischsprachigen Angelegenheiten sind, mag das vielleicht zutreffen, klingt aber unangenehm nach Selbstlob. Sollte das aber als Botschaft beim anderen landen, wäre es gut, wenn Sie dazu eine schriftliche Referenz vorweisen könnten.

Die Grenze zwischen falscher Bescheidenheit und Selbstlob ist fließend. Wenn Sie glauben, sich mit Understatement gut zu präsentieren, muss das für den jeweiligen Gesprächspartner erkennbar sein. Es nützt Ihnen wenig, sich bescheiden zu geben, wenn Ihr Gesprächspartner beim Bewerbungsgespräch Ihre Untertreibung als objektive Darstellung interpretiert und Sie damit unter Ihrem wahren Wert einschätzt.

Konzentriert aufs Wesentliche

Ein Beispiel für eine Selbstdarstellung können Sie auf der Audio CD hören. Halten Sie die Selbstdarstellung eher kurz, präzise und konzentriert auf jene Punkte, welche Ihr Gesprächspartner wissen soll und muss. Ich denke, dass eine gute Selbstdarstellung bei einer Bewerbung in maximal zwei bis drei Minuten alle wichtigen Eigeninformationen übermittelt.

Hat man Ihnen das Unternehmen nicht vorgestellt, ersuchen Sie nach Ihrer eigenen Vorstellung um eine Darstellung des Unternehmens, indem Sie beispielsweise sagen: „Ich weiß wenig über Ihren Betrieb, obwohl ich mich selbstverständlich vor meiner Bewerbung etwas schlau gemacht habe. Könnten Sie bitte etwas über die Firma erzählen?“ Weist man das mehr oder minder brüsk zurück und Sie bewerben sich nicht um eine sehr untergeordnete Stelle, sollten Sie sich überlegen, ob Sie sich tatsächlich noch um eine Beschäftigung in dieser Firma bemühen möchten. In jedem Fall zeigt Ihnen die Art, wie man auf eine Bitte zur Firmenvorstellung reagiert, was man im Betrieb grundsätzlich von Mitarbeitern hält.

Die Berufserfahrung darstellen

Einen Personalchef interessieren berufliche Erfahrungen des Bewerbers wesentlich mehr als alle Zeugnisse, die er ohnehin routinemäßig schon angesehen hat. Jedes gut geführte Unternehmen will von seinen zukünftigen Mitarbeitern mehr als nur die Arbeitsleistung. Es will möglichst bereits ausgebildete, erfahrene, sofort einsetzbare Fachkräfte, die nicht angelernt werden müssen, und es will überdies von der erworbenen Erfahrung aus anderen Betrieben profitieren.

Heben Sie daher Ihre beruflichen Erfahrungen besonders hervor, indem Sie nicht nur erzählen, welche Tätigkeiten Sie bereits ausgeübt, sondern auch, wie Sie Ihre Arbeit praktisch abgewickelt haben, welche Organisationsform sich bei Ihrer Arbeit als besonders erfolgreich erwiesen hat. Des Weiteren wird sich Ihr zukünftiger Arbeitgeber dafür interessieren, welches „Netzwerk" Sie mitbringen, d. h. welche nutzbaren Kontakte Sie geknüpft haben, mit Lieferanten, Kunden, Experten aller Art, sei es beruflich oder in Ihrer Privatsphäre. Und nicht zuletzt sollen Ihre eigenen Ziele besprochen werden. Was möchten Sie in Ihrem Beruf erreichen? Sollte Ihr Gesprächspartner Ihre Ziele nicht akzeptieren können, ist es für Sie beide besser, dem Bewerbungsgespräch keine Einstellung folgen zu lassen.

Gegenseitige Erwartungen klären

Nachdem durch die beiderseitige Vorstellung und die Schilderung Ihrer Erfahrungen das Gespräch bereits voll im Gang sein müsste (ist es vielleicht noch immer ein stockendes Frage und Antwort-Spiel, sollten Sie vorsichtig werden), können Sie nun die beiderseitigen Erwartungen ansprechen. Ein guter Gesprächspartner wird die Frage ohnehin vorwegnehmen und Ihnen darstellen, was die Firma von Ihnen erwartet. Achten Sie dabei auch etwas auf die Formulierung (siehe Kasten Seite 180).

Modern geführte Unternehmen finden es selbstverständlich, mit Ihrem zukünftigen Mitarbeiter auch über Karrierechancen zu sprechen. Das kann sehr direkt geschehen, indem Sie einen Karriereplan erhalten, das heißt eine Darstellung des üblichen Karriereablaufs. Derartige Karrierepläne werden meines Wissens nach vor allem bei Großunternehmen mit angloamerikanischem Einfluss ausgegeben. Es kann aber auch indirekt angedeutet werden, indem man Ihnen erzählt, in wie vielen Jahren Ihr direkter Vorgesetzter in Rente gehen wird.

Den Wunsch nach Wechsel begründen

Als regelmäßig heikles Thema wird bei einem Bewerbungsgespräch die Frage nach den Gründen des Arbeitsplatzwechsels empfunden. Einerseits dürfen Sie weder Ihre derzeitigen Kollegen noch Ihren Chef oder die Firma „in die Pfanne hauen", andererseits erwartet Ihr Gesprächspartner berechtigt, dass Sie ihm gute Gründe liefern, warum Sie wechseln wollen, vor allem auch deshalb, weil er Ihre Firmentreue einschätzen will.

Inhaltsleere Floskeln sind unangebracht. Sie könnten beispielsweise sagen „Ich suche nach einer neuen Herausforderung" oder, wenn das den Tatsachen entspricht, „Ich habe mich für Ihren Betrieb von einigen Ihrer Mitarbeiter begeistern lassen, die ich kenne".

Beispiel Erwartungen werden formuliert

➤ *Sagt der Gesprächspartner „Die Firma erwartet von ihren Mitarbeitern, dass …, so ist das in unserem Leitbild festgelegt." oder sogar „Die Firma verlangt von ihren Mitarbeitern, dass …" können Sie daraus auf eine eher weniger sozial und menschlich geführte Arbeitsumgebung schließen.*

➤ *Lautet die vorweggenommene Antwort auf Ihre Frage aber beispielsweise „Sie werden sich sicher fragen, mit welchen Erwartungen wir auf Sie zukommen …", zeigt das, dass man sich über Sie Gedanken gemacht hat und wie man Ihnen das nahe bringt, was die Firma braucht.*

➤ *Wenn Sie nun Ihre eigenen Erwartungen vorbringen, muss das so formuliert sein, dass es keinesfalls wie eine Forderung oder gar ein Ultimatum klingt. Fragen Sie zunächst, welche fachlichen Anforderungen gestellt werden, und vergleichen Sie diese mit Ihren eigenen Fähigkeiten, vielleicht sogar im offenen Gespräch.*

➤ *Dann könnten Sie sagen „Würden Sie mir bitte schildern, wie mein zukünftiger Arbeitsplatz aussieht, oder darf ich Sie vielleicht bitten, ihn mir nach Beendigung unseres Gespräches zu zeigen?"*

Wenn man Ihnen das verweigert, zeigt das, dass Sie ein Bewerber unter vielen sind oder dass Sie mit Ihrer Bewerbung (noch) nicht in die engere Auswahl kommen.

Vermuten Sie, dass der Betrieb, in welchem Sie derzeit arbeiten, demnächst bankrott ist, beißen Sie auf Ihre Zunge, auch wenn vielleicht schon „die Spatzen vom Dach pfeifen", was dort los ist. Sagen Sie lediglich: „Ich sehe dort keine Aufstiegschancen mehr und möchte mich weiterentwickeln." Sollten Sie unhöflich direkt auf die Schwierigkeiten Ihres derzeitigen Arbeitgebers angesprochen werden, hüten Sie sich zuzustimmen. Jeder liebt den Verrat, keiner den Verräter.

Das liebe Geld

Nicht zuletzt müssen auch Ihre Entlohnung und der Maßstab für mögliche Steigerungen der Entlohnung angesprochen werden. Sie werden sicher gefragt, was Sie derzeit verdienen. Diese Frage ist eigentlich ungehörig, denn das kann doch nicht das Problem des neuen Arbeitgebers sein. Wenn Sie die Unwahrheit sagen, kommt das innerhalb kürzester Zeit nach Ihrer Einstellung heraus, und Sie werden zumindest scheel angesehen, wenn Sie die Wahrheit sagen, bekommen Sie vielleicht deutlich weniger angeboten, als vorgesehen war.
Versuchen Sie daher, die Angelegenheit zu umschiffen, indem Sie sagen „Nach meinen Informationen müsste eine Position, wie sie hier angeboten wird, pro Monat … brutto bringen, und von diesem Betrag bin ich ausgegangen. Ich bin überzeugt, dass meine Arbeitsleistung das Wert ist."
Lassen Sie sich niemals auf eine Diskussion über Ihre derzeitige Entlohnung ein. Eine Firma, die meint, Personal billig einkaufen zu können, nur weil das

Beispiel — HEIKLE PUNKTE ANSPRECHEN

Wenn Ihnen im Verlauf des Bewerbungsgespräches Bereiche aufgefallen sind, die Sie zwar nicht eindeutig zuordnen können, die Sie aber möglicherweise veranlassen würden, Ihre Bewerbung zurückzuziehen, sollten Sie das ansprechen, selbstverständlich in höflicher Form:

- *„Ich habe da eine Frage an Sie. Mir ist aufgefallen, dass … und ich halte das für wichtig."*
- *oder „Mir ist folgende Sache noch ganz wichtig. Darf ich Sie bitten, mir zu sagen …"*

Hüten Sie sich davor, ein Ultimatum auszusprechen:

- *„Wenn das nicht möglich ist, ziehe ich meine Bewerbung zurück."*

Überprüfen Sie besser, ob es möglich ist, und ziehen Sie ohne große Erklärung die Konsequenz, wenn Ihre Bedingungen nicht erfüllt werden wollen.

einer anderen Firma bei Ihnen bereits gelungen ist, sollten Sie nur dann als Arbeitgeber wählen, wenn es unvermeidlich ist. Jeder modern geführte Betrieb weiß, das gute Leute ihr Geld wert sind, daher keine falsche Bescheidenheit, aber selbstverständlich auch keine Übertreibungen.

Eine Entscheidung terminieren

Ein Bewerbungsgespräch muss mit einer Entscheidung oder einem Termin für die Entscheidung enden, beispielsweise Sie sagen: „Von meiner Seite her bin ich gerne bereit, bei Ihrer Firma zu arbeiten." oder, wenn die andere Seite nicht so deutlich positive Signale setzt: „Wann werden Sie über die Besetzung der Stelle entscheiden?" Lassen Sie sich keinesfalls hinhalten. Eine Woche für beiderseits zu überlegenden Entscheidungen muss reichen.

Sollte eine der beiden Seiten sich bereits eindeutig negativ entschieden haben, wäre es nur fair, das sofort zu sagen: „Ich danke Ihnen für das informative Gespräch. Leider bin ich zu der Überzeugung gekommen, dass die Position nicht ganz das ist, was ich mir für meinen weiteren Lebensweg wünsche. Aber vielen Dank für Ihre Einladung zum Gespräch."

Jetzt wollen wir aber doch annehmen, dass Ihre Bewerbung erfolgreich verlaufen ist, und das ist ein Grund zum Feiern. Bei einer solchen Feier ist selbstverständlich eine Rede angebracht, für die wir Ihre Familienredner jetzt etwas vorbereiten wollen.

Anerkannt reden vor der Familie

Ich kenne keine Familie, die nicht spontan mit großer Skepsis auf Reden im Familienkreis reagiert, obwohl man akzeptiert, dass bei bestimmten Gelegenheiten Reden unvermeidlich sind. Die erste wichtige Entscheidung ist daher, zu überprüfen, ob es sich um so eine unvermeidliche Gelegenheit handelt, bei der Sie reden wollen oder müssen. (Eine Musterrede zum Anlass der Hochzeit der Tochter finden Sie auf der beiliegenden Audio-CD.) Wenn schon geredet wird, sollte es kurz sein, man hat anderes zu tun, es gibt so viel zu tratschen. Und dann ja keine Peinlichkeiten, ja kein Pathos!

Bei Reden im Familienkreis gibt es zumeist zwei Gruppen von Zuhörern:

- die direkt Angesprochenen (z. B. ein Hochzeitspaar)
- die sonstigen Zuhörer

Selbstverständlich ist am wichtigsten, dass die direkt Angesprochenen Ihre Rede schätzen. Die übrigen können ja selbst etwas sagen, wenn sie es möchten.

Energisch sich Gehör verschaffen

Auch bei Reden im Familienkreis ist selbstbewusstes Auftreten wichtig. Wer wagt sich schon an jemanden heran, der ohne Zaudern aufsteht und für Ruhe am Tisch sorgt. Anders wäre es bei Schüchternen. Leider hat die menschliche Natur sehr dunkle Seiten, welche dazu neigen, Wehrlose zu knechten, um nicht Schlimmeres zu sagen. Also: Aufstehen, für Ruhe sorgen, nicht nach Ruhe fragen, erforderlichenfalls ein Glas fallen lassen, wenn das Klopfen am Glas nicht für Ruhe sorgt, und beginnen.
Nach diesem Auftritt mit Pomp und Getöse werden Sie sich nicht mehr schwer tun, Ihre Rede anzubringen, wenn ich Ihnen auch nicht empfehlen möchte, jede Rede mit zerbrochenen Gläsern zu beginnen. Außerdem sollte beabsichtigter Theaterdonner mit Scherben geplant werden, damit sich nicht jemand verletzt.

Die Zuhörer einstimmen

Wie fängt man an bei einer Familie, die viel lieber Lärm machen möchte, wo erst die Kinder ruhig gestellt werden müssen, wo die Schwingungen der aktiven Stimmbänder erst abklingen und die Umpolung vom Reden auf das Zuhören seine Zeit braucht? Wie eröffnet man erfolgreich seine Rede? Was sagt man zuerst?
Sie haben sicher schon bemerkt, worauf ich Sie hinführen will: Schaffen Sie zuallererst Stimmung. Wenn der Anlass der Rede es zulässt, betten Sie Ihre Rede in ein Umfeld aus guter Laune und Humor. Lediglich Trauerreden brauchen dem Anlass entsprechend einen ganz anderen Tonfall, aber selbst dann berühren sie die Herzen am meisten, wenn sie unter Tränen Lächeln hervorzaubern können, wenn sie den Verstorbenen so schildern, wie er am liebenswürdigsten war, und das sind eben zumeist alle jene Begebenheiten, wo wir miteinander gelacht haben.
Wir mögen durch große Dinge und Auftritte imponieren, geliebt werden wir aber durch die kleinen, humorvollen und manchmal so überhaupt nicht großartigen Begebenheiten.

Humor ja – aber nicht auf Kosten anderer

Humor ist, wenn alle lachen, und nicht, wenn über einen gelacht wird. Über andere herzuziehen und Anwesende spöttisch herabzusetzen ist häufig praktizierter Familienunfug. Herrscht auch in Ihrer Familie diese Sitte, lassen Sie große Rede am besten bleiben.

Sagen Sie dem Jubilar im Zweiergespräch, was Sie ihm/ihr sagen möchten. Ihre Einstellung muss sein, dass sich die Familie Ihre Rede verdienen muss. Nur die direkt Angesprochenen sind die Adressaten, die anderen haben die Rolle der Claqueure, weil sie zu faul oder zu einfallslos waren, selbst eine Rede vorzubereiten. Ihre Tochter verdient es, dass Sie ihr zu ihrer Promotion eine Rede halten, Ihre Eltern verdienen es, zu ihrer Goldenen Hochzeit einige nette Worte zu hören.

Ihre gesamte Redevorbereitung kann und muss sich demnach auf Ihre Adressaten konzentrieren, auf deren Interessen, deren Wünsche und, in der Sprache, auf deren Gewohnheiten. Sie mögen noch so große Karriere gemacht

Beispiel — Von der Anrede zum Schlusswort

➤ *Wie sprechen Sie die Jubilare am besten an?*
– Entweder allgemein: „Meine liebe Tochter", „Liebe Eltern"
– Oder mit dem Anlass: „Liebes Fräulein Doktor" (wobei „Frau Doktor" korrekt wäre), „Liebes Hochzeitspaar"

➤ *Ist mit den übrigen Anwesenden abgesprochen, dass Sie im Namen aller reden (was zu empfehlen wäre, in Absprache mit und im Namen aller zu reden), könnten Sie sagen: „Wenn ich jetzt zu Euch spreche, geschieht das nicht nur in meinem Namen, sondern für uns alle." Wenn Sie nur für sich selbst sprechen, ohne Vereinbarung mit den anderen, wäre es eine Brüskierung der anderen, diesen Umstand hervorzuheben.*

➤ *Eine gute Einleitung wäre, den Anlass darzustellen, wobei Sie drei Möglichkeiten haben:*
– Sie wählen die Gegenwart („Nun hast du deine Ausbildung mit Bravour abgeschlossen ...")
– die Vergangenheit („Ich sehe dich noch immer vor mir, wie Du Dich zum erstenmal auf die Beine gestellt hast und mit offenen Armen auf mich zugelaufen bist")
– oder die Zukunft („Bald wirst Du in einer Umgebung arbeiten, die ganz anders ist, ...).

➤ *Die Rückkoppelung wird immer zu Ihnen selbst oder der von Ihnen repräsentierten Gruppe sein, d. h. zum Verhältnis zwischen dem Angesprochenen und Ihnen. Familienreden müssen persönlich sein und bleiben, dann kommen sie auch an.*

➤ *Der Abschluss einer Familienrede ist dann ziemlich einfach. Er beginnt mit einer körpersprachlichen Aktion der Hand, die sich um ein Glas schiebt, es hochhebt und von den Worten begleitet wird: „Nun aber genug der Worte. Wir wünschen Euch alles Gute, noch viele glückliche gemeinsame Jahre und uns allen noch viele nette, gemeinsame Feste."*

haben und in der Hochsprache heimisch geworden sein, wenn Sie mit Ihren Eltern und deren Freunden feiern, sprechen Sie so, wie Ihnen im Original „der Schnabel gewachsen ist".

Kompetent darstellen – Präsentationen

Vielleicht werden Sie sich jetzt fragen: Was soll ich denn präsentieren? Ich halte doch keine Vorträge, ich bin doch kein Seminarleiter.
Nun, wenn Sie Ihr Leben vor Ihrem geistigen Auge etwas zurücklaufen lassen, werden Ihnen viele Szenen gegenwärtig werden, wo Sie präsentieren wollten oder mussten. Zumindest in der Schule waren Sie immer wieder aufgefordert, etwas zu präsentieren, jedes Mal, wenn Sie geprüft wurden. Aber auch im Privatleben geschieht das immer wieder. Sicher hat Sie Ihr Freund/Ihre Freundin schon einmal aufgefordert, ihm/ihr etwas vorzuführen oder zu erläutern, sei es die Zubereitung einer Speise, die richtige Anbringung von Schminke oder die Vorführung Ihres neuen Autos.

Nicht einfach lossprudeln

Nehmen wir an, Sie müssten im Rahmen einer Verkaufsveranstaltung, beispielsweise einer Messe, als Verkäufer oder Verkäuferin ein Produkt präsentieren. Ein Interessierter kommt zu Ihnen und ersucht Sie um Auskunft. Nun beginnen Sie mit der Präsentation, aber wie?
Sie könnten selbstverständlich ganz einfach darauf los reden, ihn mit allem überfallen, was das Produkt kann, ihm das Produkt vorführen und ihn dann erwartungsvoll fragend ansehen, ob er nicht kaufen will.
Sie könnten die Präsentation aber ganz anders aufbauen, indem Sie sich zunächst kurz vorstellen „Mein Name ist … Ich vertrete die Firma …" und ihn dann fragen: „Was würde Sie denn speziell interessieren? Oder wäre es Ihnen recht, wenn ich Ihnen zunächst zeige, wie das Produkt funktioniert?" Und schon können Sie Punkt für Punkt vorführen, erläutern und besondere Vorzüge hervorheben.
Auf der beiliegenden CD finden Sie eine Präsentation in Form eines Verkaufsgesprächs. In unserem kurzen Beispiel haben wir die Präsentation als Dialog aufgebaut, d. h. mit einem Redner, der die Hauptrolle spielt, aber mit aktiver Beteiligung des Zuhörers, der durch eigene Fragen wie durch Erforschung seines Interesses die Präsentation mitgestaltet, die Schwerpunkte selbst bestimmt oder verlagert.

Die Fachkompetenz ins Licht rücken

Der Zuhörerkreis einer Präsentation kann, je nach Situation, permanent wechseln (wie etwa bei Präsentationen auf Verkaufsmessen) oder konstant sein (wie bei einer Fachveranstaltung). Eine Selbstdarstellung des Präsentierenden wird nicht in jedem Fall angebracht sein.

Wenn sie erforderlich scheint, muss sie kurz sein, kaum die Eigenvorstellung erweiternd, und sich direkt auf die Präsentation und die eigene Rolle dabei beziehen, also dem Zuhörer vorwiegend erläutern, mit welcher Fachkompetenz er rechnen darf. Wer präsentiert, dem wird zunächst Fachkompetenz unterstellt. Bestätigt er diese, wird er anerkannt, erweist er sich als ungeeignet, wird die Präsentation zum Fiasko, zur Blamage für den Präsentierenden. Wird vom Zuhörer eine Präsentation erbeten, gilt es durchaus nicht als ungehörig, wenn er nach der Kompetenz des Präsentierenden fragt.

Technische Hilfsmittel nicht überstrapazieren

Fachveranstaltungen, wie beispielsweise Seminare, haben eine ganz besondere Präsentationsstruktur. Das Thema kann konkret oder abstrakt sein, d. h. angreifbare Dinge betreffen oder Ideen. Eine moderne Präsentation verlangt nach technischen Medien, seien es im einfachsten Fall Flipchartdarstellungen oder Overheadfolien, oder in technisch anspruchsvollerer Form Projektor-

Beispiel — Sachkenntnis bestimmt die Rolle

Nehmen wir folgendes Beispiel an. Sie gehen in einen Fachmarkt und suchen einen Staubsauger. Sie sehen mehrere Modelle, die Sie interessieren, sind aber hinsichtlich Ihrer Entscheidung völlig ratlos.

➤ *Ein vorbeikommender Verkäufer wird von Ihnen aufgefordert, Ihnen die Vor- und Nachteile der verschiedenen Modelle zu präsentieren.*

Sie nehmen demnach an, er sei ein Fachmann, und versetzen ihn in die Rolle des Präsentierenden.

➤ *Faselt er Ihnen nun etwas vor, was Sie selbst aus der nebenstehenden Produktbeschreibung ablesen können, erweist er sich demnach als nicht fachkundig, wird ihm seine Präsentationsrolle sofort wieder abgenommen.*

➤ *Eigentlich hätte er erkennen können, welche Rolle Sie ihm zuweisen, und diese gleich ablehnen müssen. Andererseits hätten Sie ebenso Ihre Prämisse überprüfen müssen durch die Frage: „Können Sie mir die Vorzüge der Staubsauger erläutern?“*

präsentationen vom Notebook, Videowände oder ähnliches.
Dabei ist eine Entwicklung zu beobachten, die mehr und mehr störend wirkt: Das Medium scheint oft den Inhalt aufzufressen. Engeser spricht sogar von „geistlosem Geschwafel" (in: Wirtschaftswoche 8/15.2.2001). Pointiert formuliert er: „Das Publikum will einen Redner nicht beim Ablesen beobachten – es will ihn denken sehen."
Also, bei aller Technik, zurück zur Rhetorik, vom Medium zurück zum Menschen, aber gekonnt. Ebenso wie das Ablesen vom Blatt störte, stört in der modernen Präsentation das Ablesen von der Folie oder vom Bildschirm. Setzen wir daher der These „Fort mit technisch aufbereitenden Präsentationen!" die Antithese entgegen „Ohne technische Hilfsmittel ist die Wirkung nicht so gut", um dann zur Synthese zu kommen: „Der Redner spricht frei, das Publikum erhält zur Verstärkung und Erinnerung seine Bilder."

Strukturen der Präsentation

Die Präsentation als spezielle Form der Rede hat einige für sie spezifische Strukturkriterien:
- *Vom Redner wird Fachkompetenz erwartet, d. h. dem Redner wird als Fachmann Gelegenheit zum Vortrag gegeben.*
- *Der Redner verfügt üblicherweise über Präsentationshilfsmittel (das präsentierte Produkt, Präsentationsmedien).*
- *Die Zuhöreranfragen sind auf das präsentierte Thema konzentriert, d. h. sie betreffen objektive Sachverhalte.*

Wie sage ich es meinem Kind?

Von Thesen, Antithesen und Synthesen handelt auch jede Rede mit Ihren Kindern: Sie haben eine Meinung, die Kinder eine andere, oder umgekehrt. Diese Redesituation verlangt mehr als jede andere eine genaue Analyse der Zielsetzung und der Ausgangssituation. Beginnen wir mit der Ausgangssituation, wie sie zu erwarten ist, ohne zu verhehlen, dass eine andere Grundsituation als die nachstehend geschilderte für alle Beteiligten eine menschliche Tragödie wäre:
- Sie lieben Ihr Kind.
- Ihr Kind liebt Sie und vertraut Ihnen.
- Sie fühlen sich zur Erziehungsrede verpflichtet, um die Sozialisation Ihres Kindes zu fördern. Sozialisation ist der Prozess der langsamen und stetigen Anpassung an die soziale Umwelt, deren Normen und Gebräuche.
- Ihr Kind anerkennt zumindest im Unterbewusstsein Ihren guten Willen, auch wenn es in der konkreten Situation vielleicht etwas ganz anderes will.

Ansprüche an die Erziehungsrede

- *Sie darf nie von vornherein negativ klingen.*
- *Sie muss kindgerecht sein, das heißt, sie muss das Kind interessieren.*
- *Sie muss dem Kind vor Augen führen, welches Verhalten negativ interpretiert wird, um es davon abzuhalten oder davon abzubringen.*
- *Sie muss das Kind überzeugen.*
- *Sie muss dem Kind eine Handlungsanleitung bieten.*

Gleichnisse statt strikter Befehle

Sie werden bemerken, dass allein die Darstellung dieser Ausgangssituation so klingt, als wären Erziehungsreden grundsätzlich etwas Unangenehmes und Negatives. Häufig gilt das auch für den Anlass der Rede, so finden Sie auf der Muster-CD eine Erziehungsrede, die ein Kind nach aggressivem Verhalten gegenüber dem Spielkameraden zum Einlenken und Entschuldigen bewegen soll.

Im idealen Fall sind Erziehungsreden eine so selbstverständliche Form der Kommunikation zwischen Eltern und Kindern, dass dem Kind gar nicht auffällt, dass es erzogen wird. Denken Sie an eine der besten Formen einer Erziehungsrede: das Märchen. Oder denken Sie daran, wie uns religiöse Bücher erziehen, wie Jesus in den Evangelien seine Erziehungsbotschaften in Gleichnissen formulierte. Eine andere Form der Erziehungsrede ist die Tierfabel, wo am Beispiel des Verhaltens verschiedener Tiere gute und schlechte Eigenschaften von Menschen dargestellt werden.

Das Eltern-Ich: allwissend und ungeduldig

Die Ausgangssituation wäre aber unvollständig dargestellt und wirklichkeitsfremd, wenn wir nicht noch einen anderen Einflussfaktor auf die Erziehungsrede erwähnen: unsere eigene Unzulänglichkeit als Redner in bestimmten Situationen, unsere Ungeduld, unsere Nervosität, unsere Überlastung.

Darüber hinaus sind wir gewohnt, aus einer typischen Eltern-Ich-Haltung heraus zu sprechen, d. h. wir sind „allwissend“, wir ordnen an, wir belohnen und bestrafen, wir beschützen oder verweigern Schutz. Das Kind reagiert emotional, verspielt oder aufsässig, angepasst oder rebellisch. Wir wollen aber eigentlich, dass das Kind sein Verhalten ändert, in die Richtung, die wir für richtig halten.

Eine gegenseitige Machtprobe

Wie könnte nun eine geeignete Erziehungsrede gestaltet werden, um einerseits die Situation zu bereinigen und andererseits die erwünschte positive Erziehungswirkung zu erreichen?

Versuchen wir, uns in die Betrachtungsweise eines Kindes zu versetzen. Es ist sehr unwahrscheinlich, dass Ihr Kind sich seines Unrechts nicht bewusst ist, und es erwartet Ihre Reaktion. Die kleine Machtdemonstration gegenüber der Schwester war nur ein Vorspiel für die große Machtdemonstration, die Durchsetzung der eigenen Stärke gegen Sie. Wenn Sie der kleinen Macht des Kindes Ihre große Macht als Mutter oder Vater entgegensetzen, haben Sie Ihrem Kind bewiesen, dass der Stärkere immer recht hat.
Vielleicht war Ihrem Kind nur langweilig und es wollte auf sich aufmerksam machen, wer weiß das schon. Es ist mir bewusst, dass jede Empfehlung für Erziehungsreden von vornherein auf skeptische Betrachtung stößt, aber lassen Sie es uns dennoch versuchen.

Möglichst nicht gleich Partei ergreifen
Ich versetze mich nun ganz bewusst in die Rolle des Außenstehenden, bin weder Partei für eines der Kinder noch für Sie, noch bin ich nervös und gestresst, d. h. ich spiele meine Rolle gewissermaßen von höherer Warte aus. Mein erster Versuch wäre darauf ausgerichtet, das Geschrei des kleinen Kindes zu stoppen, denn einerseits macht der Lärm nervös und aggressiv, ande-

Beispiel **Befehle ziehen selten**

Ein Beispiel zur Demonstration: Ihr Kind im Alter zwischen fünf und acht Jahren hat seiner kleineren Schwester die Puppe weggenommen, und die Schwester protestiert lautstark weinend, was Sie auf den Plan ruft.
➤ Eine erste simple Form der Erziehungsrede ist die Anordnung: „Gib ihr sofort die Puppe zurück“, verbunden mit einer Machtdemonstration durch Autorität, Körpergröße und Stimmvolumen.
➤ Die Reaktion könnte sein:
– Das Kind erschrickt und befolgt die Anweisung.
– Das Kind flieht vor Ihnen, mit der Puppe im Arm.
– Das Kind schreit Sie an: „Nein, das ist meine Puppe!“
– Das Kind knallt seiner Schwester die Puppe auf den Kopf und verlässt wütend den Ort des Geschehens, was Sie zur nächsten Erziehungsrede zwingt.
➤ Wie immer man absehbare Reaktionen auf solche Anordnungen betrachtet: Ihr eigentliches Ziel (siehe oben) wird nicht erreicht. Ebenso wenig würden Sie mit so genanntem antiautoritärem Verhalten Ihr Ziel erreichen. Die Situation muss gelöst werden, und zwar so, dass die Sozialisation Ihres Kindes betrieben wird.

rerseits braucht man Ruhe, um sprechen zu können. Zu diesem Zweck würde ich mit freundlichem Lächeln und ruhiger Sprechweise, die den Kindern jede Angst nimmt, beide Kinder zu mir holen und peinlichst vermeiden, bei einem der Kinder meine neutrale Position zu verlassen. Ebenso würde ich vermeiden, eines der Kinder durch ein Geschenk (Süßigkeit, Spielzeug etc.) zu belohnen und damit das andere zu bestrafen oder die „Untat“ zu kompensieren. Die Puppe würde ich weder ansehen noch ansprechen, würde aber auch die Kinder so weit auseinander halten, dass sie nicht handgreiflich werden können.
Alle diese Maßnahmen stehen im Vorfeld der Erziehungsrede. Wenn Sie das Thema „Puppe“ direkt ansprechen, müssen Sie ein „Gerichtsverfahren“ abhalten, ohne Zeugen, nur zwei streitende Parteien, und spätestens mit Ihrem „Urteil“ sind Sie auch Partei. Also bleibt nur der indirekte Weg, und um den beschreiten zu können, brauchen Sie eine ganze Menge von Geschichten. Erzählen Sie den Kindern eine Geschichte, bei der es nicht allzu vordergründig um Unrecht und dessen Sanktion geht. Dann erarbeiten Sie mit Ihren Kindern gemeinsam die Erkenntnisse aus Ihrer Geschichte. Das „du sollst“ muss natürlich am Ende herauskommen, am besten aber aus dem Mund Ihres Kindes.

Wer hat eigentlich das Problem?
Thomas Gordon (a. a. O.) empfiehlt die Methode der „Problemzuordnung” und der Ich-Botschaften. Problemzuordnung bedeutet im oben geschilderten Fall, Sie stellen sich die Frage, wer das Problem „besitzt“:
- das Kind, welches die Puppe an sich genommen hat, oder
- das Kind, welches nach der Puppe schreit, oder
- Sie, weil Sie zwei verschiedenen Erwartungen ausgesetzt sind: vom einen Kind jene, die Puppe zurückzubringen und den Entwender zu bestrafen, vom anderen eine Bestätigung oder Sanktionierung der eigenen Tat.

Die Frage ist sehr schwer zu beantworten. Bitte denken Sie darüber nach – wie würden Sie das sehen? Meines Erachtens wird das Problem erst dann Ihr Problem, wenn Sie die neutrale Position verlassen.
„Ich“-Botschaft heißt, Sie müssen den Kindern Ihren eigenen Empfindungen zum Fall mitteilen, indem Sie beispielsweise zum Puppenentführer sagen „Ich bin ganz verwirrt und weiß nicht, was ich jetzt denken soll. Was meinst du, wie soll ich das sehen? Du hältst die Puppe deiner Schwester in der Hand, deine Schwester schreit, was ist da geschehen?“ Keine Drohung, keine Anklage, keine Moral, nur eine Darstellung wahrnehmbarer Tatsachen und Fragen.

In jedem Fall – Geduld bewahren

Welche Methode die für Sie und Ihre Kinder geeignete ist, müssen Sie selbst auswählen, aber eine Grundregel gilt in jedem Fall: Gute Erziehungsreden werden nur möglich, wenn Sie für Ihre Kinder unendlich viel Geduld aufbringen. Was Lampenfieber und Nervosität für Reden vor Publikum sein mögen, sind Stress, Überlastung und Gereiztheit bei Erziehungsreden. Wenn Sie es ernst meinen, Ihre Kinder durch gute Reden erziehen zu wollen, brauchen Sie viel Geduld, Ruhe und Toleranz. Es hätte keinen Sinn, sich über diese Bedingungen hinwegmogeln zu wollen.

Und denken Sie auch daran: Gute Reden verwenden die Sprache des Adressaten, aber kindgerecht heißt nicht kindisch und albern, mit gleichen Silben, als müssten Sie stottern. Lehren Sie Ihre Kinder mittels Ihrer Reden auch zu sprechen, richtig zu sprechen und geeignete Begriffe zu verwenden.

Wie beschwere ich mich richtig?

In unserer nächsten Redesituation begeben wir uns alle recht gerne in die Position des „Kindheits"-Ich, des rebellischen, aufsässigen Kindes. Platzt uns der Kragen, weil wieder etwas nicht funktioniert hat, verlassen unsere Argumente gelegentlich die sachliche Basis in erheblichem Ausmaß. Aber bringt uns das wirklich weiter? Das Problem ist doch eigentlich ganz anders anzupacken:

➤ „Ihr Kundenservice ist absolut unter jeder Kritik. Wie Sie arbeiten, ist es kein Wunder, dass Sie immer weniger Kunden haben. Ich bringe dieses Gerät schon zum dritten Mal zur Reparatur, und Sie liefern es mir wieder kaputt zurück."

➤ „Wenn man sieht, wie Sie die Wurst angreifen, mit Ihren schmutzigen Fingern, dann wird einem ganz schlecht."

➤ „Ihre Hotline ist die ganze Zeit besetzt, man erreicht Sie nie. Mit dieser sinnlosen Telefonnummer vertreiben Sie nur Kunden."

Ärgern Sie auch manchmal oder häufig das nachlässige Verhalten und die schlechte Qualität, haben Sie auch manchmal den Eindruck, manche Verkäufer empfinden den Kunden als so störend, dass ihr Motto lautet „Ein Kunde droht mit einem Auftrag"? Was nützt alle Aufregung, wenn wir bestimmte Produkte und Leistungen wollen und brauchen. Was nützt es uns, uns über unpünktliche und überfüllte Züge zu beschweren, wenn unsere Beschwerde in den Wind gesprochen ist, wenn niemand sie überhaupt hört?

Die Reklamation soll Wirkung zeigen

Unser Kapitel über richtige Beschwerden kann zwar grundsätzliche Mängel im Leistungsbereich von Unternehmen nicht ändern, aber es kann Ihnen helfen, beim richtigen Ansprechpartner die richtige Form der Rede zu finden, damit Ihre Reklamation auch ordentlich erledigt wird. Sinnvoll sind Beschwerden dann, wenn noch etwas verbessert werden kann, sei es durch Reparatur, Nacharbeit oder Austausch und wenn eine Leistung zukünftig wiederum beansprucht werden soll und Sie erreichen wollen, dass bis dahin die Mängel beseitigt sind.

Verzagen Sie nicht und lassen Sie nicht nach, schlechte Leistung zu beanstanden, aber bringen Sie die Beschwerden so hinüber, dass sie die geplante Wirkung erzielen.

Den richtigen Ansprechpartner finden

Was könnten unsere Ziele bei Beschwerden sein? Versuchen wir eine Auflistung:

- Dampf ablassen. Das kann dem eigenen Wohlgefühl ganz gut tun, bringt aber in der Sache üblicherweise nichts. Wenn Sie erfolgreich sind, übertragen Sie Ihren Ärger auf einen möglicherweise unschuldigen Anderen.
- Die Verbesserung einer noch aktuellen Problemsituation.
- Eine Entlohnung für den Ärger aus einer Problemsituation, die bereits abgeschlossen ist.
- Eine grundsätzliche Verhaltensänderung, um dauerhafte Geschäftskontakte zu verbessern.

Um eines der drei letztgenannten Ziele zu erreichen, müssen Sie bei Ihrer Beschwerderede sorgfältig vorbereiten. Zunächst müssen Sie herausfinden, wer für Beschwerden zuständig ist.

Sie kennen vielleicht den Scherz, dass in Reklamationsabteilungen von Firmen grundsätzlich nur Schwerhörige eingesetzt werden. Manchmal erhält man den Eindruck, es könnte sich doch um keinen Scherz handeln. Aber Spaß beiseite. Haben Sie das herausgefunden, müssen Sie ermitteln, wie weit die Kompetenzen dieser Person reichen. Kommen Sie zur Ansicht, dass für die Erledigung Ihres Problems diese Kompetenzen nicht ausreichen, muss es Ihnen gelingen, bis zu einer Person durchzudringen, die entscheidungsbefugt ist, denn ansonsten werfen Sie mit Ihrer geschliffenen und durchdachten Beschwerderede „Perlen vor die Säue."

Eine Aufführung in drei Akten

Eine gute Beschwerderede hat mehrere dramaturgische Elemente, die eingebracht werden sollten, gleichgültig ob nun die Beschwerde über ein Telefonat oder im persönlichen Gespräch vorgebracht wird.

- Den sachlichen Inhalt, der von ausreichender Bedeutung sein sollte. Zum sachlichen Inhalt gehört der eigentliche Vorfall, also der Anlass der Beschwerde, und die sich daraus ergebenden Folgen.
- Die Auswirkungen auf die gegenseitige Beziehung, d. h. welche Folgen hat der Vorfall auf die Beziehung und was davon kann noch durch eine ausreichende Bearbeitung der Beschwerde gerettet werden.
- Den Appell, d. h. was soll geschehen.

Wenn derjenige, an den Sie die Beschwerde richten, nicht bereit ist, diese in entsprechender Form entgegenzunehmen, oder, was zumeist noch unange-

Beispiel – Der Aufbau einer Beschwerde

- *Sie stellen die Ursache Ihrer Beschwerde klar und deutlich dar.*
- *Sie berichten über die Schwierigkeiten, die Ihnen entstanden sind. Bleiben Sie dabei möglichst sachlich. Je besser es Ihnen gelingt, auf der Ebene des Erwachsenen-Ich sachlich zu berichten, desto wirkungsvoller kommt Ihre Beschwerde an. Aufgeregte Menschen, die vor Ärger stottern, sind nicht sehr beeindruckend. Erforderlichenfalls setzen Sie „Theaterdonner" ein.*
- *Sie informieren über die Hindernisse auf dem Weg zur Beschwerdestelle. Wenn Ihr Gesprächspartner diese Information ignorieren oder übergehen will, können Sie daraus erkennen, dass Ihre Beschwerde im eigentlichen Sinn gar nicht ernst genommen werden soll. Man ist froh, Sie loszuwerden und hofft, dass andere Beschwerdeführer durch die Hindernisse abgeschreckt werden.*
- *Sie sagen, was Sie geändert haben möchten oder wie Sie Ihre Mühe entlohnt haben möchten. Bleiben Sie dabei auf dem Boden der Tatsachen und im Rahmen realistischer Möglichkeiten. Es gilt allerdings der Spruch: Was man sich erhandelt, braucht man nicht erarbeiten.*
- *Sie bereiten vor, was Sie bei Ablehnung Ihrer Beschwerde unternehmen werden. Hüten Sie sich dabei vor Bluff. Was Sie androhen, muss glaubwürdig sein, und überdies muss zum Adressaten Ihrer Beschwerde hinüberkommen, dass Sie die angedrohte Maßnahme sofort in die Tat umsetzen werden, wenn Ihrer Beschwerde nicht entsprochen wird.*

nehmer ist, anfängt zu argumentieren, dass Ihre Beschwerde ohnehin nicht gerechtfertigt sei, haben Sie zwei Möglichkeiten: Entweder Sie lassen sich zu einem Höherrangigen weiterverbinden oder hinführen, oder Sie brechen die Kommunikation ab.

Reklamatikonen annehmen

Bisher haben wir von der Beschwerde aus der Sicht des Beschwerdeführers gesprochen. Aber es gibt ja auch noch den Adressaten, und auch in diese Rolle könnten Sie kommen (ein Beispiel für die gelungene Bearbeitung einer Reklamation finden Sie auf der beiliegenden CD).

Wie kann der Adressat eine Beschwerderede erfolgreich beantworten, d. h. seine „Gegenrede" erfolgreich ans Ziel bringen? Erster Grundsatz: keine Gegenrede, sondern zunächst zuhören. Erst die Gefühle anhören. Sind Sie selbst der Schuldige, müssten Sie sich betroffen fühlen? Wenn ja, hören Sie sich an, was Sie angestellt haben, wenn nein, dürfte es Ihnen ohnehin keine Schwierigkeiten bereiten, ganz einfach zuzuhören. Wenn Ihnen nach der Beschwerde etwas unklar ist, fragen Sie vorsichtig und freundlich nach.

Hüten Sie sich vor vorschnellen Zusagen. Im persönlichen Gespräch macht es immer einen guten Eindruck, wenn man sich Notizen zur Beschwerde macht, damit fühlt sich der Beschwerdeführer angenommen. Wenn alles erfasst ist, machen Sie gemeinsam mit dem Beschwerdeführer einen Aktionsplan, d. h. Sie sagen: „Ich schlage vor, wir machen Folgendes: …". Die vereinbarten Termine müssen Sie dann allerdings einhalten, ansonsten haben Sie die nächste Beschwerde innerhalb kürzester Zeit am Hals.

Der Umgang mit Dauernörglern

Was macht man aber mit notorischen Unzufriedenen, die sich ständig „über Gott und die Welt" beschweren? Sie könnten die Sache aus psychologischer Sicht betrachten und sich sagen, dass es sich dabei um Menschen handelt, die mit anderen reden müssen und keinen geeigneten Gesprächspartner finden. Wenn Sie aber bei bestem Willen weder die Geduld zur psychologischen Betreuung aufbringen und auch keinen sachlichen Grund zur Beschwerde finden, haben Sie mehrere Möglichkeiten, eine Beschwerde abzuwimmeln:

- Verlangen Sie eine schriftliche Darstellung mit Beweisen.
- Versuchen Sie es mit eristischen Methoden, d. h. argumentieren Sie den Beschwerdeführer in Grund und Boden.
- Verweisen Sie auf den Rechtsweg.

Kritik – aufbauend oder vernichtend

Nur ein kleiner Schritt trennt den Bereich der Beschwerden und Reklamationen von Kritik, wenn auch ersteres eher im Verhältnis zu Behörden, Verkäufern oder Dienstleistungsunternehmen auftritt, während wir bei Kritik sowohl im Privatleben wie im Beruf wahrscheinlich alle umfangreiches Erfahrungswissen aufweisen können.
Das Wort „Kritik" umfasst einerseits die Bedeutung von Bewertung und Begutachtung, andererseits von Beanstandung und Tadel. Wenn wir uns als kritikempfindlich fühlen, verstehen wir darunter, dass wir schlecht mit negativer Kritik umgehen können, also mit schlechter Bewertung, Beanstandung und Tadel.
Die Ziele des Kritisierenden können wohlwollend für den Kritisierten sein, wobei die Botschaft dann schlecht ankommt, wenn der Angesprochene das nicht so empfindet. Kritik kann aber auch mit der Absicht ausgesprochen werden, zu zerstören oder zumindest zu schaden.

Wer darf kritisieren?

Unser Anliegen ist, wie man Kritik richtig formuliert, d. h. so, dass unser Ziel dabei erreicht wird, was immer dieses Ziel ist. Wir müssen uns dabei zunächst der persönlichen und sozialen Rolle bewusst werden, aus welcher heraus wir die Kritik formulieren.
Als Vertrauter, Freund oder Familienangehöriger kann man einen Ton wählen, der bei einem Fremden beleidigend wirken könnte. Ebenso können wir aus der Position eines Höherrangigen deutlicher werden, als wir uns als Gleichrangiger oder Niederrangiger leisten dürften.
Das Recht zur Kritik generell und zur Art der Kritik ist in jedem Fall abhängig von der sozialen Rolle und vom sozialen Umfeld, in welchem sie geäußert wird. Wenn jemand sich das Recht zur Kritik herausnimmt, ohne dass das durch seine Rolle und/oder die jeweilige Situation gerechtfertigt wäre, wird die Kritik als anmaßend und ungehörig erlebt und führt in jedem Fall zu spontanem inneren Widerstand.

Für drei Formen der Kritik wollen wir nun Regeln darstellen:

- für aufbauende Kritik
- für vorsichtig korrigierende Kritik
- für vernichtende Kritik

Die aufbauende Kritik

Im Rahmen positiver Kommunikation kommen nur die beiden ersten Formen in Frage. Aufbauende Kritik sollte prinzipiell im Zweiergespräch mit dem Kritisierten besprochen werden, es sei denn, es lässt sich aufgrund der Gesamtsituation nicht vermeiden, die Kritik öffentlich auszusprechen.
Aufbauende Kritik gibt dem Kritisierten die Chance, ohne Gesichtsverlust aufgezeigte Schwachstellen seiner Rede zu korrigieren und zu ergänzen. Sie zeigt durch präzise Angaben die Mängel auf und leitet zur erfolgreichen Bewältigung des Problembereichs über.

Die vorsichtig-korrigierende Kritik

Bei der vorsichtig-korrigierenden Kritik haben Sie als Kritisierender die Absicht, ein Fehlverhalten, ungeeignete Kleidung oder einen Toilettefehler oder einen inhaltlichen Fehler bzw. einen Versprecher zu berichtigen. Ihre Absicht ist es dabei, den Kritisierten keinesfalls bloßzustellen oder zu beleidigen und ihm zu helfen, seinen Fehler möglichst unauffällig zu berichtigen.

Vorsichtig-korrigierende Kritik wird nur im Ausnahmefall vor Zuhörern möglich sein, wenn sie den Kritisierten nicht bloßstellen soll. Wenn mehrere Personen anwesend sind, gehen Sie auf den zu Kritisierenden zu, versuchen, ihn/sie beiseite zu nehmen, oder ersuchen um ein kurzes Gespräch mit ihm/ihr und dann sagen Sie: „Verzeihen Sie, aber ich möchte Ihnen sagen, dass …“ oder „Entschuldigen Sie, wenn ich Sie belästige. Mir ist in Ihrer Argumentation aufgefallen, dass …“.
In ein Fettnäpfchen werden Sie mit größter Wahrscheinlichkeit treten, wenn Sie als Mann eine Dame zu einem Vieraugengespräch bitten. Um in so einer Situation vorsichtig-korrigierende Kritik anbringen zu können, brauchen Sie für die Kontaktaufnahme einen weiblichen Verbündeten.

Beispiel Positive Formulierungen

Der Kritiker begibt sich, je nach seinem Status und seinem Wissen zum Thema, in die Rolle des Lehrers (Eltern-Ich) oder in die Rolle des Erwachsenen-Ich.
➤ *In der Rolle des Lehrers würde beispielsweise folgendermaßen formuliert:*
– „Nach meinen Erfahrungen verhält es sich so....“
– „Ich darf dazu noch aus meiner Position ergänzen....“
Der Rolle des Erwachsenen-Ich würde entsprechen:
– „Darf ich zum Thema .... noch eine Frage stellen? Mir ist das nicht ganz klar geworden.“
– „Würden Sie diesen Punkt noch etwas erläutern? Für mich ist die Argumentation noch nicht ganz nachvollziehbar.“

Auch positive Kritik ist schwer verdaulich

Wenn der Kritisierte Ihr diplomatisches Bemühen nicht erkennt, kann es Ihnen geschehen, dass er in einer Form reagiert, die Sie nicht gewollt haben und die Sie selbst in Ihrer guten Absicht frustriert, sodass Sie sich beleidigt, abgelehnt oder verärgert fühlen. Unangenehme Reaktionen des Kritisierten sind für den konstruktiv Kritisierenden:

➢ Verteidigung in unterschiedlichsten Formen, als Begründung, warum man etwas getan hat, warum es doch nicht so ist, wie es der Kritisierende meint etc.
➢ Gegenangriff („Du hast kein Recht zu kritisieren")
➢ Abwertung des Kritikers („Du verstehst das nicht")
➢ Beleidigte, traurige Reaktion („Jetzt hast du mir den ganzen Tag verdorben")

Gerade konstruktive Kritik könnte uns weiterbringen. Wer konstruktive Kritik

Beispiel KRITIK MIT FINGESPITZENGEFÜHL

➢ *In die Rolle eines Kritikers für eine vorsichtig-korrigierende Kritik werden Sie häufig gedrängt, indem Sie gefragt werden: „Wie gefällt dir mein neues Kleid" oder „Was sagst du zu meinem neuen Bild?" usw.*

➢ *Vermuten Sie mit einiger Berechtigung hinter dieser Frage eine rhetorische Frage und wollen Sie keine lange Diskussion oder vielleicht sogar einen Streit provozieren, werden Sie ebenso rhetorisch gekonnt antworten, indem Sie sagen: „Es passt zu dir wie angegossen." Die kleine rhetorische Gemeinheit liegt im Wörtchen „zu". Ein Kompliment wäre: „Es passt dir wie angegossen."*

➢ *Nehmen wir nun an, Sie möchten trotz der Gefahr, eine rhetorische Frage zu beantworten, aus Zuneigung zum/zur Fragenden eine vorsichtig-korrigierende Kritik anbringen. Sie könnten dann zunächst das Umfeld erkunden, indem Sie fragen „Wo hast du das gekauft?" oder „Wie bist du auf dieses Kleid gekommen?"*

➢ *Vielleicht haben Sie Glück, und die Antwort wird als ebenso rhetorisch aufgenommen, je nach dem Tonfall, den Sie in diese Aussage legen. Hat der/die andere aber ein feines Ohr, wird er rückfragen: „Gefällt es dir nicht?" Und dann sollten Sie Farbe bekennen, wenn Ihnen das Risiko eines Streits nicht zu groß ist, wobei Sie einige Regeln beachten müssen:*

– Hüten Sie sich vor absoluten Bewertungen (nicht: „Das passt überhaupt nicht zu dir", sondern echte Ich-Botschaften: „Ich finde, es passt in der Farbe nicht ganz zu dir. Andere Farben stehen dir besser.")

– Heben Sie Positives hervor, wenn Sie Positives erkennen.

– Erläutern Sie bei Negativem Ihre subjektiven Begründungen.

ablehnt, indem er den Kritiker mundtot macht, wird früher oder später keine Rückmeldungen mehr erhalten, die für die Entwicklung wichtig sind. Ähnlich verhält es sich auch bei Firmen, die Reklamationen von Kunden grundsätzlich als Angriff empfinden und ablehnen. Wenn man positive Stimmen zum Schweigen bringt, wird es irgendwann sehr still, oder man kann sich dann der negativen, destruktiven Stimmen kaum mehr erwehren.

Vernichtende Kritik

Eine falsch aufgefasste konstruktive Kritik und eine schlechte Reaktion darauf führen direkt in sehr üble Streitsituationen. Streiten ist das Ziel des destruktiv Kritisierenden. Sein Ziel ist es, den anderen bloßzustellen und am Boden zu zerstören.

Destruktive Kritik ist ein rhetorisches Kampfmittel, und es mag Gelegenheiten geben, wo Sie sich auf diese Art und Weise durchsetzen wollen und müssen. Andererseits sollten Sie als Angegriffener auch verstehen, was vor sich geht, um erforderlichenfalls richtig reagieren zu können.

Wer einen anderen vernichtend kritisieren will, macht das am besten vor Publikum. Der begabte Dialektiker hütet sich dabei vor reinen Bewertungsaussagen, wie etwa „Du bist dumm“ oder „Du bist lächerlich“ etc. Derartige Bewertungsaussagen zählen nur vor der eigenen Partei, also vor Leuten, die einem ohnehin zustimmen. Derartige Bewertungen sind so absurd und wirkungslos wie politische Abstimmungen, bei denen nicht zählt, was ein anderer sagt oder was sinnvoll ist, sondern nur, welche Parteizugehörigkeit er/sie hat. Bewertungen haben weder mit echter Kritik noch mit Eristik bzw. destruktiver Dialektik etwas zu tun.

Unterschwellig oder offen-aggressiv

Es sei nochmals wiederholt: Wer durch gekonnte Kritik vernichten will, muss das vor neutralem oder zumindest unentschlossenem Publikum tun. Ziel ist es, den anderen bloßzustellen, ohne ihn zu bewerten. Dazu gibt es zwei grundsätzlich unterschiedliche Formen: unterschwellig oder offenkundig.

Unterschwellige Destruktion beginnt scheinbar positiv und freundlich und endet mit der Niederlage des Angesprochenen (siehe Kasten). Der unterschwellige Angriff bereitet den tatsächlichen Angriff vor. Wenn Sie ihn geschickt vorbereiten und die übrigen Zuhörer Ihre Fragen und Interpretationen aufgreifen, können Sie sich vielleicht selbst sogar zurückziehen und andere das Werk vollenden lassen.

Beispiel Strategien für Vernichtungsfeldzüge

Unterschwellige Kritik

- *Sie zwingen Ihr Angriffsziel durch eine Nachfrage, Unsinniges nochmals zu wiederholen: „Entschuldigen Sie bitte, ich habe Ihren letzten Satz (Ihre Aussage zum Thema …) akustisch nicht verstanden.“ „Habe ich das richtig verstanden, dass Sie sagen …“*
- *Sie zwingen Ihr Angriffsziel durch freundliche Fragen, Prämissen bekannt zu geben, die Sie als angreifbar erkannt haben.*
- *Sie formulieren für Ihr Angriffsziel unsachliche, angreifbare Prämissen, die aber gut klingen. Geht der Kritisierte in die Falle, haben Sie Ihre Ausgangsposition erreicht.*
- *Sie hören bewusst mit dem falschen „Ohr“, und zwar mit jenem, das Ihr Angriffsziel bei den übrigen Zuhörern unsympathisch macht. („Halten Sie uns für …“ „Sehen Sie sich selbst als …“ „Fordern Sie uns auf, das zu tun?“)*

Offen aggressiver Kritiker

- *Er greift sein Opfer an, indem er Sachverhalte in seinem Sinn interpretiert und erforderlichenfalls uminterpretiert, auch wenn er verstanden hat, dass der Kritisierte etwas ganz anderes gemeint hat.*
- *Er zergliedert die Darstellung in Teilaspekte, um Prämissen oder entschärfende Nebensätze vergessen zu lassen. („Sie haben gesagt, dass …“ obwohl in Wirklichkeit gesagt wurde „Wenn nachstehende Voraussetzungen bestehen, gilt …“).*
- *Er emotionalisiert sachliche Darstellungen („Für Sie zählt offensichtlich der Mensch überhaupt nicht.“).*
- *Er versachlicht emotionale Darstellungen („Hilfe muss man auch bezahlen können.“).*
- *Er bringt den Kritisierten in eine Gegenposition zum Publikum („Wir sind doch auch nicht ganz von gestern“).*
- *Er stellt die Schwächen des Kritisierten ins Scheinwerferlicht („Sie haben uns wenig Beweise angeführt.“ „Ihre Ausführungen waren zum Teil schwer zu verstehen (zu hören), vielleicht haben wir Sie missverstanden. Aber dann müssen wir Sie schon bitten, uns das verständlich zu erläutern.“).*
- *Er bezweifelt die Kompetenz des Kritisierten („Haben Sie zu diesem Thema ausreichende Erfahrung?“ „Ein anerkannter Autor schreibt dazu etwas ganz anderes.“).*
- *Er bezweifelt die Seriosität des Kritisierten („Nehmen Sie unsere Interessen wirklich so ernst, wie Sie sagen?“).*
- *Er bringt den Kritisierten in eine unsympathische Rolle („Ich bin mir jetzt vorgekommen, wie in der Schule, wo der Lehrer mit erhobenem Zeigestab steht.“).*

Bei offen aggressiver Kritik ist völlig klar, dass der Kritiker den Kritisierten ablehnt und seine Positionen und Meinungen zerstören und ihn selbst bloßstellen oder verächtlich machen will. Dieser Bereich ist einer der Anwendungsbereiche schärfster Formen der Dialektik. Der erfolgreiche Kritiker schafft es, bei dieser Form der Kritik niemals selbst zum Angriffsziel zu werden, d. h. er bleibt immer der „Verfolger" und wird nie zum „Opfer" in diesem sozialen „Spiel". Er schafft es, zum Liebling des Publikums zu werden.

Sich effektiv zur Wehr setzen

Viele Formen der dargestellten Kritik werden Sie zu Recht als „teuflisch" bezeichnen. Nichtsdestoweniger muss jeder Redner damit rechnen, auch zu destruktivem Publikum sprechen zu müssen, und muss sich darauf vorbereiten. Daher wollen wir dieses Kapitel mit einigen Abwehrstrategien schließen. Abwehrstrategien gegen destruktive Kritik können, je nach Stimmung des Publikums, Schadensbegrenzung oder Niederlage des destruktiven Kritikers zum Ziel haben. Haben Sie die destruktive Absicht der Kritik erkannt, müsste sich Ihre emotionale Bewegung in Grenzen halten. Wenn nicht, trainieren Sie sich emotional darauf, bei verbalen Angriffen „eiskalt" zu werden und sich in eine dialektische Kampfposition zu begeben.
Werden Teilaspekte hervorgehoben, ist es ein beliebter Trick von Angreifern, den Angegriffenen nicht zu Wort kommen zu lassen. Zu unterbrechen gelingt häufig nicht oder verschafft nicht entsprechend Gehör. Notieren Sie daher das,

Beispiel Abwehrstrategien

- *Sie könnten sagen: „Ihre Interpretation meiner Aussage kann ich nicht ganz nachvollziehen, daher möchte ich nochmals klarstellen ..."*
- *Verwenden Sie nicht die aggressiv klingende Formulierung: „Sie haben mich nicht verstanden", es sei denn, Sie glauben, der Angreifer hätte ohnehin keinen Rückhalt im Publikum.*
- *Falsche Prämissen zu formulieren, kann als scheinbare Form der Hilfe formuliert werden, die Sie keinesfalls dulden dürfen. Reagieren Sie beispielsweise so: „Ich danke Ihnen für Ihre Ausführungen. Offensichtlich ist es mir nicht ganz gelungen, meine Ausgangsposition darzulegen. Erlauben Sie mir, dass ich noch einmal verdeutliche, von welchen Voraussetzungen ich ausgehe ..."*

was Sie dazu sagen möchten, und schlagen Sie erst zurück, wenn Sie von allen gehört werden.
Den Trick, eine andere Grundhaltung anzusprechen (emotional statt sachlich, sachlich statt emotional) sollte Sie auf jene Grundhaltung zurückführen, hinter der Sie mit Ihrer Meinung stehen.

Stimmungsmacher schachmatt setzen
Sie beim Publikum verächtlich oder unsympathisch wirken zu lassen ist besonders fies. Wenn Sie das nur zurückweisen oder sich beim Publikum durch Komplimente einschleichen wollen, setzen Sie lediglich einer Meinung eine Gegenmeinung entgegen.
Eine richtige Reaktion wäre: „Es überrascht mich, dass Sie zu diesem Eindruck kommen konnten. Das tut mir leid. Wenn ich mich im Engagement für das Thema manchmal so gezeigt habe, kann ich nur sagen, dass das nicht meine Absicht war. Im Übrigen meine ich, dass der Inhalt wichtiger ist, als ich als Redner, und vom Inhalt sollte durch zu viele persönliche Aspekte nichts verloren gehen." Damit lösen Sie ein mögliches persönliches Urteil über Sie und Ihr Verhalten vom Thema und können über das Thema nicht mehr angegriffen werden.
Kritik in jeder Form leitet häufig über zu unserer nächsten Redesituation, dem emotionalisierten Gespräch zweier oder mehrerer Personen, dem Streit.

Richtig streiten zur Versöhnung

Beim Kapitel „Streit" soll die destruktive Form der Rede keinen Platz mehr bekommen. Zu viele Methoden teuflischer Redeformen sind schon zur Sprache gekommen, beim Streit soll das Ziel der Versöhnung im Vordergrund stehen. Die hier angesprochene Situation bezieht sich auf Streit zwischen einander bekannten, freundschaftlich oder partnerschaftlich verbundenen Menschen und zwischen Paaren.

Ursachen für die Auseinandersetzung
Wir kommt es zum Streit? Es gibt Tage, das steht man „mit dem linken Fuß" auf, da liegt Streit in der Luft und bricht bei erster Gelegenheit aus. Es gibt aber auch Streitsituationen, die völlig überraschend sind, aus guter Stimmung herauskommen wie ein Blitz aus heiterem Himmel, und diese Streitsituationen können besonders eskalieren, weil man unvorbereitet ist.

Streit entsteht entweder absichtlich aus einem Gefühl der Verärgerung, der Enttäuschung oder einer als unangebracht empfundenen Kritik, oder unabsichtlich durch eine ungeschickte Formulierung. Absichtlich heißt, der den Streit Beginnende will streiten, unabsichtlich heißt, der Streit entsteht ohne Absicht dessen, der den Streit auslöst. Wollen Sie keinen Streit auslösen, müssen Sie bei Gesprächen mit Ihrem „Streitpartner" dessen Reizwörter und Reizsätze vermeiden, wollen Sie streiten, wissen Sie, wie Sie reizen können.

So läuft es meistens ab

Ein typischer Streitverlauf beginnt mit einem Auslöser, dann kommt es zur Streitentwicklung, zu einer Eskalationsphase, eventuell zur Rückzugsphase eines der Partner und, nachdem die Situation in einer Beziehung nicht auf Dauer aufrechterhalten werden kann, zu einer Versöhnungsphase.

Die Streitentwicklung besteht darin, dass alle beteiligten Partner den Streit annehmen, manche vielleicht erst zögernd, letztendlich aber alle Beteiligten. Lehnt einer der Beteiligten den Streit ab, das heißt verweigert er die aktive Beteiligung am Streitgespräch, kann es zwar zu Beschimpfungen und sonstigen unangenehmen Äußerungen kommen, selbstverständlich auch zur Verstimmung seitens des Streitverweigerers, aber nicht zu einem eigentlichen Streitgespräch.

Typische Elemente der Streitentwicklung

- *mehr oder minder lautstark vorgebrachte eigene Ansichten, meist wie „absolute Wahrheiten" formuliert*
- *Herabminderungen der Ansichten des Streitpartners*
- *Anschuldigungen gegen den Streitpartner*
- *Bestehen auf der Richtigkeit der eigenen Meinung*
- *„Du"-Botschaften: „Du bist …" „Du hast … " „Du meinst immer …"*
- *Zur Eskalation des Streits kommt es vor allem dann, wenn der Streitpartner in seiner Persönlichkeit angegriffen wird: „Du bist einfach zu dumm …" „Du bist ein verkommener Säufer …" „Du bist ein Versager …" „Es finden ohnehin alle, dass du …" Derartige Entwicklungen sind besonders gefährlich.*

Ein guter Streit reinigt das Klima

Wenn einer der Streitpartner des Kampffeld verlässt, ist der Streit zwar unterbrochen, aber nicht beendet. Ein wirkliches Ende des Streits ist nur die Versöhnung, alles andere ist bestenfalls kürzer oder länger andauernder rhetorischer „Waffenstillstand".

Wollen Sie grundsätzlich mit Ihrem potenziellen Streitpartner gut zusammenleben und sich wieder versöhnen, aber dennoch streiten, ganz einfach, weil etwas bereinigt werden muss und

weil Sie glauben, ein Streit sei die geeignetste Form dazu, oder nehmen Sie einen Streit an, weil Sie gereizt wurden oder sich gereizt fühlen, dann beachten Sie bei aller Aufregung einige Grundregeln (siehe Kasten).
Richtig zu streiten kann eine Beziehung verbessern und sollte Element jedes Partnertrainings sein. Nicht dass wir streiten, verletzt uns, nur dass der Streit zumeist in falscher Form geführt wird. Werden wunde Punkte in einer Beziehung nicht angesprochen und immer wieder „hinuntergeschluckt", kann das zum Stau bei negativen Gefühlen führen, die dann irgendwann explodieren, sodass keine Heilung mehr möglich ist.
Gute Streitgespräche sind nötig. Wenn wir den Eindruck haben, unser Partner verstoße gegen unsere Interessen, können wir versuchen, das in einem klärenden Gespräch zu bereinigen. Reagiert der Partner aber mit Ausflüchten, wird es Zeit, ihm zu zeigen, dass es so nicht geht – und dann wird eben gestritten, aber nur mit dem Ziel, sich auf solider Basis wieder zu versöhnen.

Grundregeln für Streithähne

- *Bleiben Sie beim Thema. Der Streit kann gut beendet werden, wenn Sie das eigentliche Streitthema nicht verlassen.*
- *Werden Sie niemals allgemein, das heißt betreiben Sie keine rhetorische Politik der verbrannten Erde.*
- *Verletzen Sie niemals Ihren Partner in seiner persönlichen Würde.*
- *Zerstören Sie niemals im Streit etwas, was Ihrem Partner wertvoll ist, weder faktisch noch verbal, seien es Gegenstände, erhaltene Anerkennungen, oder was immer.*
- *Verletzen Sie niemals Ihren Partner durch Hinweise auf eine bessere Vergangenheit ohne ihn.*
- *Zeigen Sie ab einem bestimmten Punkt der Streitentwicklung Auswege auf, indem Sie beispielsweise die Formulierungen von der „Du"-Rede auf eine „Ich"-Aussage abändern und beginnen, Ihre in der Angriffssituation gepanzerten Aussagen etwas abzumildern.*
- *Mildern Sie den grimmigen Ausdruck in der Mimik und die aggressive Körperhaltung.*
- *Zeigen Sie erste Annäherungen durch Zurücknahme der Lautstärke und der Sprechgeschwindigkeit und erste Ansätze eines Lächelns.*
- *Betonen Sie, noch ohne die verbale „Rüstung" abzulegen, Ihre Wertschätzung und Zuneigung zum Streitgegner.*
- *Nehmen Sie aber Versöhnungsangebote erst dann an, wenn Sie diese tatsächlich innerlich akzeptieren können. Erforderlichenfalls stimmen Sie zwar zu, bitten aber um etwas Zeit, um sich beruhigen zu können.*

Epilogos

Nun sind Sie am Ende meines Textes angelangt, Sie haben mich gelesen, aber sicherlich nicht ausgelesen, denn noch bin ich da, und mein Anhang hat Ihnen auch noch einiges zu bieten. Zum Abschluss, der eigentlich ein Beginn sein sollte für Ihr rhetorisches Praxistraining, darf ich mich Ihnen als Begleiter anbieten. Gerade dann, wenn Sie meine Empfehlungen anwenden, werden Sie mich immer wieder gebrauchen können. Legen Sie mich bitte nicht zu weit weg, ich möchte bei Ihnen sein, wenn Sie sich auf Ihre Reden vorbereiten. Lesen Sie bei mir nach, nutzen Sie den für Sie zusammengestellten Kasten voller rhetorischer Figuren, widersprechen Sie mir auch, wenn Sie ganz anderer Meinung sind als ich, das zeigt mir nur, dass Sie meine Gedanken weiterentwickelt haben. Wichtig ist mir nur Ihr Erfolg beim Reden, das war mein eigentliches Redeziel.

Auf Wiedersehen, tschüss, machen Sie's gut, liebe Leserinnen und liebe Leser.

Übung zur Körpersprache

Gewünschte Wirkung	Mimik
fröhlich und entspannt	• *Gesicht: entspannt* • *Augen: leicht geöffnet* • *Mund: lächelnd* • *Mundwinkel: beidseitig leicht nach oben gezogen*
konzentriert	• *Stirn: Falte in der Mitte, zusammengezogen* • *Augen: stärker geöffnet* • *Mund: gerade* • *Mundwinkel: gerade bis leicht nach unten gezogen*
arrogant und abweisend	• *Stirn: Querfalten nach oben gezogen* • *Blick: von oben herab* • *Nasenspitze: leicht erhoben* • *Mund: Lippen leicht zusammengepresst* • *Mundwinkel: nach unten gezogen*
nachdenklich	• *Kopf: leicht geneigt* • *Stirn: Querfalten, mit leichter senkrechter Stirnfalte* • *Augenlider: leicht gesenkt* • *Gesicht entspannt* • *Mund: geschlossen, Mundwinkel waagrecht*
erstaunt	• *Stirn: Querfalten nach oben gezogen* • *Augen: weit aufgerissen* • *Mund: leicht geöffnet* • *Mundwinkel: je nachdem, skeptisch nach unten oder erfreut nach oben*
empört	• *senkrechte Stirnfalte* • *Augen: geöffnet, starrend* • *Lippen fest zusammengepresst* • *Mundwinkel nach unten* • *Wangen: leicht aufgeblasen*
beeindruckend	• *Stirn: entspannt, mit leichter senkrechter Stirnfalte* • *Augen: leicht geöffnet, ruhig blickend* • *Mund: geschlossen* • *Mundwinkel: leicht nach oben* • *Kopf leicht erhoben*
Hilfe suchend	• *Kopf leicht schräg und leicht vorgestreckt* • *Stirnfalte senkrecht* • *Augen: ausdrucksvoll, flehend* • *Mund: geschlossen, Unterlippe leicht vorgezogen* • *Mundwinkel: nach unten*

Überblick über die Redefiguren

(verwendete Basis für die Begriffsdefinitionen: DER BROCKHAUS multimedial 2001)
m = männlich, f = weiblich, s = sächlich

Redefigur (die Synekdoche)	deutscher Begriff/ Inhalt	Beispiel
Alliteration, f.	• *Stabreim, Wiederkehr gleicher Anfangslaute*	• *stolz und starr im Sturm* • *wild und wortlos wandernd*
Anakoluth, m., s.	• *Satzbruch als Stilmittel*	• *Willst du schnell reich sein, warst du bei der Party?*
Anapher, f.	• *Emportragen, Eindruck steigernde Wiederholung eines Wortes am Anfang einander folgender Sätze, Satzteile, Verse oder Strophen*	• *Geld war sein einziges Ziel, Geld beherrschte ihn, Geld sollte sein Leben begleiten*
Antimetabole, f.	• *Umänderung, Vertauschung; Wiederholung von Wörtern in zwei gleich gebauten Sätzen in umgekehrter Reihenfolge*	• *Wir leben nicht, um zu arbeiten, wir arbeiten, um zu leben.*
Asyndeton, s.	• *Anreihung gleich geordneter Wörter, Wortgruppen, Sätze oder Satzglieder ohne Verbindung*	• *ich ging, dachte, sang, tanzte*
Contradictio in adiecto, f.	• *widersprechende Ergänzung eines Begriffs, Widerspruch im Beiwort*	• *sanfter Grobian*
Emphase, f.	• *nachdrückliche Hervorhebung durch phonetische (z. B. Betonung, Stimmhebung) oder syntaktische Mittel (z. B. rhetorische Frage, Ausruf)*	• *DAS sollte ICH gesagt haben?*
Epipher, f.	• *Wiederholung eines Wortes oder einer Wortgruppe am Ende mehrerer einander folgender Sätze oder Satzteile*	• *er isst viel, trinkt viel, raucht viel und verbraucht viel*
Epitheton ornans, s.	• *schmückendes Beiwort*	• *der listige Odysseus, der schlaue Fuchs, die weise Eule*

Redefigur (die Synekdoche)	deutscher Begriff/ Inhalt	Beispiel
Epizeuxis/Epanalepse, f.	• *Wiederholung eines Wortes oder einer Wortgruppe, meist am Anfang eines Satzes*	• *Varus, Varus, gib mir meine Legionen wieder*
Euphemismus, m.	• *Hüllwort, beschönigendes, verhüllendes Wort*	• *„freigestellt" für „gekündigt"* • *„angepasst" für „verteuert"*
Hyperbel, f.	• *Übertreibung des Ausdruck*	• *... sich waffnend gegen eine See von Plagen (Shakespeare)*
Ironie, f.	• *Redeweise, bei der eine Äußerung das Gegenteil von dem meint, was sie ausspricht*	• *Doch Brutus sagt, dass er voll Herrschsucht war, und Brutus ist ein ehrenwerter Mann. (Shakespeare)*
Katachrese, f.	• *Bildbruch, uneigentlicher Gebrauch eines Wortes für eine fehlende Benennung einer Sache, Kombination nicht zueinander passender bildlicher Wendungen*	• *Blumensprache* • *Wolkenkissen* • *vernebeltes Gehirn*
Litotes, f.	• *Schlichtheit, verneinende Umschreibung eines Sachverhalts*	• *nicht ganz ohne Verdienst*
Metapher, f.	• *bildlicher Ausdruck, Bezeichnungsübertragung zwischen ähnlichen Gegenständen oder Erscheinungen*	• *ein Auge wie ein Veilchen* • *ein Mann wie ein Bär*
Metonymie, f.	• *Namensvertauschung, übertragener Gebrauch eines Wortes oder einer Fügung für einen verwandten Begriff*	• *statt „alle" „jung und alt"* • *statt „Dolch" „Stahl"*
Oxymoron, s.	• *widersprüchliche Verbindung von Gegensätzen in einer Äußerung, um eine nachhaltige stilistische Wirkung zu erreichen*	• *gespannte Ruhe* • *finsteres Lächeln* • *beredtes Schweigen*
Paradoxon, s.	• *scheinbar widersinnige, in sich widersprüchliche und der allgemeinen Erfahrung zuwiderlaufende Aussage, die jedoch eine andere, höhere oder spezifische Wahrheit spiegelt*	• *Wenn du den Frieden willst, rüste zum Krieg.* • *Wer viel Geld verdienen will, muss zuerst welches ausgeben.*

Redefigur (die Synekdoche)	deutscher Begriff/ Inhalt	Beispiel
Parallelismus, m.	• *gleich oder sehr ähnlich gebaute, aufeinander folgende und sich in ihrem Sinn bestärkende Sätze oder Verse*	• *erst zog es ihn, dann sank er hin, dann wars um ihn geschehn*
Paranomasie, f.	• *Wiederholung eines Wortstamms*	• *betrogener Betrüger* • *bewegungsloser Bewacher*
Periphrase, f.	• *Umschreibung*	• *der Allmächtige für „Gott"*
Pleonasmus, m.	• *Überfluss, Häufung sinnverwandter Worte*	• *dunkle Abenddämmerung, leises Flüstern*
Polysyndeton, s.	• *Aneinanderreihung gleichgeordneter syntaktischer Einheiten (Wörter, Wortgruppen, Sätze) durch dieselbe Verbindung (Gegensatz: Asyndeton)*	• *Ich ging und dachte und sang und tanzte*
rhetorische Frage, f.	• *eine Frage, auf die keine Antwort erwartet wird, die nur um der Wirkung willen gestellt ist*	• *Und das meinen Sie ernst? Das entspricht doch überhaupt nicht dem, was wir vereinbart haben.*
Tautologie, f.	• *„das Dasselbesagen"; lediglich erläuterndes und nicht Erkenntnis erweiterndes Urteil; Bezeichnung einer Sache durch mehrere gleichbedeutende Ausdrücke, ähnlich dem Pleonasmus*	• *eine Niederträchtigkeit, eine Gaunerei, ein Verbrechen* • *ein Glücksfall und eine Jahrhundertchance*

Verwendete Literatur

Allgemeine Nachschlagewerke auf CD/DVD:
Der Brockhaus multimedial 2001 premium
Microsoft Encarta 99
Rudolf Haufe Verlag, Unternehmer Office 2001

Allgemeine Nachschlagewerke in Buchform:
Duden: Die Rechtschreibung, 1986/21. Auflage, 1996/Lizenzausgabe 1999
Duden: Fremdwörterbuch, 1974
Duden: Herkunftswörterbuch. Etymologie der deutschen Sprache, 1989

Weitere Literaturquellen:
von Blomberg, Anne: Entdecker und Sammler. Erfolg Smalltalk. In: Wirtschaftswoche 45/2.11.2000
Davenport, Thomas H./Beck, John C.: Vieles lenkt von der Arbeit ab. In: Harvard Business Manager 2/2001
Engeser, Manfred: Geistloses Geschwafel. In: Wirtschaftswoche 8/15.2.2001
Gordon, Thomas: Familienkonferenz. Heyne, München 1999
Gray, John: Männer sind anders. Frauen auch. Goldmann, München 1998
Hofmeister, Roman: Das neue Handbuch Rhetorik. Seehamer, Weyarn/Salzburg 1999
Hofmeister, Roman: Besser reden – sicher überzeugen. In: Besser schreiben, reden, rechnen. Seehamer, Weyarn/Salzburg
Jackson, Carole: Color Me Beautiful. Hallwag, Bern 1990
Molcho, Samy: Körpersprache. Goldmann, München 1996
Popp, Manfred: Einführung in die Grundbegriffe der Allgemeinen Psychologie. Uni-Tb. GmbH, Stuttgart 1995
Ruede-Wissmann, Wolf: Satanische Verhandlungskunst und wie man sich dagegen wehrt. Gondrom, Bindlach 1998

Zitate aus philosophischen und literarischen Werken:

Albee, Edward: Wer hat Angst vor Virginia Woolf?
Aristoteles: Topik
Canetti, Elias: Masse und Macht
Kungfutse: Gespräche
Nietzsche, Friedrich: Jenseits von Gut und Böse
Pascal, Blaise: Gedanken
Popper, Karl: Logik der Forschung
Rautenberg, Werner/Rogoll, Rüdiger: Werde, der du werden kannst
Schopenhauer, Arthur: Eristische Dialektik
Shakespeare, William: Hamlet
Shakespeare, William: Julius Cäsar
Sostschenko, Michail: Die Kuh im Propeller. In: Der verborgte Ehemann
von Thun, Friedemann Schulz: Miteinander reden
Watzlawick, Paul/Kreuzer, Franz: Die Unsicherheit unserer Wirklichkeit

Manuskript der Audio-CD

Szene 1: Selbstdarstellung

Sprecher: „Mein Name ist Herbert Sommer. Ich wurde als Sohn des Friedrich Sommer und der Emma Sommer, geborene Maier, am 9. August 1970 in Hamburg geboren. Meine Eltern waren beide berufstätig, mein Vater als Facharbeiter, meine Mutter als Verkäuferin. Ich bin ledig und ..."

Autor: „Halt, halt! Was machen Sie denn Herr Sommer?"

Sprecher: „Sie sagten doch, ich solle mich vorstellen."

Autor: „Richtig, aber doch nicht so. Für mich klingt das so langweilig, dass mir beim Zuhören die Füße einschlafen."

Sprecherin: „Darf ich es versuchen?"

Musterrede Selbstvorstellung

(Einleitung) „Meine sehr geehrten Damen und Herren, ich freue mich darüber, dass ich Ihnen etwas über mich erzählen darf. Mein Name ist Ursula Müller.

(Herkunft) Ich stamme aus der Hansestadt Hamburg und habe schon als Kind den Geruch von Wasser und weiter Welt eingeatmet, obwohl mein Vater als Facharbeiter eine Landratte war und auch meine Mutter als Verkäuferin nichts mit dem Meer zu tun hatte. Mein älterer Bruder und meine jüngere Schwester haben meine Kindheit sehr kurzweilig gemacht.

(Entwicklung und Ausbildung) Die Erfahrungen in unserer familiären Rasselbande haben mir das Leben im Gymnasium wesentlich erleichtert, und so habe ich meine erste Karrierechance als Klassensprecherin bekommen. An der Universität waren mir zwar anfangs die Nebenfächer wie Soziologie und Psychologie fast lieber als die Betriebswirtschaft, aber dann haben mich Marketing und Organisationslehre doch in ihren Bann gezogen.

(Fähigkeiten) Dass ich schon in meiner Gymnasiumszeit gelernt habe, Maschine zu schreiben und damit auch am PC sehr schnell war, hat mir das Leben wesentlich erleichtert. Die Vertrautheit mit allen Standardprogrammen für Präsentation, Textverarbeitung und Tabellenkalkulation, aber auch mit Standard-Datenbankprogrammen, hat mir die nötige Ausarbeitungszeit für Seminararbeiten erheblich verkürzt. Vor zwei Jahren habe ich mein Studium abgeschlossen, und ich bin sehr stolz darauf, dass mein Professor die Diplomarbeit mit dem Titel „Marketing für Internationale Organisationen" sogar noch bei der Abschlussfeier gelobt hat.

(Berufsweg) Mit seiner Empfehlung hatte ich dann auch kein Problem, sofort eine gute Position in der Marketingabteilung der Firma Hennegen zu bekommen. Vor einem Monat hat mich die Firma aufgrund meiner Sprachkenntnisse und meiner Kenntnisse beim Aufbau von Firmenpräsentationen im Internet zu ihrer Niederlassung in Paris versetzt, um mich für weitere Aufgaben im internationalen Geschäft vorzubereiten.

(Ziele) Nachdem ich ungebunden bin, freue ich mich sehr auf die neue Herausforderung. Meine persönliche Zukunft sehe ich zunächst im Marketing, wo es für mich noch eine ganze Menge zu lernen gibt.

(Abschluss) Später werde ich weitersehen, ich habe aber gerne Umgang mit Menschen und dafür ist meine Position nahezu ideal."

Autor: „Nun, Herr Sommer, was sagen Sie zu dieser Selbstdarstellung?"

Sprecher: „Kunststück, bei einer Marketingexpertin."

Autor: „Sie hat alles Wesentliche gesagt, wir haben sie kennen gelernt. Vieles war nur in Form von Andeutungen, Beiwörtern, Nebensätzen, und sie hat keine Gelegenheit ausgelassen, ihre Darstellung aufzulockern und durch Bilder zu bereichern, wo das nur ging. Dabei hat sie auch Übertreibungen und Selbstlob vorsichtig umschifft, ohne ihr Licht unter den Scheffel zu stellen. Jede gute Selbstdarstellung ist eine Auswahl, die zum Ziel hat, aus dem, was wir sind, beim Zuhörer jenen Eindruck zu hinterlassen, den wir gerade bei diesem Zuhörer erreichen wollen. Selbstverständlich ist es ganz unterschiedlich, wem gegenüber wir uns darstellen. Im privaten Bereich sollten wir ganz andere Schwerpunkte setzen als im Beruf. Privat werden wir Interessen, Steckenpferde, Freizeitbeschäftigungen und Lebenseinstellung in den Vordergrund stellen, beruflich unsere Fähigkeiten und Erfolge."

Sprecher: „Das fällt mir sicher leichter. Ich spiele seit vielen Jahren Schach, verliere aber noch immer mehr als die Hälfte aller Partien. Nachdem ich mit Niederlagen gut umgehen kann und nicht wirklich betroffen bin, mögen mich die anderen gerne als Partner. Ich baue sie auf, gegen mich haben sie gute Chancen. Außerdem habe ich immer einen guten Rotwein im Keller."

Autor: „Auch das war wieder eine Selbstdarstellung, und noch dazu eine gute. Je natürlicher und ungezwungener wir uns vorstellen, desto angenehmer wirken wir auf andere. Jetzt sind wir schon warmgelaufen für unsere nächste Szene, die Bewerbung um einen Posten."

Szene 2: Bewerbung

Sprecherin: „Guten Tag, Herr Sommer. Bitte nehmen Sie Platz. Sie haben sich um die Position eines Betriebsleiters bei uns beworben."

Sprecher: „Ja, ich habe Ihr Inserat in der Wochenendausgabe meiner Zeitung gefunden."

Sprecherin: „Wissen Sie etwas über unsere Firma, oder möchten Sie vorweg einige Informationen?"

Sprecher: „Bitte informieren Sie mich etwas. Ich kenne Ihr Unternehmen zwar vom Namen her, weiß aber nicht sehr viel darüber."

Sprecherin: „Wir sind ein kleiner Maschinenbaubetrieb mit 80 Beschäftigten. Unser Chef hat vor fünf Jahren die Firma von seinem Vater übernommen. Unser Team ist nicht nur in der Altersverteilung wie eine Familie. Jeder steht zur Firma, und die hohe Leistungsbereitschaft zeigt sich auch in unseren Ergebnissen. Ihre Aufgabe wäre es, unseren Betriebsleiter abzulösen, der in zwei Jahren in Pension gehen wird. Sie hätten also ausreichend Zeit, sich einzuarbeiten. Wenn Sie fürs erste keine weiteren Fragen haben, ersuche ich Sie, sich selbst bekannt zu machen."

Musterrede Bewerbung:

(Selbstdarstellung) „Ich bin gelernter Maschinenschlosser, 30 Jahre alt und wohne in Hamburg. Mein Frau ist als Sekretärin in einem Handelsbetrieb beschäftigt. Wir haben zwei Kinder im Alter von 3 und 5 Jahren, die während des Tages von den Großeltern versorgt werden.

(berufliche Erfahrung) Nach meiner Lehre habe ich zunächst meinen Wehrdienst abgeleistet. Ich war in einer technischen Einheit, und das hat mir einige zusätzliche Erfahrungen in meinem Beruf gebracht. Anschließend bin ich zu meinem derzeitigen Arbeitgeber gekommen. Ich bin für Arbeiten an der Drehbank ausgebildet, kann CNC-Fräsen und werde zur Zeit immer wieder als Monteur im Außendienst eingesetzt.

(Netzwerk) Ich habe schon meine Stammkunden für routinemäßige Servicearbeiten, die immer wieder nach mir verlangen.

(Gründe für den geplanten Wechsel) Nachdem unsere Firma sehr exportorientiert ist, muss ich mehr und mehr ins Ausland gehen. Das bringt zwar eine Menge Geld, wird aber für mein Familienleben immer problematischer.

(Gründe, warum die Bewerbung zurückgezogen würde) Ich arbeite zwar sehr gerne in meinem jetzigen Betrieb, aber wenn ich eine geeignet Position fände, bei der ich nicht so viel reisen muss, käme für mich ein Wechsel in Frage.

(Erwartungen) Ich arbeite mit modernen Maschinen und Geräten und unser Betrieb bietet mir auch immer wieder gute Fortbildungsmöglichkeiten und schickt uns zu Fachmessen, sodass mein Wissen am aktuellsten technischen Stand ist.

(Entlohnung) Meine Tätigkeit wird derzeit sehr gut bezahlt, dazu kommen noch die Auslandsspesen, und ich möchte zumindest so viel erhalten, wie ich bisher habe. Außerdem erhalte ich Leistungsprämien, die ich mir immer verdient habe, und ich finde, dass besondere Leistung auch in der Entlohnung anerkannt werden sollte.

(Zeitplan) Wenn wir einig werden, könnte ich in frühestens drei Monaten bei Ihnen beginnen, besser aber erst in einem halben Jahr, weil ich dann eine geplante Montage in Amerika noch erledigen könnte. Ich müsste aber auf jeden Fall Ihre Entscheidung innerhalb der nächsten vierzehn Tage wissen."

Autor: „Damit wäre wohl das Wesentliche gesagt, nun kann das Gespräch in die Ebene der Nachfrage gehen, um es dann gegebenenfalls durch einen Betriebsbesuch abzurunden und abzuschließen."

Szene 3: Festlicher Anlass

Autor: „Unsere nächste Szene spielt in einer ganz anderen Umgebung. Wir haben es mit einem festlichen Anlass zu tun. Fräulein Müller heiratet und ihr Vater hält die Hochzeitsrede. Hören Sie, wie er bereits ans Glas klopft?"

Musterrede: Festlicher Anlass

(Aufmerksamkeit gewinnen, Einleitung) Sprecher: „Liebe Gäste, liebe Freunde, schenkt mir bitte etwas von eurer Zeit und erlaubt mir, ein paar Worte zu sagen. Unser Brautpaar tut sich beim Zuhören vielleicht am schwersten, die sind zu sehr damit beschäftigt, sich in die Augen zu schauen. Dabei bemühe ich mich gerade für sie, die richtigen Worte zu finden. Mein liebes Fräulein Tochter hat mir noch eingeschärft, ja nicht

kitschig zu reden und auch nichts von dem zu erzählen, was eben nur Eltern erfahren. Genau das wäre für alle interessant, aber keine Chance, versprochen ist versprochen. Meine liebe Ursula, lieber Michael!

(Spannung aufbauen) Ob der heutige Tag der schönste in eurem Leben ist, wird sich zeigen. Ich hoffe eigentlich für euch, dass es noch schönere gibt. Es war zwar sowohl die Rede des Standesbeamten wie auch jene des Herrn Pfarrer sehr schön, und wir werden uns selbstverständlich alle bemühen, euch gebührend zu feiern. Die Laune ist in Ordnung, das Essen ist vom feinsten, der Wein wird kein Kopfweh hervorrufen, die Musikgruppe liegt in eurer Verantwortung, die habt ihr selbst ausgesucht, getanzt soll auch werden, geheizt ist ordentlich, die Sessel sind ganz bequem. Eigentlich spricht alles für einen sehr schönen Tag. Dennoch gibt es noch schönere Tage, die ich euch wünsche. Ich wünsche euch den ersten Blick auf euer Kind, ich wünsche euch die übermütig-frechen Augen, mit denen die kleine Ursula meine kläglichen Versuche bedacht hat, ihre Puppe zu reparieren, ich wünsche euch das frohe Lachen beim Spielen, und ich wünsche euch die vielen Sorgen, die Eltern haben, wenn sie ihre Kinder in Problemen sehen und die sie doch nicht für sie lösen dürfen, weil sie daran wachsen müssen. Alles das und noch viel mehr sollt ihr erleben: Den Partner, der mit euch eure Erfolge teilt und sich neidlos daran freut, die Hand, die euch streichelt, wenn ihr traurig seid, alles das, was die selbstbewussten Junggesellen beider Geschlechter vermissen. Wenn ihr euch so lieb habt wie heute, wo ihr euch immerhin entschlossen habt, etwas so Wertvolles wie die Freiheit aufzugeben, werdet ihr erleben, dass manchmal die glücklichsten Augenblicke jene sind, in welchen man gespürt hat, wie sehr man den anderen vermisst, und er ist dann zurückgekommen. Vergesst das nie und macht dann nicht zu viele Vorwürfe, wenn einer von euch sich zu sehr von seiner Karriere beanspruchen lässt, wenn er manchmal vergisst, dass ein kleiner Anruf zu Hause Sorgen wegblasen kann. Aber vergesst auch nicht, wenn ihr es erst einmal gelernt habt, dass Leben das ist, was ihr spürt, nicht das, was ihr zusammengekauft habt. Du, mein liebes Fräulein Doktor, bist mir manchmal als der Ehrgeiz in Person erschienen und ich habe mir gelegentlich Sorgen gemacht, weil deine Augen nur mehr geglänzt haben, wenn du etwas vorzüglich bestanden hast, eine Prüfung, einen Auftritt, eine Konzeption. Ich bin froh, dass ich mich getäuscht habe und du doch auch noch Menschen angeschaut hast. Ich wünsche euch beiden, dass euer Blick

ausreichend tief war und lange genug wirkt. Ihr seid nicht lebenslang verurteilt, ihr habt eine lebenslange Chance.

(Abschluss) Für uns, eure Eltern, ist nun eine Aufgabe zu Ende. Wir sind zwar etwas traurig, dass ihr jetzt nicht mehr bei uns wohnen werdet, aber wir sind auch erleichtert, dass wir diesen Abschnitt unseres eigenen Lebens erfolgreich geschafft haben. Versucht ruhig, besser zu machen, was besser gemacht werden sollte. Möge es euch gelingen. Heben wir unser Glas. Wir wünschen euch das Allerbeste: Glück, auch Reichtum, wenn es sein muss, aber vor allem Zufriedenheit und ein liebevolles gemeinsames Leben."

Szene 4: Motivationsrede

Autor: „Während sich bei der festlichen Rede der Aspekt der Motivation auf das Schaffen einer möglichst nachhaltigen positiven Stimmung bezieht, geht das Ziel einer Motivationsrede in einem Betrieb noch weiter. Neben einer positiven Stimmung soll die Leistungsbereitschaft und die Leistung gefördert werden. Für sehr erfolgreiche Motivation war unter anderem Napoleon I. bekannt. Vor einer Schlacht in Ägypten soll er zu seinen Soldaten angesichts der Pyramiden gesagt haben: „Fünf Jahrtausende blicken auf euch herab." Die Betriebshallen sind zwar sicherlich nicht annähernd so beeindruckend, aber sicherlich ist das, woran Sie arbeiten, Ihr Engagement wert – oder nicht? Motivationsreden werden entweder bei Betriebsfeiern zu regelmäßigen Anlässen gehalten, wie etwa bei der Weihnachtsfeier, oder zu außerordentlichen Anlässen. Außerordentliche Anlässe geben gleichzeitig das Thema her und sind demnach leichter vorzubereiten. Unser Redner bereitet sich aber auf eine stinknormale Weihnachtsfeierrede vor, um seine Mitarbeiter zu motivieren, im nächsten Jahr etwas mehr Energie auf Arbeit zu konzentrieren. Hören wir uns an, was ihm dazu eingefallen ist.

Musterrede Motivation

(Einleitung, Aufmerksamkeit) Sprecher: „Sehr geehrte Damen und Herren, liebe Kollegen und Kolleginnen. Vielleicht sollte ich Sie jetzt fragen, ob Sie zuerst lieber die guten Nachrichten hören wollen oder die schlechten. Firmenfeiern sind ohnehin immer etwas spannender als private Feiern.

Wenn Sie das nicht finden, sitzen Sie bei den falschen Leuten am Tisch, aber der Abend ist ja noch lang und die Plätze sind nicht nummeriert.

(Spannungsaufbau) Ganz kann ich Ihnen trotz der Feierstimmung auch heute den Ernst des Lebens nicht ersparen, und ganz offen gestanden, ich will es auch gar nicht, vor allem auch deshalb nicht, weil das nächste Jahr vor der Tür steht und ich wenig Lust verspüre, mit meinen Sorgen allein zu bleiben. Ich weiß, Sie haben sich alle sehr bemüht und Ihr Bestes gegeben, wenn nicht, wissen Sie es selbst am besten.

(Informationsteil, negativ) Dennoch haben wir einige spektakuläre Misserfolge zu verdauen. Unsere Reklamationsquote ist um mehr als 30 % gestiegen, die Konkurrenz ist deutlich an uns vorbeigezogen und wichtige Kunden bleiben aus. Wir mussten aus diesem Grund unser Investitionsprogramm um ein Viertel kürzen, um nicht die Bank zu sehr zu beanspruchen. Unser Auftragsstand ist der niedrigste seit fünf Jahren.

(Informationsteil, positiv) Aber das ist nur eine Seite der Tatsachen. Wir haben einige Chancen, die wir nützen können. Unser neues Modell scheint bei den Kunden gut anzukommen. Ich habe gehört, dass einige Kunden große Bestellungen planen, die uns auf Jahre auslasten könnten. Wenn nur ein Teil von dem verwirklicht wird, was sich abzeichnet, können wir nach kurzer Durststrecke wieder mit einer guten Entwicklung rechnen.

(Appell) Dennoch muss ich alle von Ihnen bitten, die Anstrengungen zur Qualitätssicherung wesentlich ernster zu nehmen. Nach wie vor werden viele Organisationsanweisungen einfach ignoriert. Besonders niederschmetternd ist für mich, wenn ich erfahre, dass sogar Anweisungen missachtet werden, die eine Gefährdung verhindern sollen. In brandgefährdeten Bereichen wurden Mitarbeiter mit brennenden Zigaretten angetroffen. Einen dieser Mitarbeiter mussten wir entlassen, weil er wiederholt gegen das Rauchverbot in diesen Bereichen verstoßen hat.

(Motivation) Ein Betrieb ist keine Veranstaltung eines Einzelnen, auch nicht für den Chef. Ich hoffe, Sie gestehen mir zu, dass meine Tür für jedes Ihrer Anliegen offen war und ist und dass ich mich mit allem ernsthaft beschäftige, was Sie bedrückt. Wenn wir erfolgreich sind, werden wir alle davon profitieren. Wir alle erhalten dann endlich eine neue Büroeinrichtung, wir können die neuen Maschinen kaufen, um Ihre Arbeit zu erleichtern, und uns endlich wieder ordentliche Firmenfahrzeuge leisten. Ich weiß, dass manche von Ihnen sicher nicht überbezahlt sind und dass auch in

diesem Bereich Nachholbedarf besteht. Aber ein Schelm, der mehr gibt, als er hat. Dennoch will ich Ihnen einen kleinen Vorschuss auf unseren Erfolg zugestehen. Jeder von Ihnen erhält einen Briefumschlag mit erfreulichem Inhalt, übrigens bereits versteuert. Die Annahme dieses Briefumschlags ist zwar zu bestätigen, aber dennoch freiwillig, das heißt Sie können ihn zurückweisen. Für diesen Fall würde er der geistvollen Verwertung zugeführt. Der Wirt hat mir versichert, er hätte ausreichende Reserven.

(Abschluss) Lassen Sie uns auf unsere Firma anstoßen, unser gemeinsames Kind, das nie lernen wird, sich selbst zu ernähren und immer einen großen Teil unsere Kräfte verlangt, um zu wachsen und erfolgreich zu sein. Lassen Sie uns darauf anstoßen, dass unsere Arbeit bei unseren Kunden wieder anerkannt wird und lassen Sie uns nicht zuletzt darauf anstoßen, dass wir noch oft gemeinsam anstoßen werden. Ich danke Ihnen allen für Ihre Mitarbeit und wünsche Ihnen und Ihren Familien ein glückliches Weihnachtsfest und ein gutes Neues Jahr."

Szene 5: Verteidigungsrede

Autor: „Viele von Ihnen werden sich fragen: Was heißt Verteidigungsrede? So etwas gibt es doch nur vor Gericht. Wenn ich mich selber verteidige, rede ich nicht viel. Ich erkläre ganz einfach: „Ich war es nicht, ich bin nicht schuld, ich kann nichts dafür." Das ist doch genug, oder? Wir wollen sehen, ob es nicht doch besser zu machen wäre. Am besten wäre sicherlich, wir hätten einen Verteidiger, wie der Angeklagte in einem Gerichtsverfahren. Der könnte dann alle Argumente zu unseren Gunsten anführen und ein Plädoyer halten. Leider sind wir meistens auf uns selbst angewiesen. Jetzt hat unser Chef eine so aufbauende Motivationsrede gehalten, sein Briefumschlag hatte einen recht erfreulichen Inhalt, und schon sitzt man in der Patsche und steht vor dem Chef. Hat doch nicht ein Kunde behauptet, Sie hätten ihn angeschnauzt. Noch dazu ein wichtiger Kunde. Dabei wollten Sie doch nur seine Unverschämtheiten abwehren. Sollten wir das nicht einfach dem Chef sagen?

Musterrede: Verteidigung

Sprecher (Chef): „Ich habe Sie hergeholt, weil sich der Kunde Lässig über Sie beschwert hat. Er war so verärgert, dass er androht, zu einem anderen Lieferanten zu wechseln, wenn wir Sie nicht in eine Abteilung versetzen, wo er nichts mehr mit Ihnen zu tun hat."

Sprecherin: „Der hat es gerade nötig. Der Kerl belästigt mich mit seinen anzüglichen Bemerkungen und Blondinenwitzen. Der kann mir gestohlen bleiben. Hätte ich seine Einladungen angenommen, wäre von Beschwerden keine Rede. „

Autor, unterbricht: „Halt, junge Frau. Ich will Ihnen ja zugestehen, dass Sie zu Recht empört sind. Aber was wollen Sie denn erreichen? Wollen Sie Ihren Chef in Bedrängnis bringen oder Solidarität erzwingen? Versuchen Sie es bitte anders. Das heißt aber nicht, dass Sie Ihren grundsätzlichen Standpunkt ändern müssen."

Sprecherin: „Nun gut, ich will es versuchen: Das verwundert mich etwas. Bisher hat er sich immer an mich gewandt, wenn er etwas wollte und war immer recht zufrieden."

Chef: „Tatsache ist, dass er jetzt nicht mehr zufrieden ist."

Sprecherin: „Darf ich fragen, weshalb er sich beschwert hat? Hat er irgendetwas gesagt?"

Chef: „Nur das, was ich Ihnen erzählt habe. Sie hätten sich ihm gegenüber unmöglich benommen, und er will nichts mehr mit Ihnen zu tun haben."

Sprecherin: „Damit habe ich leider überhaupt keinen Anhaltspunkt dafür, was ich falsch gemacht habe. Können Sie mir bitte helfen?"

Chef: „Was soll ich Ihnen helfen. Der Kunde beschwert sich."

Sprecherin: „Ich meine, Sie kennen mich doch auch. Was könnte er gemeint haben? Was kann ich besser machen?"

Chef: „Was weiß ich. Ich bin mit Ihnen zufrieden.
Wissen Sie, warum er so tobt?"

Sprecherin: „Warum er als unser Kunde tobt, weiß ich nicht."

Chef: „Was soll das heißen?"

Sprecherin: „Als Kunden habe ich Ihn immer höflich, zuvorkommend und sachgerecht betreut. Jedes seiner Anliegen habe ich im Betrieb durchgesetzt."

Chef: „Das kenne ich. Er hat Sie früher auch gelobt. Also, raus mit der Sprache, keine kryptischen Andeutungen. Was war los?"

Sprecherin: „Ich habe seinen Humor nicht ganz teilen können. Irgendwann habe ich mir erlaubt, ihm zu sagen, er möge sich doch bitte darauf beschränken, Blondinenwitze seiner eigenen Sekretärin zu erzählen, wenn diese sich das gefallen lässt. Das war vielleicht etwas zu scharf.

Chef: „So ein Idiot. Mich langweilt er immer mit dummen Anglerwitzen. Aber mussten Sie denn so scharf sein?"

Sprecherin: „Ich muss gestehen, mir sind einfach die Nerven durchgegangen. Es war in letzter Zeit etwas anstrengend, und seine Anzüglichkeiten waren mir diesmal einfach zu viel. Was kann ich tun, um das wieder zu bereinigen?"

Chef: „Ich glaube, das ist meine Sache. Ich werde mit ihm reden. Entweder akzeptiert er, dass er Sie mit Respekt behandeln muss, oder er erhält einen Mann zur Betreuung. Wenn er auf weitergehenden Konsequenzen besteht, ist das seine Sache. Ich lasse mir sicherlich nichts in meine Personalpolitik dreinreden."

Sprecherin: „Ich danke Ihnen. Diese Reaktion habe ich von Ihnen erhofft."

Autor: „Verteidigung als Monolog ist im Alltagsleben wohl kaum üblich. Eine gute Verteidigung baut auf Argumenten auf, und die Argumente müssen sich im Gespräch entwickeln. Der Gesprächspartner muss die Chance erhalten, seine eigenen Erkenntnisse aus den Darstellungen zu gewinnen. Damit wird die Verteidigung nicht zur Gegenmacht, die Widerstand leistet, sondern zum Miteinander.

Szene 6: Verkauf

Autor: „Unsere Ursula Müller ist noch ganz erschöpft von ihrer Verteidigungsrede, da wird sie ins Besprechungszimmer gerufen. Ein Kunde ist etwas zu früh gekommen, dem Sie das neue Modell verkaufen soll. Hören wir uns an, wie sie das macht.

Musterrede Verkauf

Sprecherin: „Guten Tag, Herr Ebert. Es freut mich sehr, Sie bei uns zu sehen. Wurde Ihnen bereits Kaffee angeboten, oder hätten Sie gerne etwas anderes?"

Sprecher: „Nein, danke. Ich bin etwas in Eile. Eigentlich möchte ich mit Ihnen nur ganz kurz über Ihr neues Modell sprechen. Ganz überzeugend finde ich das nicht. Ihre Firma hatte schon bessere Angebote."

Sprecherin: „Meine erste Reaktion wäre, ihm zu sagen, dass er noch keine Ahnung hat. Das neue Modell kennt er doch nur vom Prospekt her, er hat es noch nie gesehen, ganz zu schweigen seine Leistungen vorgeführt bekommen. Aber wenn ich das sage, bekomme ich vom Autor wieder einen Verweis."

Autor: „Ganz richtig."

Sprecherin (Zugehen auf den Kunden, Eingehen auf seine Argumente): „Lieber Herr Ebert, ich verstehe selbstverständlich Ihre Skepsis. Das neue Modell ist ganz anders angelegt als alle anderen vorher. Sie sind nun seit vielen Jahren ein guter Kunde unseres Hauses, und ich hoffe, Sie waren bisher noch nie von uns enttäuscht."

Sprecher: „Eigentlich nicht, bisher noch nie."

Sprecherin (den Kunden bestätigen): „Dennoch haben Sie recht, jedes unserer Angebote für sich zu prüfen. Ich kann Ihnen das gut nachfühlen. Darf ich Ihnen dennoch das neue Modell in Funktion vorführen?

(Vorführung und Erläuterung): Sie sehen hier einen Prototyp im Querschnitt. Der wesentliche Unterschied zu den früheren Typen liegt in der Art der Informationsspeicherung und in der Art der Bedienung.

(Vertrauensaufbau) Unsere Techniker haben zur Entwicklung Psychologen beigezogen, welche die Aufgabe hatten, die Bedienungsanforderungen so zu stellen, dass alle erforderlichen Schritte leicht gemerkt werden können und jeder denkbare Schaden vermieden wird. Außerdem haben sie dann einen Prototyp von Laien testen lassen, indem sie diesen nur die Bedienungsanleitung ohne sonstige Anweisungen übergaben und beobachteten, wie lange es dauert, bis die Laien mit dem Gerät umgehen konnten. Im Vergleich dazu haben wir eine Versuchsgruppe das Vorgängermodell testen lassen. Das Ergebnis des neuen Modells lag deutlich besser als bei allen Vorgängermodellen: 50 % Lernzeitersparnis, 80 % weniger Wahrscheinlichkeit von fehlerhafter Bedienung."

Sprecher: „Das ist erstaunlich. Kann ich die Untersuchungsergebnisse sehen?"

Sprecherin: „Selbstverständlich. In den neuen Prospekten werden wir sie ohnehin dann beilegen, so dass Sie auch bei Ihren Kunden gut argumentieren können."

Sprecher: „Und wie ist der Preis?"

Sprecherin (Abschlussvorbereitung): „Wir haben die Preise gegenüber dem Vorgängermodell um 3 % gesenkt und dafür noch die Garantiezeit verdoppelt. Außerdem erhalten Sie für Ihre Erstbestellung einen Sonderrabatt von 5 % und müssen außerdem erst nach zwei Monaten bezahlen. Wenn Sie allerdings sofort bezahlen, erhalten Sie noch 2 % Skonto."

Sprecher: „Eigentlich wollte ich Ihnen nur absagen."

Sprecherin: „Das wäre schade für uns beide. Sie versäumen eine große Chance."

Sprecher (unentschlossen): „Ich werde es mir noch überlegen."

Sprecherin (Nachstoßen): „Dem spricht nichts entgegen. Ich kann Ihnen aber ein Angebot machen, wenn Sie noch nicht ganz entschlossen sind. Nehmen Sie ein Einführungspaket von 30 Stück mit, wir überlassen Ihnen das zum Verkauf, und Sie bezahlen, wenn Sie verkauft haben."

Sprecher: „Zu den gleichen Konditionen, die Sie mir gesagt haben?"

Sprecherin (Lächeln in der Stimme): „Lieber Herr Ebert, das wäre doch wirklich etwas viel, finden Sie nicht auch? Den Skonto kann ich Ihnen dann leider nicht bieten. Aber weil Sie es sind: Für die Geräte, die Sie in den nächsten drei Monaten an uns bezahlen, biete ich Ihnen noch 3 % Sonderrabatt."

Sprecher: „Das ist ein Wort. Und wie lange gilt Ihr ursprüngliches Angebot, wenn ich die Geräte heute noch mitnehme?"

Sprecherin: „Sie müssten sich in einer Woche entscheiden, wie Sie es haben möchten, und in zwei Wochen bezahlen."

Sprecher: „Ihr letztes Wort?"

Sprecherin: „Selbstverständlich nicht. Ab 100 Stück erhöht sich der Sonderrabatt auf 7 %."

Sprecher: „Und wie lange habe ich dafür Überlegenszeit?"

Sprecherin (Chef-Verhandlung): „Sie verstehen es wirklich, zu verhandeln. Ich muss da meinen Chef fragen. Wie lange würden Sie brauchen?"

Sprecher: „Sagen wir drei Wochen?"

Sprecherin: „Ich täte mir mit zwei Wochen leichter."

Sprecher: „Zwei Wochen und zwei Tage. Mein letztes Wort. Und ich nehme 100 Geräte noch heute mit."

Szene 7: Erziehungsrede

Autor: „Unsere Ursula hatte einen erfolgreichen Abschluss und ist nun auch noch privat erfolgreich. Sie bekommt Nachwuchs. Einige Jahre vergehen. Jetzt muss sie an ihrer fünfjährigen Tochter ihre rhetorischen Fähigkeiten testen. Das Kind hat seinem Spielkameraden kräftig seine Puppe auf den Kopf geknallt. Der Schaden am Kopf war gering, die Puppe aber musste zu Grabe getragen werden. Hören wir zu, was Frau Dr. Müller als Mutter dazu zu sagen hat. Die Reaktionen der Tochter müssen wir allerdings aus dem Tonfall ablesen, weil das Töchterchen nur verstockt auf dem Schoß der Mutter hockt und nur Körpersprache gebraucht."

Sprecherin: „Meine erste Reaktion wäre wieder falsch gewesen. Ich hätte meine liebe Kleine gerne mit ihren eigenen Mitteln behandelt oder sie zumindest ordentlich geschüttelt. In der Zwischenzeit habe ich mich aber schon daran gewöhnt, meine ersten spontanen Reaktionen nach tiefem Durchatmen abzulegen. Am Anfang habe ich sie immer verdrängt, jetzt lasse ich sie einfach fallen, wie jede nicht geeignete Problemlösung. Aber wie sage ich es meinem Kinde? Soll ich sagen: Du hast mich enttäuscht? Oder moralisieren, indem ich sage: Möchtest du so behandelt werden? Nein, ich mache es anders."

Musterrede Erziehung

Sprecherin: „Habe ich das richtig gesehen? Du hast dem Hans die Puppe auf den Kopf geknallt? Ja? Und die Puppe ist dabei kaputt gegangen? Ja? Der Hans heult jetzt und die Puppe ist gestorben. Wolltest du das? Nein? Aber du hast es getan, oder irre ich mich da? Nein? Das verstehe ich jetzt nicht. Was wolltest du nicht? Dass der Hans heult? Das schon. Aber dass die Puppe stirbt? Das nicht. Also, Hans ist nicht so wichtig, wie die Puppe. Die Puppe wird eingegraben und ist dann nicht mehr da. Das siehst du also ein. Also braucht der Hans überhaupt nicht mehr zu kommen. Wenn du auf die Puppe verzichten musst, kannst du auch auf Hans verzichten, oder? Nicht? Soll er weiter heulen? Auch nicht? Wolltest du ihm vielleicht gar nicht weh tun? Nein? Du hast ihn doch gerne, er ist doch dein Freund? Ja. Glaubst du, man sollte Freunde so behandeln? Nein? Hm. Was soll ich da sagen. Vielleicht wäre es ganz gut, du gehst zu ihm, umarmst ihn und sagst ihm, dass du es gar nicht so gemeint hast? Was meinst du? Ja? Soll ich dich begleiten? Ja? Warum das, hast du Angst vor Hans? Nein? Vor seiner Mutter, weil sie ihn trösten muss? Aha, so ist das. Du, aber sag mir einmal: Wenn du findest, er sollte nicht heulen, glaubst du, dass zuhauen unter Freunden richtig ist? Nein? Meinst du das auch wirklich so, oder willst du nur, dass ich das glaube? Du meinst es wirklich so? Na, was hältst du davon, wenn wir jetzt eine Schokolade aus dem Kasten nehmen, ein paar Blümchen für die Mutter von Hans pflücken und dann zu Hans gehen? Hans bekommt die Schokolade und die Mutter die Blümchen? Ja? Gut. Ich bekomme ein Küsschen? Das ist aber lieb. Und Hans? Der bekommt auch ein Küsschen? Na schön, wenn du meinst. Also dann, machen wir uns auf den Weg."

Szene 8: Kritische Rede

Autor: „Unserem Chef bleibt nichts erspart. Er engagiert zur Schulung seiner Mitarbeiter einen Seminarleiter, aber der liest nur Folien ab und theoretisiert endlos. Dabei wurde ihm der Mann als guter Vortragender und exzellenter Fachmann geschildert."

Musterrede Kritik

Sprecher (Einleitung): „Ich habe Sie hergebeten, um mit Ihnen über den Fortgang unserer Seminarreihe zu sprechen. Sie haben sicher schon bemerkt, dass meine Mitarbeiter mit Ihrem Vortrag nicht sehr einverstanden sind.

(Positionierung) Mich enttäuscht, dass ich hören muss, in welcher Form Sie die Seminare gestalten. Meine Mitarbeiter und ich sind an Ihrem Thema sehr interessiert, und Sie wurden mir als hervorragender Fachmann empfohlen. Wie Sie wissen, verlasse ich mich nicht nur auf Auskünfte anderer und habe mir Ihren Vortrag selbst eine Stunde lang angehört.

(Konfliktfeststellung) Ihre Referenzen sind ausgezeichnet, leider haben wir bisher nicht die Erfahrung machen können, die zu Ihren Referenzen geführt haben. Wir haben Sie als unmotiviert, theoretisierend und langatmig erlebt, und das betrübt uns zutiefst.

(Positive Aspekte) Das Angebot, das wir von Ihnen erhalten haben, enthält alles, was wir von Ihnen wollen. Wir wissen aus Auskünften, die wir über Sie eingeholt haben, dass Sie sehr wohl in der Lage sind, das zu bringen, was wir von Ihnen erwarten.

(Gegenposition) Leider haben Sie bisher nicht gezeigt, dass Sie gewillt sind, die von Ihnen angebotene Leistung zu bringen. Ich weiß nicht, weshalb Ihre Leistung so unter jenem Niveau ist, das mir von Ihnen berichtet wurde, es interessiert mich auch nur insoweit, als ich bereit bin, Sie vorübergehend von Ihren Verpflichtungen zu entbinden, wenn Sie irgendwelche körperlichen oder seelischen Probleme haben.

(Klarstellung) Ich bin aber keinesfalls bereit, weiter zuzusehen, wie meine Mitarbeiter durch schlechte Präsentation lernen, ein wichtiges Thema abzulehnen.

(Zielsetzung) Wenn Sie das so wollen, erhalten Sie eine faire Chance, meine Mitarbeiter für das Thema zu begeistern. Sie können selbst wählen, wie viel Zeit Sie brauchen, mit der Unzufriedenheit unsererseits fertig zu

werden. Sie können auch aus dem Vertrag aussteigen, wenn Sie wollen. Am nächsten halben Tag Ihres Seminars werde ich teilnehmen.

(Sanktion) Sollten sich die bisherigen Erfahrungen fortsetzen, werde ich Ihren Auftrag beenden. Ich werde Ihnen dann anbieten, Ihre bis dahin aufgelaufenen Stunden zu vergüten, den Rest würden Sie nicht bekommen. Sollten Sie der Meinung sein, klagen zu müssen, steht Ihnen das offen.

(Konsens) Gleiches biete ich Ihnen aber auf Ihren Wunsch hin auch sofort an, obwohl ich es bedauern würde, wenn wir nach dem missglückten Start nicht zu einem guten Ende kämen.

(Abschluss) Ich weiß, dass jede Situation anders ist und dass man nicht zu jeder Gruppe einen persönlichen Draht findet. Vielleicht hat aber unser Gespräch einen Weg aufgezeigt, der uns beiden ermöglicht, zusammenzuarbeiten oder uns zumindest ohne Groll voneinander zu verabschieden.

Szene 9: Reklamation

Autor: „Ursula ist ins Berufsleben zurückgekehrt, und schon bedrängen auch die unerfreulichen Alltagsprobleme. Herr Ebert ruft an und beschwert sich über das neue Modell."

Sprecher: „Frau Dr. Müller, Sie haben mir erklärt, wie toll Ihr neues Modell funktioniert. Das Sch...ding funktioniert überhaupt nicht. Von den 100 Geräten, die ich verkauft habe, sind jetzt schon 10 Stück zurückgekommen, weil sie nicht funktionieren."

Sprecherin: „Ach, dieser Ebert. Jede Kleinigkeit beanstandet er, dabei liegt das Problem nur in seiner Unfähigkeit, auch nur die kleinsten Reparaturen selbst zu machen. Wir haben ihm die Ersatzteile geschickt, er müsste nur die Teile herausnehmen und einbauen, eine Arbeit für fünf Minuten, und alles funktioniert. Aber er beschwert sich lieber endlos. Na gut, durchatmen, der Autor braucht nicht mehr einzugreifen."

Musterrede Reklamationsbearbeitung

Sprecherin: „Herr Ebert, das tut mir aber leid, dass Sie so viel Ärger mit dem Ding haben. Darf ich Sie fragen: Funktioniert es auch nicht mit den neuen Ersatzteilen, die wir Ihnen gesandt haben?"

Sprecher: „Das ist mir doch viel zu kompliziert. Außerdem will ich Geräte, die funktionieren, und nicht welche, bei denen ich erst reparieren muss."

Sprecherin: „Die Ersatzteile sind nur für die erste Serie erforderlich. Wir kennen das Problem und haben es bei den Nachfolgeserien schon gelöst. Leider haben Sie lauter Produkte der ersten Serie bekommen."

Sprecher: „Die Sie mir eingeredet haben."

Sprecherin: „Ja, da haben Sie recht. Ich fühle mich daher auch verpflichtet, Ihr Problem zu lösen. Haben Sie einen Vorschlag, wie wir gemeinsam vorgehen könnten?"

Sprecher: „Nein, das ist doch Ihre Sache."

Sprecherin: „Sie sind aber wirklich sehr erbost, und das macht mich betroffen. Es tut mir so leid, dass ich Sie enttäuscht habe."

Sprecher: „Sie doch nicht, Sie haben doch dieses Sch…produkt nicht gemacht."

Sprecherin: „Nein, aber Sie haben im Vertrauen auf mich gekauft. Dieses Vertrauen will ich auf keinen Fall enttäuschen. Sie dürfen keinen Schaden daraus haben."

Sprecher: „Das habe ich von Ihnen auch gar nicht anders erwartet. Entschuldigen Sie meine Grobheit, aber wenn täglich ein unzufriedener Kunde anruft, nervt das ungemein."

Sprecherin: „Dafür habe ich Verständnis. Was können wir tun, um Ihnen zu helfen? Darf ich Ihnen einen Vorschlag machen? Sie haben von uns die Ersatzteile bekommen. Wir haben ein Video anfertigen lassen, das für jeden Laien verständlich darstellt, wie das Teil einzubauen ist. Wir senden Ihnen für alle Ihre Kunden ein solches Video, die Ersatzteile haben Sie ohnehin. Darüber hinaus erhalten Sie für Ihre Mühe einen nachträgliche Vergütung von 10 Mark pro Modell. Damit müsste das Problem zu lösen sein."

Sprecher: „Das ist ein Wort. Aber ich mache Ihnen einen anderen Vorschlag. Sie senden mir einen Techniker, der mir zeigt, wie man das Teil einbaut, und geben mir ein einziges Video für mich, gewissermaßen für alle Fälle, und 1000 Mark für alle 100 Stück, die Sie mir verkauft haben. Dann löse ich mir das Problem selbst."

Sprecherin: „Das würden Sie tun? Damit sind wir gerne einverstanden. Ich wusste ja, dass wir gemeinsam wieder eine Lösung finden werden. Wäre Ihnen recht, wenn der Techniker nächste Woche am Dienstag zu Ihnen kommt? Ja? Ich werde das veranlassen. Vielen Dank für das Gespräch, auf Wiederhören, Herr Ebert."

Szene 10: Hausversammlung

Autor: „Ursula und ihr Mann Michael begeben sich zu einer Hausversammlung. Es geht um die Verbauung eines Nachbargrundstücks mit modernistischen Häusern, die überhaupt nicht in die Gegend passen. Die ohnehin knappen Parkplätze werden mit keinem Wort erwähnt, auf eine Nachfrage erklärt der Architekt lediglich, man habe sich an die gesetzlichen Bestimmungen gehalten. Michael ist in dieser Angelegenheit sehr engagiert. Er hört sich die Argumente an und meldet sich dann zu Wort."

Musterrede: Hausversammlung

Sprecher (Einleitung): „Meine lieben Mitbewohnerinnen und Mitbewohner. Wieder einmal erleben wir, wie man mit unseren Interessen umgeht.

(Situationsbeschreibung) Wir leben derzeit in einer ruhigen Gegend. So wurde uns das vom Verkäufer unserer Wohnungen versprochen, und so haben wir das geglaubt. Dass die Parkplätze knapp sind, haben wir notgedrungen zur Kenntnis nehmen müssen. Irgendwie haben wir das seit einigen Jahren geschafft, ohne dass wir besonderen Ärger miteinander hatten. Unsere Häuser passen in die Gegend, als wären sie immer schon hier gewesen.

(Geplante Veränderungen, Angriff) Jetzt sind wir mit einer Planung konfrontiert, die ich persönlich wie einen Schlag ins Gesicht empfinde. Die Architekten brüsten sich mit ihren internationalen Preisen, ich sehe nur eine Planung, die in unsere Landschaft passt wie die Faust aufs Auge. Außerdem scheinen die Architekten vergessen zu haben, dass hier Menschen wohnen sollen, die Platz brauchen, Kinder, die spielen wollen, und dass in unserer Gesellschaft mehr Parkplätze erforderlich sind, dass auch ankommende Gäste Parkplätze brauchen.

(Drohung) Die Architekten und der Bauherr verweisen auf die Rechtmäßigkeit dessen, was sie planen. Ich vermute, das ist so. Was uns bleibt, ist nur Widerstand gegen eine Form von Recht, die unsere Rechte missachtet. Wenn Sie, meine Herren Architekten, die Auseinandersetzung vermeiden wollen, die zumindest Zeitverzögerung und negative Presseberichte bringen wird, müssen Sie sich mit uns zusammensetzen, um ein anderes Konzept auszuarbeiten. Wollen Sie unbedingt provozieren, machen Sie das bitte anderswo, am besten aber nirgendwo.

(Verständigungsangebot) Was mich betrifft, bin ich gesprächsbereit. Mir ist klar, dass das Grundstück verbaut werden muss. Wenn die Verbauungsdichte in verträglichem Ausmaß ist, wenn ausreichender Parkraum geschaffen wird und wenn die Zu- und Abfahrt ordentlich geregelt wird, sehe ich durchaus eine Einigungsmöglichkeit. Hinsichtlich der Gestaltung der Häuser müsste eine Anpassung an das Erscheinungsbild durchgeführt werden. Ich zweifle nicht an Ihrer Kreativität und bin überzeugt, Sie haben diese bisher nur noch etwas zurückgehalten.

(Appell) Ich schlage vor, wir einigen uns darauf, gegen das vorliegende Konzept mit allen rechtlich zulässigen Mitteln vorzugehen und die Presse über unsere Ablehnung zu informieren. Außerdem schlage ich vor, unsere Argumente auf unserem Grund und Boden auf Plakaten so darzustellen, dass jeder Interessent sehen kann, was gegen einen Kauf der Objekte in der vorliegenden Planung spricht. Aus Vorsichtsgründen schlage ich vor, für alle Maßnahmen Rechtsberatung einzuholen. Gleichzeitig schlage ich aber vor, mit den Architekten und dem Bauherrn zu verhandeln, wenn diese verhandlungsbereit sind. Dazu müssten wir ein Verhandlungsteam zusammenstellen.

(Abschluss) Wenn Sie mit meinen Vorschlägen grundsätzlich einverstanden sind, bitte ich Sie um ein Handzeichen. Sollte ich als einziger diese Meinung vertreten, werde ich das selbstverständlich zur Kenntnis nehmen, es würde mich allerdings sehr traurig stimmen. Vielen Dank für Ihre Aufmerksamkeit."

Autor: „Ich denke, eine derart spontane Empörung hat nur die Stimmung in sensibler Form aufgefangen. Liebe Hörerinnen und Hörer, wir sind damit am Ende unserer Redebeispiele. Wir hoffen, Sie haben diese gerne gehört und für sich selbst Anregungen erhalten, um ohne Scheu zu reden und Redesituationen zu bewältigen. Reden Sie sich von der Seele, was Sie bedrückt, aber atmen Sie vorher immer tief durch. Mit Hilfe dieses einfachen Mittels drängen Sie den Instinkt zurück und lassen dem Verstand den Vortritt. Es tut jeder Rede gut, zuerst zu überlegen und dann jene gezielte Emotion treffsicher anzubringen, die zu Ihrem Redeziel führt. Damit darf ich mich von Ihnen verabschieden, mit dem nicht nur rhetorischen Wunsch: Alles Gute für Ihre Reden."

Register

Abwehrstrategien 200
Adressaten einer Rede 51ff.
Aggression, verkappte 147
AIDA 73
Akustik 19
Alliteration 207
Anakoluth 26, 207
Anapher 27, 207
Anrede 63
Antimetabole 28, 207
Appell 49, 86
Ärger 38
Asyndeton 28, 207
Auftreten 123
Ausstrahlung 35ff.

Befehle 189
Begrüßung 80
Beinhaltung 33
Beschwerden 17, 191ff.
Betonung 22
Bewerbungsgespräch 176ff., 214
Beziehung 49
Black-out 133

Contradictio in adjecto 28, 207

Dialekt 20
Disko-Test 22
Diskussion 130, 164ff.
Du-Rede 16

Eigenbild 50, 51
Eltern-Ich 18, 49, 188
Emotionen zeigen 37ff.
Emphase 207
Entspannungstipps 77
Epanalepse 27, 208
Epipher 27, 207
Epitheton ornans 27, 207
Epizeuxis 27, 208
Erfolgsrezepte aus der Praxis 110
Eristik 75
Erröten 135
Erwachsenen-Ich 18, 49
Erziehungsrede 187ff., 223
Euphemismus 28, 208

Fangfragen 149
Festlicher Anlass 215
Fettnäpfchen 136ff.
– gesellschaftliche Veranstaltungen 142
– im beruflichen Umfeld 139
– im Privatbereich 144
– in der Öffentlichkeit 138
Flipchart 108
Fragetechnik 70
Fremdwörter 19

Geburtstagsrede 89ff.
Gedächtnistraining 62ff.
Grundlagen einer guten Rede 10ff.

Handy 128
Hängen bleiben 133
Hausversammlung 228
Hochsprache 20
Hyperbel 28, 208

Ich-Botschaft 15
Imperfekt 14
Informationsmaterial 101
Insider-Jargon 19
Ironie 29, 208

Katachrese 26, 208
Kind-Ich 18, 49
Kleidung 35ff.
Kleingruppe 53
Kompliment 16
Konflikte 17, 132, 141
Kontern 146
Körperhaltung 33, 34
Körpersprache 30ff., 123
– Übung 206
Kritik 195ff.
Kurzzeitgedächtnis 62

Lampenfieber 41, 42, 43
Langeweile 150
Langzeitgedächtnis 62
Lautstärke 22
Litotes 29, 208

Manipulationen durchschauen 17
Manuskript 103ff.
Massenmanipulation 57
Metapher 27, 208
Metonymie 27, 208
Mimik 31
– Übung 32
Missverständnissen vorbeugen 50
Modulation 23
Monologe 61
Motivationsrede 217

Nachdenkpausen 69
Notfallpaket 109
Notizen 58

Overheadprojektor 106
Oxymoron 28, 208

Paradoxon 29, 208
Parallelismus 27, 209
Paranomasie 27, 209
Paraphrase 27
Periphrase 27, 209
Personengedächtnis 62
Pleonasmus 26, 209
Polysyndeton 28, 209
Präsentationen 185ff.
Präsentationsmaterial 103ff.
Präsentationsvorlage 95
Problembereiche 111ff.
– Manuskript, Schreibgerät und Inhalt 124
– Raum und Technik 117
– Redner 119
– soziales und politisches Umfeld126
– Störungen 128
– Veranstalter 111
– Zeitdauer und Abschlussdiskussion 130
Zuhörer/Teilnehmer 116

Rede
– Abschluss 92, 93
– am Telefon 57
– Auftritt 78
– Gliederung 72ff.
– Interesse wecken 82ff.
– kritische 225
– logischer Aufbau 72
– Notprogramm 120
– psychologische Effekte 73
– Publikum ansprechen 79
– vor der Familie 182ff.
Redebühne 44ff.
Rededauer 60
Redefiguren 25ff., 207ff.
Redeformen, Wahl der Person 15
Redeinstrumente 20ff.
Redemanuskript 94ff.
Redesituation, Chemie 39
Reizworte 40
Reklamation 226
Rhetorik, manipulative 59, 60

Sachinhalt 49
Satzstrukturen, komplizierte 13
Schachtelsätze 12
Schaukarten 105
Schlagfertigkeit 66ff.
Selbstdarstellung 212
Selbstoffenbarung 49
Selbstvorstellung 81
Sie-Botschaft 17
Smalltalk 157ff.
Spannung aufbauen 23, 91
Sprache, Stilelemente 12
Sprechgeschwindigkeit 23
Sprechpausen 24
Stegreifrede 96ff.
Stimme 21
Stimmungsmacher schachmatt setzen 201
Störenfriede 56
Stottern 135
Streiten 201ff.
Syllogismus 74
Synekdoche 207ff.

Tautologie 26, 209
Telefongespräch 170ff.
Texte merken 63, 64
Themen auswählen 64, 65, 99ff.
Transaktionsanalyse 18

Übermüdung 121

Verkauf 221
Verkaufsgespräch 59
Verlegenheitsfalle 134
Verlegenheitslaute 25
Verteidigungsrede 219
Vielredner 61
Volltext-Manuskript 94f.
Vortragsraum 118

Weihnachtsfeier 98
Witze 122

Zeitform 14
Zuhörer 48ff.
Zuhörergruppen 54

Wichtiger Hinweis
Die im Buch veröffentlichten Ratschläge wurden mit größter Sorgfalt von Verfasser und Verlag erarbeitet und geprüft. Eine Garantie kann jedoch nicht übernommen werden. Ebenso ist eine Haftung des Verfassers bzw. des Verlages und seiner Beauftragten für Personen-, Sach- oder Vermögensschäden ausgeschlossen.

Impressum
Die Deutsche Bibliothek –
CIP-Einheitsaufnahme
Ein Titeldatensatz für diese Publikation ist bei der Deutschen Bibliothek erhältlich.

Projektleitung: Franz Leipold
Redaktion: Dr. Marion Onodi, Planegg
Gesamtherstellung: Buch & Konzept Annegret Wehland, München
Herstellung der Audio-CD: toneart studios, Augsburg
Satz: H3A GmbH, München
Umschlaggestaltung: Coverdesign Uhlig, Gersthofen
Druck und Bindung: Wiener Verlag
Printed in Austria
ISBN 3-310-00730-8